KB212280

세기의 소설, 레 미제라블

THE NOVEL
OF THE CENTURY

가난, 역사, 혁명에 관한
끝없는 물음

세기의 소설,
레 미제라블

데이비드 벨로스 지음
정해영 옮김

: THE EXTRAORDINARY ADVENTURE OF
LES MISÉRABLES

메멘토

나의 학생들에게

일러두기

—원문의 강조 부분은 굵은 서체로 표시했다.

—장별 소제목은 문맥을 쉽게 파악할 수 있도록 한국어판 편집 과정에서 삽입한 것이다.

—책, 시집, 신문은 『』로, 개별 작품은 「」로 표시했다. 뮤지컬, 영화, 연극, 그림 제목은 〈 〉로 표시했다.

위고가 망명 생활을 하며 『레 미제라블』을 집필한 건지섬 세인트피터포트의
캔디가든에 있는 조각 작품(장 부셰, 1913).

『레 미제라블』 읽기에 관해

　　많은 사람들이 어릴 때 이런저런 식으로 팡틴과 코제트, 장 발장과 자베르, 마리우스, 테나르디에, 가브로슈의 이야기를 접한다. 그런데 어쩌다 나는 그러질 못하고 뒤늦게, 그것도 프랑스어 교수로서 별로 명예롭지 못한 상황에서 『레 미제라블*Les Misérables*』을 만났다. 그때 나는 걷기 여행을 하며 텐트에서 읽을 만한 가벼우면서 두꺼운 책을 찾고 있었는데, 책꽂이에 꽂혀 있는 얇은 성경 용지에 인쇄된 한 권짜리 위고*Victor Marie Hugo*의 소설이 대학에서 가장 많이 읽힌 책이라는 생각이 문득 들었다. 나는 그걸 작은 가방에 넣었다. 알프스 장거리 코스를 따라간 캠핑 여행은 끔찍했다. 비에 눈까지 오는 바람에 감기에 걸려서 결국 도중에 포기했다. 터덜터덜 산에서 내려와 호텔을 잡은 나는 따뜻한 담요를 뒤집어쓴 채 『레 미제라블』에 빠져들었다.

　　그리고 완전히 매료되었다. 이 감동적이고 도전적이며 매력적인 이야기를 끝까지 보려고 감기 기운이 없어졌는데도 앓아누워 있었다. 그렇게 다양한 내용이 이야기의 핵심에 팽팽하게 감긴 작품은 그때까지 읽어 보지 못했다. 『레 미제라블』은 괴물 같은 분량에도 허술하게 늘어지는 부분이 한 군데도 없다.

나는 독자 여러분에게 나와 같은 경험을 하기 위해 병가를 내라고 부추길 권리도 없고, 주말 계획을 포기하고 1500쪽 가까이 되는 엄청난 소설을 단숨에 읽으라고 감히 제안할 수도 없다. 하지만 혹시 그렇게 한다면 후회하지는 않을 것이다.

다행히도 바쁜 일상 속에서 위고의 소설을 실용적으로 즐기는 방법이 있다. 총 5부인 『레 미제라블』은 1부 여덟 권, 2부 여덟 권, 3부 여덟 권, 4부 열다섯 권, 5부 아홉 권 등 48권으로 나뉜다. (마지막 5부 중 전체가 한 장으로 된 네 번째 권처럼) 장 구분이 아예 없는 책이 있고, (전체 중 가장 긴 대목으로 로피탈 대로에서 벌어진 극적인 기습 공격의 절정과 함께 끝나는 3부 8권처럼) 22장으로 나뉜 책도 있다. 인쇄를 위해 원고를 마지막으로 정리한 1861년과 1862년 겨울까지는 이런 장 구분이 없었다. 위고가 굳이 밝히지 않았고 어쩌면 그 자신도 인식하지 못했을지 모르지만, 『레 미제라블』은 정확히 365장으로 되어 있고 대부분의 장들은 짧다. 그러니 하루에 한 장씩 읽으면 지구가 태양 주위를 한 바퀴 도는 동안 위고의 사랑과 혁명에 대한 방대한 소설을 다 읽을 수 있다.

"예술 작품 속의 모든 것은 의지의 행위다." 위고는 아들이 프랑스어로 번역한 셰익스피어William Shakespeare 작품[1] 서문에 이렇게 썼다. 『레 미제라블』이 놀라운 예술 작품인 이유는 내용이 어마어마하게 길고 방대하고 복잡한데도 모든 세부 사항과 국면을 작가가 하나하나 고안하고 계산하고 결정했다는 점이다(비록 그것이 뚜렷이 드러나지 않지만).

　19세기 프랑스는 때로 난폭한 격동의 장소였지만, 다른 세계에는 더없이 고마운 곳이었다. 인권과 10진제 통화, 상형문자에 대한 지식, 사진, 영화, 자유의 여신상, 저온살균우유 등 1789년 대혁명부터 20세기 초까지 프랑스는 세상에 끝없이 많은 보물들을 베풀었다. 화가와 작곡가 들은 우리가 여전히 감탄하는 새로운 기준을 세웠고, 작가들은 시와 소설이 어떤 모습일 수 있는지에 대한 우리의 관념을 아직까지도 지배하는 중이다. 그러나 프랑스가 할리우드와 브로드웨이와 장소를 불문하고 평범한 독자에게 준 모든 선물 중에서도 『레 미제라블』은 단연 두드러진다. 나는 이 특별한 소설이 어떻게 쓰이고 출판되었으며 어떤 의미를 갖는 책이 되었는지를 재구성함으로써 프랑스에 고마움을 전하려고 한다.

번역서와 인용문

나라마다, 시대마다 위고의 소설을 번역한 책이 많이 나왔다. 이 책에 인용한 『레 미제라블』은 2013년에 펭귄이 펴낸 도너허Christine Donougher의 최근 번역서다.

인용문은 부, 권, 장을 로마자와 아라비아숫자를 번갈아 가며 표시했기 때문에 어떤 판본에서든 인용문의 위치를 찾을 수 있다. 그다음에 표시한 숫자는 도너허가 펴낸 영문판의 쪽수다.

다른 출처의 인용문은 필자가 직접 번역했고, 그렇지 않은 경우는 주석이나 권말에 있는 인용 작품 목록에 밝혔다.

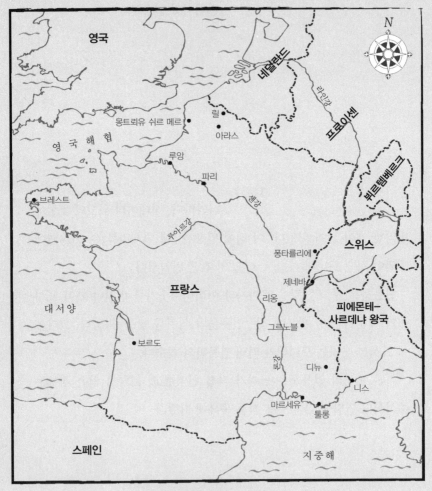

영국

네덜란드

영국해협

프로이센

몽트뢰유 쉬르 메르

릴

라인강

아라스

뷔르템베르크

루앙

파리

센강

브레스트

루아르강

퐁타를리에

스위스

제네바

프랑스

리옹

피에몬테-
사르데냐 왕국

대서양

그르노블

론강

보르도

디뉴

니스

마르세유

툴롱

스페인

지중해

위털루 전투 이후 프랑스

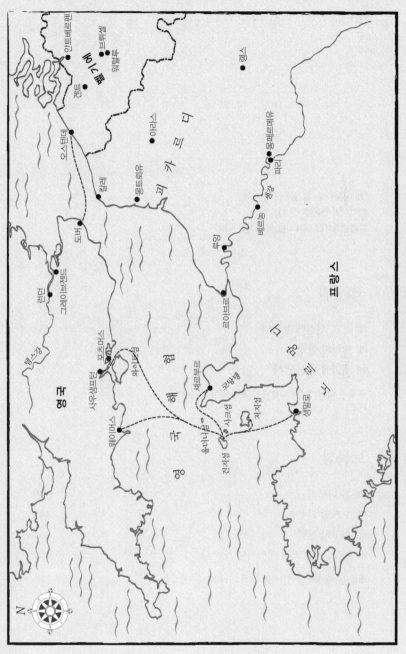

『데 미제라블』의 여정

차례

| 1부 | 죄와 벌

| 2부 | 보물섬

프롤로그

/

『레 미제라블』의 여정

영국 땅에서 탄생한 프랑스 소설

　　이른 아침에 포츠머스에서 출발한
1만 4000톤급 화물 여객선 코모도어 클리퍼호가 거의 걷는 속도로 해
군 조선소를 통과한다. 배의 우현이 와이트섬을 지날 무렵 속도가 점
점 오르더니 영국해협의 공해에서는 22노트에 이른다. 넘실대는 파도
에 작은 배들은 속절없이 흔들리지만, 대형 여객선은 안정장치가 있어
서 바다가 마치 파문이 이는 젤라틴으로 만들어진 것 같다는 착각마저
들게 한다. 오래지 않아 코탕탱반도의 서쪽 끝이 눈에 들어오고, 배는
좌현으로 아그곶을 통과한 뒤 사크섬의 낮은 모래톱을 향하다가 험섬
을 피해 청록색 바다 표면을 가르는 울퉁불퉁한 바위들 사이로 조심조

심 움직여 건지섬 세인트피터포트의 항구로 들어간다. 주변 전원에는 식생이 푸르게 우거져 있고, 1월이 되기 전에 꽃을 피우는 수선화가 보인다.

1855년 10월 31일, 위고는 저지섬 세인트헬리어에서 300톤급 외륜 증기선 꾸리에호에 몸을 싣고 비바람 속에 짧지만 험난한 항해 끝에 아침 10시 즈음 이곳에 도착했다. 그러나 자그마한 꾸리에호도 당시 세인트피터포트 부두에 대기에는 너무 컸다. 시인 위고와 그 일행은 사다리로 작은 배에 옮겨 탄 뒤 노를 저어 해안으로 가야 했다. 소중한 원고가 담긴 가방을 포함한 짐들은 항만 노동자들이 챙겨 주었다.[1]

오늘날 훨씬 더 안락하고 안전하게 코모도어 클리퍼호에서 내리는 사람들도 위고가 본 것과 똑같이 예스러운 도시 풍경을 만난다. 새로 지은 항구에서 하이 스트리트까지 잠깐만 걸어가면 거기서부터 똑같은 길이 우리의 발길을 19세기 초반에 세운 3층짜리 연립주택이 즐비한 오트빌 가로 안내한다. 그 길을 절반쯤 올라가면 현관 양옆에 큰 창문이 있는 저택이 나오는데, 그 저택에는 그곳이 파리 시의 소유이며 '빅토르 위고의 집'이라고 선언하는 3색기와 명판이 있다. 건지섬 세인트피터포트에 있는 오트빌 하우스는 지금까지 프랑스어로 쓰인 소설 중 가장 비범한 작품이 탄생한 곳이라기에는 조금 의외로 느껴질 정도다.

어쩌다 영국 본토에서 떨어진 영국 왕실령 작은 섬이 19세기 프랑스의 방대한 파노라마를 펼쳐 내는 작업대 구실을 하게 됐을까? 『레미제라블』에는 채널 제도에 대한 언급이 거의 없지만, 만일 오트빌 하우스가 제공한 안식처가 없었다면 이 작품을 어떻게 완성할 수 있었을지 상상하기 어렵다. 매우 긴 이 책이 만들어지는 오랜 과정은 책의 내용만큼이나 극적이다.

1855년에 위고는 편하고 조용하게 집필에 몰두할 장소를 찾아 이곳에 온 것이 아니다. 갈 곳이 없었던 것이다. 유럽 무대에서 큰 명성을 누렸지만, 그는 이민자고 망명자였다. 『레 미제라블』은 가난하고 탄압받으며 배척당하는 사람들에 관한 소설이다. 이 소설은 위고 자신이 배척당하는 인물이 되면서 초고보다 확대되어 이곳 건지섬에서 걸작으로 태어난다.

『레 미제라블』은 처음 출판된 1862년 4월 4일부터 전 세계 베스트셀러 목록의 상위권에 있었다. 나라를 따질 것 없이 수많은 사람들이 프랑스어 원서나 수백 종에 이르는 번역서로 읽었다. 출간된 지 몇 주 만에 연극 무대에 올랐고, 지난 200년 동안 그 어느 문학작품보다 많이 라디오 극과 영화로 각색되었다. 세계의 문화 자원으로서 『레 미제라블』의 독보적인 모험은 우연히 시작되지 않았다. 사크섬과 바다의 멋진 풍광이 보이는 옥상 테라스에서 위고는 언제나 프랑스 국경과 책장을 넘어서는 보편적 이야기를 하려고 했다. 이야기로 세계를 정복하려는 계획은 대부분 실패했지만, 『레 미제라블』은 놀라운 예외다.

그러나 위고가 창조한 이야기와 인물들이 인기를 끌고 대중오락물로 자주 등장하면서 역효과도 생겼다. 종종 서툴게 각색된 만화와 애니메이션, 뮤지컬 등을 본 진지한 독자들이 『레 미제라블』은 걸작이 못 된다고 섣불리 판단했다. 과학적 연구는 아니지만, 『레 미제라블』

을 처음부터 끝까지 읽은 사람들 중에 바리스타와 사무직원의 비율이 문학 교사가 차지하는 비율보다 높다는 것은 의미심장한 사실로 보인다. 그러나 위고가 소설을 쓸 때는 오늘날처럼 '문학작품'과 '대중소설'을 가르는 기준이 거의 없었다. 위고가 이탈리아어판 출판자에게 '이 책을 모든 사람이 읽을지는 몰라도 나는 모든 사람을 위해 이 책을 썼다'고 말하기도 했다. 그는 걸작은 블록버스터가 될 수 없다고 생각하지 않았고, 문학 전문가가 읽을 만한 책을 '모두'에게 똑같이 제공하지 않을 이유가 없었다. 거기 못 미치는 작품을 쓴다는 것은 그의 도덕적, 정치적 목적과 어긋났을 것이다.

워털루 전투 뒤 프랑스 사람들

『레 미제라블』은 총 5부로 나뉜다. 1부 '팡틴'은 일자리를 잃고 매춘의 길에 빠져 범법자가 되었다가 결국 젊은 나이에 죽는 버려진 미혼모에 초점을 맞춘다. 2부 '코제트'는 수양부모에게 학대당하다가 주인공의 손에 구조되어 아가씨로 성장하는, 팡틴의 딸을 중심으로 전개된다. 3부 '마리우스'는 정치적 이상주의자 집단에 합류해 왕정의 전복을 위해 싸우는 중산층 학생의 이야기를 그린다. 4부 '플뤼메 가의 서정시와 생드니 가의 서사시'는 플뤼메 가의 정원에서 피어나는 코제트와 마리우스의 사랑과 파리 구도심에 있는 생드니 가의 작은 거리에 세워진 학생들의 바리케이드 사이를 오가며 이야기가 펼쳐진다. '장 발장'이라는 제목이 붙은 5부는 45세에서부터 20년 후 죽을 때까지 한 전과자의 삶이 이야기의 줄거리를 이룬다.

1815년 이전 장 발장의 삶은 단편적인 몇 장면으로 처리된다. 파리 북동쪽에 자리한 작은 마을 파베롤 출신으로 건장하고 교육받지 못한 농부인 장 발장은 20대 중반에 빵을 훔친 죄로 노역형을 선고받는다. 그리고 19년간 복역하던 그가 워털루 전투가 끝나고 몇 주 뒤에 출소하면서 소설이 본격적으로 시작된다. 툴롱 북쪽의 한 소도시에서 여관 주인에게 전과자라는 이유로 퇴짜를 맞고 미리엘 주교에게 숙식을 제공받은 장 발장이 예상치 못한 주교의 친절에 감동해 좋은 사람으로 거듭나겠다고 마음먹는다. 그리고 주교의 자비로운 선물을 밑천 삼아 영국해협 해안에 있는 소도시 몽트뢰유 쉬르 메르에서 마들렌이라는 가명으로 사업을 시작해 큰돈을 벌고 존경받는 인물이 되어 시장 직까지 맡게 된다. 그리고 그곳에서 그가 팡틴을 만난다.

팡틴의 배경 이야기는 좀 더 길다. 몽트뢰유 쉬르 메르 거리의 아이였던 그녀는 파리로 가서 일자리를 찾고 톨로미에스라는 무정한 학생의 연인이 되어 아이를 갖는다. 하지만 1817년에 그가 돈 한 푼 주지 않고 그녀를 버린다. 그녀는 고향에 가면 일자리를 구할 수 있다는 말을 듣고 몽페르메유라는 마을에서 우연히 만난 여관 주인 테나르디에 부부에게 아기를 맡기고 고향으로 돌아간다. (소설에 등장하는 장소는 모두 실제로 존재하며 프랑스 지도에서 찾을 수 있다.) 팡틴은 몇 달 동안 공장에서 일하며 비교적 편하게 생활하지만 공장 감독에게 미혼모라는 사실이 발각되면서 해고된다. 그 뒤 삯바느질로 생계를 이어 가려고 하지만 품삯이 너무 떨어지는 바람에 어쩔 수 없이 거리로 나선다. 그런 어느 겨울밤 바마타부아라는 중산층 망나니가 걸어온·시비에 맞서 싸우던 팡틴이 그 지역 경찰인 자베르에게 체포된다. 그때 마들렌 시장, 즉 장 발장이 나서서 그녀가 징역형을 받지 않도록 막아 준다. 그리고 팡틴의 시련이 자신의 공장 운영 정책에 따른 결과라는 것을 알고, 그는 그녀의 아기를 보살피겠다고 약속한다.

한때 간수로 일한 자베르는 마들렌 시장을 전에 본 것 같다고 의심하는데, 마들렌이 전복된 마차에 깔린 마부 포슐르방을 구조하는 장면을 보고 그 의심이 더욱 깊어진다. 그러나 사과나무 가지를 훔치다가 체포된 부랑아가 사라진 장 발장으로 지목되자, 과묵한 공장 사장의 진짜 정체에 대한 의심을 거둔다. 반면에, 마들렌은 그 부랑아가 처벌받도록 모르는 척할지 또는 자수할지를 두고 끔찍한 선택에 직면한다. 결국 고뇌의 하룻밤을 보낸 그는 아라스에 있는 법정에 난입해 자신의 진짜 정체를 밝힌다. 그는 다시 평생 노역형을 받고 툴롱에 있는 교도소로 보내진다.

그러나 장 발장은 과감한 탈출에 성공하고 땅에 묻어 둔 상자에서 돈을 챙긴다. 그리고 테나르디에 부부를 설득해, 그들에게 모진 구박을 받는 코제트를 빼내고 파리의 조용한 길모퉁이에 정착해서 그녀를 딸로 키운다. (코제트는 장 발장의 진짜 이름을 모르는 채 그를 '아버지'라고 부른다.) 그는 검소하게 살면서도 자신의 도덕적 시각을 바꿔 준 선한 주교를 본받아 가난한 사람들을 주저 없이 돕는다. 그 지역에 '부유한 빈민'이 있다는 소문이 돌고, 새로 부임한 경감도 그 소문을 듣는다. 그는 바로 몽트뢰유 쉬르 메르에서 승진한 자베르다. 그가 덫을 놓아 장 발장을 체포하기 직전까지 가지만, 장 발장이 코제트를 데리고 높은 담을 넘어 가까스로 탈출한다.

담을 넘은 장 발장과 코제트가 어둠 속에서 헤매고 있을 때 한 노인이 그를 알아본다. 수녀원에서 정원사로 일하고 있던 포슐르방이다. 원래 금남의 공간인 수녀원에 출입할 수 있는 유일한 남자였던 포슐르방은 자신의 생명을 구해 준 장 발장에 대한 고마움 때문에 그를 자신의 동생이라고 소개하고 보조 정원사로 일하게 해 준다. 코제트는 수녀원 학교에 들어가 정규교육을 받는다. 장 발장과 코제트는 외부인이 침범할 수 없는 보호구역에서 5년 동안 살다가 코제트가 소녀에서 아름다운 아가씨로 성장하면서 그곳을 떠난다.

장 발장은 플뤼메 가에서 눈에 잘 띄지 않는 집을 빌려 산다. 어느 날 뤽상부르 공원에서 산책하던 코제트가 잘생긴 학생 마리우스 퐁메르시의 눈에 띈다. 나폴레옹Napoléon I 군대의 군인이던 마리우스의 아버지는 워털루 전투에서 부상을 당해 쓰러졌는데, 종군 민간인인 테나르디에에게 구조되면서 도둑질을 당한다. 마리우스가 아기였을 때 아내를 잃은 그는 해외 원정 전투로 항상 집을 떠나 있었기 때문에 마리우스의 외할아버지 질노르망에게 아들을 맡길 수밖에 없었다. 질노르망은 마치 프랑스대혁명이 일어난 적이 없는 듯 구식으로 옷을 입고 말하며 행동할 것을 주장하는 괴팍한 노인이다. 그는 마리우스에게 자신의 반동적인 왕당파 관점을 심어 주지만, 마리우스는 자기 아버지에 대해 알고 나서 나폴레옹의 열렬한 추종자가 된다. 그는 외할아버지와 싸우고 집을 나와 혼자 생활한다. 그러면서 스스로를 'ABC의 친구들'(프랑스어 ABC는 '비천한 사람'을 뜻하는 단어 abaissé와 똑같이 '아베세'로 발음된다. ―옮긴이)이라고 부르는 학생 활동가들과 친해지고, 공원에서 본 아가씨에게 흠뻑 빠진다.

한편 여관을 잃고 파리로 간 테나르디에는 장 발장과 코제트가 살던 누추한 하숙집에서 사는데, 같은 건물에 마리우스도 산다. 테나르디에 부부는 두 딸, 아젤마와 에포닌을 이용해 사기 행각을 벌인다. 가짜 신분으로 편지를 쓰게 해 거리의 부자들에게 돈을 뜯어내려고 한 것이다.[2] 장 발장도 이 사기에 넘어가, 굶주림에 시달린다는 가족을 방문하기로 한다. 그가 가난한 사람들에게 베푸는 자선을 경험시키려고 코제트도 데려가는데, 그 가난한 가족의 이웃인 마리우스가 옆방에서 벽에 난 틈을 통해 사모하는 아가씨를 본다. 코제트가 떠난 뒤, 그는 테나르디에가 백발의 노신사를 백만장자로 생각해 돈을 강탈하려고 하는 계획을 엿듣게 된다. 마리우스는 고민에 빠진다. 당연히 코제트의 아버지를 기습 공격에서 구해야 하지만, 옆방에 사는 사기꾼이 아버지의 목숨을 구해 준 사람이라는 것을 알기 때문이다. 장 발장이 자선품을 전달하려고 왔을 때, 테나르디에 일당은 그를 의자에 묶어 고문한다. 마리우스는 이를 경찰에게 알리고 경고사격을 한다. 범죄자들이 체포되는데, 여전히 자베르가 가장 잡고 싶어 하는 장 발장은 이번에도 무사히 탈출한다.

마리우스는 자신이 사모하는 아름다운 아가씨가 누구인지, 어떻게 그녀를 다시 찾아야 할지 모른다. 그러나 그에게 반한 에포닌이 뒷골

목 정보원을 통해 코제트의 집을 알아내고, 코제트가 사는 플뤼메 가의 집으로 마리우스를 안내한다. 그리고 깊은 밤 한적한 정원에서 10대의 감동적인 사랑이 피어난다.

그때 파리의 노동자들 사이에는 불만이 들끓는다. 유명한 공화주의자 장군의 장례식 이후 폭동이 일어난다. 마리우스는 코제트와 결혼하도록 외할아버지가 허락하지 않을 것임을 안다. 게다가 코제트는 아버지가 점점 커져 가는 갈등이 폭력혁명으로 번질 위험에 대비해 그녀를 데리고 영국으로 갈 것이라고 그에게 전한다. 마리우스는 자포자기하는 심정으로 학생 친구들과 운명을 같이하고 바리케이드에서 목숨을 바치기로 한다. 그런데 이 연인 사이의 편지를 가로챈 장 발장이, 사랑하는 딸을 잃는 것이 아무리 고통스러워도 딸이 사랑하는 젊은이의 목숨을 자신이 구해야 한다고 생각한다. 그가 마리우스를 바리케이드에서 빼내기 위해 떠난다.

마지막으로 남은 운명의 바리케이드에서 학생 지도자는 자신의 명분에 대해 열정적인 연설을 하고, 정부군은 공격을 시작한다. 경찰 스파이로 혁명가 집단에 침투해 있던 자베르는 정체가 들통나 처형 위기에 처하고, 처형 임무가 장 발장에게 맡겨진다. 그러나 장 발장은 자신을 끈질기게 쫓아다니는 그를 쏘는 대신 그냥 풀어 준다. 자베르는 그저 범죄자로만 보이는 자가 자신에게 베푼 아량을 도무지 이해하지 못한다. 그리고 자신의 세상이 뒤집히는 것을 느끼면서 센강에 몸을 던진다.

마리우스는 바리케이드에서 심하게 다치지만 도시를 장악한 군대와 경찰로부터 쉽게 도망칠 길이 없다. 장 발장이 마리우스를 들쳐 메고 맨홀을 통해 하수도로 내려간다. 도시 밑에 펼쳐진 구역질 나는 터널을 느릿느릿 걷는 장면은 장 발장의 긴 구원 이야기에서 가장 인상적이고 성스러운 장면이다.

마리우스는 부상에서 회복하고, 외할아버지에게 코제트와 결혼하는 것을 허락받는다. 코제트는 '아버지'가 사업을 하며 10년 동안 지하에 숨겨 둔 돈으로 넉넉한 지참금을 마련한다.

장 발장의 이야기는 거의 끝나 간다. 그의 마지막 시련은 자신의 정체를 마리우스에게 밝힐지 또는 존경받는 중산층 가정에서 이름 없는 기식자로 살지를 결정하는 것이다. 그는 자신이 진짜 누구인지 밝히고 작은 집에서 홀로 수도자처럼 살기로 한다. 그리고 몇 년 뒤 건강 악화로 시름시름 앓다가 죽는다. 소설은 1835년 페르 라쉐즈 공동묘지에 장 발장이 매장되는 것으로 끝난다. 그의 묘비명은 이제 풍상에 마모되어 보이지 않는다.

세계를 정복한 이야기에 담긴 의미

『레 미제라블』의 구성은 모든 시대의 소설, 그중에서도 특히 그 시대 소설의 익숙한 유형에 들어맞는다. 예를 들면, 『보바리 부인Madame Bovary』(1857)도 주인공의 일대기를 거의 처음부터 끝까지 이야기한다. 『위대한 유산Great Expectations』(1861)은 핍의 삶 중 후반부보다 전반부를 더 많이 그려 내는데, 주인공을 중심에 두고 연대순으로 감긴 실타래 같은 일반적인 방식을 따른다. 반면에, 『죄와 벌*Преступле́ние и наказа́ние*』(1866)은 라스콜니코프의 어린 시절과 성장에 대해서는 많은 이야기를 하지 않고 수십 년 뒤 그의 죄와 시베리아에서 구원에 이르는 과정을 따라간다. '일대기 소설'로서 『레 미제라블』은 그 시대의 전형적인 작품이다.

또한 줄거리를 훨씬 더 짧게 이야기할 수 있다는 점은 1863년과 1868년 사이에 발표된 『전쟁과 평화*Война и мир*』와 1851년에 발표된 『모비딕*Moby Dick*』 같은 그 시대의 다른 소설들과 공통적이다. 이 걸작들은 단지 줄거리를 이야기하는 데 목표를 두지 않았고, 위고는 소설로할 수 있는 거의 모든 것을 하려고 했다. 톨스토이*Lev Tolstoy*와 마찬가지로 그는 소설 속에 역사적 사건의 의미에 관한 논평을 넣는다. (그러나 『전쟁과 평화』의 마지막 장처럼 실망스러운 부분은 없다.) 그리고 도스토옙스키*Fyodor Mikhailovich Dostoevsky*처럼 우리에게 영혼의 드라마를 전하려고 하며 디킨스*Charles Dickens*처럼 가난을 속속들이 보여 주려고 한다. 『레 미제라블』의 줄거리는 숲을 굽이굽이 통과하는 길과 같다. 그러나 숲 자체가 길 못지않은 소설의 주제다.

그럼에도 그 길은 앞으로 나가는 길이며, (작은) 범죄와 (부당한) 처벌에서 환골탈태로 그리고 어려움 속에서도 올바른 행동을 고수하는 것으로 이어진다. 장 발장은 라스콜니코프나 이반 카라마조프같이 복잡하거나 자기비판적이거나 비극적인 주인공이 아니며, 어떤 의미에서는 '소설적인' 등장인물도 아니다. 그렇다고 성자도 아니다. 그는 새로운 인간의 본보기다.

장 발장은 어떤 정치적·종교적 태도를 직접적으로 대변하지 않는다. 그는 가장 가난하고 비참한 사람도 가치 있는 시민이 될 수 있음을 보여 준다. 장 발장이 계속되는 물리적·도덕적·감정적 장애를 극복하는 과정은 그의 영웅적인 모습을 보여 주는 한편, 당시의 지배적인 태도를 거부하며 사회적 계급에 관계없이 만인에게 도덕적 진보가 가능하다는 것을 역설한다.

장 발장은 자비롭고 아낌없이 베푸는 사람으로 거듭난 뒤 분노와 원망, 질투와 복수의 유혹을 받을 때조차 인간애를 유지하기 위해 영웅적으로 힘겨운 싸움을 벌인다. 『레 미제라블』은 장 발장이라는 인물을 통해 우리가 자칫 너무 순진하다고 보아 넘길 수 있는 이상에 인상적인 현실감을 부여한다.

이것이 바로 150년이 지난 지금까지 위고의 소설이 의미를 잃지 않는 이유다. 이것은 화해에 관한 이야기다. 계급 간 화해뿐만 아니라 우리의 삶을 폭풍 속으로 몰아넣으며 상충하는 흐름들 간의 화해다. 결국 이것은 선이 악을 이긴다는 낙관적인 이야기라기보다는 선하게 살기가 얼마나 힘든지를 보여 주는 이야기다.

1부
—

죄와 벌

1장

/

위고, 현실에 눈뜨다

문학 천재, 위고

위고는 아버지가 속한 수비대가 주둔해 있던 브장송에서 1802년에 태어났다. 당시 프랑스는 나폴레옹 치하에 있었다. 코르시카 출신 군인인 나폴레옹은 빛나는 활약으로 총사령관 자리에 올랐고, 대혁명으로 체제를 전복한 뒤 1799년부터는 적극적으로 유럽 무대에 진출하려는 나라에 희망을 불어넣는 지도자가 되었다.

위고의 아버지와 삼촌은 모두 나폴레옹 군대의 군인이었고 한때 유럽 대륙의 대부분을 프랑스에 예속시킨 군사작전에서 높은 계급에 올랐다. 나폴레옹은 1804년에 노트르담성당에서 즉위식을 치르며 황제가 되었고, 그 뒤 더 많은 승리를 거두었다. 그러나 1812년에 러시아를 침공한 것이 전환점이 되었다. 모스크바에서 겨울을 날 수 없었던 프랑스군은 퇴각했고 결국 전쟁에서 대패했다. 프랑스 제1제정은 1815년 6월 18일 워털루 전투에서 패하면서 끝났고, 나폴레옹은 세인트헬레나섬으로 유배되었으며 부르봉 왕가의 루이 18세Louis XVIII가 프랑스 왕좌에 올랐다.

나폴레옹이 몰락할 무렵 위고는 지적으로 조숙한 열세 살 소년이었다. 특히 라틴어 구사 능력과 프랑스어로 정형시를 쓰는 능력이 뛰어났다. 나폴레옹의 몰락과 함께 가세가 기운 탓에 위고는 곧 학교를 그만두고 글로 생활비를 벌어야 했다. 쉬운 일이 아니었다. 그러나 허드렛일과 수수료 몇 푼으로 근근이 생활한 시간은 길지 않았다. 곧 시의 신동으로 인정받아 많은 상과 왕실의 후원까지 받았기 때문이다. 그는 주위들은 이야기를 바탕으로 아이티 노예의 반란에 관한 숨 막히는 단편소설을 썼고, 바닷물의 짠 내를 맡아 보기도 전에 항해와 관련된 긴 이야기를 단숨에 썼다. 위고는 곧 스스로를 '낭만파'라고 하는 문예인 집단을 이끄는 인물이 되었고, 당시 문학적 명성의 좁은 사다리에서 꼭대기를 차지하고 있던 희곡까지 정복하기 시작했다. 비극『에르나니Ernani』가 초연된 1830년에 이미 파리의 유명 인사였던 그는 프랑스 고전파 희곡의 엄격한 규칙을 색다르게 다뤄 큰 반향을 일으켰다. 곧이어 당시 스콧Walter Scott이 유럽 전역에 유행시킨 역사소설에도 손을 댔다. 1831년에 출판된『파리의 노트르담 Notre-Dame de Paris』은 대성공을 거두었다. '노트르담의 곱추'라고도 알려진 이 책은 마침 반세기 동안 유럽 문단을 평정한 독일 시인 괴테Johann Wolfgang von Goethe가 세상을 뜨기 1년 전에 출간되었다. 위고는 그에게서 유럽 최고 천재의 망토를 넘겨받을 준비가 돼 있고 의지도 있었다.

1830년대 위고의 시와 희곡은 그의 중요한 위치를 확인해 주었고, 그는 아카데미프랑세즈 회원으로 선출되어 39세라는 젊은 나이에 '불후의 인물' 40인의 반열에 올랐다. 그리고 1845년에는 프랑스 상원에 해당하는 귀족원의 의원으로 임명되었다. 젊은이로서는 대단히 명예로운 눈부신 이력이다. 그 뒤 그는 얼마나 더 높이 올라갈 수 있었을까?

딱 거기까지였다. 귀족원 의원으로서 첫 연설을 한 순간부터 1855년 비바람이 부는 날 건지섬에 도착할 때까지 파란만장한 10년이 찾아왔으며 위고는 기득권층의 든든한 기둥에서 망명자로, 눈부신 출세주의자에서 독립적인 저항자로, 중산층을 대표하는 인물에서 진보적 운동의 대변인으로 변모했다. 그의 이런 사회적, 정치적 전향은 뒷날 『레 미제라블』로 탄생하는 변화의 이야기에 더없이 큰 영향을 미쳤다.

위고는 1848년에서 1852년 사이 프랑스에서 일어난 정치적 변화로 많은 것을 잃고 한동안 부유하게 살지 못했다. 그러나 장 발장과 팡틴, 코제트, 테나르디에처럼 가난한 적은 없다. 이런 점을 생각하면 『레 미제라블』의 중심 이야기는 위고의 삶에서 나오지 않았다. 그는 자신보다 훨씬 불운한 사람들의 물질적 조건에 대해 상당히 많이 알고 있었다. 책과 조사, 보고서 같은 문헌에서 끌어모은 지식도 있지만 대부분은 직접 본 것이었다.

거리의 가난한 사람들

1841년 1월, 영광의 절정기에 다다른 위고가 (이제 보주광장이라고 불리는) 르와얄광장에 있는 고풍스러운 장식품이 가득하고 화려한 (역시 '빅토르 위고의 집'인) 아파트에 살 때 어떤 육군 장군이 (1830년에 보복 공격으로 처음 감행된) 알제리 정복을 추구하는 것이 무의미하다는 의견을 장황하게 늘어놓은 만찬에 참석했다. 그 추운 밤에 집에 돌아가려고 삯마차를 찾아 테부 가를 걷다가, 옷을 잘 차려입고 눈을 한 움큼 쥔 젊은이가 목이 파인 원피스를 입은 아가씨의 뒤통수를 내리치는 장면을 목격했다. 아가씨는 비명을 지르며 그 중산층 망나니에게 달려들었다. 그러자 그가 아가씨를 때리며 두 사람이 맞붙었고, 시끌벅적한 소리에 경찰이 출동했다. 그런데 경찰은 남자가 아닌 여자를 체포했다. "우리랑 가야겠어. 아가씨는 이 일로 6개월 형을 받을 거야."

이 이야기는 위고가 평생 탐방문, 비망록, 촌평과 함께 문자 그대로 직접 '본 것'들을 기록한 귀중한 잡문집 『목격담*Choses vues*』에 실려 있다. 대부분의 기록과 달리 이것은 3인칭 시점으로 쓰였으며 글쓴이를 '나' 대신 'V. H.'로 했다. 사실 이것은 위고의 아내인 아델*Adèle Hugo*이 썼고, 위고가 죽을 때 남긴 수많은 원고들 틈에 잘못 분류되어 있었다. 이것이 언제 쓰였을까? 사건 직후일 수도 있지만, 1861년이나 1862년일 가능성이 더 크다. 당시 그녀는 위고와 함께한 삶을 회고하는 비망록 『삶의 목격자가 말하는 빅토르 위고*Victor Hugo raconté par un témoin de sa vie*』를 쓰고 있었고, 이 책이 『레 미제라블』보다 몇 달 늦게 발표되었다. 아내의 작업을 도운 위고는 건지에서 저녁 식사 시간에 기억을 더듬어 자신의 경험담을 들려주곤 했다. 다른 때와 마찬가지로 오트빌 하우스 시절에 위고는 자기 얘기를 하는 데 거리낌이 없었다.

아델이 받아 적은 글에서 V. H.는 그 아가씨와 경찰서까지 동행한다. 처음에는 자신이 누구인지 말하기를 주저하지만, 혹시 직위를 이용하면 부당한 처사를 막을 수 있을지도 모른다는 생각에 결국 신원을 밝히기로 한다. 그가 경찰에게 그 일은 아가씨의 잘못이 아니니 그녀를 풀어 달라고 부탁한다. V. H.가 진술서에 서명하고 여자는 풀려난다. 그녀가 얼마나 고마운지 입에 침이 마르도록 말한다. "정말 친절하신 신사분이세요! 세상에, 얼마나 선하신지!" 이 불행한 여자들은 누가 자신을 동정할 때만 놀라고 고마워하는 것이 아니라, 그냥 공정하게 대하기만 해도 고마워한다.[1]

이 일이 벌어진 날이었는지, 20년 뒤였는지는 몰라도 위고는 이 이야기를 아델에게 들려준 것 말고는 자신의 친절한 개입에 대해 말한 적이 없다. 그 대신 이 일화는 눈 오는 밤 몽트뢰유에서 똑같이 공격당하고 징역형을 선고받은 팡틴을 구해 주는 장 발장의 이야기가 되었다.[2]

파리 거리에는 가난한 사람들이 많았고, 그에 못지않게 좀도둑도 많았다. 위고는 자신이 목격한 장면의 사회적, 정치적 의미를 꿰뚫어 보았다. 『목격담』에는 뒤에 나오는 일화가 수록되어 있다. 이것이 장 발장 이야기의 영감을 불러일으켰다면 지나친 확대해석일지 몰라도 『레 미제라블』의 재료가 된 것만은 분명하다.

어제 의회에 가는 중이었다. 날씨가 맑았지만 오후 햇살 속에서도 무척 쌀쌀했다. 투르농 가에서 어떤 남자가 경찰 두 명에게 연행되는 것을 보았다. 서른 살쯤 되어 보이고 깡마른 그 남자는 금발에 창백하고 핼쑥한 얼굴로 조잡한 캔버스 바지를 입고 양말도 신지 않은 멍든 발에 나막신을 신었는데 발목이 피 묻은 리넨으로 칭칭 감겨 있었다. 등판이 진흙으로 얼룩진 짧은 셔츠는 그가 주로 노숙한다는 것을 짐작케 해 주었고, 모자를 안 쓴 머리는 쭈뼛쭈뼛 뻗쳐 있었다. 그의 겨드랑이에는 빵 한 덩이가 끼어 있었는데, 주변에 모여 있던 사람들이 그가 빵을 훔쳐서 끌려가는 중이라고 말했다. ……

막사 밖에는 마차 한 대가 서 있었다. 마차 등燈에 문장과 공작公爵 왕관 장식이 있는 유개 마차였다. …… 창문이 닫혀 있었지만 노란 비단으로 장식된 마차의 내부를 볼 수 있었다. 마차를 쳐다보던 남자의 눈이 내 눈길을 끌었다. 안에서는 분홍 모자와 검은 벨벳 드레스 차림에 피부가 새하얀 눈부시게 아름다운 여인이 리본과 레이스와 털이 달린 포대기에 싸인 첫돌을 조금 넘긴 듯한 사랑스러운 아기를 어르면서 깔깔거리고 있었다.

그 여인은 자신을 쳐다보는 험악한 남자를 보지 못했다.

그 장면이 나를 생각에 잠기게 했다.

내 눈에는 그 남자가 더는 사람이 아니고 불행의 유령, 가난의 유령, 불운의 유령, 눈부신 한낮 햇살 속에 서 있는 음울한 유령, 아직 그늘에 가려져 있지만 서서히 다가오는 혁명의 유령으로 보였다. 예전에도 가난한 사람이 부자와 접촉하고 그런 유령이 그런 눈부심을 만날 수 있었지만, 그때는 그들이 서로를 보지 않았다. 그들은 각자 길을 갈 뿐이었다. 아주 오랫동안 그랬다. 그러나 그 여자가 그 남자의 존재를 모르는데 그 남자가 그 여자의 존재를 알게 된 이상, 이제 재앙은 피할 수 없다.[3]

『레 미제라블』에서 장 발장이 훔친 빵과 공작 부인을 바라보던 남자가 훔친 빵은 오늘날 우리가 '프랑스빵'이라고 생각하는 막대 모양 빵이 아니었다. 흰 밀가루로 만든 바게트는 1838년까지 나오지 않았고, 나온 뒤에도 수십 년 동안 특별한 고가품이었다. 19세기 프랑스의 가난한 사람들이 먹는 평범한 빵은 검고 딱딱한 두꺼운 껍질에 속은 회색인 2킬로그램 무게의 묵직한 타원형 덩어리 빵이었다. 오늘날 같으면 그리 식욕을 당길 만한 음식이 아니다. 부자와 빈자 간 불공정과 정신적 괴리가 사회적 재앙으로 이어질 것을 걱정한 이가 위고만은 아니었을 것이다. 그러나 그는 많은 당대인들과 달리 그것을 피하기 위해 특별한 계획을 고수하지 않았다. 그는 푸리에주의자도 생시몽주의자도 사회주의자도 아니었으며, 심지어 아직은 확고한 공화주의자도 아니었다. 또한 그 재앙이 얼마나 빨리 올지도 몰랐다.

1847년 8월 31일
품팔이 일꾼은 고용주인 구두장이에게 3프랑에 계약된 일을 한다. 고용주는 작업 상태가 엉망이라서 50수 이상은 줄 수 없다고 한다.[4] 품팔이 일꾼은 받아들이지 않는다. 곧 실랑이가 벌어진다. 고용주는 일꾼을 내쫓는다. 동료들과 돌아온 일꾼이 돌을 던져 구두가게 창문을 깨뜨린다. 군중이 모인다. 폭동이다. 파리 전체가 혼란에 휩싸인다.

이런 현상이 마음에 들지 않는다. 피에 독이 있으면 아주 작은 뾰루지도 질병이 될 수 있다. 단순한 찰과상으로 사지를 절단하게 될 수도 있다.[5]

1840년대 프랑스는 남성 납세자만 투표권이 있는 입헌군주국이었다. 당시 소득과 불로소득·유산·소비에는 세금이 붙지 않고 부동산에만 세금이 붙었기 때문에, 모든 투표권자가 건물주나 지주였다. 이렇게 한정된 부자들을 대표하는 의회의 눈치를 봐야 하는 정부의 책무는 유권자들에게 봉사하고 소외된 이들을 상대로 질서를 유지하는 것이었다. 다시 말해, 누더기를 걸친 대중의 삶을 개선하는 것은 그것이 소요 사태를 피하는 데 도움이 될 때만 관심사였다. 파리의 빈민들은 언제 평화를 교란할지 모를 불안한 군중이었다. 평범한 사람들을 그토록 자주 난폭하게 만든 게 뭘까? 그들이 천성적으로 게으른가? 그들은 도저히 구제할 수 없을 만큼 나쁜 사람들일까? 가난이 그들의 끔찍한 행동을 불러일으켰을까, 아니면 그들의 행동이 가난의 원인일까?

영국과 프랑스의 빈민 구호

영국과 프랑스는 정치적, 군사적 갈등의 역사가 길지만 항상 서로 사상을 빌렸다. 예를 들어, 계몽주의의 위대한 기념비라고 할 수 있는 디드로Denis Diderot와 달랑베르Jean Le Rond D'Alembert의 『백과전서Encyclopédie』는 체임버스Ephraim Chambers의 『백과사전Cyclopaedia』을 모방하는 데서 시작되었다. 그러나 거기 포함된 '가난'에 관한 항목은 가난한 이들이 겪는 곤경에 대해 당사자를 비난하는 것으로 시작하기 때문에 현대 독자에게는 그다지 계몽적으로 보이지 않는다. 그러나 나중에는 인습적인 태도에서 방향을 바꿔, 가난한 이들을 그렇게 한심한 사람으로 만든 조건에 대한 책임이 있는 군주를 공격한다.

> 가난 앞에서 품위가 떨어지고 비천해지지 않을 만큼 강인한 영혼은 많지 않다. 보통 서민들은 믿기 힘들 만큼 어리석다. 어떤 마법적인 환상이 그들에게 현재의 가난과 노년의 그들을 기다리는 더 큰 가난을 보지 못하게 만드는지 나는 알지 못한다. 가난은 범죄의 어머니고, 군주는 사람들을 '비참하게' 만든 책임이 있다. 이승과 저승에서 가난이 저지른 범죄에 대해 심판받아야 할 자는 바로 군주다.

'가난한 사람들의 문제'에 관한 유럽인들의 논쟁에 좀 더 실질적으로 기여한 것은 영국 성직자 맬서스Thomas Robert Malthus의 저술들이다. 그는 낮은 계급에 대해, 『백과전서』를 쓴 프랑스 사람들보다 훨씬 덜 동정적이다.

1798년에 처음 출판된 이래 오랫동안 읽힌 맬서스의 『인구론An Essay on the Principle of Population』은, 인간이 교육과 교양의 혜택 없이는 천성적으로 게으르며 절실하게 필요해야만 분발해서 생산적인 노동을 한다고 주장한다. 이 책의 두 번째 전제는 교육과 교양을 습득하지 못한 사람들은 항상 가장 쉬운 길을 택한다는 것이다. 기회만 있다면, 가난한 사람들은 필요한 것을 얻기 위해 열심히 일하기보다 도둑질을 택한다고 했다. 인간의 본성에 대한 맬서스의 어두운 관점에서 가난한 사람들은 다른 종족이다. 그의 동시대인들 중에 나눠야 할 케이크의 전체 크기가 커질 수 있다거나 이제 막 싹트기 시작한 농업적, 산업적, 기술적 진보에 따라 가난 자체가 완화될 수 있다고 감히 상상한 이들은 많지 않았다. 그래서 사람들 간의 불공평한 경주와 인구를 먹여 살릴 토지의 수용 능력에 대한 맬서스의 음울한 분석에 설득당하지 않은 사람들조차 범죄와 가난이 동전의 양면이라는 것을 당연하게 여겼다. 영국과 프랑스에서 '낮은 계급'은 곧 '위험한 계급'으로 여겨지곤 했다.

그러나 다른 힘도 작용했다. '장애인과 빈민'에 대한 구호는 오랫동안 교회의 몫이었다. 그런데 방식은 다르지만 맬서스와 『백과전서』는 모두 종교 기관이 가난한 사람들의 고통을 덜어 줄 수 있다는 생각에 노골적인 적대감까지는 아니어도 깊은 회의를 나타냈다. 그럼에도 영국에는 프랑스에 없는 전통이 있었다. 엘리자베스 1세Elizabeth I가 통치할 때 시작된 법이 지방행정조직인 교구회가 병자와 장애인, 버려진 아이, 노인에게 '원외 구제'를 제공하는 것을 의무화했기 때문이다. 이 '빈민법'은 단순히 수입이 없고 헐벗고 굶주리고 주거지가 열악한 사람이 아니라 불행한 사건의 희생자에게만 적용되었다. 그런데 18세기의 막바지로 가면서 법이 적용되는 방식에 변화가 생겼다. 새로운 법은 교구회가 수입이 빈곤선 미만인 노동자와 장애가 없는 실업자도 구호하도록 요구했다. 이런 행정적 변화는 사회정책에 장기적으로 엄청난 영향을 끼쳤고, '빈민'이라는 말을 이해하는 방식에도 변화를 가져왔다. 즉 (프랑스어로 '미제라블'인) '가난한 사람'이라는 단어의 현대적 의미와 같이 어떤 이유로든 살아갈 수단을 충분히 갖지 못한 사람을 뜻하게 되어, '불운의 희생자'라는 기존 의미를 대신하게 되었다. '불운 탓에 비천해진 사람'에서 '돈이 부족한 사람'으로 점진적이지만 근본적인 의미변화는 기존의 경제적·도덕적·정치적 관점을 고수하는 세력의 거센 저항에 부딪쳤고, 그 저항의 벽을 넘기까지 100년이 넘게 걸렸다. 『레 미제라블』은 이 기나긴 변화의 역사에서 핵심 요소였다.

프랑스대혁명은 시민의 새로운 정치적 권리를 확립했지만 가난의 경제적 기원에 대해서는 별다른 말이 없었다. 예를 들어, 1793년 인권선언은 (고아, 장애인, 병자, 노인 등) 궁핍한 사람들과 그 밖의 사람들 사이의 전통적인 구분을 되풀이한다. "사회는 일자리를 제공하거나 일하기 힘든 사람들에게 생존 수단을 제공하는 방식으로 불행한 시민에게 최저 생활을 보장해야 한다."[6] 만약 이 조항을 실행에 옮겼다면 영국의 빈민법에 상응했을 것이다. 빈민법은 벌써 200년 전부터 일할 기회가 없는 (불행한 시민) 극빈자에게는 소득을 지원하고 일할 수 있는 사람과 실업자 들은 스스로 부양할 수 있게 할 것을 요구했다. 그러나 이것은 문서상 개혁으로 끝났다. 혁명기 프랑스에서 국가는 스스로 부양할 수 없는 이들을 구호할 제도도, 자원도 없었다. 구체제하에서처럼 크고 작은 도시의 거리마다 거지들이 있었다.

점점 더 가시화되는 필요와 자원의 간극 중 일부는 주로 교회를 대신해서 활동하는 민간 자선단체나 독지가들이 메웠다. 『레 미제라블』에서 미리엘 주교는 이런 민간 자선의 모범적 인물이었다. 그는 봉급의 90퍼센트를 여러 자선단체에 기부했는데, 종교적인 단체만이 아니라 미혼모를 보살피거나 '궁핍한 소녀들'에게 교육을 제공하거나 버려진 아이와 고아, 환자 들을 돌보는 단체도 있었다.[7] 이 자선단체들은, 만일 이런 곳의 도움이 있었다면 팡틴의 삶이 조금은 덜 가혹하거나 오래 지속될 수 있었을 것이기 때문에 위고가 미리엘 대신 선택한 곳들이다. 그러나 많은 잠재적 기부자들이 한 가지 우려 때문에 기부를 주저했고, 그 우려는 맬서스의 사상으로 더욱더 깊어졌다. 자선단체나 독지가가 궁핍한 사람들을 지원하면서 과연 게으르고 악한 사람들의 무임승차를 막을 수 있을까? 인간쓰레기들이 계속 늘어날 것이라는 맬서스의 예측을 거부하는 사람들조차 '정직한 빈민'과 언제라도 폭도로 변할 수 있는 위험하고 천성적으로 못된 하층민을 구분하게 해주는 지침이 필요했다.

요즘도 사람들은 형태는 달라도 똑같은 문제에 직면해 있다. 개발·보건·환경·교육 프로그램으로 가난한 나라를 도우려고 하는 국제기구를 선택할 때, 어떻게 하면 그런 기부가 좋은 구실만 하고 의도와 달리 오히려 문제를 악화하지는 않을 수 있을까?

제랑도Joseph-Marie de Gérando가 『빈민 방문객Le Visiteur du pauvre』이라는 지침서에서 답 하나를 제시했다. 그가 돈 많은 중산층에게 제시한 해결책은 편견과 거부감을 내려놓고 도움이 필요해 보이는 거리의 사람들을 일일이 방문하라는 것이었다. 도울 수단이 있는 사람들은 빈민들을 개별적으로 알아야 하고, 그들이 어떤 종류의 빈민인지 직접 판단해야 한다는 것이다. 제랑도가 생각하는 '빈민 방문객'은 정직한 사람들에게는 도움을 주고, 자격이 없는 자들은 선도하는 사람이다. 가부장적이고 생색을 내는 듯하며 조금은 심술궂어 보이는 태도다. 그러나 『빈민 방문객』을 위해 변명을 한마디 하자면, 이 책의 조언을 따른 사람들이 자신과는 다른 사람들에 대한 몰이해와 두려움을 분명히 줄였다는 것이다. 이것은 40년 뒤 위고가 『레 미제라블』에서 촉구한 사회적 화해를 향한 작지만 의미 있는 한 걸음이었다.

'빈민 방문'은 『레 미제라블』의 줄거리에서 중요한 구실을 한다. 장 발장이 생쉴피스성당에 기도하러 가는 길에 어떤 부랑아가 굶주리는 가족을 방문해 달라고 부탁하는 편지를 가지고 접근한다. 장 발장은 그러겠다고 했고, 에포닌이 고르보 공동주택으로 서둘러 돌아가서 곧 '백만장자'가 도착할 거라고 알린다. 플뤼메 가로 돌아가서 그들에게 줄 물건을 챙긴 장 발장은 빈민 방문이 무엇인지 보여 주기 위해 코제트도 데려간다. 첫 만남에서 장 발장은 따뜻한 옷과 양모 양말, 담요를 기꺼이 건넨다. 그러나 돈을 달라는 말을 들었을 때는 주저한다. 그는 그 시대의 다른 부르주아들처럼 사기를 당할까 봐 두려웠다.[8] 제랑도의 지혜와 장 발장의 노련함도 테나르디에의 사기를 간파하기에 충분하지 않았다. 다음 방문에서 장 발장은 일당에게 기습당한다.

개인적인 자선이 프랑스 '빈곤 문제'의 진정한 해결책이 아니라면, 영국의 빈민법도 헐벗은 몸으로 거리를 배회하는 이들을 줄이는 데 효과가 없어 보였다. 실제로 당시 영국이 산업의 발전이나 물질적인 부에서 프랑스를 앞섰는데, 빈민 수에서도 프랑스를 훨씬 앞섰다. 정치철학자 토크빌Alexis de Tocqueville은 영국을 잠시 방문했을 때 영국은 입이 떡 벌어지게 번영했는데도 유럽에서 빈곤의 중심지라고 말했다. 어떻게 이런 일이 가능했을까? 토크빌은 그 원인이 시스템에 있다고 썼다. 전 시대에서 내려온 빈민법으로 정한 지원받을 자격이 문제라는 것이었다. 토크빌은 이 오랜 관습의 개혁에 관한 논쟁에서 빈민법을 아예 없애야 한다는 사람들 편에 섰다. 다른 많은 사람들과 마찬가지로 그는 사지가 멀쩡한 사람들에 대한 '원외 구제'를 없애면 빈민의 수가 줄 것이라고 확신했다.[9] 그러나 이 정치적 논쟁의 결과는 단순한 철폐가 아니라 생존에 필요한 돈이 없는 사람들, 즉 현대적 의미의 빈민과 사람들의 눈에 띄지 말아야 할 **극빈자**를 확실하게 갈라놓는 새로운 빈민법이었다. 저임금 노동자에 대한 소득 지원이 철폐된 것은 물론이고 '불운의 희생자'에 대한 직접 지원까지 없어져서 이들을 구빈원이라는 기관에서 돌보게 되었다. 구빈원은 형편없는 곳이었다. 상당한 비용을 들여서 굳이 구빈원을 짓는 이유는, 사람들에게 일해서 얻는 것보다 더 낮은 생활수준을 제공해서 사지가 멀쩡한 사람이라면 아무리 돈을 적게 받아도 고된 노동을 마다하지 않도록 하는 것이었다. 구빈원이 너무 끔찍하고 구차했기 때문에, 디킨스의 『우리 서로의 친구*Our Mutual Friend*』에 등장하는 히그던 부인 같은 극빈자들은 얼마 남지 않은 생을 그곳에서 보내느니 차라리 길에서 죽는 편을 택했다.[10]

헝거포드 스테어의 쥐가 득실대는 창고에서 구두약을 통에 담는 일을 하면서 청소년 시절을 보낸 디킨스는 이 새로운 법에 분개했다. 그는 구빈원에서 자란 소년에 관한 소설에서 구빈원을 맹비난했다. 『올리버 트위스트*Oliver Twist*』가 1837년에 출판되고 프랑스어판은 1841년에 나왔는데, 지금까지 영문판이든 프랑스어판이든 절판된 적이 없다.[11]

구빈원은 영국해협을 사이에 둔 영국과 프랑스의 교류로 양국 상황이 비슷해진 경우의 예다. 구빈원은 걸인 수용소에 착안해서 만들어졌다. 이것은 나폴레옹이 1808년에 거지와 부랑아, 광인, 장애인을 대중의 시야에서 치우려고 세운 교도소와 비슷한 기숙사였다. 프랑스에서 이 계획이 도시 미관에는 효과가 있었을지 몰라도 극빈자와 거지의 숫자에는 영향을 주지 못했다. 또 스탕달*Stendhal*이 『적과 흑*Le Rouge et le Noir*』에 기록한 것처럼 악용될 소지도 있었다. 베리에르에서 걸인 수용소를 운영하는 비양심적인 발르노는 국가에서 받은 수감자들의 식비 가운데 일부를 빼돌리는 방식으로 돈을 착복한다. 현실에서 이와 비슷한 추문은 프랑스 전역에서 걸인 수용소가 점차 사라지는 결과로 이어졌다. 구빈원이 영국의 거의 모든 도시로 확산된 1840년대에 프랑스에는 걸인 수용소가 거의 남아 있지 않았다.

『올리버 트위스트』는 빈곤이 범죄의 길로 이어지는 것을 당연하게 받아들인다. 올리버는 구빈원을 떠나 장물아비 페이긴 밑에서 일하는 소년 절도단에 들어간다. 그리고 '재주 많은 미꾸라지'로 통하는 잭 도킨스에게 소매치기를 배운다. 도킨스는 훔친 모자를 쓰고 다니며 재치 있는 농담을 잘하는 런던내기다. 디킨스의 이 유쾌한 장난꾸러기는 『레 미제라블』이 후대에 대중적 인기를 끄는 데 중요한 구실을 한다. 1960년에 런던 이스트엔드 출신의 음악 천재 바트Lionel Bart가 『올리버 트위스트』를 바탕으로 한 뮤지컬 공연을 기획했다. 1977년에 뮤지컬 〈올리버!Oliver!〉의 재공연을 본 프랑스 작사가 부브릴Alain Boublil이 이렇게 회상했다. "재주 많은 미꾸라지가 무대에 나오자마자 가브로슈가 떠올랐다. 명치끝을 한 대 맞은 듯한 기분이었다. 장 발장, 자베르, 가브로슈, 코제트, 마리우스, 에포닌……. 내 마음의 눈에 『레 미제라블』의 모든 등장인물이 보이기 시작했다."[12] 런던 거리 하층민들 사이의 선과 악에 대한 디킨스의 따스한 시선은 지난 30년 동안 위고의 소설에 새로운 생동감을 부여한 뮤지컬 〈레 미제라블〉을 창조하는 최초의 자극제가 되었다.

『올리버 트위스트』는 어린아이를 주인공으로 내세운 소설 중 널리 알려진 첫 작품이자 유행어와 절도범들의 은어에서 빌린 단어들을 포함해 하층민의 다채로운 언어를 도입한 첫 작품이다. 『올리버 트위스트』와 『레 미제라블』의 더 큰 공통점은 소설 속에 담긴 너그러움의 정신이다. 디킨스 소설 『올리버 트위스트』의 개작이 수많은 『레 미제라블』의 개작들 중 지금까지 가장 많은 관객을 동원한 작품의 탄생에 기여한 것이 단순한 우연의 일치만은 아니다.

시대가 낳은 작품들

위고는 아마『올리버 트위스트』를 읽지 않았을 테지만 디킨스를 만난 적은 있다. 디킨스가 동료인 포스터John Foster와 1847년에 위고의 집을 방문했을 때, 위고는 르와얄 광장에 있는 호화 아파트에서 두 사람을 맞았다. 위고의 기록에 이 방문의 흔적이 남아 있지 않은 것을 보면 디킨스가 당대 문학 스타에게 그다지 강렬한 인상을 주지는 못한 듯하다. 그러나 상대편에게는 기억할 만한 만남이었다. 디킨스의 눈에 위고는 '천재처럼 보였고' 그의 아내 아델은 성이 잔뜩 난 표정이라 언제든 위고의 아침 식사에 독약을 넣을 수 있을 것만 같았다. 한편 쟁반을 들고 들어온 딸은 코르셋에 날카로운 단검이라도 숨기고 있지 않을까 싶을 만큼 음산해 보였지만, "과연 코르셋을 입기는 했을까 싶기도 했다." 아마 디킨스가 편지를 재미있게 쓰려고 농담을 섞었겠지만, 어쨌든 위고는 이렇게 침울한 분위기에서 영국인 손님들에게 '아주 매력적인 칭찬을 아주 고상하게' 건넸다.[13] 이는 놀랄 만한 일이 아니었다. 당시 위고는 록 스타 같은 지위에 있었지만 행동은 전혀 그렇지 않았다. 항상 깔끔하고 수수한 옷차림이었으며 훌륭한 예의범절이 몸에 배어 있었다. 그가 여자들에게 인기 있는 남자가 된 데는 이런 점도 한몫했다.

디킨스가 방문했을 때 위고는『레 미제라블』1부와 2부의 초고를 어느 정도 써 놓은 상태였으며, 아마 이 영국인 작가가 앉았던 소파에서 몇 발짝 떨어진 작업 책상 위에 원고가 놓여 있었을 가능성이 크다. 그러나 위대한 두 소설가는 이에 대해 말하지 않았다. 그들이 생각과 느낌을 공유하고 작품에서 유사한 궤도를 따랐지만, 그들의 대화는 사교적인 인사를 나누는 정도에 머물렀다. 위고는 영어를 배운 적이 없고, 디킨스는 위고의 제2언어인 라틴어를 몰랐다. 그래서 그들은 프랑스어로 대화해야 했는데, 디킨스는 정상적으로 학교에 다니지 못했기 때문에 프랑스어를 뒤늦게야 배웠다. 만일 그가 제대로 교육을 받기만 했다면 이들이 나눈 대화가 달라지지 않았을까? 그러나 만일 그랬다면 디킨스가 그런 소설을 못 썼을지도 모른다.

1847년에 못 한 디킨스와 위고의 진정한 대화는 15년 뒤에 이루어졌다. 디킨스가 1861년에 친절한 행동 덕에 독지가로 거듭나는 전과자 매그위치의 이야기를 완성했고, 겨우 몇 주 뒤에 위고는 장 발장의 이야기를 완성했다. 『위대한 유산』과 『레 미제라블』은 지은이들이 주고받은 말보다 훨씬 더 많은 것을 서로에게 이야기한다.

영국에서 『올리버 트위스트』가 구빈원 고아들과 범죄 집단의 삶에 대한 관심을 불러일으켰다면, 프랑스에서는 쉬Eugène Sue가 사회의 가장 낮은 밑바닥을 가장 극적인 방식으로 표면에 드러냈다. 1842년부터 1843까지 대량으로 발행되던 신문에 매일 연재된 그의 소설 『파리의 비밀Les Mystères de Paris』을 하녀와 여주인, 구두닦이와 사장, 청소년과 성인, 학생과 노동자가 읽었다. 소설의 인기는 신문 출판의 경제를 바꿀 만큼 대단했으며, 찻집과 술집에서 소리 내어 읽는 일이 많아 프랑스에서 처음으로 소설 애호가라는 대중을 창조했다.

연재의 매회 주인공인 제롤스탱의 루돌프 공은 비참한 파리의 뒷골목, 가난한 사람들의 숨겨진 도시를 구석구석 훑고 다닌다. 그곳에서 그는 매춘부와 포주, 착취당하는 노동자와 억압받는 기능공, 사기꾼과 거간꾼, 미혼모와 고아, 거지와 장애인을 만난다. 그리고 자신이 발견한 모든 사회적 병폐에 대해 고귀하거나 실용적이거나 동정적인 해결책을 제시한다. 루돌프는 문학작품보다는 대중연극이나 팬터마임 속 인물에 가깝다. 그는 원래 귀족인데, 거리의 비속어와 기능공들의 사투리나 법정 용어에도 능숙해서 필요에 따라 부르주아나 노동자나 사기꾼 행세를 할 수 있는 위장술의 달인이다. 수백 명, 어쩌면 수천 명에 이르는 독자들이 그의 연재소설에서 자기 상황을 발견하고 작가에게 편지를 써서 자신의 인생이 어떻게 될지 말해 달라고 간청하거나 자신이 쓴 글을 실어 달라고 부탁했다.[14] 더는 아무도 가난한 사람들에 대해 모른 척할 수 없을 만큼 쉬의 소설이 대중에게 미친 영향이 대단했다. 『파리의 비밀』이 위고의 관심을 빈곤 문제로 이끈 유일한 자극은 아니지만 빈곤 문제가 당대의 뜨거운 화제였음은 보여 준다. 더욱이 프랑스에서만 그런 것도 아니다. 러시아에서 고골Nikolai Gogol은 말단 공무원들의 삶에 초점을 맞춘 『페테르부르크 이야기Петербургские повести』를 썼고, 도스토옙스키는 위고가 『레 미제라블』의 초고를 쓰기 시작한 1845년에 첫 번째 장편소설 『가난한 사람들Бедные люди』을 썼으며, 런던에서는 리턴Edward Bulwer-Lytton의 『폴 클리포드Paul Clifford』(1830)와 디즈레일리Benjamin Disraeli의 『시빌Sybil』이 '영국의 상황'과 영국에 존재하는 부자의 나라와 빈민의 나라에 대해 새로운 인식을 창조했다. 이 중 위고가 알았을 만한 작품은 『파리의 비밀』뿐이다. 쉬가 위고보다 조금 앞서서 유럽 전체에 걸친 문학의 거대한 변화와 사회적 감수성에 반응한 것이다.

나는 『파리의 비밀』이 다소 과장되고 지루하게 느껴졌지만, 그 많은 사람들이 열정적으로 읽었으니 아마 문제는 내게 있을 것이다. 프랑스 소설가 발자크Honoré de Balzac는 다른 이유로 이 소설에 반감을 가졌다. 우선 쉬의 수입을 시기했고, 이 소설의 내용이 '사회정의'를 호소하는 것에도 개탄했다. 위고와 달리 발자크는 프랑스 사회가 쇠퇴하고 있다고 보았으며 적법한 군주제와 교회의 통치로 복귀하는 것만이 '인류의 타락을 통제하는 완전한 시스템'을 제공하는 길이라고 생각했다.[15] 『파리의 비밀』에 대한 발자크의 반응은 '가짜 문학의 신들을 타도하기 위해'[16] 쓴 '가난한 친척'이라는 제목으로 묶인 암울한 걸작 두 편(『사촌 베트La Cousine Bette』와 『사촌 퐁스Le Cousin Pons』)으로 탄생했다. 그는 쉬 같은 연재소설 작가를 염두에 두고 있었다. 위고의 반응은 한참 뒤에야 나왔다. 그가 인정한 적은 없지만, 그것은 1845년에 쓰기 시작해 훗날 『레 미제라블』이 되는 산문에 감춰져 있었다.

쉬와 위고의 작품 간에는 분명한 유사성이 있다. 루돌프 공처럼 장발장도 여러 번 죽을 고비를 넘기고 다시 태어난다. 1796년에 빵을 훔쳐서 교도소에 간 뒤로 그는 이름을 잃고 24601이 된다. 1815년에 출소하고는 몽트뢰유 쉬르 메르에서 마들렌 씨로 변신하고, 자신이 수배자라고 고백한 1823년에는 죄수 9430호로 다시 감금되지만 배에서 바다로 뛰어내려 사망자로 처리된다. 그러나 몇 달 뒤 파리에서 자베르에게 발각되자 담을 넘어 수녀원으로 도망치고, 그곳에서 지낼 권리를 얻기 위해 처음에는 관에 들어가 산 채로 매장될 위기를 맞는다. 그 뒤 '월팀 포슐르방'이 되어 살다가 5년 뒤 수녀원을 떠날 때는 사람들에게 '르블랑 씨'와 '위르뱅 파브르'로 통한다. 장 발장은 몬테크리스토 백작이나 고대 설화 속 주인공 바리공주나 쉬의 주인공보다 더 자주 사라졌다가 새 이름으로 나타난다.

2장

/

팡틴의 불행

『레 미제라블』의 씨앗

1855년 크리스마스, 위고는 오트
빌 가에서 아벨레 만이 내려다보이는 저택을 '얻어' 살고 있다. 위고의
집은 아니었기 때문에 이것을 그의 특이한 상상력을 보여 주는 곳으
로 만들 공사와 실내장식은 아직 시작되지 않았다. 그러나 위엄 있고
유능한 요리사 마리가 준비한 가족의 일상적인 저녁 식사는 시작되었
다. 위고는 가장으로서 늘 상석에 앉아 여러 화제에 관한 의견을 늘어
놓았다. "지금 읽어 줄 얘기는 1845년 의회에 있을 때 떠올라서 회의
중에 종이에 쓰기까지 했는데……." 이날은 그가 정치나 과학이 아닌
작품 이야기를 꺼냈다.

스물다섯 살이고 미혼인 딸 아델Adèle Hugo은 일기에 아버지가 말한 것을 거의 빠짐없이 기록했다. (어머니와 구별하기 위해 아델 2세라고 불린) 그녀가 그해 12월 25일에 아버지가 읽은 글을 요약한 것은 가족을 잃고 삯바느질을 하며 혼자 힘으로 살아가는 젊은 여성에 관한 시다. 겨울이 와서 낮이 짧아지자 그녀는 등윳값 때문에 빚을 진다. 그래서 시계, 외투, 반지와 아버지의 무공훈장까지 전당포에 맡기지만 그것으로도 충당되지 않는다. 별수 없이 거리로 나간 그녀는 부랑아들에게 조롱당하고 경찰에게 쫓겨 다닌다. 위고의 성실한 딸이 회상하는 그 시의 두 번째 부분은 일하는 동물에 대한 학대에 경악했고, 세 번째 부분은 공장에서 아동 노동력을 착취하는 것에 이의를 제기했다.[1]

이 요약을 보면 분명히 위고는 1856년에 출판된 시집 『관조Les Contemplations』에 포함된 「우울Melancholia」이라는 시를 가족에게 읽어 주었다. 시집에는 그 시가 1838년에 쓰였다고 되어 있지만, 위고가 갖가지 이유로 작품을 쓴 날짜를 자주 바꿨기 때문에 아델이 제시한 1845년이 맞을 가능성이 크다. 그해에 위고는 귀족원 의원이 되었고, 다른 돈벌이가 없어서 매춘에 나선 가난한 여자의 이야기를 담은 『레 미제라블』을 쓰기 시작했다. 팡틴의 이야기는 「우울」의 첫 부분과 주요 내용이 일치하고 세부도 상당히 비슷하다. '아동 노동력 착취'라는 주제도 공유되었다. 테나르디에에게 착취당하는 코제트의 이야기가 언뜻 신데렐라 이야기 같지만, 그것은 가난한 아이들이 어떻게 다뤄졌는지에 주목한다. 일하는 동물에 대한 학대도 『레 미제라블』 중 1817년 봉바르다 식당 앞에서 벌어진 짧지만 인상적인 장면에서 표현되었다.[2] 따라서 「우울」이 그것과 동시에 시작되어 훗날 『레 미제라블』로 탄생하는 산문과 같은 정서와 생각에서 비롯되었다고 보는 것이 합당한 추론 같다. 위고는 아마 전체 시행 300행 중 110행 정도만 썼을 시를 읽어 주면서, 거기에 '아직 발표하지 않은 소설의 싹'이 담겨 있다고 가족에게 말했다.[3]

위고는 산문과 운문을 자유자재로 넘나들며 자신의 생각을 표현했지만, 일정 시기에는 한 가지 형식에 집중하는 경향이 있었다. 오트빌 하우스에서 크리스마스에 있었던 낭독에 관해 아델이 쓴 일기에서 우리가 추측할 수 있는 사실은 새 '국왕'이 귀족원에서 위고의 자리를 빼앗은 1845년 4월 무렵이나 그 직후 위고의 마음속에 심어진 『레 미제라블』의 '싹'은 산문과 운문으로 동시에 찾아왔다는 것이다. 그가 마침내 그 소재를 이야기시가 아닌 산문에 이용하기로 결정한 것이 그가 쓴 가장 위대한 소설의 진정한 '근원'이다. 만일 『레 미제라블』에서 산문이 시의 영역으로 넘어가는 부분이 있다면, 주제 중 일부가 실제로 운문으로 표현되었다는 사실도 한 이유일 것이다.

가난의 덫

위고는 「우울」에서 매춘 여성의 삶을 구체적으로 서술하지 않고, 『레 미제라블』에서도 자세히 다루지 않는다. 팡틴의 '타락'은 몇 마디만으로 처리된다.

"그래, 마지막 남은 것도 어서 팔아 버리자." 그녀가 말했다.

그 가엾은 여자는 거리로 나갔다.(I.5.x)

이 짧은 문장들은 위고 특유의 풍부한 문장과 대조를 이루는데, 부분적으로는 바로 이 점 때문에 문맥 속에서 강한 인상을 준다. 이 문장들은 1823년에 수비병이 주둔하는 도시에서 '거리로 나간다'는 것이 과연 어떤 의미인지를 구체적으로 밝히는 대신 독자의 상상에 맡긴다. 그런데 그때 이후 영화제작자와 화가, 각본가와 팬픽션 작가 들은 위고가 뺀 것을 도로 집어넣었으며 『레 미제라블』의 현대적 개작에는 매춘부 팡틴의 삶을 보여 주는 장면이 의무처럼 자리 잡았다. 이런 개작들에 나타난 19세기 성매매에 대한 다소 노골적인 묘사는 위고가 쓴 내용과는 무관하며, 따라서 그 배경이 된 시간과 장소의 지배적인 태도를 반영하는 거울로 받아들이는 편이 바람직하다.

또한 『레 미제라블』은 자본주의와 공장 노동을 비판하지 않는다. 오히려 '임금노동'을 가난의 원인은커녕 하늘이 내린 해결책으로 표현한다. 팡틴에게 유일한 물질적, 도덕적 안식의 원천은 몽트뢰유 쉬르 메르에 있는 마들렌의 공장에서 구슬을 포장하는 일이다. "팡틴은 스스로 벌어 살아가는 모습에서 행복한 순간을 누렸다. 정직하게 일해서 살다니. 이 얼마나 은혜로운 일인가! 그녀는 다시금 노동의 기쁨을 찾았다."(I.5.viii, 163)

이것은 가난한 사람이 천성적으로 게으르다는 맬서스의 생각에 동조하는 사람들에게 주는 답이다. 위고는 '타락한 여자'도 일거리만 있다면 노동의 기쁨을 되찾는다는 것을 보여 준다. 이는 흔히 말하는 가난한 사람들의 도덕적 타락은 그저 충분한 일자리가 없기 때문이라는 뜻이다. 그러니 가난한 사람들이 정직하게 살아갈 수 있도록 일자리를 주는 마들렌 같은 사람이 존경받아 마땅하다는 것은 당연한 결론이다.

이렇게 산업주의를 옹호하는 것이 현대의 일부 독자에게는 감상적이고 악의적이기까지 한 환상으로 보인다. 『레 미제라블』이후 수십 년 동안 제조업의 성장은 노동계급의 필요와 권리에 초점을 둔 정치적 이념들을 낳았고, 이 이념들은 위고 소설의 의미에 대한 인식을 바꿔 놓았다. 마들렌의 모범적 공장과 그 이윤 덕에 가능해진 박애주의적 기부는 노동 착취에 아무런 문제가 없던 것처럼 보이게 한다. 공장주가 노동자와 몽트뢰유 시민에게 겉으로는 친절하게 행동할지 몰라도 엄밀히 말하면 노동의 결실을 가로챈다. 그는 6년 만에 (금 200킬로그램에 해당하는 금액인) 63만 프랑을 축적한다. 이렇게 보면, 『레 미제라블』의 '객관적 의미'는 악덕 자본가의 미화에 지나지 않는다.

팡틴이 살던 시대 이래 전반적 번영의 수준은 100배나 높아졌지만 어떤 정치체제하에서도 가난은 사라지지 않았다. 왜 가난한 사람들이 존재할까? 어떻게 가난을 없앨 수 있을까? 맬서스와 토크빌과 위고가 던진 이 거창한 물음에 대한 답이 끊임없이 제시되었지만 가난은 사라지지 않았다. 복지가 바로 가난의 원인일까? 소득 지원과 실업수당을 통합해야 할까? 어떤 법이 통과되어도 항상 가난한, 구제할 수 없는 하층민이 존재할까? 수당 신청자들 각자의 상황과 그들의 요구에 대한 평가가 얼마나 일치할까? 빈곤 완화를 위해 국가와 빈민이 각각 져야 할 책임은 어느 정도일까?

실제로 오늘날 어떤 사람들을 가난하게 만드는 사회체제는 위고가 『레 미제라블』에서 제시하는 것과 별반 다르지 않다. 현대 사회과학자들이 빈곤의 사슬을 만드는 데 크게 기여한다고 지목한 원인은 근친의 상실, 재정 지원의 상실, 원치 않은 임신, 낮은 교육 수준, 실업, 임금 하락, 질병, 폭력의 피해, 법적인 문제 등이다. 위고는 팡틴의 삶에서 갈수록 태산이 되는 재앙을 그려 낸다. 팡틴은 (소설의 등장인물 중 거의 유일한) 문맹이고, 예상 못 한 임신을 하고, 아이 아버지에게 버림받고, 재정 지원을 잃은 데다 일자리를 잃고, 바느질 품삯이 떨어지고, 물리적으로 공격당하고, 체포당하며 병까지 걸린다. 그녀의 삶은 가난의 덫을 보여 주는 전형적인 예다.

우리는 『레 미제라블』 시대 이래 이런 결과를 막기 위해 개발된 도구들에서 위안을 찾으려고 할지 모른다. 보편적 초등교육 덕분에 현대판 팡틴은 코제트의 양부모에게 편지를 쓸 때 술꾼 대서인에게 부탁할 필요가 없고, 따라서 그녀가 미혼모라는 사실이 동네방네 소문날 일이 없다. 피임법은 원치 않는 임신의 가능성을 줄이는데, 혹시 임신해도 톨로미에스같이 비열한 인간을 추적해서 양육비를 지원하게 할 수 있다. 반차별법은 단지 미혼모라는 사실 때문에 공장장이 종업원을 해고하지는 못하게 한다. 품삯이 최저생활수준 이하로 떨어지면 대부분의 선진국 정부에서는 어떤 식으로든 소득을 지원한다. 또 거리에서 거친 고객과 몸싸움에 휘말리는 경우, 성매매 여성들은 법적으로 부르주아

고객과 동등하게 대우받는다. 팡틴을 죽게 한 폐병도 지금은 항생제로 쉽게 치료할 수 있다. 우리는 팡틴의 끔찍한 이야기를 이제는 모두 해결된 과거의 이야기로 여길 수도 있을 것이다.

그러나 그래서는 안 된다. 쪽방촌과 대도시 주변과 유럽의 산업 공동화 지역과 뭄바이의 빈민촌에서, 팡틴에게 덮친 재앙들이 여전히 많은 사람들의 삶을 철저히 비참하게 만들고 있다. 극빈층은 1845년만큼 많지 않고 파리나 뉴욕 같은 도시에서는 눈에 잘 띄지 않는다. 그러나 팡틴의 이야기는, 상대적으로 남성보다 여성에게 더 큰 타격을 입히는 삶의 불행한 사건들로부터 여성들이 덜 휘둘리게 하기 위해 그동안 이룬 모든 진보를 간접적으로 보여 주는 동시에 계속 진보해야 할 필요성을 강조한다.

사실과 허구

위고가 젊었을 때는 교도소와 지하 감옥이 볼거리로 여겨졌고, 파리 관광객들이 오늘날이라면 저만치 피해 갈 만한 온갖 장소들을 방문했다. 예를 들어, 1830년 파리에 방문한 평범한 스위스 학생은 어느 일요일 오후에 순전히 구경을 위해 정신병원의 여자 병동을 들른 뒤 시체 안치소에 갔다.[4] 당시 유행처럼 번진 중세의 유적과 잔해에 대한 흥미와 이상하고 엽기적인 것에 대해 널리 공유된 취향(양식만 따지자면 낭만주의의 주요 특징)은 사실 오늘날 엽기 영화가 주는 재미를 그럴싸하게 포장한 것과 다르지 않다.

1828년의 젊은이이자 시대를 선도하는 인물이던 위고는 사형수와 노역형을 받은 죄수들이 갇힌 비세트르 감옥을 조각가 친구인 당제Da-vid d'Angers와 방문했다. 고딕 양식 보존에 관심이 많던 위고는 고대 감옥을 꼭 보고 싶었는데, 그러려면 감옥에서 벌어지는 일을 보도록 허락된 돈 많은 구경꾼들과 함께해야 했다. 방문객들은 최근 노역형을 받고 마당으로 끌려가는 사람들을 간수 바로 뒤, 아주 가까이에서 구경했다. 감옥 대장장이가 화로와 모루를 설치하고는 망치로 죄수들의 목에 두른 쇠줄에 빨갛게 달궈진 못을 박았다.

제아무리 대담한 사람들이라도 얼굴이 하얗게 질릴 만큼 무시무시한 광경이었다. 망치가 죄수의 목 뒤에 세워진 모루를 강타할 때마다 죄수의 턱이 흔들렸다. 앞이나 뒤로 조금만 벗어나도 머리뼈가 호두처럼 갈라질 수 있었다.[5]

이렇게 굴욕적으로 끔찍하게 사슬로 묶인 죄수들은 무개차에 올라타서 얼굴을 바깥쪽으로 한 채 긴 의자에 앉고 남쪽의 툴롱 감옥까지긴 여정에 나섰다. 이것이 1796년 4월 22일에 장 발장이 겪은 일이다.

무거운 망치가 목 바로 옆을 내리쳐 쇠줄에 못을 박는 동안 그는 내내 울었다. 눈물 때문에 목이 메어 목소리도 나오지 않았다. 그가 할 수 있는 말이라고는 가끔 "나는 파베롤의 간벌꾼이었소."라고 중얼거리는 것밖에 없었다. (I.2.vi. 80)

27일에 걸쳐 장 발장이 툴롱 감옥으로 이송되는 과정이 소설 속 장면으로는 서술되지 않지만 약 35년 뒤에 우아하고 감동적인 방식으로 소환된다. 파리의 플뤼메 가에 살고 있던 장 발장과 코제트가 이른 아침 산책을 나갔다가 기괴하고 무서운 광경과 마주치는데, 당시 유행하던 노래를 소리쳐 부르는 남루하고 지저분한 사람들을 싣고 가는 달구지 행렬이었다. 그들은 사슬에 묶여 이송되는 죄수였고, 장 발장은 이미 그 일을 두 번이나 겪었다. 사람들이 구경하러 나오고, 부랑아들은 그 불쌍한 사람들에게 욕설을 퍼붓는다.[6] 코제트는 자기 '아버지'가 어떤 사람이었는지 모르는 채로 그 광경을 지켜보고, 독자는 그 박애주의자 신사가 한때는 무정한 군중이 구경하는 짐승과 다름없는 인물이었다는 사실을 떠올리게 된다. (1829년에 발표된)『사형수 최후의 날 *Le Dernier Jour d'Un Condamné*』부터 1861년에 완성된『레 미제라블』의 마지막 부분에 이르기까지 위고는 끊임없이 인간이 인간에게 당하는 수모에 대해 슬퍼하고 분노했다.

비세트르에 방문했을 때 위고도 사형수가 갇힌 건물에 안내되어 갔다가 그곳에서 본 광경에 깊이 충격받는다. 그리고 머지않아 단두대에서 잘려 나갈 운명이기 때문에 목에 쇠사슬을 달지 않은 '특혜받은' 죄수가 어떤 기분일지를 상상했다. 그리고 죽음을 앞둔 한 남자의 마음속 생각을 일기 형식의 소설로 썼다.『사형수 최후의 날』은 주인공의 신분이나 그가 사형을 언도받게 된 범죄가 무엇인지를 밝히지 않는다. 이 짧은 1인칭 소설은 그것이 전달하는 내용 자체보다는 직접적이고 덤덤한 말투와 설명의 부재 때문에 독자에게 더욱 충격적으로 다가

온다. 이 소설은 위고의 이름을 달지 않고 출판된 1829년에 신경을 곤두서게 하는 낭만주의적 과장의 개탄스러운 예라고 언론의 공격을 받았다. 그러나 1830년 7월 혁명 이후 위고는 자신이 사형 제도를 범죄로 본다고 분명하게 밝히는 새로운 서문을 더해 자신의 이름으로 이 소설을 재출판했다. 이때부터 그는 사형을 폐지해야 한다는 생각을 한 번도 굽히지 않았다. 프랑스에서는 1981년에 사형 제도가 폐지되었다. 위고가 비세트르 감옥에 방문한 것을 계기로 사형 제도 폐지 운동을 시작한 지 150년 만의 일이다.

강도, 무법자, 모험가, 사기꾼은 어느 시대에든 대중오락에 등장한다. 하지만 당대의 범죄를 사회적, 문학적 주제로 창조해 낸 시기는 아마 19세기 초반일 것이다. 낭만주의 시대의 '범죄 문학'은 대부분 상류사회의 이면에 도사리고 있는 극적이고 불길한 악의 힘을 다룬다. 예를 들어, 발자크의 (『고리오 영감Le Père Goriot』에 등장하는) 보트랭은 어둠의 세계 물주로, 점잖은 젊은이들에게 보이지 않는 영향력을 행사한다. 그런데 이 분야에 속하는 위고의 작품은 전혀 달랐다. 그것은 무자비하고 불공정한 법 적용 때문에 훨씬 더 큰 죄를 저지르게 되는 죄수에 대한, 실화에 허구적 요소를 살짝만 더한 사실적인 보고서였다. 1834년에 발표된 『클로드 괴Claude Gueux』를 쓰면서 위고는 사법제도와 교도소 조직에 관해 상당한 식견을 갖게 되었고, 나중에 『레 미제라블』에서 좀 더 거창하고 치밀하게 가난과 범죄의 연관성에 대해 서술한 관점도 이 짧은 유사 소설에서 처음 드러낸다. "왜 이 사람이 도둑질을 했을까요? 왜 그는 사람을 죽였을까요?" 클로드 괴의 재판에서 던진 질문이다. 위고는 대답한다. "사람들이 굶주리고 있습니다. 사람들이 추위에 떨고 있습니다. 남자들을 범죄로, 여인들을 죄악으로 이끄는 것은 가난입니다."[7]

소설과 영화

그러나 『레 미제라블』에서 위고는 장 발장을 감옥에 보낸 법의 불공정에 대한 직접적인 언급은 삼간다. 그는 재판 과정을 몇 마디 말로만 처리한다. "장 발장은 유죄를 선고받았다. 형법 규정들은 절대적인 것이었다. …… 생각하는 존재 하나를 사회가 구할 길 없이 표류하도록 저버리다니, 이 얼마나 운명적인 순간인가! 장 발장은 5년 노역형을 선고받았다."(I.2.vi, 80)

위고는 범죄와 처벌의 불균형이 자연스럽게 드러나도록 하는 방식을 취하지만, 무대와 영화를 위해 소설을 각색하는 사람들은 좀 더 분명하게 말해 줘야 한다고 느끼곤 한다. 예를 들어, 1935년에 할리우드 영화 〈레 미제라블〉을 만든 볼레슬랍스키Richard Boleslawsky 감독은 피고가 증인석에 서서 법의 불공정성뿐만 아니라 사람들이 빵을 훔치도록 내모는 빈곤의 불평등성에 대해 셰익스피어를 방불케 할 만큼 열성적으로 발언하는 배심원 재판 장면을 상상한다. 이것은 철저히 미국적인 영화 장르인 법정극의 초기 예로 들기에 좋고, 배우 마치Fredric March는 18세기 프랑스의 가난한 사람들보다는 대공황의 피해자들을 대변하는 것처럼 보인다. (게다가 당시에는 배심원 제도가 없었고, 피고가 증인석에 서거나 스스로 변호할 수도 없었다.) 이때부터 영화화된 많은 〈레 미제라블〉이 볼레슬랍스키의 선례를 따라, 위고의 이야기가 법의 불공정성을 맹렬하게 비난하면서 시작된다는 인상을 심어 주는 데 한몫했다. 사실 위고의 소설이 그렇게 시작되는 것은 아니지만, 시대에 맞지 않는 허구적 법정 장면에서 표현된 태도와 정서는 위고가 예상한 독자들의 해석과 크게 어긋나지 않는다.

『레 미제라블』은 장 발장의 19년 수감 생활도 짧게 다룬다. 우리는 장 발장이 툴롱의 시청에서 쓰러지는 돌기둥을 들어 올리는 장면과 이 가엾은 죄수가 힘 때문에 '기중기'라는 별명을 얻은 것, 그가 읽고 쓸 줄 알고 네 번에 걸쳐 탈옥을 시도했으며 1815년에 출소하면서 받을 돈을 다 받지 못한 것만 안다.[8] 소설에서는 장 발장이 갤리선 노예로서 노 젓는 장면을 못 보지만, 이것은 부브릴과 쇤베르크Claude-Michel Schönberg가 작사·작곡한 브로드웨이 뮤지컬에서 중요한 시작 장면이다.

사실 이 장면은 뮤지컬 각색자들이 만들어 낸 것이 아니라, 볼레슬랍스키의 영화에서 처음 나온다. 이 영화는 웰스Orson Welles가 〈시민 케인Citizen Kane〉에서 쓴 방식처럼 낮고 비스듬한 앵글을 통해 수염이 덥수룩하고 몸집이 큰 남자 수십 명이 번들거리는 흑인이 울리는 징 소리에 맞춰 힘쓰는 장면을 보여 준다. 여기서 뮤지컬의 시작을 알리는 합창곡이 나온다. 볼레슬랍스키는 애초에 왜 해상 노역 장면을 만들어 냈을까?

그 답은 소설 속 한 단어에서 나온다. 장 발장이 미리엘 주교에게 그가 집에 들인 사람이 누구인지 알려 주려고 이렇게 말한다. "Avez-vous entendu? Je suis un galérien. Un forçat. Je viens des galères." 현재 구할 수 있는 영문판은 이 문장들을 이렇게 번역한다. "Did you hear? I'm an ex-convict. Sentenced to hard labour, I come from the prison hulks.(들으셨습니까? 저는 전과자입니다. 노역형을 선고받아 감옥선에서 왔어요.)"(I.2.iii, 71) 그런데 1930년대에 나온 것으로 보이는 영문판들의 번역은 조금 달랐다. "Did you hear? I am a galley slave; a convict. I come from the galleys(들으셨습니까? 저는 갤리선 노예, 죄수입니다. 갤리선에서 나왔어요.)" 옛 번역이 잘못됐다고 말할 수는 없다. 프랑스어로 갤리선은 '갈레르$_{galère}$'고 갤리선 노예는 '갈레리앵$_{galérien}$'이다. 게다가 툴롱에 해군 항이 세워진 1679년부터 18세기 중반까지 노역형을 선고받은 죄수들은 주로 군용 범선으로 보내져 노를 저었다. 그래서 노역형을 '갤리선 처벌'이라고 불렀고, 죄수를 갈레리앵이라고 불렀다. 그러나 1740년 무렵 군함에 새로운 대포가 설치되었다. 훨씬 무거워진 이 장치는 갑판 아래에 실어야 했다. 그러지 않으면 악천후에 배가 불안해질 수 있었다. 따라서 군함에 갤리선 노예들이 탈 만한 공간이 없어졌고, 이때부터 1839년에 증기선이 도입될 때까지 프랑스 해군은 돛에만 의존해서 항해했다. 문자 그대로 '갤리선 노역형'은 1748년에 철폐되었고, 장 발장이 감옥에 간 1796년 무렵 툴롱에서 갤리선 노역은 기억에서도 멀어진 옛이야기였다. 다만 갈레르와 갈레리앵이 각각 관용적으로 감옥과 수감자를 가리키는 말로 이용되었다. 단어의 뜻이 바뀌었다고 말할 수도 있겠지만, 사실 그렇지가 않다. (예를 들어, 고대 로마의) 갤리선과 노예를 말해야 할 때 그 단어들의 원래 의미가 아직까지 살아 있기 때문이다. 변한 것은 그 단어들이 쓰이는 세계다.

볼레슬랍스키가 모스크바예술아카데미에서 연극과 영화를 배웠으며 프랑스어를 잘했을 가능성이 크다는 점을 생각하면, 그가 위고의 원작보다 훨씬 더 극적인 감옥 장면을 정당화하려고 일부러 단어의 뜻을 잘못 옮겼을 수도 있다. 그러나 영어에서 '갤리선 노예'는 '죄수'를 뜻한 적이 없기 때문에, 어쩌면 단순히 장 발장이 복역하던 때에 그 단어들이 어떤 뜻이었는지 잘 몰랐을 수도 있다.

부브릴과 쇤베르크의 뮤지컬에 포함된 이 '실수'는 후퍼Tom Hooper가 영화를 만든 2012년에 흥미로운 문제를 제기했다. 그의 교묘한 해결책은 갑판 밑에서 시작하는 장면을 죄수들이 가혹한 감독관이 지켜보는 가운데 배를 건선거로 끄는 웅장한 장면으로 대체하는 것이었다. 이렇게 허리가 휘는 노동은 역사적으로 있었을 법한 일이다. 장 발장과 그의 동료들은 해군 공창에서 도로를 보수하고 돌을 깨고 탄약을 옮겼다. (위고는 툴롱의 감옥에 방문했을 때 이런 장면을 직접 보았다.) 또한 동력을 이용하는 도구가 없을 때, 배를 건선거로 옮기는 유일한 방법이 힘센 남자들을 대거 투입하는 것이었다. 장 발장은 이렇게 실제 감옥에서 상상 속 선상 감옥으로, 그리고 다시 마른 땅으로 한 바퀴를 완전히 돈다.

위고가 말하지는 않았지만 노역 교도소에는 바다와 관련된 측면이 있었다. 죄수들은 대부분 해군 폐선에 수감되어 아침마다 노역을 위해 배를 타고 육지로 갔다. 이 방법이 많은 죄수를 수감하는 데 따르는 문제를 해결했고, 영국에서도 이 방법을 모방해 유배형을 선고받은 사람들을 템스강에서 썩어 가는 감옥선에 가뒀다. 이것도 디킨스의 매그위치와 장 발장의 공통점이다.

3장
/
초고에 담긴 역사

뜻밖의 사생활

1845년 11월 17일, 위고가 새 종이 한 장을 꺼내 이렇게 썼다. "1815년 10월 초, 해가 지기 한 시간쯤 전에 한 여행자가 D라는 작은 마을로 걸어왔다." 바로 이 문장이『레 미제라블』1부 두 번째 권의 시작 부분이기 때문에, 이 글이 16년 뒤 건지섬에서 완성된 작품의 시작이라는 데 의심할 여지가 없다.

위고는 왜 하필 이때『레 미제라블』을 쓰기 시작했을까? 애당초 왜『레 미제라블』을 쓰려고 했을까? 그의 딸이 1855년 12월에 쓴 일기는 팡틴의 이야기에서 제기되는 사회문제들이 10년 전부터 위고의 마음속에 있었다고 말한다.『클로드 괴』에서 가난이 매춘과 범죄의 근본 원인이라고 한 위고의 주장에 따르면, 매춘의 길로 빠지는 여자의 이야기에 어쩔 수 없이 범죄를 저지른 남자의 이야기를 더해서 장 발장이 팡틴을 보완하는 셈이다. 위고는 발자크처럼『파리의 비밀』에서 쉬가 그려 낸 도시 하층민들의 영웅전설이 뜨거운 반응을 불러일으킨 것을 알고 있었을 테고, 그의 남다른 미학적·도덕적 관점을 생각하면 그로부터 자극받았을 가능성이 크다. 그는『파리의 노트르담』에 이은 '두 번째 소설'을 쓰기로 출판사와 계약도 했다. 그러나 13년 동안 무시하고 있던 이 계약이『레 미제라블』을 쓰기로 결심한 주요 이유는 아닐 것이다. 다양한 원인 중에는 국회의원으로서 나라에 대한 의무를 지게 된 그가 자기만의 방식으로, 즉 글쓰기를 통해 의무를 져야 한다고 느낀 점도 포함되었을 것이다.

이 모든 것은 추측일 뿐이다. 위고는『레 미제라블』을 쓰게 된 동기에 대해 직접적인 기록이나 흔적을 남기지 않았다. 죄수나 사제, 매춘부나 고아에 대해 어떤 스케치나 계획서, 임시 개요도 없었다. 위고는 자신이 쓴 모든 글을 끝까지 보관했기 때문에, 이런 기록을 남겼다가 버렸을 가능성은 전혀 없어 보인다. 위고는 자기 글을 보관하는 데 집착이 심해서 편지 봉투 뒷면에 끄적거린 글마저 고이 간직했다. 귀족원에 있을 때 (즉 1845년 4월 이후) 그가 받은 편지 봉투에 끄적인『레 미제라블』의 '구상'에 가장 근접한 내용이 있는데, 아주 짧다.

한 성자의 이야기
한 남자의 이야기

한 여자의 이야기

인형의 이야기[1]

   여기서 '성자'는 아마 미리엘 주교고, '남자'는 장 발장이며, '여자'는 팡틴, '인형'은 코제트가 좋아해서 장 발장이 몽페르메유의 크리스마스 장터에서 사 준 것이 분명하다.[2] 그러나 이 낙서가 꼭 『레 미제라블』의 '기원'이라는 법은 없다. 소설을 이미 집필하기 시작한 상태에서 주제를 정리해 본 것일 수도 있다.

   1845년은 위고가 영예로운 자리에 오른 동시에 당혹스러운 추락을 겪은 해다. 1833년 이래 그는 전직 여배우 드루에Juliette Drouet와 안정되고 전혀 비밀스럽지 않은 관계를 유지했다. 그녀는 평생 그를 사랑하고 그의 곁을 지킨다. 그러나 위고는 바람둥이였다. 같은 해 7월 4일에 그가 '아폴로 씨'라는 이름으로 빌린 아파트에서 '구겨진 옷차림으로' 경찰 두 명에게 발견되었는데, 함께 있던 레오니 비아르Léonie Biard는 유부녀였다. 당시 간통은 범죄였고, 이 연인은 재판을 받아야 했다.

   어느 시기의 소설에나 간통이 자주 등장하지만, 19세기 프랑스 소설에서는 특히 두드러진다. 그러나 간통에 대한 재판은 소설에 거의 없을 뿐더러 실제로도 매우 드물었는데, 주로 실연한 배우자가 실패한 결혼 생활이 공공연히 알려지는 것을 꺼렸기 때문이다. 그러나 이 사건은 달랐다. 레오니는 이미 학대 때문에 이혼하려던 참이었고, 별로 유명하지 않은 화가인 그녀의 남편은 아내와 유명 인사의 관계를 반격의 기회로 삼았다. 그가 간통법에 따라 고소한 것이다. 레오니는 재판을 받았고 유죄가 선고되어 생라자르의 여자 교도소로 보내진 뒤 몇 개월 동안 수녀원에 구금되어 그해 말까지 자유를 찾지 못했다.

레오니 비아르 재판의 공동 피고는 워낙 유명한 사람이라 이름을 밝히지 않았는데, 곧 소문이 나서 만천하에 알려졌다. 몇 개월 뒤 발자크는 '엑토르 윌로'라는 호색가의 삶을 중심으로 성적인 집착과 적의를 다룬 소설을 쓰기 시작했다. 『사촌 베트』라는 이 소설에서 주인공이 한 여자와 침대에 있다가 여자 남편의 신고를 받고 출동한 경찰에게 발각되는 장면은 실제 사건에서 따온 것이다. 소설 속 경찰들은 '아폴로 씨'가 레오니 비아르와 침대에 있는 장면을 목격했을 때 실제 경찰들이 한 것과 똑같은 절차를 따른다. 발자크가 이 바람둥이를 위해 선택한 이름이 위고와 비슷했기 때문에 이 이야기가 어디서 왔는지는 분명했다. 당시에는 오늘날처럼 명예훼손법이 적용되지 않았고, 발자크는 운 좋게 결투 신청도 받지 않았다.

엑토르 윌로는 정부情婦의 남편에게 고소를 무르는 조건으로 합의금을 준다. 위고도 재판을 피했지만 이유는 달랐다. 귀족원 의원이던 그를 고소할 수 있는 주체는 오직 동료들, 즉 귀족원의 다른 의원들뿐이었다. 국왕이 이에 대해 분개했다. 그는 이렇게 사사로운 추문에 의회의 시간을 낭비하고 싶지 않았고, 이제 막 고위직에 올라온 인물의 재판으로 자신의 판단력을 시험당하고 싶지 않았다. 국왕은 즉시 레오니의 남편 비아르에게 베르사유 궁전의 벽화 작업을 맡겨서 사건을 해결했다. 이것은 평생에 걸친 계약이었기 때문에, 비아르는 유일한 조건을 받아들여 위고에 대한 고소를 취하했다. 한편 국왕은 불륜을 저지른 위고는 낙향해서 근신하도록 했다. 위고는 아내인 아델에게 이런 사실을 고백했는데 놀랍게도 아델은 침착하게 대처했고, 출소 직후 레오니를 집으로 초대해 저녁 식사를 대접했다. 심지어 아델은 레오니를 좋아한 것처럼 보였고, 아예 어둠 속에 가려진 드루에보다 차라리 나은 사람으로 대접했다. 위고가 이런 면으로는 구제 불능이었다. 1846년과 1847년에 그는 세 아내 사이를 오갔다. 발자크가 상상한 엑토르월로의 성생활이 위고의 실생활과 크게 다르지 않았다.

그해 여름 위고가 성자에 관한 책을 쓰기 시작했다는 소문이 돌았을 때, 사람들은 그가 자신의 성자답지 못한 행동을 속죄하려는 모양이라며 우스갯소리를 했다. 나는 위고가 당시 자신의 성생활에 대해 진짜로 죄책감을 느꼈을 거라고는 믿지 않는다. 물론 위고는 자신이 높은 신분 덕에 감옥행을 면했는데 연인만 감옥에 가는 것을 지켜보면서 난처하고 혼란스러워했다. 간통법이 사랑의 열정까지 범죄행위로 만드는 어리석은 법이라고 생각했지만, 자신이 법 위에 있어야 한다고 생각하지는 않았다. 어떤 논평가들은 '비아르 사건'이 위고의 개인적·사회적 삶에서 난파선이 되었기 때문에 그가 정신을 고양하는 이야기에서 위안을 구하도록 이끌었다는 의견을 제시하지만, 나는 이런 도덕적 접근에 회의적이다. 위고와 그의 동료 정치가이자 시인이던 라마르틴Alphonse de Lamartine은 유명한 재담을 통해 이 문제를 좀 더 합리적으로 이야기한다. "회복하지 못할 일은 없다. 그것이 이불 속 일이라도 말이다." 위고는 아주 빠르게 이 문제를 극복했다.

『레 미제라블』은 19세기 프랑스 소설치고는 이례적으로 간통은 물론이고 성에 대해서도 언급하지 않는다. 주요 등장인물이 거의 다 독신이다. 장 발장은 결혼하거나 사랑에 빠지거나 여자와 관계를 맺지 않는다. 자베르도 마찬가지다. 이상주의자 앙졸라의 유일한 연인은 (조국을 뜻하는 라틴어 여성명사) **파트리아**다.[3] 마리우스와 코제트는 혼전 순결을 지켰고, 질노르망은 여자관계가 대단했다고 떠벌리기를 좋아하지만 소설에서 그런 모습이 보이지는 않는다. 이것은 분명 위고가 『레 미제라블』의 초고를 쓰기 시작했을 때 비아르 사건이 위고에게 끼친 중요한 영향일 것이다. 그는 **그것만 빼고** 모든 것에 대해 쓰려고 했다.

이야기를 모으다

위고는 1845년 11월부터 1848년 2월까지 27개월에 걸쳐서 단속적으로 초고를 집필한다. 가끔은 너무 몰입한 나머지 새벽 1시까지 잠자리에 들지 않기도 했다. 항상 새벽에 일어난 그로서는 꽤 늦게 잠든 것이다. 원고지에 날짜를 표시하는 위고의 습관 덕에 집필 연대는 제법 정확하게 추적할 수 있지만, 초고 자체는 이제 물리적 실체로 존재하지 않는다. 초고는 여러 차례 덧쓰이고 구성이 바뀌고 짜깁기되어 열두 달 뒤 워털루 전투의 역사적 현장이 내려다보이는 벨기에 호텔 객실에서 훨씬 더 긴 원고로 완성되었다. 그러나 100여 년에 걸쳐 학술적으로 연구한 결과 『레 미제라블』의 '원본'은 상당히 정확하게 재구성되었다. 파리 7대학의 기Guy Rosa가 이

끄는 팀 덕에 『레 미제라블』 초고의 조판 이미지를 이제 웹사이트에서 누구나 찾아볼 수 있다.

재구성된 초고는 위고가 프랑스 최고의 유명 인사였을 때 창작한 **이야기**가 『레 미제라블』의 줄거리와 크게 다르지 않다는 것을 보여 준다. 그 안에는 석방된 죄수와 자애로운 주교, 모범적인 공장, 미혼모, 사악한 여관 주인, 착취당하는 아이, 위장 신분, 수도원 도피, 망설이는 연애, 까불대는 부랑아, 매복 공격, 높은 이상을 품은 학생들의 조직, 끓어오르는 불만, 폭동과 바리케이드 설치가 다 있다. 물론 초안의 이야기는 불완전하고 바리케이드가 공격받기 전에 중단되어서, 하수도를 통한 탈출과 마리우스와 할아버지의 화해를 비롯해 많은 이야기가 빠졌다. 『레 미제라블』에 포함된 부차적인 줄거리와 논평 부분도 빠져 있으며, (테나르디에를 빼면) 등장인물들의 이름도 대부분 지금 우리가 아는 것과 다르다. 그럼에도 이 초고는 약 20만 단어나 된다. 오늘날 문고판 책을 기준으로 하면 600쪽에 해당하는 분량이다. 위고가 처음부터 아주 긴 책을 쓰려고 작정한 것이 분명해 보인다.

위고가 거의 시작부터 머릿속에 대강 그려 놓고 작업한 것이 분명한 줄거리에 본격적으로 몰입하고 나니, 삶은 예상보다 훨씬 더 협조적으로 그의 앞에 아주 알맞은 재료를 던져 주었다. 그런데 우연이 뒷받침해 주긴 했으나 위고 자신이 알맞은 소재와 정보를 제때 찾기 위해 다소 의식적으로 행동한 것도 사실이다.

위고는 '왜 그런 생각이 떠올랐는지 모르겠다'고 썼지만, 1846년 9월 10일에 그는 귀족원에서 회의를 마치고 집으로 돌아가다가 시테섬 재판소 옆에 있는 콩시에르주리 교도소에 들렀다. 그가 귀족원 의원 메달을 보여 주자 르벨 교도소장은 즉시 고딕 양식의 웅장한 건물로 안내하며 외설스러운 낙서와 옛 고문실, 사형수 수감 건물, 여죄수 수감 구역, 복숭아를 따는 것 같은 경범죄를 주로 저지른 미성년자 수감 구역에 대해 설명해 주었다. 르벨은 극적인 탈출에 대해서도 들려주었다. 어떤 죄수가 직각으로 만나는 두 벽 사이의 구석에 등을 밀어 넣고 팔꿈치와 발꿈치를 지렛대 삼아 오직 근력만으로 지붕까지 올라갔다는 것이다. 이 일화는 집필 중인 작품에 들어갔는데, 탈옥 장면이 아니라 장 발장이 '마치 사다리를 타고 올라가는 것처럼 안정되고 꾸준하게' 프티픽퓌스 수녀원의 담장을 넘는 장면이었다.[4]

교도소를 방문하기 직전인지 직후인지는 알 수 없지만 위고가 아카데미프랑세즈 모임이 열리는 건물의 안뜰을 건널 때 누더기를 걸치고 백발이 성성한 남자가 다가서서 아는 체를 했다. 위고는 이 남자가 누구인지 떠올리려고 꼼꼼히 뜯어보았는데, 그는 어린 시절에 학교를 함께 다닌 졸리라는 친구였다. 이렇게나 변하다니! 과거의 졸리는 항상 친구들에게 주는 것을 좋아하고 예쁘장한 응석받이 꼬마였다. 또 부잣집 외아들로서 일찍 사망한 부모에게 80만 프랑이라는 거액을 유산으로 받았지만, 학교를 졸업한 뒤 낭비와 도박으로 재산을 탕진하고 빚더미에 올랐다. 하지만 게으른 생활에 익숙해진 그는 일자리를 구해 일할 생각은 하지 않고 지폐를 위조해서 뿌리고 다녔다. 19세기 프랑스에서 지폐 위조는 살인 다음으로 중죄였기 때문에, 졸리는 체포되어 노역형을 선고받았다. 그리고 학창 시절 친구인 위고에게 탄원을 부탁하는 편지를 썼다. 마음씨 좋은 위고가 법무장관에게 부탁한 덕에 졸리는 4년을 감형받았다. 석방과 함께 전과자 졸리는 파리 북서쪽의 퐁투아즈라는 소도시를 벗어나지 말라는 주거 제한 명령을 받았다. (『레미제라블』에서 장 발장은 스위스 국경 지역의 산업도시 퐁타를리에를 벗어나지 말라는 주거 제한 명령을 받는다.) 그러나 졸리는 명령을 무시하고 파리에서 부랑아들과 살았다. (장 발장도 주거 제한 명령을 무시하고 북서쪽으로 수백 킬로미터나 떨어진 몽트뢰유 쉬르 메르에 정착한다.) 경찰의 야간 순찰을 피하기 위해 센강 다리 밑의 위험한 진흙투성이 강가에서 자기도 했다. (파리의 명물인 센강의 둔치가 건설되기 전인 당시에는 강수량에 따라 강물이 순식간에 불어났다.) 졸리의 인생 역정 이야기를 들은 위고가 주머니에서 동전을 꺼내 주었지만 졸리는 극구 사양했다. 공짜로 돈을 받으면 구걸로 해석될 수 있었는데, 그는 전과자라서 구걸을 하면 평생 감옥살이를 해야 할 수도 있었다. (『레 미제라블』에서 사과나무 가지를 훔쳤다고 재판을 받은, 장 발장으로 오해받은 남자에게도 똑같은 기준이 적용된다.) 위고는 좀 더 은밀하게 적선할 수 있도록 르와얄 광장의 자기 집으로 찾아오라고 졸리에게 말했다. 이 말에 졸리는 위고 집의 문턱이 닳도록 찾아가 고집 세고 무례한 기식자의 면모를 드러냈다. 위고는 그의 생활 방식을 고쳐 주려고 했지만 졸리의 완강한 거부에 당황했다. 그는 이 늙은 사기꾼에게 몇 달 동안 돈을 줬지만, 1846년이 끝나 갈 무렵에는 질릴 대로 질려 버렸다.[5]

장 발장의 이야기는 졸리의 이야기를 거꾸로 한 것처럼 보인다. 졸리와 달리 장 발장은 꼭대기가 아닌 밑바닥에서 삶을 시작하고, 더 작은 범죄로 더 큰 대가를 치른다. 졸리와 달리 그는 사회적 신분 하락이 아닌 신분 상승의 본보기고, 지속적인 타락과 범죄가 아닌 도덕적 개과천선의 본보기다. 위고가 졸리와 대화하면서 교도소 행정과 전과자에게 지우는 제약에 대한 자세한 정보를 알게 되거나 확인했을 수는 있겠지만, 이런 타락의 본보기에서 장 발장의 이야기 전체를 구상했을 가능성은 없다. 이 무렵 그는 이미 『레 미제라블』 1부를 거의 다 썼기 때문이다. 그러나 1861년 오트빌 하우스에서 4부와 5부 중 학생 활동가에 대한 소개와 바리케이드 장면을 수정할 때 졸리의 이야기가 다시 떠올랐다. 당시 『삶의 목격자가 말하는 빅토르 위고』라는 소중한 기록을 집필 중이던 아내 아델에게 저녁에 그 이야기를 다시 들려줬기 때문이다. 위고가 이 특이한 친구를 떠올렸기 때문인지, 'ABC의 친구들' 중 한 명에게 졸리라는 이름을 붙였다.

위고는 지인들에게 사연과 정보를 요청하면서 다양한 자료를 적극적으로 모았다. 1847년 6월에 위고가 우연히 만난 해군 장교는 그의 청에 따라 툴롱에서 수리 중인 해군 함정에서 일하던 죄수의 영웅적인 행동에 관해 흥미진진한 이야기를 써 주었다. 삭구에 올라가서 작업하던 선원 한 명이 갑자기 발을 헛디뎌 떨어질 뻔하다가 간신히 둥근 목재에 매달린다. 하나같이 강제징집된 어부인 선원들 중에 그를 도우려고 감히 나서는 이가 없었는데, 조선소에서 사슬에 묶인 채 일하던 죄수가 그 선원을 구할 수 있게 사슬을 잠시 풀어 달라고 한다. 사슬을 풀어 주자 그는 돛대를 기어올라가 선원의 허리에 밧줄을 묶고 돛대 꼭대기로 끌어올린 다음 그를 끌어안고 배의 앞머리로 내려온다.

이 특별하고 친절한 위업 뒤에 죄수는 다시 사슬에 묶였다.[6] 위고는 롱시에르Roncière le Noury의 이 글을 1부 2권 3장 중 장 발장이 툴롱에서 두 번째 투옥으로부터 탈출하는 장면에 거의 그대로 넣었다. 다만 결론은 달랐다. 장 발장은 다시 죄수 무리에 들어가는 대신 바다로 뛰어들어 사라진다.

위고는 다른 사람들의 도움 없이는 수녀원 장면을 쓸 수 없다는 것을 알았는데, 그 높은 담장 안의 생활이 어떨지 알 만한 남자는 없었다. 그래서 내연 관계를 유지하고 있던 두 애인, 드루에와 (이혼 뒤에 '도네'라는 결혼 전 성을 쓰고 있던) 레오니에게 의지했다. 드루에는 담드 생트마들렌이라는 수녀원 학교에 다닌 경험에 관해 네 쪽 분량의 글을 써 주었고, 역시 수녀들에게 교육받은 레오니는 라탱 지구의 뇌브생트주느비에브에 있는 '지속적인 성체 조배'를 추구하는 수도원에 관해 더 길게 묘사해 주었다.[7] 수녀원 정원에 대한 레오니의 묘사가 『레 미제라블』에 거의 그대로 쓰였지만, 수녀원에서 교육받은 독자에게 터무니없다거나 잘못되었다는 인상을 주지 않기 위해 수녀원 생활에 대한 묘사는 두 여자의 기억을 적절히 섞어서 썼다.

두 여인과 학교 친구, 해군 장교, 교도소장 외에도 많은 사람들이 갖가지 방식으로 위고에게 『레 미제라블』에 포함된 세부 사항과 일화, 기억, 또는 기술적인 정보를 제공했을 것이다. 이로부터 10년도 지나지 않아, 졸라Emile Zola가 바로 이런 자료 조사에 기초한 '소설 이론'을 구축한다. 위고는 특별히 어떤 체계를 주장하지 않았지만 잡다한 자료를 모아서 이용하는 방식 때문에 『레 미제라블』은 언뜻 느껴지는 것과 달리 다큐멘터리 소설에 가깝다.

초기에 위고는 자기 작품을 그저 집필 중인 소설이라고 불렀다. 그러다 1846년에는 아직 장 발장이 되지 못한 전과자의 이름을 소설에 붙여 '장 트레장Jean Tréjean'이라고 부르기 시작했다. 1847년 무렵에는 쉬의 『파리의 비밀Les Mystères de Paris』을 본떠 『레 미제르Les Misères』라고 지었다. 이것이 초고의 제목이다. 워낙 많은 뜻이 담긴 말이라 『레 미제라블』만큼이나 번역이 어렵다.

소설과 혁명

위고는 1848년 2월 파리에서 거리 시위가 폭력혁명으로 번진 뒤로 몇 달 동안 이어진 혼란 때문에 소설 작업을 잠시 중단해야 했다.

『레 미제라블』의 후반부도 파리에서 일어난 혁명이 배경이지만, 이 혁명은 아니다. 두 가지, 즉 역사적 사건과 부분적으로 그것을 닮은 허구는 복잡하고도 설득력 있게 뒤얽혔다. 위고의 소설이 어떻게 쓰였는지 알고 싶거나 그것이 무엇을 말하려고 하는지 이해하고 싶다면, 혁명은 피할 수 없는 주제다.

혁명을 뜻하는 영어 단어 '레볼루션revolution'은 360도 회전하는 것을 뜻한다. 예를 들어, 자동차 엔진이라면 전체 행정 주기를 뜻하며 천문학에서는 지구가 태양 주변을 한 바퀴 돌아 1년 전의 자리로 가는 공전을 뜻한다. 정치에서는 상황을 예전 자리로 돌려놓는 사건을 의미했다. 1688년 명예혁명은 영국의 왕좌가 가톨릭계 후손에게 넘어가지 않도록 만들었다. 그러나 18세기에 이 말이 한 바퀴를 완전히 돌려서 원래 상태로 복귀시키는 것과는 조금 다른 뜻으로 쓰이기 시작했다. 레볼루션의 새로운 의미는 180도 회전, 즉 상황을 원래 자리가 아닌 현재의 반대 방향으로 돌리는 것이 되었다. 그러나 정치권에서 발생하는 변화 과정이 모두 혁명적인 것은 아니다. 이 단어는 특히 프랑스 역사 때문에 현대적 의미를 획득했다.

위고는, 프랑스 군주제를 몰아내고 인권선언을 가져오고 공포정치로 치달았다가 결국 나폴레옹에게 유럽 대륙을 봉건 군주제로부터 해방할 권한을 부여하는 것으로 끝난 1789년 대격변을 경험하기에는 너무 늦게 태어났다. 이 정초적 사건을 '레볼루션'이라고 불렀기 때문에, 이 단어는 1789년 민중 봉기의 특정한 면과 극적인 후속 사건에서 직접적으로 비롯된 의미를 획득하게 되었다. 1789년 프랑스대혁명은 『레 미제라블』의 주제가 아니지만, 이 소설의 큰 목적 중 하나는 그것을 19세기 문명의 원천으로 만들어서 그것이 다음 세대에 남긴 유혈의 상처를 치유하는 데 있다.

나폴레옹의 몰락과 함께 왕정이 복고된 1815년에 위고는 청소년이었다. 1824년에 새로운 (그러나 늙은) 국왕 루이 18세가 죽자 왕위는 동생인 샤를 10세Charles X에게 넘어갔다. 엄격하고 종교적인 그는 구시대적으로 통치했다. 어머니Sophie Hugo의 왕정주의를 받아들인 10대의 위고는 1825년 랭스에서 중세를 흉내 내며 열린 대관식을 위해 운문을 지었다. 한편 자유주의 정권을 향한 중산계급의 압력이 거세짐에 따라 국왕은 점점 더 억압적인 정책을 펼쳤다. 1830년 7월에 언론 검열을 재도입하고 선거권을 제한하는 내용의 칙령을 발표하자, 새로운 검열법이 생계를 위협할 것이라고 본 출판업계 사람들이 주도한 시위대가 거리로 뛰쳐나왔다. 질서를 잡으려던 군대의 노력은 실패했다. 일부 파견대는 레알 시장 주변에 미로처럼 펼쳐진 거리에서 길을 잃었고, 왕은 파리 외곽의 생클루로 도피했다. 미국독립전쟁 영웅인 라파예트 Gilbert du Motier de La Fayette 후작이 파리 시청 발코니에 나타났고, 곧 새로운 공화정이 선포될 것 같았다. 그러나 은행가 라피트 Jacques Laffitte 를 포함한 주요 인사들이 배후에서 빠르게 움직여 망명 중인 프랑스 왕가의 방계 후손을 프랑스로 불러들였다. 오를레앙 공 루이 필리프 Louis Philippe 는 자유주의 프랑스의 입헌군주가 되어 달라는 요청을 받아들였다.

1830년 7월 27일, 28일, 29일. 이렇게 3일에 걸친 7월 혁명 또는 '영광의 3일'로 알려진 혁명이 바로 들라크루아 Eugène Delacroix 의 대형 회화 〈민중을 이끄는 자유의 여신 La Liberté guidant le peuple〉이 묘사하는 혁명이고, 위고가 직접 경험한 첫 혁명이다. 그러나 이 혁명도 『레 미제라블』에서 다룬 혁명은 아니다.

1830년 무렵 위고의 정치적 관점은 자유주의 쪽으로 돌아섰고, 새로운 자유주의 정권의 도래를 지지하는 선동적 운문을 썼다. 그러나 위고가 『레 미제라블』의 초점을 루이 필리프가 정권을 잡게 된 사건에 맞추지 않은 이유가 있다. 첫째, 그는 봉기에 참여하지 않았으며 직접 눈으로 본 것도 거의 없었다. 당시 아델이 넷째 아이 출산을 앞둔 터라, 첫 번째 총성이 울렸을 때 위고의 가장 큰 관심사는 최대한 빨리 가족을 도시 밖으로 대피시키는 것이었기 때문이다. 위고의 딸, 아델은 1830년 7월 29일 몽포르 라모리에서 태어났다. 위고가 이때 정치적 혼란에서 떨어져 있게 된 중요한 이유는 아버지 노릇을 하는 것 말고도 또 있었다. 출판사에서 돈을 미리 받고 계약한 책의 집필이 한참 뒤처져 있었던 것이다. 7월 혁명이 일어나기 1주일 전부터 그는 내복 바람으로 집에만 틀어박혀 작업하고 있었다. 그는 『파리의 노트르담』이 완성될 때까지 책상 앞을 떠나지 않을 생각이었다.

1830년 혁명을 피하게 된 이렇게 개인적이고 현실적인 이유와 함께 위고가 『레 미제라블』에서 바리케이드 장면의 배경을 1830년으로 설정하지 않은 데는 상식적인 이유도 작용했다. 사흘 동안 벌어진 부르봉 왕조의 전복은 놀랍도록 짧고 비교적 피를 적게 흘린 시민 소요였고, 프랑스는 의외로 쉽게 정권을 바꿨다. 그리고 새 정권하에서 위고는 번영을 누리며 높은 지위까지 올라갔다. 그의 세대에서 '영광의 3일'로 득을 본 사람이 위고만은 아니다. 역사학자 미슐레Jules Michelet는 새로운 왕의 손에 국립기록원장으로 임명되었고, 단편소설 작가 (그리고 오페라 〈카르멘Carmen〉의 원작자) 메리메Prosper Merimee는 국가유물감독관이라는 새로 생긴 주요 직책을 낙하산으로 맡게 되었으며, 자유주의적 출판업자 아셰트Louis Hachette는 1833년에 세워진 모든 초등학교에 칠판과 분필을 공급하는 계약을 따냈다. 사교성이라고는 조금도 없는 스탕달까지 바라던 대로 이탈리아 치비타베키아 주재 프랑스 영사 자리를 얻었다. 재능과 야망이 있는 젊은이들이 루이 필리프 국왕 치하에서 자리를 잡았으며 왕 자신도 그 전 프랑스 국왕에 비해 훨씬 소박하고 세속과 분리되지 않은 삶을 살았다. 위고가 소설의 초점을 1830년의 바리케이드에 맞췄다면 도덕적 지뢰밭으로 들어가게 되었을 것이다. 바리케이드의 산물인 정권이 1845년에 여전히 권력을 쥐고 있었기 때문이다. 당대 상황이 어떻게 만들어졌는지를 회고하는 설명은 그의 머릿속에 없었다.

18년에 걸친 루이 필리프의 통치를 일컫는 7월 왕정은 전임자들에 비해 상인과 중산층 전문직에게 한결 호의적이었지만, 서서히 증가하는 국가의 부가 공평하게 분배되지 않았다. 게다가 많은 경쟁 파벌들이 정책과 정권의 적법성에까지 이의를 제기했다. 시민 소요가 잦았다. 그중에는 (에든버러에서 망명 중인) 샤를 10세를 비롯해 부르봉 왕조 후손의 지지자들이 선동한 소요, 중앙집권적이고 근대적인 정권 복구를 꾀하는 나폴레옹 지지자들의 소요, 여전히 모호한 사회주의와 유토피아적 이상을 가진 분산된 집단들의 소요도 있었다. 그러나 가장 큰 부분을 차지한 것은 뭐니 뭐니 해도 가장 절망적이고 가장 불만이 많으며 가장 불안정한 빈민들의 소요였다. 화가이자 만화가인 도미에Honoré Daumier는 이런 봉기에 따르는 추악한 살육을 〈트랑스노냉 거리, 1834년 4월 15일Rue Transnonain, le 15 Avril 1834〉에 인상적으로 담았다. 위고는 『레 미제라블』의 배경으로 루이 필리프 집권 초기에 일어난 비운의 시민 투쟁, 즉 1832년 6월 5～6일의 봉기를 선택했다. 만일 위고가 『레 미제라블』에서 중심적으로 다루지 않았다면, 지금쯤 19세기 프랑스 역사를 전문으로 연구하는 사람들만 기억하고 있을 사건이다. 뚜렷한 결과도 없고 현실에 가시적인 영향을 미치지도 않았지만, 위고는 이것이 의미 없는 사건이 아니라고 믿고 싶었다. 오히려 역사의 흐름에 영향을 미치지 않았다는 점에서 1832년 6월의 작은 혁명은 역사적으로 중요한 어떤 변화의 순간보다 **원론적으로** 설명하기에 좋았다.

위고는 정확한 역사 기록과 당대 사람들의 진술에 기초해 1832년 6월 5~6일에 일어난 사건을 재구성했지만, 사실을 많이 바꾸기도 했다. 엉성하거나 역사를 가볍게 봤기 때문이 아니라 허구가 사실의 매개체기 때문이다. 그날 밤의 슬프고 추악한 사건들에서 사실성을 덜어냄으로써 과거와 미래의 프랑스 역사를 위해 더 높고 중요한 '혁명'의 의미를 제시할 수 있었다.

1848년 2월, 위고의 이야기는 극의 절정으로 치닫고 있었다. 사랑하는 코제트와 결혼할 수 없는 현실에 절망한 마리우스가 노동계급이 모여 사는 파리 중심부 거리, 샹브르리 가에 바리케이드를 설치한 친구들과 합류한다. 이미 총격으로 부상자와 사망자가 발생했지만, 6월 5일 밤에 바리케이드 뒤의 투사들은 대부분 살아 있다. 그들이 계속 싸워야 할까? 새벽에는 어떤 일이 닥칠까? 바로 이 지점에서 위고가 『레 미제라블』 초고 집필을 중단했다. 밖에서 절대 허구가 아닌 봉기가 벌어졌기 때문이다. 48시간 만에 정부가 무너지고 바리케이드가 쳐지고 국왕은 항복했다. 당시 귀족원 의원이던 위고는 조용히 옆으로 물러나 있을 수 없는 처지였다. 그는 펜을 치우고 자신의 임무가 무엇인지 찾았다. 세상을 바꿀 계획도 없고 그 혼란이 어떤 결과를 낳을지도 몰랐지만, 싸움에 참여해야만 했다. 새로운 순간이었고, 그로서는 새로운 행동에 나서야 할 때였다. 그 뒤에 벌어진 사건들보다 위고의 삶과 정신, 또는 『레 미제라블』의 구성과 의미에 더 큰 영향을 미친 것은 없다. 소설의 서술은 1832년에 초점이 맞춰졌을지 몰라도 1848년 혁명에 대한 위고의 경험을 벗어나서는 소설이 말하려는 것을 제대로 이해할 수 없다.

유럽 전역에 혁명의 바람이 불던 해다. 이해에 '민중의 봄'은 덴마크, 네덜란드, 오스트리아, 헝가리, 독일, 폴란드, 이탈리아에 큰 정치적 변화를 가져왔다. 이 조율되지 않은 봉기들은 지역적이며 특별한 명분이 있었지만, 모두 파리에서 처음 일어난 사건으로부터 영감과 자극을 받아 촉발했다. 그해 빛의 도시 파리는 세계의 진정한 정치적, 지적 중심으로서 전설적 구실을 했다.

파리에서 일어난 사건들에는 서로 융합되는 명분 두 가지가 있었다. 가난한 사람들의 전반적 절망과 특별한 정치적 혼란이다. 1840년대에 루이 필리프는 공화주의자와 그 밖에 정권에 반대하는 자들을 탄압하기 위한 조치를 취해야 한다는 강박이 있었다. 프랑스의 바람직한 통치 방식에 대해 인습적이지 않은 의견들이 소수의 하원의원과 신문을 통해 제시되었지만, 표현의 자유가 점점 더 제한되었다. 유명한 공화주의자들이 투옥되고 모든 정당이 금지되었다. 일부는 비밀 조직으로 살아남았지만, 그들이 모두 한마음이었던 것은 아니다. 어떤 이들은 여전히 부르봉 왕조의 복귀를 요구했고, 어떤 이들은 사회주의자들이었으며, 오래된 나폴레옹 지지파의 지하조직도 있었다. 더 폭넓은 집단에게 투표권을 주지 않으면 의회를 통해 어떤 변화도 이룰 수 없다는 것만큼은 이들 모두에게 명백해 보였다. 1840년대 중반에 참정권 확대는 루이 필리프 정권의 종말을 추구하는 다양한 세력들의 핵심 목표가 되었다.

이들이 정치결사에 대한 금지를 피할 방법으로 찾은 것이 축하 행사를 가장해 암호화된 말로 금지된 정치적 견해를 표현할 수 있는 '연회'다. 1848년 1월 14일, 선거 개혁의 명분을 홍보하기 위한 대규모 연회가 계획되었다. 기조François Guizot 총리는 연회를 금지했고, 연회 조직자들은 행사를 2월 22일까지 연기했다. 회관에서 '동지들'과 '만찬'을 한다는 계획은 사실 법을 교묘히 피해 대중 시위를 일으키려는 속임수였다. 2월 21일에도 기조 총리는 연회를 금지했지만, 이때는 너무 늦었다. 만찬에 참여하려는 군중이 거리로 나와 콩코르드 광장에 모였다. 기조는 국민방위대를 호출했는데, 그에게는 불행한 일이지만 주로 중산계급 출신으로 이루어진 시민 예비군인 국민방위대는 대부분 선거 개혁에 공감하고 있던 터라 군중을 향해 아무런 조치도 취하지 않았다. 기조는 자신이 실패했다고 보고 사임했다. 군중은 기조의 집 밖에서 요란한 축하 행사를 열고 그의 개인 호위병들에게 겁을 주었다. 호위병들은 시위대를 해산하려는 다급한 마음에 발포하기 시작했고 몇 사람이 죽었다. 시신을 실은 수레가 파리를 누비고 다니면서 대중의 분노를 일으켰다. 바리케이드가 설치되고 2월 24일 새벽녘에는 전면적 봉기가 되었다. 루이 필리프는 새 정부를 구성하려고 했지만, 그가 긴박한 순간에 나라를 이끌어 달라고 부탁한 이들이 모두 몇 시간 만에 물러났다. 프랑스는 무정부 상태가 되었고, 사람들이 그것을 알았다. 그들이 국왕이 사는 튈르리 궁으로 진군했다. 루이 필리프는 루이 16세_{Louis XVI}처럼 단두대의 이슬로 사라지는 것도, 샤를 10세처럼 백성들과 전쟁을 치르는 것도 원치 않았다. 그래서 하야하고는 아홉 살짜리 손자에게 왕좌를 넘겨주었다.

위고는 위기에서 발을 빼려고 애쓰지 않았다. 2월 22일과 23일에 마레 지구의 집과 뤽상부르 궁전을 분주히 오갔다. 뤽상부르 궁전에서는 귀족들이 모여 끝없이 회의를 하고 있었다. 2월 24일 오후 몇 시간 동안 총리를 맡은 바로_{Odilon Barrot}는 위고에게 어린 새 국왕의 섭정으로 왕비에게 권력이 넘어간 것을 그의 구역 사람들에게 선언하라고 지시했다. 위고는 르와얄 광장의 시청 발코니에서 군중에게 연설한 뒤 규모가 더 크고 더 분노한 무장 폭도가 모여 있는 바스티유 광장으로 갔다. 사람들이 자신을 보고 목소리를 들을 수 있도록 7월 혁명 기념비 주춧돌 위에 올라서서 목청껏 외쳐야 했다. 사람들이 그가 하는 말 한 마디 한 마디에 환호하거나 야유하거나 반발해서 그의 목소리가 묻혀버리기 일쑤였다.

> 노동자 차림을 한 남자가 소리쳤다. "닥쳐라, 귀족원! 귀족원을 타도하라!" 그리고 그는 내게 라이플총을 겨눴다. 나는 그를 노려보면서 모두가 조용해질 만큼 목소리를 높여 말했다. "그렇습니다. 저는 귀족원 의원입니다. 그리고 프랑스 귀족원 의원으로서 여러분에게 말하고 있습니다. 저는 국왕이 아닌 입헌군주제를 위해 일하겠다고 선서했습니다. 다른 정부가 수립될 때까지, 입헌군주제를 위해 일하는 것이 제 임무입니다. 저는 사람들이 무슨 약속이건

어기는 것은 좋아하지 않는다고 항상 믿었습니다."[8]

군중은 섭정도 국왕도 원하지 않았다. "섭정이 싫다? 하지만 그럼 무엇을 해야 할까? 아무것도 준비되지 않았다. 정말 아무것도! 철저한 몰락이나 파멸, 가난, 어쩌면 내전이 될 수도 있다. 어쨌든 알려지지 않은 것을 향한 비약이 될 것이다."[9]

당시 위고는 몰랐지만, 그보다 훨씬 앞서 정치 성향이 좌파로 기운 라마르틴이 1789년 최초의 혁명 이래 전통적인 민중 세력의 집결지가 된 시청에 이미 임시정부를 꾸려 놓고 있었다. 다음 날 위고는 마레 지구에서 라탱 지구의 뤽상부르 궁전까지 위험하고 혼란스러운 거리를 오가다 시청에 들렀다.

내가 들어가니 라마르틴이 일어섰다⋯⋯.

"이게 누구요! 빅토르 위고, 당신이 합류했구려! 공화국의 훌륭한 새 구성원이야!"

"너무 앞서가지 마시오, 친구." 나는 웃으며 말했다. "난 그저 옛 친구 라마르틴을 보러 왔을 뿐이니까. 당신은 모르겠지만, 어제 당신이 귀족원에서 섭정을 무너뜨릴 때 난 바스티유에서 섭정을 옹호하고 있었소."

"어제는 그랬겠지. 하지만 오늘은 어떻소? 오늘은 섭정도, 왕족도 없잖소. 빅토르 위고의 깊은 속마음이 공화주의를 지지하지 않을 리 없을 텐데."

"원칙적으로는 그렇소. 난 공화주의자요. 내 생각에 공화정은 유일하게 합리적인 정부 형태이며 유일하게 국가로서 가치가 있소. 보편적인 공화정은 진보의 마지막 단계일 거요. 하지만 과연 프랑스에 때가 왔을까요? 난 성공할 수 있는 공화정이 세워지면 좋겠소. 최종적인 공화정을 바라오. 당신은 국가를 고려하지 않소? 국가 전체를 말이오!"[10]

왕실은 영국의 트위크넘으로 망명하고, 망명 중이던 나폴레옹의 친척들은 귀국이 허락되었다. 임시정부가 수립되고 스스로 공화제 정부라고 선언했다. 정부는 신속하게 개혁을 도입해 남성의 보통선거권과 사형제 폐지, 프랑스 식민지의 노예제 폐지같이 비교적 최근에 위고가 받아들인 개념들을 실행했다. 위고는 노예제 폐지가 바로 인종차별에 마침표를 찍을 것이라고 생각할 만큼 순진하지는 않았다.[11]

카리브해에 있는 프랑스 식민지 과들루프섬의 총독이 백인과 혼혈인, 흑인의 평등을 선언했을 때 연단에 각기 세 인종을 대표하는 세 사람이 있었다. 백인인 총독과 파라솔을 들고 햇빛을 가리는 혼혈인과 그의 모자를 든 흑인이었다.[12]

대량 빈곤 문제는 국고에서 지원하는 실업자 구제 계획으로 해결하려고 했다. 그러나 경기 침체로 불만이 끓어오르고 정치적 불안정 때문에 침체가 더욱 심해져서 '국립취로작업장'은 나눠 줄 일감이 없었다. 철도 건설에 사람들을 투입하려는 생각은 민간 기업을 방해하는 것이라는 반대에 부딪쳤고, 새로 고용된 고용 부적격자들은 길에서 고리 던지기를 하며 빈둥거렸다. 클럽과 결사체에 대한 정치적 제약이 없어져 도시 전체가 영원한 정치 논쟁에 빠진 것 같았다. 그래도 치안은 유지해야 했다. 임시정부는 새로운 국민방위대를 조직했다. 이제 국민방위대는 지역 차원에서 조직되고 중산층 자원자들로 충원되는 조직이 아니라 필요하면 어디로든 이동할 수 있는 준군사 세력이었다. 새 헌법 제정을 맡은 제헌의회의 대표자 900명을 선출하기 위한 남성 보통선거 투표가 4월로 예정되었다. 결과는, 거리에서 분명히 승기를 잡은 것 같던 사회당과 공화당의 낙승이 아니었다. 여전히 프랑스 인구 중 상당수가 사는 시골에서는 새로 선거권을 받은 사람들이 지역 귀족들을 대표자로 선택했다. 이들 중에는 납세자만 투표권을 갖던 과거에 국민의회 의원으로 활동한 인물이 많았다.

상원은 옛 의회와 더불어 폐지되었기 때문에 위고는 귀족원 의원의 지위를 잃었다. 4월 선거에서 그는 6만 표를 얻었지만 의석은 차지하지 못했다. 그러다 6월 4일 보궐선거에 다시 출마하고 8만 9695표를 얻어 제헌의회에서 파리 민중의 대표로 선출되었다.[13] 그는 1848년 6월 10일, 1차 회기에 참석했을 때 오른쪽 의석에 앉아 자신이 '좌파'가 아님을 밝혔다. 6월 20일에 한 첫 번째 연설에서는 실업자 구제 계획의 추문이 나라를 망치고 있으며 실질적으로 빈민을 돕기 위해 하는 일이 없다고 공격했다. 당시에는 깨닫지 못했겠지만, 그의 연설은 혁명적 프랑스 공화정의 계속되는 혼란에 불만을 품은 보수적 의원들 사이에 차오르던 분노의 잔을 흘러넘치게 만든 마지막 한 방울이 되었다. 이틀 뒤에는 '좌파'보다 '우파'에 가까워진 임시정부가 국립취로작업장을 없앤 뒤 신체 건강한 25세 미만 남성 실업자에 대한 의무 징집을 도입하고 나머지 남성 실업자는 모두 지방으로 추방했다. 이것은 노동시장 개혁을 넘어 일종의 숙청이었다. 빈민층은 이를 전쟁 선포로 받아들였다. 파리의 노동계급은 격렬한 시위를 벌였고, 봉기한 시민들은 그 어느 때보다 크고 굳건하게 바리케이드를 설치했다.

최초의 바리케이드는 6월 23일 금요일 아침에 설치되었고 같은 날 공격받았다. …… 진압 부대가 사정거리에 들어오자 바리케이드에서 일제사격으로 공격했고, 땅바닥이 국민방위대로 뒤덮였다. 위협보다 분노를 느낀 군인들이 바리케이드로 돌진했다.

이때 한 여자가 바리케이드 정상에 나타났다. 머리는 헝클어지고 사나워 보였지만 젊고 아름다운 여자였다. 매춘부인 그녀가 치마를 허리까지 올리고는 번역이 필요할 만큼 상스러운 매음굴 은어로 국민방위대에게 호통쳤다. "겁쟁이들! 여자 배를 쏠 테면 쏴봐!"

상황이 가공할 만하게 돌변했다. 국민방위대는 주저하지 않았다. 분대 사격으로 여자가 큰 비명과 함께 쓰러졌다. 정적이 바리케이드 너머 공격자들에게 퍼졌다.

갑자기 두 번째 여자가 나타났다. 더 젊고 아름다운 여자였다. 열일곱 살이나 되었을까 싶은 앳된 소녀였다. 얼마나 딱한 일인가! 이 소녀도 매춘부였다. 그녀도 치마를 올리고 배를 보이며 소리쳤다.
"쏴 봐, 나쁜 놈들!" 그들은 쏘았다. 온몸에 총알이 박힌 소녀가 첫
번째 여자 위로 쓰러졌다.

이렇게 전쟁이 시작되었다.[14]

집의 책상에 남겨 놓은 소설 초고에서 위고는 바리케이드 장면의
시작 부분만 대충 묘사했다. 그런데 12년 뒤 완성된 원고에서도 이렇
게 슬프고 충격적인 장면은 없다.

6월 26일에 계엄이 선포되었다. 제헌의회는 의원 60명에게 도시 곳
곳으로 가서 폭도에게 이 사실을 알리고 바리케이드에서 떠나도록 설
득하라고 명령했다. 의원 중 아홉 명은 목적지에 가기도 전에 사살되
었다. 위고는 포부르 뒤 탕플 입구로 가서 거대한 바리케이드 뒤에서
진을 치고 있는 분노한 무장 폭도에게 계엄을 선포했다. 그는 책임감
이 투철했다.

그는 군인인 적이 없기 때문에 제복 차림이 아니었다. 그럼에도 바
리케이드 앞에서 갈피를 못 잡고 있던 군인들이 그의 명령을 따랐다.
위고는 갑자기 다른 사람이 된 것 같았다. 그 뒤 36시간 동안 그는 지
휘관으로서 총알이 빗발치는 가운데 죽음을 무릅쓰고 목청 높여 설득
하고 명령했다. (어쩌면 그 총알 중에는 끔찍이 싫어하는 계부에 대한 반감에
마구잡이로 사격한 보들레르Charles Baudelaire의 총에서 나온 것도 있을지 모른다.)
더없이 점잖은 문단의 거물이자 여자들에게 인기 있는 남자에게 전혀
기대하지 못한 행동이었다. 어쨌든 이것은 위고가 한 번도 겪지 못한

일로서 그의 관점과 감정 및 태도와 쉽게 일치되지 않는 경험이었다. 사흘째 되던 새벽에 바리케이드가 내려갔다. 위고는 기진맥진했어도 다친 데는 없었다. 그는 많은 것을 생각했다.

『레 미제라블』을 각색한 영화와 공연에서는 이것이 바리케이드에서 싸운 사람이 아니라 바리케이드를 내린 군대의 임시 지휘관이 쓴 작품이라고 짐작하기 힘들 것이다. 그러나 소설을 잘 살펴보면 진실을 파악하기가 그리 어렵지 않다. 1848년 혁명의 의미에 관한 논평 대목에서 그는 민중의 '생명과도 같은 원칙을 향한 비뚤어진 폭력은 진압해야 한다'고 쓴다.

> 성실한 사람은 여기에 헌신하고 민중을 사랑하기에 폭력과 싸운다…… 1848년 6월…… 공화정을 공격했기에 의무적으로 싸울 수밖에 없었다.(V.1.i, 1052)

'성실한 사람'이 1848년에 자신의 의무라고 생각한 것은 그의 신념과 어긋났다. 위고는 자신에게 살인할 권리가 있다고 믿지 않았다. 그러나 폭도는 공화정과 문명을 위협했다. 시민이자 대표자로서, 그들을 진압하는 것 말고는 선택의 여지가 없었다. 생드니 가에 폭도가 세운 거대하고 흉측한 바리케이드는 그 자체가 모욕이었다. "약자들의 힘을 과시하는 소름 끼치는 영락의 영웅주의보다 더 오싹하고 침울한 것은 없다. 문명이 시민주의의 공격을 받아 야만적으로 자신을 지키는 것보다 더 오싹한 일은 없다."[15]

우리 중에 야만성에 직면해야 하거나 우리가 얼마나 야만적일 수 있는지 아는 사람은 많지 않다. 이것은 위고에게 진정한 재앙이었다. 끔찍한 날들을 겪고 나서 한참 동안 바리케이드에서 중단된 소설 초고로 돌아갈 수 없었던 것도 무리는 아니다.

귀족원 의원에서 추방자로

6월의 그날들이 지나고 임시정부가 법과 질서를 명목으로 꾸준히 오른쪽으로 나가는 동안, 위고는 제헌의회 업무에 열정을 쏟아 새 헌법을 만드는 데 매진했다. 대담해야 할 근본적인 질문이 많았다. 단원제와 양원제 중 어느 쪽이 합당한가? 보통선거가 정말로 좋은 생각인가? 예전 프랑스 통치자 가문의 사람들에게 관직을 맡을 자격을 줘야 할까? 사실 독일 억양이 있으며 평범하고 다소 우유부단한, 나폴레옹 1세의 조카가 파리로 이미 돌아와서 의회에 참석하고 있었다. 많은 보수주의자들이 왕정에 공감한다는 것을 공공연하게 인정했다. 위고는 밤샘 회의에 끝까지 참석해 보통선거권과 피선거권 원칙을 고수했다. 그러나 여전히 불안정한 땅에 시민 소요의 위험이 계속 있었기 때문에, 강력한 지도력을 거부하지는 않았다. 실제로 그는 1848년 11월 만찬에서 루이 나폴레옹 보나파르트_{Louis Napoléon Bonaparte}를 만났다. 그의 첫인상은 이랬다.

독일인 같은 외모에 검은 콧수염과 어느 정도 정중함과 위엄을 갖춘 기품 있고 차갑고 신사적이고 지성적인 사람으로 보였으며 나폴레옹 황제와 닮은 구석이 전혀 없었다. 만찬이 아주 즐거웠지만, 그는 입이 짧고 말수가 적었으며 웃음도 적었다……. (사람들이 정치 이야기를 하는 동안) 루이 보나파르트는 바로Barrot 부인의 그레이하운드 강아지에게 생선 튀김을 먹였다.[16]

그는 이름만으로도 권위 있는 인물이었고, 위고는 그가 새로운 의회를 통제할 수 있을 것이라고 생각했다. 헌법이 통과되어 1848년 11월에 대통령 선거를 치르기로 정해졌을 때, 위고의 지도에 따라 그의 아들이 운영하는 신문 『레베느망L'Évènement』은 임시정부의 수반이던 좌파 라마르틴을 지지하지 않았다. 그는 후임자인 카베냐크Louis-Eugène Cavaignac와 마찬가지로 패배했다. 『레베느망』은 독자들에게 루이 나폴레옹 보나파르트에게 투표할 것을 권했고, 그는 큰 득표 차로 낙승해 **왕자 대통령**이라는 호칭을 얻었다. 제2공화정이 새로운 국면으로 접어들었다.

1849년 5월에 새 입법부를 위한 선거가 있었다. 대부분이 '질서당'을 지지하는 가운데 무시할 수 없는 소수가 사회당 좌파에서 다시 후보를 냈다. 프랑스 정치는 점점 더 양극화되었다. 위고는 (사실상 파리 시) 센 주의 하원의원이 되었다. 그는 어느 쪽이었을까?

새 의회는 많은 사람들이 그 전해 혼란의 근본 원인이라고 느낀 대량 빈곤을 타개할 방법을 검토하기 위해 위원회 설치를 제안했다. 7월 9일에 이 법안이 토론에 부쳐졌고, 위고는 첫 발언자였다.[17] 그는 무법적인 폭도를 다룰 방법이 강경 단속뿐이고 질서를 유지할 방법이 병력 밖에 없으며 다른 주장은 모두 사회주의의 변형이라고 생각하는 의원들을 이름은 밝히지 않은 채 신랄하게 비난했다. 위고는 야유와 함께 구체적으로 이름을 대라는 요구를 받았다. 여기저기서 터져 나오는 비난과 반론에 잠시 연설이 중단되기도 했지만, 그는 결국 연설을 이어가며 국가의 의무가 바로 '빈곤 타파'라고 선언했다. 그 전 18개월간의 행동과 토론은 아무것도 이루지 못했다면서 이제 화해를 향해 나아갈 때라고 주장했다. (그에게는 실업자 구제 계획을 뜻한) 사회주의는 비록 실패했지만, 숨겨진 진실을 드러냈다. 더 나은 조건을 향한 인간의 열망이다. 빈민들이 겪는 고통을 조금이라도 덜 수 있다면, 사회주의 계획의 끔찍하고 부정적인 면들은 모두 상쇄될 것이다. 한센병이 육체적 질병인 것처럼 가난은 사회적 질병이며 한센병과 마찬가지로 퇴치할 수 있다. 위고는 충격적인 영락의 예를 들었다. 누더기 차림으로 쓰레기 더미에서 음식 찌꺼기를 뒤지고 굶주림을 이기지 못해 길에서 죽어가는 사람들이었다. 정부는 질서를 되찾는 데 성공했을 뿐 사실상 한 일이 아무것도 없었다.

사지가 멀쩡한 노동자에게 빵이 없다면, 여러분이 한 일이 전혀 없는 것입니다. 평생 일한 노인들에게 집이 없다면 말입니다! …… 가난하고 정직한 가족과 선량한 농부, 선량한 노동자, 선량한 마음이 있는 모든 이를 지원하는 우애적이고 복음주의적인 법이 없다면 말입니다!(여기서 박수갈채를 받았다.) 계속되는 암흑세계의 유혹

속에 불쌍한 이들이 악한 이들과 어깨를 나란히 한다면 여러분은 아무것도 하지 않은 것입니다.

연설을 감동적으로 마무리하면서 그는 무정부주의 퇴치법을 통과 시킬 수 있었던 의회가 이제는 빈곤 퇴치법을 통과시켜야 한다고 선언 했다.

위고의 심장은 빈민의 편이었고, 딱히 말할 수는 없지만 그들을 위해 **뭔가**를 해야 한다고 주장했다. 한편 그의 머리는 질서의 편이었다. 그는 내전을 가까이에서 보았고, 그것은 끔찍했다. 그는 국민의 주권에 관해서는 한 발짝도 양보하지 않았고, (남성의) 보통선거 결과라면 무엇이든 존중해야 한다고 받아들였다. 그러나 그는 시민의 자유, 특히 표현의 자유를 옹호했으며 여전히 수수께끼 같은 새로 선출된 **왕자 대통령**의 통치하에 독재국가가 될까 봐 걱정하게 되었다.

1849년 6월 사태는 의회에서 일부 좌파 의원이 추방되는 계기가 되었다. 그러나 이에 그치지 않고 또 계엄령이 선포되어 정치집단의 공적, 사적 모임이 금지되었다. 7월에는 대통령의 심기를 상하게 하는 것을 처벌할 수 있는 죄로 만드는 언론법까지 통과되었다. 가을에는 교회가 예전에 일반교육과 고등교육 부문에서 맡았던 구실을 다시 맡게 되었다. 위고는 대개 이런 변화에 반대했다. 대통령은 의회가 승인한 정부를 독단적으로 해산하고 자신에게 우호적인 장관들을 임명했으며 민주주의가 뒷걸음질 치는 것 같았다. 1850년 3월 보궐선거에서 농촌 지역은 확고하게 '질서당'을 지지했지만, 파리는 좌파 후보 세 명을 귀환시켰다. 이 사실만으로 보수주의자들은 아직 무질서한 군중이 충분히 '억눌리지' 않았다고 믿게 되었다. 6월에는 세금을 내는 남성만 선거권을 갖게 해 유권자를 30퍼센트 정도 줄이는 법이 통과되었다. 보기에 따라서는 그저 걸출한 백부의 후광을 입은 과묵한 수혜자일 뿐인 루이 나폴레옹은 1848년 11월 선거에서 낙승했지만 4년 임기를 마치면 물러나게 되어 있었다. 1850년 초에 이 왕자 대통령이 통치 기간을 연장하기 위해 헌법 개정 운동을 시작했다. 이제 정권에 철저히 환멸을 느낀 위고는 헌법 개정에 관한 의회 토론에서 제국을 부활시키려는 생각을 강하게 규탄했다. "로마 역사를 가져와서 얘기해 보자면, 아우구스투스Augustus가 있었다고 해서 (어린 아우구스투스인) 아우구스툴루스도 있어야 합니까? 큰 나폴레옹이 있었다고 해서 작은 나폴레옹도 있어야 합니까?"[18] 이 말장난은 환호와 야유가 뒤얽힌 '형언할 수 없는 아수라장'을 만들었다. '작은 나폴레옹'이라는 표현은 위고의 가장 유명한 정치적 독설이자 자기 발등을 찍는 자충수가 되었다. 루이 나폴레옹은 이렇게 정곡을 찌르며 모욕을 안겨 준 위고를 평생 용서하지 않는다. 이때부터 두 사람 간의 전쟁이 시작되었다.

첫 번째 공격은 위고의 친척과 가까운 친구들의 글만 싣던 신문 『레베느망』에서 편집자 구실을 한 위고의 장남 샤를Charles Hugo이 표적이었다. 당시 사형 집행 방식을 비판했다는 이유로 샤를이 '모독죄'로 6개월 형을 받아 콩시에르주리에 수감되었다. 그다음에는 위고 가문과 가까운 뫼리스Paul Meurice와 위고의 차남 프랑수아-빅토르François-Victor Hugo가 정부에 (오스트리아제국과 이탈리아에서 발생한 봉기의 지도자들을 암시하는) 외국인들의 망명 허용을 요청했다는 이유로 9개월 형을 받았다. 경고 사격은 크고 분명했다. 위고는 대통령의 블랙리스트에 올랐다.

루이 나폴레옹은 자신의 대통령 후보 재선을 허용하는 헌법 개정을 위한 의회 투표에서 패배했다. 그리고 이에 대해 그는 보통선거권 복원으로 응했다. 숫자가 많은 농촌 지역 대중에게 기대야 한다는 것을 알았기 때문이다. 그러나 의회 투표에서 다시 졌다. '순전히 정치인들'의 손에서 만들어진 이 두 번째 패배는 그가 계획하던 행동을 합리화하는 구실을 했다.

1851년 12월 2일, 1804년 노트르담에서 열린 나폴레옹 1세의 즉위식과 이듬해 아우스터리츠 전투의 승리를 기념하는 이날, 무장 경호 속에 의회 해산을 선포하고 모든 남자가 참여하는 국민투표에 부칠 새로운 헌법 초안을 현수막으로 파리 전역에 공표했다. 이날 밤 경찰은 이미 민주 투사 여든 명과 의회의 군사 장교를 모두 포함한 의원 스무 명을 감옥에 가뒀다. 군대가 의회 건물로 난입해 남은 의원들의 집결을 막았지만, (주로 공화주의자와 민주주의자인) 일부 의원들은 파리 10구의 시청에 모일 수 있었다. 이들은 헌법을 어긴 대통령을 파면하기로 투표를 통해 결의하고 간수들에게 이날 체포된 사람들을 모두 석방하라고 명령했다. 그러나 오히려 이들이 체포되어 루이 나폴레옹의 명령을 따르는 군인들의 손에 교도소로 끌려갔다.

침대에서 이 소식을 들은 위고는 부랴부랴 옷을 입고 밖으로 나와 노동자들에게 **쿠데타**에 맞서 싸울 것을 촉구하기 시작했다. 선언문을 인쇄하고 벽보를 붙였다. 12월 4일, 군대가 무차별 사격으로 거리에서 시위에 나선 많은 사람을 살상했다. 위고는 주요 표적이었기 때문에 숨을 수밖에 없었다. 친구들과 관련자들도 국경을 넘어 달아났다. 위고는 떠나고 싶지 않았다. 두 아들이 교도소에 갇힌 데다 프랑스가 믿음을 저버린 괴물을 몰아낼 것이라는 희망을 여전히 품고 있었기 때문이다. 친구들이 그에게 피난처를 제공했지만, 그의 가장 좋은 '경호원'은 단연 애인인 드루에였다. 그녀는 항상 눈과 귀를 활짝 열고 기민하게 정보를 입수해 그에게 위험을 경고하고 그가 함정에 빠지지 않도록 인도했다. 위고가 그녀에게 목숨을 빚졌다고 해도 과언이 아니다. 위고는 면도도 하지 않고 옷도 갈아입지 않았으며 잠도 거의 자지 않았다. 그러나 1주일이 지나자 저항이 무의미하다는 것이 분명해졌다. 파리는 루이 나폴레옹과 군대의 손아귀에 있었다. 12월 10일, 드루에가 아는 인쇄업자에게 여권을 빌렸다. 다음 날 모자와 가짜 수염으로 위장한, 자크 라방이라는 이름의 신분증을 가진 남자가 북역에서 브뤼셀행 야간열차를 기다리며 앉아 있었다. 아미엥과 아라스 역에서 경찰의 검문을 무사히 통과했다. 새벽녘에는 벨기에에 도착했다. 위고는 추방될 때까지 기다리지 않았다. 며칠 뒤 **왕자 대통령**은 다른 공화주의자와 민주주의자, 그리고 단순히 쿠데타에 분노한 시민들과 위고를 **추방자**로 선언했다. 그들은 모두 추방자, 프랑스로 돌아갈 수 없는 몸이 되었다.

숨은 이야기 찾기:
보이지 않는 역사

　　　　　　　　　　　과거가 배경인 『레 미제라블』은 처음 등장할 때부터 이미 '역사소설'이었다. 소설은 그 첫 줄이 쓰이기 30년 전인 1815년에 시작되어 마지막 쪽이 완성되기 25년 전인 1835년에 장 발장의 죽음과 함께 끝난다. 소설의 시대 배경과 출판 시점의 적절한 간격 덕분에 독자들은 사라진 세계에 대한 향수를 느끼며 조금은 공부하듯 책을 읽을 수 있었다. 물론 지금은 위고가 예측하지 못했을 방식으로 훨씬 더 많은 것들이 사라졌다. 그 결과 『레 미제라블』은 또 다른 의미에서 '역사적' 차원을 띠고 뜻하지 않게 옛날 모습을 보여주는 안내서가 되었다.

　소설을 역사적 자료로 읽는 것은 작가가 말하려는 것에 주목하기보다는 한때 아주 분명해서 말할 필요도 없던 사실을 발견하는 방식이다. 예컨대 1930년대 심농Georges Simenon의 탐정소설 시리즈에 반복적으로 등장하는 주인공 쥘 매그레가 전화를 걸려고 카페에 들어가서 토큰을 사는데, 이 장면은 그리 오래되지 않은 과거에 휴대전화는 물론이고 거리에 공중전화도 없었다는 사실을 우리에게 말해 준다. 일상생활의 수많은 세부 사항 중에 어떤 것이 변화의 물결 속에 사라질지 우리로서는 알 길이 없다. 따라서 『레 미제라블』 같은 소설의 진정한 역사적 의미는 너무도 일상적이라서 굳이 설명이 필요하다고 생각도 못 한 세부 사항에서 발견된다. 그러나 아무 설명도 없다면, 미래의 독자들은 위고의 등장인물들이 행동하고 생각하고 말하는 것에 어떤 의미가 있는지를 놓치기 쉽다. 색, 동전, 마차에 대해 한번 생각해 보자.

색

　　　　　　　　『레 미제라블』의 출판 시기가 공교롭게도 색의 의미 자체를 급속하게 바꾼 화학 염료가 발전한 시기와 같다는 것을 위고가 알았을 까닭이 없다. 영국의 젊은 학생 퍼킨William H.Perkin이 케이블 가의 실험실 겸 집에서 실험을 하다가 석탄에서 추출한 아닐린을 이용해 짙은 자주색 물질을 만들 수 있다는 사실을 우연히 발견했다. 그리고 추가 실험을 통해 모베인이라는 새로운 화합물을 이용하면 실크를 비롯한 직물을 염색할 수 있다는 것을 밝혀냈다. 곧이어 다른 색들이 나타나면서 값싸고 다양한 색이 가득한 근대적 세상이 탄생했다. 우리는 이런 세상에 완전히 익숙해졌기 때문에 주로 칙칙한 『레 미제라블』의 세상을 이해하기가 어렵다.

　합성염료가 있기 전에 직물과 페인트의 색은 동식물이나 광물에서 추출할 수 있는 것으로 제한되었는데, 그중에는 비교적 흔한 것이 있나 하면 아주 귀한 것도 있었다. 1862년에 색상 선택은 취향의 문제가 아니었다. 옷과 깃발에 쓸 수 있던 소수의 색은 가격과 관련해 상징적인 의미가 있었기 때문이다. 당연히 위고는 독자들이 색상 코드를 알 것이라고 생각했지만, 사실 요즘은 그것을 아는 사람이 많지 않다. 1865년 이전에 프랑스에서 쓰인 모든 소설을 읽는 데 도움이 되도록 내가 준비한 기본 지침이 있다.

흰색은 1789년 이전 프랑스 왕정 시대 깃발의 바탕색이다. 그래서 흰색은 항상 왕정주의의 대의에 관한 것에 쓰였다. 또한 1830년까지는 흰색이 프랑스 군복의 색으로, 워털루 전투에서 영국 웰링턴Arthur Wellesley Wellington 부대의 붉은색 옷과 극명한 대조를 이루었다.

청색도 왕실의 색으로 1815년 왕정복고 때 부르봉 왕조의 휘장에 쓰였다. 청색은 인디고라는 관목에서 추출하는데, 북유럽은 이를 대신할 청색을 추출할 만한 식물이 없었기 때문에 큰 비용을 들여 수입해야 했다. 『레 미제라블』에서 도서 수집가이자 식물 연구자인 마뵈프는 이 식물을 귀화시키기 위한 실험에 희망을 건다. 흰색, 금색과 함께 '당당함', '부유함', '귀함'을 의미한 청색을 좀 더 쉽게 구하기 위한 실험에 성공했다면 그가 돈 문제를 단번에 해결했을 것이다.

색상 코드 스펙트럼의 반대편에는 가난이나 수치와 연관된 **황색**이 있었다. 그래서 장 발장이 석방될 때 발부된 통행증에 사용된 색이 황색이다. 그는 나중에 값비싼 옷을 입을 형편이 되고도 황색 외투만 고집한다. 신분을 속이고 살려면 보통 사람처럼 보일 필요가 있기 때문이다.

녹색은 귀족이나 왕족 바로 밑에 있는 사회적 상류층의 색이었다.

아카데미프랑세즈 회원들은 녹색 옷을 입었고, 정치인과 은행인 들도 녹색 정장을 입었다. 위고도 평소에는 회색 옷을 입지만, 큰 행사가 있을 때는 초록색 옷을 입고 외출했다.

20세기에는 **적색**이 정치적 좌파를 상징하는 색이 되었기 때문에, 소련과 중국의 국기를 비롯해 전 세계 노조와 사회주의 정당의 상징에 붉은색이 쓰였다. 그런데 붉은색이 이런 의미를 갖게 된 데는 위고가 『레 미제라블』에서 이 색을 쓴 방식의 영향이 적잖다. 1862년까지는 사정이 달랐다.

붉은색은 값이 싸다. 남유럽에서 잘 자라는 꼭두서니 꽃에서 추출하는 붉은색은 수천 년 동안 옷감을 염색하는 데 쓰였다. 고대 그리스에서 노예들은 일반 시민과 구별되도록 '프리지안 보닛'이라고 알려진 빨간 모자를 썼고, 이때부터 『레 미제라블』에 이르기까지 줄곧 붉은색은 '굴종'을 뜻하는 색으로 이용되었다. 툴롱의 감옥에서 장 발장이 '붉은 작업복'을 입어야 하는데, 이는 결코 잊지 못할 굴욕이었다. '굴욕'은 가장 흔한 염료의 1차적 의미였다.[1]

한편 군사적으로는 붉은색에 좀 더 구체적인 기능이 있었다. 육상 또는 해상 전투에서 붉은 깃발은 적에게 '절대 포로가 되지 않을 것'이며 죽을 때까지 싸우겠다는 의지를 알리는 신호였다. 1789년 7월 바스티유를 예로 들어 보면, 습격당한 왕실 군대가 군중에게 해산하지 않으면 즉시 발포하겠다는 경고로 붉은 깃발을 흔들었다. 하지만 군중은 그 깃발을 빼앗고는 군대에게 해볼 테면 해보라고 도발하는 데 이용했다. 붉은색은 졸지에 질서의 신호가 아닌 혁명 군중의 상징이 되었다.

이와 비슷하게 아이러니한 의미의 전환으로, 억압받던 자들의 세상이 되었다고 선언하기 위해 군중이 그리스 노예들이 썼던 붉은 모자를 쓰기도 했다. 붉은 깃발이 프랑스의 국기가 되지 못한 것도 이 때문이다. 제1공화정은 청색·백색·적색으로 된 3색기로 국가의 단합을 선언했고, 이것이 나폴레옹을 통해 1815년까지 유지되었다. 그의 몰락과 함께 3색기가 부르봉 왕조를 상징하는 청색과 백색 깃발로 바뀌었다. 공화주의 운동의 상징이 된 3색기는 물론 금지되었다. 〈민중을 이끄는 자유의 여신〉에서 여신이 3색기를 높이 치켜들고 있는 것은 그녀가 프랑스 애국자라고 말하기보다는 아직 찾아오지 않은 공화정의 선구자를 보여 준다. 새로운 왕 루이 필리프는 실망한 공화주의자들을 달래기 위해 1830년 8월에 3색기를 프랑스 국기로 복원했다. 그러나 1852년에 루이 나폴레옹이 황제가 되면서 3색기는 다시 내려가고, 1870년대에 다시 공화정이 되면서 프랑스 국기로 복귀한다.

1794년 무렵부터 군사 신호에서 붉은 깃발이 사라졌지만, 1832년 6월 사건 중에 『레 미제라블』에서 묘사된 것처럼 폭력적 도발로 다시 등장했다. 위고는 소설에서 6월 5일에 있었던 공화주의자 장군 라마르크Jean Maximilien Lamarque의 장례식을 묘사한다.

감동적이고 경건한 순간이었다. …… 갑자기 무리 사이에서 말을 탄 검은색 옷차림의 남자가 붉은 깃발을 들고 나타났다. 어떤 이는 그가 자유의 붉은 모자가 걸린 창을 들고 있었다고 했다. 라파예트가 돌아보았다. …… 붉은 깃발이 폭풍을 일으킨 뒤 순식간에 그

속으로 사라졌다.(IV.10.iii, 953)

독일 시인 하이네Heinrich Heine는 이해에 파리에 머물면서 보고 들은 내용을 상세히 기록했다. 그는 장례식에 참석하지 않았지만, 목격자들은 봉기 직전에 휘날린 것은 붉은 깃발이 아니라 그곳을 방문한 독일 학생 단체의 붉은색·황금색·검정색이 섞인 휘장이었다고 그에게 확실히 말해 주었다.[2] 그의 정보가 맞건 틀리건, 붉은 기를 올리는 것은 내전 선포와 같았다. 위고는 탕플 거리와 쿠르 바타브에서도 붉은 깃발이 휘날리는 장면을 묘사하는데, 그 봉기를 '내란'으로 보기 때문이다.(IV.10.v, 956, 958)

1848년 2월 혁명 직후에 몇몇 임시정부 요원들이 1789년의 군중 봉기를 기념해 붉은 기를 채택하자고 제안했지만, 임시정부의 수장 라마르틴이 기각했다. 그는 프랑스가 3색기를 고수해야 하며 그러지 않으면 분열할 것이라고 말했다. 그에게 붉은 기는 대중 통치의 상징이 아닌 끝없는 반란의 선언이었다.

그럼에도 역사적 사실과 달리『레 미제라블』에서는 앙졸라가 이끄는 학생 단체가 샹브르리 가에서 바리케이드 위로 붉은 기를 올린다.[3] 물론 그들에게도 이것은 아직 '노동자의 깃발'이 아니다. 그것은 (실제로 그랬듯이) 죽을 때까지 싸우겠다는 뜻과 자신들이 공화정을 위해 싸우고 있음을 나타낸다. 예전에 공화주의자들의 깃발이던 3색기가 루이 필리프 왕정의 국기로 채택되었기 때문이다. 그래도 죽음이 예견된 전날 학생 지도부가 열망을 표현하는 장면은 사실상 프랑스 역사에서 더 나은 세상을 향한 원대한 희망의 상징으로서 처음 등장한 붉은 기를 보여 준다.

바리케이드 너머로 휘날리는 붉은 기의 깃대가 국민방위대가 쏜 포탄에 산산조각 난다. 앙졸라는 깃발을 다시 올릴 용감한 사람이 있느냐고 묻는다. 책을 팔아 근근이 생활하는 가난한 도서 수집가 마뵈프가 자살과도 같은 이 임무에 자원하고, 깃발을 올리자마자 총에 맞아 죽는다. 그의 시신을 수습해 술집의 홀에 눕혀 놓고, 앙졸라는 앞으로 마뵈프의 피로 얼룩진 웃옷을 혁명의 깃발로 올릴 것이라고 말한다.[4] 그런데 말라붙은 피는 붉은색을 오랫동안 유지하지 않기 때문에, 당연히 먼 거리에서 쉽게 눈에 띄지 않는다. 6월 6일 새벽에 볼 수 있었던 것은 **검은색**처럼 보이는 깃발이었다. 그리고 검은색은 붉은색보다 훨씬 더 안 좋은 것을 뜻했다. 1848년 3월 어느 날에 관한 위고의 기록에 이런 부분이 있다. "간밤에 남자 네 명이 **부자들에 대한 전쟁**이라고 쓰인 검은 깃발을 들고 생탕투안 (노동계급) 지구를 누비고 다녔다. …… 여자의 치마로 만든 깃발이었다."[5]

12년 뒤에 쓰인 『레 미제라블』에서도 1832년을 배경으로 비슷한 사건이 일어난다. 생피에르 몽마르트 가에서 소매를 걷어 올린 몇몇 남자들이 흰 글씨로 '공화정이 아니면 죽음을'이라고 쓴 검은 깃발을 들고 있었다.(IV.10.iv, 955)

19세기 프랑스의 혁명과 전쟁 속에서 검은색은 흰색의 반대가 아니라 어두운 붉은색이었다. 그래서 바리케이드 너머에서 휘날리는 검은 외투가 국민방위대의 초조한 지휘관으로 하여금 명령을 받기도 전에 공격을 시작하도록 자극한 것이다. 그는 "붉은 깃발과 그가 검은 깃발이라고 오해한 낡은 외투의 잇따른 등장에 격노했다."(V.1.xii, 1085) 그는 공화주의 투사들을 쓰러뜨리는 것이 아니라, 죽음의 색을 과시하는 테러리스트를 진압하고 있었다.

동전

프랑스는 통화 체계의 개척자였고 거의 모든 나라가 프랑스의 통화 체계를 도입했다. 그럼에도 『레 미제라블』의 동전은 화학 염료가 없던 세상의 색상 코드만큼이나 지금과 전혀 다른 정신적 세계로 우리를 인도한다. 1803년에 나폴레옹은 왕정 시대에 이용하던 복잡하고 다양한 동전을 '프랑'이라는 단일한 단위에 기초한 10진 체계로 대체했는데, 1프랑이 100상팀에 해당했다. 새로 도입된 프랑은 무게가 5그램인 은화였으며 (25상팀, 50상팀, 2프랑, 5프랑 등) 다른 은화들도 각각 비율에 맞는 중량이었다. 가치의 기준은 금이었는데, 금의 가치는 같은 중량 은의 15.5배로 고정되었다. 당시 유일하게 통용되는 금화였던 20프랑짜리 새 동전의 중량은 6.7그램이었고, 미국의 10센트짜리 동전과 크기가 같았다. 이론상으로는 이렇게 아주 단순한데, 실제는 달랐다.

『레 미제라블』에서 300회 정도 언급되는 돈의 액수는 하나같이 프랑과 상팀으로 환산하면 특정한 값이 있다. 그러나 위고의 등장인물들은 그들이 다루는 동전의 공식 명칭을 부르지 않는다. 19세기 프랑스에서는 돈에 대한 표현이 공식 통화의 이름보다 훨씬 더 복잡했다.

돈을 부르는 방식은 네 가지가 있었다.[6] 사람들이 교환하거나 지갑에 보관하는 동전을 부르는 이름은 그가 속한 계급과 거래의 종류를 반영했다. 그 결과『레 미제라블』에서 돈을 세는 방식은 그것이 묘사하는 사회의 구조를 반영하고 강화한다.

가난한 사람들은 프랑이 아닌 **수**로 돈을 셌다. **수**는 동전이 아니라 과거부터 이어져 온 개념상의 단위였다. 현대 프랑스어에서는 ('돈이 한 푼도 없다sans le sou' 같은) 관용어에만 **수**를 쓰고, 200년 전과 똑같이 이것이 5상팀을 뜻하는 곳은 스위스에서 프랑스어를 쓰는 지역뿐이다.

미리엘 주교의 선물을 가지고 디뉴를 떠난 장 발장은 뜻하지 않게 굴뚝 청소와 거리의 광대 노릇으로 생계를 이어 가는 프티제르베라는 소년의 동전 한 닢을 훔친다. 프티제르베가 장 발장에게 40**수짜리 동전**을 돌려 달라고 애원하는데, 당시 모든 통화는 프랑으로 표시되었기 때문에 '40수'라는 숫자가 동전에 새겨져 있지는 않았다. 소년은 학교에 다닌 적이 없는데도, 1프랑(100상팀)이 20수라는 것을 알고 2×20과 200÷5를 계산할 수 있었다는 말이다.[7] 즉 프랑스의 다른 모든 빈민처럼, 프티제르베는 손에 쥔 돈의 이름은 제대로 말하지 못해도 2프랑짜리 동전의 가치는 알고 있었다.

중산층은 여러 단어를 썼다. 먼저 배당금, 이자, 임대, 급료로 받은 소득과 부동산의 자본 가치는 **리브르**로 표현했다. 리브르는 프랑과 가치가 똑같았기 때문에 **수**로 잔돈을 세느라 머리를 빨리 굴릴 필요는 없었다. 그러나 **리브르**는 계급을 구분하는 단어였다. 즉 수와 리브르는 빈자와 부자의 돈이 다른 종류라는 것을 분명하게 보여 준다.

통용되던 은화 중에 가장 큰 것은 5프랑짜리였으며 '5프랑'이라고 새겨져 있었다. **수**로 계산하는 사람들에게 그것은 100수짜리 동전이었다. (액수가 크거나 부자가 개입돼) 리브르로 계산하는 거래에서 5프랑짜리 동전은 **에큐**라고 불렸다. 테나르디에가 장 발장에게 몽페르메유에 있는 옛날 여관의 간판을 터무니없는 가격으로 팔려고 할 때 한껏 허세를 부려 5000프랑이 아닌 1000에큐를 요구한다.[8]

한편 **수**라는 '하류층' 언어와 **리브르**와 **에큐**라는 '상류층' 언어 사이에, 동전 앞면의 이미지에 기초한 제3의 이름이 있었다. 17세기와 18세기를 통틀어 동전에는 부르봉가의 많은 루이 왕들 중 한 사람의 두상이 새겨졌고, 그래서 **루이**가 5프랑 동전이나 100**수**, 1**에큐**의 다른 이름이 되었다. 즉 5**프랑**, 100**수**, 5**리브르**, 1**에큐**, 1**루이**는 모두 같은 금액을 가리켰다. 위고는 이 혼란스럽고 다양한 명칭들을 굳이 설명하지 않는다. 그것들의 의미가 당대 독자들에게는 상식이었기 때문이다. 현대 독자들에게는 당혹스러울 수 있지만, 직접 말하지 않은 것이 오히려 더 많은 말을 한다. 부자와 빈자가 돈을 두고 다른 표현을 쓴다는 것을 언급하지 않고 지나갔다는 사실 자체가 『레 미제라블』이 극화하고 저항하려고 한 사회적 불평등의 증거인 동시에 본질이다.

일반적으로 통용된 동전들 중 가치가 가장 높은 것은 20프랑짜리 금화였다. 나폴레옹이 황제였을 때 주조되고 그의 두상이 새겨졌기 때문에 이 동전은 **나폴레옹**이라고 불렸다. 1815년에 루이 18세는 '그 찬탈자' 대신 자신의 두상을 새긴 20프랑짜리 동전을 새로 주조했고,

당연히 이 동전은 **루이**라고 불렸다. 그러나 이 새로운 **루이**는 1**에큐**와 100**수**, 다시 말해 1**루이** 가치의 네 배였다. 막상 손에 쥐면 6.7그램짜리 금화와 25그램짜리 은화가 헷갈릴 리 없지만, 소설에서는 실물 대신 말로 표현하기 때문에 갈피를 잡기 어려울 수 있다. **루이 도르**와 그 4분의 1 가치의 은화 **루이** 중 어느 것을 말하는지는 순전히 맥락과 암산으로만 알 수 있다.

나폴레옹 보나파르트는 금도금한 40프랑짜리 **나폴레옹**도 만들었다. 이것은 처음부터 수집용이었던 것으로 보이며 일상적인 거래에 자주 이용되지 않았다. 그럼에도 소설 속 주인공이 도박을 하다가 '마지막 **나폴레옹**'을 잃었다고 하면 계산에 주의해야 한다.

프랑이라는 공식 명칭은 벌금과 세금, 공공 지출을 언급할 때 쓰였다. 국가와 관련된 돈의 총액이 5프랑 이상이면 프랑을 쓰고, 5프랑 미만일 때는 항상 **수**로 계산했다. 예를 들어, 장 발장이 툴롱에서 석방될 때 받은 지갑에 109프랑과 75상팀이 아닌 '109프랑과 15**수**'(I.2.iii, 72)가 들어 있었다고 말한다. 그럼에도 **프랑**이라는 이름이 일관성 없이 다른 데 쓰이기도 해서 총체적인 혼란을 안겨 주기도 한다.

마리우스의 외조부 질노르망은 돈을 부르는 방식에 담긴 사회적, 정치적 의미를 우스울 만큼 극단적으로 끌고 간다. 그가 딸에게 마리우스가 굶주림을 해결하도록 용돈으로 '60**피스톨**'을 보내라고 말한다.[9](III.3.viii, 582) 피스톨은 뒤마 Alexandre Dumas 의 『삼총사 Les Trois mousquetaires』에 등장하는 두카트와 두블룬 금화만큼이나 한물가서 거의 통용되지 않던 스페인 동전이다. 질노르망이 이런 단어를 쓰면서 말하려는 것은 자신은 혁명이나 제국, 엉터리 신식 10진법 따위를 받아들이지 않겠다는 것이다. 그러나 그가 피스톨이라는 단어를 쓸 때는 동전 이름을 말한 것이 아니라, 10프랑에 대한 옛날식 표현이었다. (사실 **피스톨**은 찬장에서 발견하거나 팁으로 받아도 법정통화로서 가치가 없는 데다 수집가들에게도 그다지 큰 가치가 없었다.) 마리우스는 책상 위 장식함에서 그 돈을 발견하지만 자존심 때문에 차마 못 갖고 돌려보낸다. 물론 그는 할아버지에게 문자 그대로 '60**피스톨**'을 돌려준 것이 아니라, 50**루이**를 돌돌 말아 보낸다. 이것은 어떤 루이일까? 그 답에 따라 이야기가 달라진다. 마리우스가 그 노인에게 정당하게 돈을 돌려주었을까, 아니면 돈을 덜 주었을까? 1862년에도 이 계산이 난해했기에, 위고가 그 액수에 대해 설명한다.[10] 600프랑에 대한 다른 이름들의 이 재미있는 곡예는 『레 미제라블』의 독자가 이해할 필요가 있는 일반적인 사실을 강조한다. 19세기 프랑스에서 돈의 의미는 그것을 부르는 방식에 있으며, 개인이 자기 손에 있는 동전에 쓰는 이름이 그들의 사회적 지위와 태도·자산·필요에 관한 뭔가를 드러낸다는 것이다. 돈을 부르는 방식은 어떤 계급의 사람이건 5와 20으로 더하고 곱하는 암산을 할 수 있었다는 사실도 우리에게 말해 준다. 그렇다고 해서 그들이 12페니를 1실링으로, 20실링을 1파운드로 다루고, 10플로린이나 8하프크라운 같은 식으로 동전을 센 당대 영국인들과 같은 수준이었던 것은 아니다. 저지섬에서 주조된 3분의 1실링과 26분의 1실링짜리 동전을 쓰면서 8분의 1페니짜리 '더블'이라는 동전으로 셈을 한 건지섬 사람들에게는 한참 뒤졌다. 영국인 선조들은 분명히 암산을 아주 잘했다.

마차

      1837년에 프랑스 최초의 철도가 파리에서 베르사유까지 개통되었다. 그러니 1815년부터 1835년까지를 시대적 배경으로 하는 『레 미제라블』은 (1817년에 물가에서 헤엄치는 개 같은 소리를 내는 '실용적이지 못한 발명가의 장난감이자 판타지'에 지나지 않는다고 치부된 실험적인 강배에 대한 기억을 제외하면)(I.3.i, 111) 증기기관이 없는 세상을 묘사한다. 사람들이 장소를 이동할 때 이용하는 다양한 운송 수단은 오늘날의 자동차와 버스보다 훨씬 더 확실하게 부와 지위를 나타냈다.

  부자는 말이 끄는 운송 수단을 가졌다. '마차를 갖는다는 것'은 차고와 마구간과 마부와 말 사육자가 있다, 즉 부유한 백만장자라는 뜻이다. 마차 중에 가장 호화로운 것은 사방이 막힌 객실과 기본적인 완충장치가 있는 사륜마차, **카로스**였다. 『레 미제라블』에서는 루이 18세가 사냥을 마친 뒤 왕실 마차를 타고 궁으로 돌아가는 장면에서 카로스가 등장할 뿐, 질노르망이 마리우스와 코제트를 교회에서 결혼시키기 위해 두 대를 빌리는 장면까지 다른 카로스는 보이지 않는다. 그것은 오늘날 결혼식을 위해 롤스로이스를 빌리는 것과 같다.[11]

  카로스보다 가벼운 사륜마차는 **칼레슈**고, 가장 실용적인 마차는 **틸뷔리**라는 이륜마차였다. 카로스처럼 이런 마차들도 차고와 일꾼과 관리가 필요했기 때문에 상당한 재산이 있는 사람(또는 몇 달 동안 틸뷔리를 빌렸다가 채무자들에게 포위된 발자크처럼 터무니없는 채무자)만 가질 수 있었다. 위고는 이런 마차를 한 번도, 심지어 귀족원 의원이었을 때도 갖지 못했다. 그는 주로 걸어 다니거나 삯마차를 탔다. **피아크르**라는 삯마차는 파리의 거리 구석구석에서 항상 손님을 기다렸다. 피아크르는 마부가 승객 앞에 앉아 말 한 마리를 몰아 끄는 유개 사륜마차였다. 마부가 뒤쪽에 있는 개방된 발판에 서서 말 한 마리를 몰아 끄는 **카브리올레**라는 이륜마차도 있었다. 카브리올레는 조종하기 쉬워서 값이 더 비쌌지만, 피아크르와 마찬가지로 모두 고유 식별 번호가 있고 고정 요금을 부과했다.

삯마차를 타는 데는 마차를 갖는 것만큼 엄청난 재산이 필요하지 않았지만, 서민들이 감당할 만한 것은 아니었다. 에포닌이 자신이 던진 미끼에 걸린 신사가 삯마차를 타고 오두막으로 오고 있다고 테나르디에에게 알리자, 그는 기쁜 나머지 이를 확대해석한다. "삯마차를 탔다고? 거부 로스차일드인가 보네!"(III.8.vii, 676)

삯마차가 파리 이외의 지역에는 없었다. 교외로 사람들을 실어 나른 것은 말 한 필이 끌고 속도가 느린 노란색 이륜 승합마차였다. 이 마차는 내부에 여섯 좌석이 있고, 지붕과 뒤쪽에 몇 자리가 더 있었다. **쿠쿠**라고 불린 이 마차는 철도가 생기기 전까지 500대 정도 있었다. 오늘날 이스라엘 승합 택시처럼 인원을 가득 채워야 대기소에서 출발했기 때문에, 생클루나 몽페르메유 같은 곳에 언제 도착할지 짐작하기가 힘들었다.

도시 간 대중교통 중 가장 빠른 것은 비바람을 절반 정도만 막아 주는 좌석이 있고 네 마리 말이 끄는 우편 마차 **말포스트**였다. 사방이 막힌 역마차 **딜리장스**는 실내 좌석이 더 안락하고 지붕 위 좌석은 요금이 더 쌌다. 마리우스가 아버지를 찾아 베르농으로 갈 때 돈 많은 사촌 테오뒬이 마차 안에서 조는 동안 마리우스는 지붕 위 좌석에 앉아 있었다.[12]

이런 마차들과 마들렌이 재판 시간에 맞춰서 몽트뢰유에서 아라스까지 가기 위해 빌리는 털털이 마차가 『레 미제라블』에 등장하는 이동 수단의 전부다. 그 밖의 이동 방법은 도보나 말을 타는 것뿐이었다.

런던과 파리에서 말을 타고 시내를 돌아다니는 사람들을 흔히 볼 수 있었고 시골에서는 승마가 더욱 흔했다. 그러나 가난한 사람들은 승마를 배울 기회조차 없었다. 미리엘 주교가 외딴 산간 교구에 갈 때 당나귀는 이용하지만 말은 절대 타지 않는 것도 아마 신자들에게 연대감을 보여 주려는 뜻이 있었을 것이다.[13] 위고의 독자들은 마들렌이 말을 탔다면 아라스까지 가는 길에 (스코플레르 영감에게서 빌린 **틸뷔리**에서 바큇살 두 개가 빠지고, 에스댕에서 어떤 노부인에게 빌린 고물 소형 마차의 바퀴가 부서지는 등) 그가 겪은 어려움을 다 피할 수 있었다는 사실을 당연히 알았을 것이다. 그가 에스댕에서 여관 주인에게 말을 사거나 빌릴 수 있을지 물은 것도 사실이다.(I.7.v.224) 몽트뢰유 쉬르 메르의 어엿한 시장이라도 마들렌은 여전히 장 발장이었고, 그 계급 사람들에게는 말이 없었다. 워털루 장면을 빼면 『레 미제라블』 전체에 이상할 만큼 말 타는 장면이 없는 것도, (지금 우리는 알아차리기 힘들지만) 불쌍한 사람들 사이에서 말을 타는 것이 무엇을 의미했는지를 보여 주는 분명하고 도발적인 방식이다.

뭐니 뭐니 해도 가장 대중적인 이동 방법은 걷는 것이다. 당시 사람들은 우리가 믿기 힘들 정도로 걷는다. 『위대한 유산』에서 핍은 그저 저녁을 먹기 위해 런던에서 퍼트니까지 걷는다. 또 '데이비드 코퍼필드'는 런던에서 켄트 해안까지 걷는다. 『오래된 골동품 상점*The Old Curiosity Shop*』에서는 발육이 부진한 10대 소녀와 반쯤 치매 상태인 할아버지가 런던에서 '악마의 맷돌'로 불리는 북부 공장 지대까지 걸어간다. 그러나 장 발장은 영국의 이런 도보 여행자를 능가한다. 툴롱에서 디뉴까지 산악 지역을 하루에 58킬로미터(12리그)씩 총 200킬로미터나 걷는다. 또 디뉴에서 몽트뢰유 쉬르 메르까지 900킬로미터 거리인데, 이 길을 다 걸어서 간다.

"인간사에서 어느 것 하나 사소한 일이 없고 식물의 세상에서 하찮은 나뭇잎은 없다." 위고는 젊은 시절부터 모은 이상한 잡동사니 정보에 대해 변명이라도 하듯 이렇게 쓴다.(I.3.i, 112) 역사는 '1817년이라는 해'가 제공한 몇 가지 세부 사항을 흘려버리고 어쩌면 그럴 수밖에 없겠지만(위고가 '1817년의 일'이라는 장에서 그해에 있었던 사건들을 나열한 뒤에 이렇게 말한다. ―옮긴이), 적어도 『레 미제라블』의 색깔과 동전과 마차만큼은 제쳐 두면 안 될 것이다. 그것은 위고가 자신의 소설이 묘사하는 세상에 관해 상상한 것보다 훨씬 더 많이 말해 주기 때문이다.

2부
—

보물섬

4장

/

돈 이야기

19세기 프랑스의 경제적 현실

팡틴의 딸 코제트는 인생을 암담하

게 시작한다. 극빈자 어머니의 사생아로 태어나 교육이나 고용, 경제

적 발전의 전망도 없이 모진 양부모에게 착취당한다. 그녀를 테나르디

에로부터 구해서 전혀 다른 삶을 안겨 준 장 발장이 없었다면, 그녀는

분명 가련하고 이름 없는 대중의 일원으로 성장했을 것이다. 열여덟

살 코제트는 잘나가는 변호사의 아내가 되고 자기 이름으로 상당한 재

산을 갖게 된다. 『레 미제라블』의 '행복한 결말'이 코제트의 관점에서

는 기적일지 몰라도 위고가 아무런 맥락 없이 이렇게 설정한 것이 아

니다. 1833년에 결혼하고 나서 마리우스 퐁메르시 부부가 누리는 소

득과 자산은 어떻게 돈을 벌고 잃으며 안전하게 보관하고 낭비할 수 있는지를 보여 주는 그럴싸한 경제적 과정에서 나온 결과물이다. 『레 미제라블』에서 돈에 관한 이야기는 19세기 프랑스의 경제적 현실에 대한 폭넓은 이해를 바탕으로 하며, 그것이 우리의 현재 상황과는 사뭇 다르다.

큰 차이는 인플레이션이다. 『레 미제라블』에는 인플레이션에 대한 언급이 없는데, 그도 그럴 것이 당시에는 실제로 인플레이션이 없었다. 장 발장이 몽트뢰유 쉬르 메르에서 벌어들인 재산이 10년 동안 땅속 구덩이에 묻혀 있었는데도 값어치가 전혀 떨어지지 않았다. 코제트가 지참금을 그대로 보관했다가 19세기 말에 손자에게 물려준다면, 그 돈은 장 발장이 1823년 12월에 라피트은행에서 인출한 지폐 뭉치와 동일한 가치를 지닐 것이다. 나폴레옹이 도입한 금은 양본위제 덕분에 프랑스는 통화 안정의 세기를 누렸다.

장 발장의 재산은 싸구려 검은 구슬을 만드는 공장에서 나오는데, 19세기 사회사를 소개하려는 소설의 초석으로 선택하기에는 다소 의외의 사업이다. 마들렌의 사업체는 당시에 큰 재미를 본 새로운 산업의 전형이 아니다. 석탄이나 철, 증기기관을 기반으로 하지 않고 운송이나 직물과도 관련이 없으며 새로운 기술을 적용하는 것도 아니다. 그것의 원료와 공정과 제품은 1816년 이전이건 지금이건 변함없이 이용할 수 있기 때문에, 거의 언제나 비집고 들어갈 수 있고 별로 눈에 띄지 않는 틈새 업종이다.

그럼에도 『레 미제라블』이 출간된 1862년에 장 발장은 사업 천재로 보였다. 출판 몇 주 전에 영국 빅토리아 여왕Queen Victoria의 부군인 앨버트 공Prince Albert이 사망했다. 여왕이 평생 상복을 입겠다고 맹세하는데, 옷뿐만 아니라 보석도 검은색만 쓰겠다는 것이었다. 그 덕에 유일한 검은색 보석인 흑요석이 아주 귀해졌고, 세상 사람들이 그 스타일을 따라 할 수 있도록 아주 비슷해 보이지만 가격은 그보다 낮은 흑유리가 공장에서 대량생산되었다. 곧이어 값이 더 싼 흑유리 모조품이 나와서, 1862년에는 흑요석과 비슷해 보이는 장신구가 아주 많이 팔렸다. 『레 미제라블』 출간 당시 독자들은 위고의 전과자 주인공이 순식간에 큰돈을 벌게 된 상황을 충분히 이해했을 것이다. 그가 몽트뢰유 쉬르 메르 공장에서 만든 것이 바로 흑요석 모조품이기 때문이다. 당시 신문에 실린 『레 미제라블』에 대한 신랄한 비판들 중에 마들렌이 어떻게 돈을 벌게 되었는지에 대한 이야기를 겨냥한 것은 하나도 없었다. 그러나 위고가 극빈자에서 기업가로 변모하는 이야기를 처음 구상한 1845년에도, 흑구슬 공장 이야기의 시대 배경이 되는 1816년에도 흑요석 모조품이 인기 품목은 아니었다. 『레 미제라블』 돈 이야기의 토대를 찾으려면 더 깊이 들어가야 한다.

부채와 도덕성

장 발장은 디뉴 주교와 운명적으로 만난 뒤 몽트뢰유 쉬르 메르로 향한다. 이때 너그러운 주교가 챙겨 준 은식기 한 벌을 배낭에 넣어 오는데, 이것이 사업을 시작하는 밑천이 된다. 큰돈은 아니었다. 은 1그램의 가치가 4수였고, 1000프랑은 공시가로 은 5킬로그램과 가치가 같았다. 아무리 값어치 있는 식기라도 여섯 개로 된 한 벌의 중량이 그보다 더 나갈 수는 없기 때문에, 단시간에 큰돈을 벌 만큼 큰 사업체를 꾸리는 데 필요한 시설을 짓고 직원을 고용하고 기계를 들이고 원료를 구입하는 데 들어가는 돈을 은식기만으로 감당할 수는 없었을 것이다. 사실 당시 기업가들은 가족이나 은행 대출로 자금을 마련했다. 그러나 『레 미제라블』에서 장 발장이 돈을 빌렸다는 얘기가 한마디도 없는 이유가 있다. 물론 있을 법한 이야기는 아니지만, 빚을 지지 않고 돈을 버는 것이 이 소설 전반에 깔려 있는 근본적인 믿음에 부합하기 때문이다. 돈을 빌리는 행위는 부를 창출하기보다는 오히려 부채를 악화한다는 믿음 말이다.

예를 들어, 1815년과 1823년 사이에 장 발장의 출세와 동시에 벌어지는 팡틴의 몰락은 부채가 불어난 데 따른 결과다. 1817년에 그녀는 80프랑을 손에 쥐고 파리를 떠난다. 몽페르메유에서 테나르디에 부부에게 코제트의 양육비로 57프랑을 미리 준 뒤 얼마 남지 않은 돈을 갖고 몽트뢰유 쉬르 메르로 향한다.[1] 그녀가 마들렌의 구슬 공장에서 일자리를 얻고 집세와 가구를 마련하기 위해 빚을 얻는데, 테나르디에가 점점 더 많은 양육비를 요구하자 지출이 늘어나서 가구 값 상환이 밀리고, 급기야 집세까지 밀리게 된다. 해고당하기 전부터 이렇게 채무 지옥에 빠지기 시작하더니 해고에 이어 바느질 품삯까지 떨어지면서 상황이 더 악화된다. 육체적으로는 폐렴 때문에 죽지만, 그녀가 가구와 머리칼과 치아에 '마지막 남은 것'까지 팔게 된 것은 남의 돈을 쓴

데 따른 치명적인 결과다.

반면에, 마리우스는 그런 함정을 피한다. 그는 뚜렷한 전망도 없이 달랑 15프랑을 가지고 할아버지의 집을 나왔으면서도, 새로 사귄 친구 쿠르페락이 대출을 원하는지 물었을 때 "전혀!"라고 딱 잘라 대답한다. 마리우스는 멋진 옷과 금시계를 팔아서 근근이 생활하다가 (일하면서 배운 언어들인) 독일어와 영어 번역으로 먹고산다. 고지식한 면이 있는 그는 운이 좋기도 하다. 중요한 것은, 그가 이 소설의 경제적 도덕성을 구현하는 인물이라는 사실이다. 그는 몇 년간 빠듯하게 살면서도 결코 빚을 지지 않는다. 그는 왜 그토록 엄격하게 부채를 피했을까? 그의 마음속에서 그리고 위고의 마음속에서 부채는 '노예 신세로 전락하는 전조'였기 때문이다.(III.4.vi, 611 ; III.5.ii, 616)

부채는 범죄의 시작이기도 하다. 테나르디에는 1817년 팡틴에게 코제트의 양육 계약금 명목으로 57프랑을 뜯어내지만, 다음 날 그 돈은 110프랑을 갚는 데 고스란히 들어간다. 그러나 잠시 그렇게 한숨을 돌린 것도 결국 큰 도움이 되지 않는다. 6년 뒤 장 발장이 코제트를 구하려고 여관을 찾았을 때 테나르디에가 갚아야 할 부채는 1500프랑으로 불어 있었다. 결국 '지저분하게 고인 자잘한 부채들' 탓에 사업장을 잃은 뒤 본격적으로 범죄의 길로 빠지게 된다. 고르보 공동주택에서 또다시 장 발장과 마주쳤을 때, 그는 수중에 땡전도 없고 집세도 밀린 데다 사기로 긁어모은 돈과 암흑세계가 제공하는 보잘것없는 자원으로 어렵사리 생활하고 있다. 몽페르메유에서 여관 주인이었을 때 그가 발휘한 기발한 갈취 솜씨는 사는 데 도움이 되지 않았고, 장 발장의 재산을 갈취하려다 오히려 철창신세가 된다. 테나르디에의 합법적, 불법적 사업 이력은 실패의 연속이다. 그는 빌린 돈을 갚지 못해서 범죄에 빠진다. 그리고 애초에 돈을 빌린 것은 그가 원래 사기꾼이었기 때문이다. 위고의 책에서 부채와 범죄는 동전의 양면이다.[2]

따라서 소설이 추구하는 경제적 도덕성과 모순되는 상황을 피하기 위해 마들렌의 공장은 부채 없이 설립된다. 하지만 사업 자체의 도덕성은 어떤가?

노예 구슬

19세기 초 대부분의 공장 제품이나 공정과 비교하면, 모조 흑유리로 작은 장신구를 만드는 일이 양심적인 사업으로 보였을 것이다. 구슬은 몸에 해롭지 않고, 사람을 지하로 내려보내서 생산하거나 짙은 매연과 산업폐기물을 만들지도 않는다. 마들렌의 공장은 디킨스가 『어려운 시절 _Hard Times_』에서 고발한 공장 같은 '악마의 맷돌'과는 달리 모범적인 공장이다.

모조 흑유리를 만든다는 생각을 마들렌이 처음 해낸 것은 아니다. 다만 그렇게 하는 새 방법을 발견(또는 차용)했을 뿐이다. 그 전에는 송진을 알코올로 희석해서 흑요석처럼 보이는 모조 흑유리를 만들었다. 마들렌은 송진을 셸락으로, 알코올을 테레빈유로 대체한다. 원료를 바꿔서 생산비와 도매가를 낮추니 시장이 확대되고 상당한 수익을 낼 수 있었다.

셸락은 동남아시아 숲에 자생하는 연지충이라는 곤충이 분비하는 물질이다.[3] 연지충이 갉아 먹는 나무에서 긁어낸 다음 박편으로 가공하는데, 숙주에 따라 호박색·붉은색·검은색 등이 나올 수도 있다. 이것을 용제로 희석해서 가열하면 성형과 압착에 알맞은 퍼티 상태가 되고, 식히면 돌처럼 단단해진다. 그것은 마들렌 시장이 살던 시절부터 초기 축음기 음반에서 송유관, 모조 보석에 이르기까지 다양하게 이용되었다. 액체 형태의 셸락은 바니시와 래커의 주원료다.

마들렌의 구슬이 다른 구슬보다 싼 것은, 국내에서 조달하는 원료인 송진 대신 식민지 제품을 이용하고 이미 만들어진 용제 대신 테레빈 나무의 수액을 증류시켜 만드는 천연 용제 테레빈유를 쓰기 때문이다. 그가 사용한 두 재료는 모두 구하기 쉬웠다. 도매업자들이 봉랍의 원료로 쓰이는 셸락과 가정용 페인트의 원료인 테레빈유를 항상 갖춰놓고 있었기 때문이다. 그런데 두 재료를 함께 다루는 데는 문제가 있다. 테레빈유를 셸락과 섞어서 가열하면 기도를 손상하는 독성 수증기가 나오는 데다, 테레빈유와 셸락 퍼티는 식을 때까지 화재 위험 요소다. 유리 가공에 관해 권위 있는 출판물에서는 이렇게 명시한다. "이 물질에 불이 붙으면, 거의 끌 수가 없다. 물을 부으면 화약처럼 폭발해 주변의 모든 것에 불이 옮겨 붙을 수 있다."[4] 장 발장이 처음 몽트뢰유 쉬르 메르에 도착했을 때 그곳에 큰불이 나는데, 그것이 그 지역에서 발생한 유일한 화재다.[5] 그 뒤 6년 동안 장 발장의 공장에서 고인화성 물질 수백 톤이 가공되었는데도 화재가 없었던 것을 보면, 그가 아주 엄격한 안전 절차를 고안한 듯하다.

1845년과 1848년 사이에 쓰인 소설 초고에는 구슬 사업의 금전적 성공에 대한 설명이 없지만, 1861년 건지에서 쓴 원고에는 장 발장이 코제트와 마리우스에게 재산을 물려준 뒤 그 돈을 어떻게 벌었는지 소상하게 설명하는 부분이 나온다. 모조 흑요석 귀걸이 1그로스(즉 12타, 144개)를 생산하는 데 드는 원가는 10프랑인데, 완성품의 도매가는 60프랑이었다.[6] 이 정도면 엄청난 이윤이며, 이것이 어떻게 장 발장이 부자가 되었는지 설명하는 데 도움이 된다. (소득과 이익, 판매에 대한 세금이 없던 당시에는 총이윤이 곧 순이윤이었다.) 이제 어떻게 그렇게 큰 이윤을 낼 수 있었는지를 설명해야 한다.

　흑요석 구슬과 흑요석처럼 보이려고 검은 칠을 한 유리구슬, 그리고 검은색이거나 검은색에 가까운 광택이 있는 다양한 보석류는 수천 년 동안 과시적인 물건이었다. 이집트 미라가 검은 구슬로 장식되었고, 바이킹 전사들을 매장할 때 옆에 검은 유리구슬을 넣어 주었다. 좀 더 가까운 시기에는 스페인에서 부유한 과부의 베일 장식에 검은 구슬이 쓰였다. 마들렌은 스페인 사람들에게 해마다 '엄청난 양'의 구슬을 판다. 그런데 스페인이 여성들의 장신구로만 수백만 개가 넘는 구슬을 소비할 수 있었을까? 아마 아닐 것이다. 프랑스는 1815년 이래 계속 파산 상태로 극심한 혼란에 빠져 있던 스페인을 1823년에 침공하기로 했다. 당시 마들렌의 사업은 최고조에 올랐다. 위고는 스페인 침공을 비판하는 뜻에서 이를 간접적으로 상기시키며, 고르보 공동주택에서 장 발장이 스페인 정부 채권의 폭락으로 가난뱅이가 된 **연금 생활자** 행세를 할 때도 마찬가지다.[7] 스페인 항구로 실려 간 '엄청난 양'의 흑구슬은 아마 그 나라에서 되팔지 않고 거기서 더 멀리 가게 되어 있었을 것이다.

빌바오, 산세바스티안, 카디스는 아랍과 아프리카 중간상에게서 목재와 상아, 그리고 '인간'을 사려고 서아프리카로 향하는 선박들의 단골 기항지였다. 그들이 어떤 통화를 이용했을까? 대개 흑구슬이었다. 그래서 흑구슬은 무역 구슬이나 노예 구슬이라고도 불렸다. 개오지조개껍질과 마찬가지로 흑구슬은 대륙 간 교역의 토큰으로 이용되었다. 독일과 영국은 무역 구슬을 대량생산했는데, 그보다 값싼 마들렌의 모조품이 카디스 항에서 다른 배로 옮겨진 뒤 '작은 꾸러미'로 포장되어 아프리카에서 교역에 쓰였을 것이라고 짐작할 수 있다. 이런 무역도 이윤 폭이 터무니없이 컸다. 아프리카 해안에서 6프랑 가치의 구슬 꾸러미를 주고 산 노예가 악명 높은 삼각무역의 두 번째 구간인 버지니아에 도착하면 1000달러를 호가했다. 어쩌면 위고는 유럽에서 급속한 부의 축적이 끔찍한 식민지무역과 연관되어 있다는 것, 그리고 몽트뢰유 쉬르 메르에서 가난한 사람들을 돕는 데 도움이 된다고 칭송받는 마들렌의 사업도 사실은 당시 가장 비참한 삶에 책임이 있는 전 세계적 네트워크의 일부임을 어렴풋이 알았을 것이다.

지폐와 신분

만일 마들렌이 프랑스의 평범한 중산층이었다면, 아무리 박애적인 사람이라도 대부분의 개인 저축액을 수익률 4퍼센트인 프랑스 정부 채권에 투자했을 것이다. 그것이 상업적, 정치적 위험으로부터 안전하게 소득을 얻고 **연금 생활자** 계급에 합류하는 표준적인 방법이었다. 위고 자신도 국채에 투자하고 거기서 나오는 수익으로 생활하려고 했다. 그러나 마들렌은 그럴 수 없었다.

프랑스 정부는 명목상 무상환 공채에 속하는 공채에 이자를 지불하지 않았고, 중개인에게 채권을 구입하는 대신 '공채 원부에 이름을 기입'하는 사람들에게 '연금'을 지급했다. 그런데 랑트라는 이 연금은 신분증명서가 있는 사람들만 받을 수 있었다. 몽트뢰유 쉬르 메르의 시장이지만 마들렌은 신분증명서가 없었기 때문에, 연금 생활자가 되는 길이 닫혀 있었다. 그는 돈이 많아도 사회적으로 소외된 자였다. 그가 선택한 해결책은 라피트은행의 당좌 계좌에 돈을 넣는 것이었다. 실제로 이 은행은 프랑스의 경제·정치사에서 중요한 부분을 차지하는 기관이었다. 목수의 아들로 태어난 라피트는 은행원에서 시작해 나폴레옹 보나파르트의 주요 재정 후원자이자 국립은행의 수장이 되었다. 왕정복고 뒤에 그는 다시 (워털루 전투로 큰돈을 번) 로스차일드은행에 맞서는 주요 프랑스 은행을 운영하며 새로운 산업에 투자를 많이 했다. 마들렌이 재산을 안전하게 보관하기 위해 라피트를 찾은 것은 이 때문이다.

그러나 라피트는 정계에도 진출했다. 1830년에 그는 루이 필리프를 권좌에 올린 일파를 이끌었고, 루이 필리프는 그 대가로 라피트를 자신의 첫 국무장관으로 임명했다. 그럼에도 정치가 사업에 악영향을 주었고, 1831년에 라피트은행은 청산되기 일보 직전이었다. 장 발장이

1823년에 저축액을 인출한 것은 다행이었다. 라피트의 은행에 계속 돈을 맡겼다면 10년 뒤 코제트에게 물려줄 재산이 한 푼도 남지 않았을 것이다.

아라스 법정에서 자신이 수배된 도주범 장 발장이라고 밝히자마자 마들렌은 현금을 인출한다. 법정에서 진술을 마친 뒤 그가 '몇 가지 할 일'이 있다며 걸어 나간다.(I.7.xi, 256) 그리고 다시 체포되어 두 번째 복역을 시작하기 전에 쉬의 주인공 제롤스탱의 루돌프 공 못지않은 실력으로 사흘 동안 도주 행각을 벌인다. 그는 자신의 은행 계좌가 가명으로 되어 있기 때문에 곧 당국에 압수당한다는 것을 안다. 그래서 이때 장 발장의 주된 임무는 파리로 가 은행에서 돈을 찾고 그 돈을 더 안전한 곳에 보관하는 것이다.

돈을 동전으로 인출했다면 훗날 부딪치는 문제들을 피할 수 있었을 것이다. 그러나 그럴 수는 없었다. 은화 63만 프랑의 무게는 3톤이 넘기 때문에 옮기는 데 마차가 필요했을 것이다. 금화로도 211킬로그램이나 돼, 건장한 남자가 옮길 수 있는 수준을 훨씬 뛰어넘었다. 장 발장은 평생 모은 돈을 지폐로 인출하는 것 말고는 선택의 여지가 없었다. 그 시대에 63만 프랑 가치의 은행권은 큰 사전 정도의 부피라서, 땅을 삽으로 몇 번 파고 궤에 담으면 쉽게 묻을 수 있었다.

그러나 처리하기 쉽다고 해서 이용하기에도 쉬운 것은 아니었다.

19세기 프랑스는 지폐를 기피하는 경향이 강했다. 1789년 혁명으로 탄생한 제1공화정은 텅 빈 금고를 물려받아, 지폐 발행으로 어떻게든 버텨 보려고 했다. **아시냐**라고 불린 이 지폐는 금이 아닌 교회에서 몰수한 토지를 담보로 하는 약속어음이었다. 그러나 당국은 **아시냐**의 발행을 몰수된 토지의 가치로 제한하지 않았다. 1789년과 1796년 사이 혁명정부는 국가 운영에 필요한 돈을 다 지폐로 찍어 냈고, 그 결과 거의 짐바브웨 수준의 인플레이션이 일어났다. 프랑스 서쪽 지방에서는 혁명정권에 저항하는 가톨릭 세력이 지폐를 발행했으나, 이것도 곧 전혀 가치 없는 것이 되었다. 『레 미제라블』에서는 포슐르방이 사는 수녀원 정원의 오두막 벽에 붙은 반혁명 세력의 **아시냐**와 앙졸라의 술꾼 조수 그랑테르가 정치적 신념을 확인하려고 책상 서랍에 간직한 혁명 세력의 **아시냐**를 통해 이런 역사를 기념한다.[8] 이 기념품은 나폴레옹 이후 프랑스가 지폐 사용을 꺼리게 된 이유를 독자에게 상기시킨다. 그러나 장 발장은 지폐를 사용할 수밖에 없었기 때문에, 이것도 『레 미제라블』의 촘촘하게 엮인 그물망 속 가느다란 실오라기다.

배트맨처럼 군함 오리온호에서 탈출한 뒤, 장 발장은 몽페르메유로 돌아가 묻어 놓은 궤에서 돈의 일부를 꺼내 코제트를 테나르디에로부터 구하고 파리 도심 빈민가에서 허름한 공동주택에 정착한다. 그 뒤에도 가끔 몽페르메유로 가서는 1000프랑짜리 지폐를 꺼내 외투에 넣고 실로 꿰맨 뒤 돌아간다. 돈을 쓸 일이 있을 때는 코제트가 못 보게 아무도 없는 방에서 외투 안감 솔기를 뜯고 돈을 꺼낸다. 그러나 그는 집주인 여자가 염탐하는 것을 눈치채지 못한다. 그녀는 그가 외투에 낸 틈에서 꺼내는 '누런 종이'를 본다. "그녀는 그것이 1000프랑짜리 지폐임을 알아차렸다. 평생 두세 번밖에 못 본 지폐였다. 그녀는 소스라치게 놀라며 달아났다."(II.4.iv, 400)

그녀는 겁을 집어먹는다. 그녀가 목격한 장면은 그녀의 세입자가 겉모습과 다른 사람임을 말해 주기 때문이다. 그는 사기꾼이거나 백만장자가 틀림없을 것이다. 설상가상으로 장 발장은 그녀에게 그 지폐를 은행에 가져가서 동전으로 바꿔 달라고 부탁하면서 그것이 자신의 연금이라고 설득력 없는 변명을 해 상황을 더 복잡하게 만든다. (정말로 연금이라면, 인출할 때 바로 바꿨을 것이다.) 집주인 여자는 당연히 이 특별한 사건에 대해 말하며 다녔고, 곧 고르보 공동주택에서 가난뱅이처럼 사는 의문의 백만장자가 있다는 소문이 온 동네에 퍼진다. 이 소문이 경찰의 귀에도 들어간다. 그래서 자베르는 장 발장을 잡기 위해 덫을 놓고, 장 발장과 코제트는 어쩔 수 없이 프티픽퓌스의 수녀원으로 도망치게 된다. 사실 이 지폐와 이것이 자아내는 긴장감은 이야기의 중요한 전환을 암시한다.

재산의 비밀

장 발장의 현금은 10년 동안 안전하게 보관되어 코제트에게 상당한 지참금을 줄 수 있게 된다. 그러나 그녀의 결혼이 돈 이야기의 끝은 아니다. 테나르디에는 코제트와 마리우스의 결혼식 뒤에 혼례 마차가 참회 화요일 행렬에 갇혀 있는 것을 목격하고, 나중에 그 젊은 변호사의 새집으로 찾아가서 한 가지 제안을 한다. 테나르디에는 마리우스를 부자로 만든 코제트의 의문의 아버지에 대한 엄청난 비밀을 알고 있다며 그 비밀을 파는 대가로 돈을 요구한다. 그는 장 발장이 전과자이며 남의 돈을 훔친 강도라고 말한다. 발자크 소설의 주요 범죄자 보트랭처럼 테나르디에는 '출처가 분명하지 않은 엄청난 재산의 비밀은 망각된 범죄'[9]라고 믿지만 그는 틀렸다. 마리우스는 그것을 안다. 장 발장이 입양으로 맺어진 사위에게 자신이 누구인지 밝히고 자신이 물려준 재산의 출처를 설명했기 때문이다. 그러나 쉴 새 없이 어설픈 사기를 꾸미는 구제 불능 사기꾼 테나르디에는 여전히 옥에 티 같은 존재이며 파리에 그가 없다면 파리가 훨씬 더 좋은 곳이 될 것이다. 그래서 마리우스는 테나르디에가 원하는 돈의 일부를 준다. 그러나 동전이 아니라 뉴욕 은행에서 인출하는 약속어음으로 준다. 뉴욕은 테나르디에가 노예 거래를 하기 위해 가고 싶어 하는 곳이다.

위고의 악당은 이번에도 판단을 잘못했다. 뉴욕 주는 1827년에 마지막 노예를 해방했다. 마리우스와 코제트가 결혼하고 6년 뒤, 『레 미제라블』의 우스꽝스러운 악당은 존재하지도 않는 새로운 사업을 구상하며 사라진다. 적어도 그에게는 범죄가 결코 이익을 주지 않는다.

1845년과 1848년 사이에 처음 쓰인 『레 미제르』는 전과자가 흑구슬 생산자로 변모해 수많은 역경을 겪으면서도 땅속에 숨겨 둔 지폐 63만 프랑을 지키는 이야기를 담고 있다. 그러나 1861년 1월에서 6월 사이에 다시 쓴 『레 미제라블』은 돈에 관한 이야기가 훨씬 더 복잡하고 자세해졌다.

1861년 4월 15일, 미국의 남북전쟁을 알리는 첫 총성이 울린다. 『레 미제라블』의 줄거리는 프랑스를 벗어나지 않지만, 1845년에 시작되어

17년 뒤에 끝나는 재산 형성에 관한 이야기가 간접적으로나마 서아프리카에서 흑구슬의 최종 용도와 그것이 신대륙에 초래한 악몽으로까지 우리를 인도한다.

이 시기에 위고도 금전적으로 큰 타격을 받았는데, 그것을 어떻게 극복했는지가 『레 미제라블』의 탄생 과정을 담은 이 책에 있다.

망명 생활과 집필

1840년대에 위고는 주로 노동계급이 사는 파리 중심가 웅장한 광장의 대형 아파트를 얻어 살았다. 주로 글을 써서 생활했는데, 그야말로 잘나가는 작가였다. 그중 특히 수입이 좋은 분야는 희곡이었다. 그는 골동품에 아낌없이 돈을 쓰고 정부 공채에 상당한 액수를 투자했다. 1848년 2월 혁명이 시작되고 처음 며칠 동안 그가 귀족원과 집을 분주하게 오갈 때 그의 호화 아파트는 폭도에게 좋은 표적이 되고, 그가 집을 비운 동안 습격당했다. 성난 대중이 집을 쑥대밭으로 만들려는 순간, 한 사람이 종이 더미 위에서 탄원서를 발견했다. 르아브르 함대 반란자들에 대한 선처를 호소하는 탄원서였다. 탄원서 밑에 있는 위고의 대담한 서명에 침입자들은 이 위대한 시인이 민중의 진정한 친구라고 믿게 되었고, 집을 멀쩡하게 둔 채 그대로 돌아섰다. 위고와 우리에게 정말 구사일생이었다. 탄원서가 놓여 있던 종이 더미가 바로 『레 미제르』 원고였기 때문이다.

4년 뒤 위고는 브뤼셀에서 망명 중인 추방자 신세였다. 프랑스에 투자한 돈을 찾을 수 없고, 보주 광장 집에 있는 고가품을 회수할 방법이 없었다. 더는 아파트 셋돈을 낼 수 없어서 세간이 압류 끝에 팔려 나갔다. 이런 정신적, 심미적, 재정적 타격은 위고의 친구들이 언젠가 그에게 돌려주려고 경매에서 물건들 중 일부를 사들인 덕분에 조금이나마 완화되었다. 그나마 원고만큼은 경매에 부쳐지지 않았다. 1851년에 위고의 저술이 한 장도 빠짐없이 짐 가방에 차곡차곡 쌓여 국경 너머 브뤼셀로 옮겨졌다.

파리에서 루이 나폴레옹은 군대, 경찰, 중산층, 감옥, 돈, 무기 등 모든 것을 손아귀에 쥐고 있었다. 브뤼셀에서 위고가 가진 것은 **펜**뿐이었다. 그러나 그는 반드시 펜에서 불을 뿜어내겠다고 마음먹는다. 첫 번째 공격은 애초에 1850년 파리에서 탈이 된 **작은 나폴레옹**이라는 비웃음을 제목에 그대로 쓴 자극적인 팸플릿이었다. 이것은 보복적이고 모욕적이며 도가 지나쳤다. 그리고 바로 이것이 핵심이었다. 수사법을 전쟁의 무기로 쓰는 것, 대중을 모아 프랑스의 불합리한 독재자를 끌어내리는 것. 물론 프랑스에서 출판되거나 인쇄될 수 없었지만, 이것은 문제가 아니었다. 당시 벨기에에서는 프랑스에 밀매할 무허가 책자를 생산하는 출판업이 성행했다. 『작은 나폴레옹 Napoléon le Petit』 수만 부가 이런 식으로 유통되었고, 프랑스가 이런 교역과 새 정권에 대한 자극적인 문건을 생산한 장본인을 엄중하게 단속하도록 벨기에 당국에 요청하리라는 것은 불을 보듯 뻔했다. 위고는 추방 명령이 떨어질 때까지 기다리지 않고 도망자처럼 최대한 빨리 이동했다. 물론 돈이 문제지만, 더 큰 문제는 갈 곳을 찾는 것이었다.

영국은 확실한 선택이었다. 영국은 이민법이 없는 데다 외국인 선동가와 피난민에게 관대하기로 유명했다. 당시 마르크스Karl Marx도 영국으로 망명해 영국국립도서관에서 많은 저술을 남겼다. 그러나 런던에서 생활하려면 돈이 많이 들었다. 아내와 두 아들과 딸에 애인 드루에까지 돌봐야 하는 데다 확실한 수입원이 없는 남자에게는 특히 그랬다. 게다가 런던이라는 도시 전체가 프랑스 애국자에게는 모욕적이었다. 트라팔가 광장과 워털루 역은 지명 자체가 프랑스의 치욕을 상기시켰다. 설상가상으로 거의 모든 사람이 영어를 썼다.

미국이라면 그를 환영할 테지만, 그곳 사람들도 대부분 영어로 말했다. 체류비가 싸고 날씨가 따뜻한 포르투갈도 유혹적이었다. 스페인도 마찬가지였다. 게다가 위고는 유년 시절의 일부를 마드리드에서 보냈기 때문에 언어를 안다는 장점도 있었다. 그러나 미국이건 포르투갈이건 그에게는 너무 멀었다. 여전히 위고는 프랑스 시민들이 루이 나폴레옹의 혐오스러운 정권을 그리 오래 용인하지는 않을 것이라는 희망을 품고 있었다. 그래서 정권이 몰락하는 순간에 최대한 가까이 있고 싶었고, 그 몰락의 도구가 되고 싶었다. (쉬 같은) 망명자들은 사보이 왕국(그때까지는 프랑스 땅이 아니었던 안시와 샹베리 주변 지역)으로 건너갔고, 어떤 이들은 독일의 바덴바덴으로 갔으며, 또 어떤 이들은 볼테르Voltaire와 스탈 부인Madame de Staël을 따라 제네바공화국으로 갔다. 위고에게는 훨씬 더 괜찮은 생각이 떠올랐다.

저지와 건지는 영국 왕실령이지만 영국의 일부는 아니며 유럽연합에 속한 적도 없다. 선사시대부터 인간이 살았지만, 근대의 주민들은 주로 1066년에 영국을 정복한 노르만인의 후손이다. 1205년에 존 왕 John I 이 노르망디의 대륙 부분에 대한 소유권을 포기할 때 (쇼제섬을 제외한) 채널 제도에 대한 소유권은 유지했고, 그때부터 이 섬들은 영국 왕실의 '명물'이 되었다. 이 매력적인 섬들은 한때 대단했던 노르망디 공국에서 유일하게 남은 부분으로, 자치권과 프랑스어로 된 독자적인 법률을 가지고 있다. (지역에 따라 다르지만) 19세기에 교육받은 채널 제도 사람들은 표준 프랑스어를 말할 줄 알았고, 이는 위고가 다른 언어를 배울 필요가 없다는 뜻이었다. 인구의 대부분을 구성하는 어부와 농부는 1000년 전 정복자 윌리엄 William I 이 쓴 노르만 프랑스어에서 직접 나온 방언을 여전히 사용했다.

위고는 이미 채널 제도에 정착한 이탈리아와 헝가리, 독일에서 온 소수의 정치적 망명자들 덕에 그곳에 대해 알게 되었다. 그래서 아내와 아이들, 애인, 원고 가방과 마차, 열차, 배를 타고 오스텐데, 도버, 런던, 사우샘프턴을 거쳐 1852년 8월 4일에 저지섬 세인트헬리어에 도착했다. 그는 곧 공상적인 괴짜 사회주의자 르루 Pierre Leroux 의 바로 옆집인 마린 테라스의 큰 저택을 빌렸다. 위고에 이어 다른 **추방자들**도 이곳에 정착해 스스로를 루이 나폴레옹에 대한 도덕적, 언어적 저항의 선봉이라고 부르는 공동체를 이루고 살았다. 저지섬은 프랑스 해안에서 몇 킬로미터만 떨어져 있기 때문에, 이들 중 몇몇은 세인트헬리어를 실제 행동의 거점으로 보기까지 했다. 그러나 위고가 상상한 유일한 침공은 총이 아닌 말을 이용하는 것이었다.

위고가 저지에서 맨 처음 한 일은 『작은 나폴레옹』을 신랄할 운문

『징벌_Les Châtiments_』로 바꾸는 것이었다. 이 시집은 공격의 범위를 넓혀 최상부에 있는 '작은 남자'뿐만 아니라 그가 그 자리에 오르도록 돕고 그의 허술한 성이 무너지지 않도록 떠받치고 있는 악당과 변절자, 돈만 밝히는 출세주의자들까지 다 겨냥했다. 일단 해외에서 수십만 부가 인쇄된 『징벌』은 어부들이 과일 상자와 여성 부츠나 망토 안감에 숨겨서 국경 너머 해안에 닿은 뒤 수레에 실어 산길로 옮겼다. 수천 명이 『징벌』을 읽었고, 위고의 생각처럼 프랑스 국민 중 상당수가 그에게 동조했다. 그러나 이제 제2제정으로 이름이 바뀐 루이 나폴레옹 정권은 좀처럼 무너지지 않았다.

『레 미제르』는 5년간 선반에 방치되어 있었지만 위고가 이 소설을 까맣게 잊어버리지는 않았다. 1847년에 위고는 거실에서 가족과 친구들에게 원고를 읽어 주면서 책이 곧 완성될 것이라는 기대감을 높였다. 1848년 7월 31일, 위고의 아들은 자신의 신문 첫 호에서 '1848년에 우리는 『레 미제르』를 보게 될 것'이라고 선언했다.[10] 그러나 그해에도, 다음 해에도, 그다음 해에도 소설의 완성은 물론이고 집필을 다시 시작한 기미조차 없었다. 1851년 여름, '혁명으로 중단된 지 3년 7개월 만에' 위고는 마침내 다시 작업할 준비가 된 것처럼 보였다. 10월에 쓴 시에서 그의 뮤즈는 그에게 어서 책을 마치라고 재촉한다.[11] 그러나 12월 2일에 루이 나폴레옹 보나파르트가 쿠데타로 제2공화정의 막을 내리면서 뮤즈의 계획도 물거품이 되었다.

이렇게 주로 비자발적인 지연이 위고의 마음에 변화가 일어날 틈을 주었다. 그것이 1853년 『징벌』 초판의 뒤표지에 으레 들어가는 저자의 '다음 작품' 목록에 나타났다. 이 목록에 '당대의 정치 문제와 연관이 없는' 새 소설이 포함되었다. 그 작품은 '극적이고 소설적인 방식으로 가난에 관한 사회적 서사시'[12]가 될 것이었다. 그 소설의 제목은 이제 『레 미제르』가 아니라 『레 미제라블』이었다. 하지만 이 새롭고 확정적인 제목이 그 책으로 들어가는 문의 마지막 열쇠는 아니었다. 위고가 그 문을 열 때까지 극복해야 할 문제와 역경이 많았다.

마린 테라스에는 프랑스 방문객들의 발길이 꾸준히 이어졌으며 그들이 새로운 소식과 선물, 우정과 경매에서 되찾은 골동품들까지 가져왔다. 그중 한 명은 미국에서 건너와 파리에서 대유행 중이라는 강신술을 전했다. 나무 상판에 철제 다리 세 개가 달린 탁자만 있으면 저승에 말을 걸 수 있었다. 고도의 집중력이 필요했지만, 일단 요령을 터득하면 망자와 소통할 수 있었다. 위고는 강신술에 완전히 매료되었고 '회전 탁자'를 통해 옛사람들과 이야기하는 방법을 배웠다. 그중에는 모세Moses · 베르길리우스Publius Vergilius Maro · 단테Alighieri Dante · 셰익스피어도 포함되었는데, 저승에서는 여가가 충분하기 때문인지 편리하게도 모두 프랑스어를 알아들었다. 이 강신술 모임에 참가한 사람들은 회전 탁자에 둘러앉아서 그 자리에 누가 있는지를 물었다. 그러면 탁자가 톡톡 하는 소리로 대답했는데, 탁자 다리에서 나는 소리 같았다. 소리가 톡 하고 한 번 나면 '예', 톡톡 하고 두 번 나면 '아니요'를 뜻했다. 그보다 긴 메시지는 마치 천상의 모스부호처럼 한 번은 A, 두 번은 B, 세 번은 C로 해석했다. 저지섬에 이 방식을 전한 지라르댕Delphine de Girardin은 곧 본토로 돌아갔지만, 위고 가족은 1년 넘게 거의 매일 밤 영혼을 부르는 행위를 했다. 아델 2세는 그들이 말한 내용을 글로 썼는데, 이 필사본을 통해 우리는 위고의 정신적 모험 중 가장 특이한 부분을 따라가 볼 수 있다.

영혼의 세계에서도 위고는 자신이 할 일을 잊지 않았다. 문명의 영혼에게 남은 시간 동안 자신의 임무가 무엇이냐고 물었을 때 곧바로 답이 왔다. "위대한 이여, 『레 미제라블』을 완성하라!"[13]

위고가 저지섬에서 보낸 시절 중에 '탁자 돌리기' 단계를 보고 어떤 이들은 그가 제정신이 아니라고 생각했다. 만일 그 생각이 옳다면 수백만 명에 이르는 다른 유럽 중산층 사람들도 미친 것이다. 1853년부터 그 세기가 끝날 때까지 저승과 소통하는 것은 다양한 지역의 거실에서 흔히 하는 소일거리였다. 유능한 과학자들은 수다스러운 유령에 대해 해명하려고 했지만, 영혼이 계속 살아 있기 때문에 돌아온다고 주장하는 심령술사를 향한 빅토리아시대의 호감을 거의 줄이지 못했다. 위고처럼 망자들과 대화할 수 있다고 믿고 싶은 사람은 얼마든지 있었다.

그래도 그는 이성적인 독자들에게 자신이 바보처럼 보이는 것을 경계했다. 『레 미제라블』에 많은 '유령'과 '악귀'를 언급하지만, 그것들은 대부분 은유일 뿐 문자 그대로 받아들여지기를 바라지 않았다. 그럼에도 이 책에 기초한 뮤지컬에서 마지막에 주요 등장인물들이 모두 무덤에서 돌아와 노래를 부르는 장면은 위고의 믿음과 바람에 전적으로 어긋난다고 볼 수 없다. 만일 위고가 부브릴과 쇤베르크가 각색한 〈레 미제라블〉을 봤다면 분노하면서 극장에서 뛰쳐나왔을지 몰라도, 마지막 장면까지 참고 기다릴 수 있다면 공연에 대한 부정적인 관점이 많이 누그러질 것이다. 따지고 보면 그 자신이 주인공의 마지막 순간에 망자를 부르지 않는가?

장 발장은 롬므아르메 가에 있는 허름한 아파트에서 죽음을 맞이한다. 의사가 그에게 해 줄 것이 없다는 것을 깨닫고 병자성사를 위해 신부를 부르겠느냐고 묻는데, 장 발장이 아니라고 답한다. 뒤이은 장면이 없었다면 이것이 19세기 프랑스에서 다소 충격적인 거절이었을 것이다. 장 발장은 은촛대 두 개가 놓인 벽난로 선반을 향해 손을 흔들면서 이미 신부님이 와 계신다고 말한다. 그리고 이런 해설이 있다. "이 죽음의 순간에 주교가 실제로 그 자리에 있었을 것이다."(V.9.v, 1301) 그에게 촛대를 선물한 자애로운 주교는 오래전에 고인이 되었으니, 소설의 마지막 장면에서 그 방에 있는 신부는 비앵브뉘 예하(미리엘 주교)의 유령이 아닐 수 없다.

손님을 접대하거나 강령회를 열거나 해변에서 산책할 때가 아니면, 위고는 늘 바빴다. 그는 망명자 공동체의 가장 유명한 구성원이고, 섬의 공직자들과 관련된 면에서는 주요 대변인이며, 괴팍하고 종종 무모한 사람들 사이에서 어느 정도 일관성과 질서를 유지할 만한 권위가 있는 유일한 인물이었다. 섬사람과 망명자 사이에 빚어지는 마찰에는 몇 가지 원인이 있었다. 그중 가장 어려운 문제는 가톨릭교도가 대부분인 프랑스인들을 향해 엄격한 개신교도가 느껴 온 해묵은 적대감이었다. 유연한 제도에 익숙해진 육지 사람들에게는 안식일을 엄격히 지키는 것이 짜증스러웠지만, 섬사람들에게 그것은 영국에 대한 충성심을 앞설 만큼 중요했다. 빅토리아 여왕이 일요일에 섬을 찾았을 때, 섬의 모든 주민이 마차 행렬을 봤지만 주일을 지키지 않은 여왕에게 항의하는 뜻에서 열 명 중 한 명도 모자를 벗지 않았다. 여왕은 자신이 지나갈 때 알은척을 해 준 몇몇 사람에게 고마움의 미소를 지었지만, 그들 가운데 위고도 있다는 사실은 까맣게 몰랐을 것이다.

문제는, 세인트헬리어 사람들이 가톨릭교도만 참아야 하는 것이 아니라는 데 있었다. 망명자들은 주로 무일푼이었고 섬의 상거래에 아무 도움도 되지 않았다. 수염을 기르거나 머리가 긴 사람, 무신론자처럼 보이는 이도 있었다. 그중에는 어설프게 프랑스를 침공하기 위해 훔칠 배를 눈여겨보는 듯한 이들도 있는 것 같았다. 오늘날에도 이런 상황에서는 원주민들이 이주민을 낯설고 믿을 수 없는 존재로 보는 경향이 있다. 분명 스파이도 있었다. 그러나 과연 그들을 고용한 사람은 어디에 있었을까? 런던? 파리? 다른 더 먼 곳?

원주민과 이주민 공동체의 불화는 먼 데서 일어난 전쟁으로 더 악화되었다. 크림반도를 둘러싸고 벌어진 러시아와 투르크의 충돌에서 투르크 편에 선 영국이 새 프랑스 제국의 동맹이 되었다. 나폴레옹 3세Napoléon III는 런던을 방문해 극진한 환대를 받았고, 아마 영국 정부에 저지섬의 골칫거리를 처리해 달라고 부탁할 기회를 잡은 것 같았다. 하지만 영국 정부는 이 섬의 내부 문제에 직접 관여할 권한이 없었기 때문에 프랑스의 요청에 간접적으로 대답할 수밖에 없었다. 같은 시기에 위고와 그의 가족을 저지섬에서 몰아낼 방안을 찾으라는 지령이 파리에서 세인트헬리어 주재 프랑스 영사관으로 직접 떨어졌다. 프랑스 측 요원들은 망명자들이 동료와 경쟁자를 염탐하도록 압박했고, 영국 측 요원들은 프랑스인들을 긴밀하게 감시하면서 섬의 지도층 주민들에게 영향력을 행사해 지역공동체와 망명자 사이에 긴장을 키웠다. 1855년 무렵에는 이 조용하고 안정된 섬에서 르 카레John le Carré의 소설에 등장할 만한 복잡한 난국이 펼쳐졌다.

마지막 결전의 방아쇠를 당긴 것은 런던에 사는 프랑스 망명자가 빅토리아 여왕에게 쓴 공개서한이다. 파리에 답방해 나폴레옹 3세의 비위를 맞추지 말라는 내용이었다. 이 서한이 프랑스 망명자 공동체에서 발행하는 『롬므L'Homme』에 실렸는데, 섬사람들은 이것을 자신들이 충성하는 여왕에 대한 모욕으로 받아들였다. 그것은 스파이들이 최대한 부추겨 놓은 적개심의 뚜껑을 열었고, 갑자기 세인트헬리어 주민들이 프랑스 망명자들에게 떠나라고 요구했다. 사실 위고는 서한과 아무 관련이 없었지만, 동료들과 협력을 과시해서 일촉즉발의 상황이 빚어졌다. 당국은 공공질서를 유지하기 위해 이 위대한 인물과 가족들에게 떠나라고 명령했다. 영문으로 작성된 문서를 받고 제목에 쓰인 주요 단어를 '인류의 위대한 언어'에 걸맞은 발음으로 여러 번 읊조리고 나서야 그것이 '추방' 문서라는 사실이 이해되었다.

이제 그는 어디로 가야 하나? 가족과 원고 가방을 끌고 또 어디로 간단 말인가?

5장

/

오트빌 하우스

추방과 정착

　　저지섬과 건지섬은 공통점이 많지
만 항상 서로 다른 삶을 살았고 각자 법률과 관습과 통화가 있었다. 게
다가 두 섬 사이에는 어느 정도 적개심까지 있었다. 이런 역사적 특징
덕에 위고가 새 거주지를 찾을 수 있었다. 저지섬에서 추방된 희생자
가 건지섬에서 환영받는 것은 당연했다. 그것은 뜻밖에 더 많은 행운
을 예고했다. 1855년 10월 31일, 세 차례나 추방된 사람들을 세인트
헬리어에서 세인트피터포트까지 실어다 준 증기선은 분명히 높은 파
도에 흔들렸겠지만, 위고 운명의 바람은 방향을 바꾸기 시작했다.

　　1855년에 건지섬은 오늘날 같은 휴양지나 조세 피난처가 아니었다.

4만 명 가까이 되는 주민들은 규모가 작은 세 업종, 즉 채석장이나 조선소나 수입 양모를 이용한 스웨터 생산에 종사하거나 농업과 어업을 함께 하면서 부업으로 밀수도 조금 했다. 저지섬보다 작지만 멕시코 만류의 덕을 훨씬 더 많이 보는 건지섬은 특별히 온화한 기후를 누리는 덕에 1년 내내 노지에서 제라늄과 토마토를 재배할 수 있다. 자연을 사랑하는 위고에게 이곳은 천국에 가까웠다. 완만한 비탈과 가파른 절벽에 야생화가 피어나고, 하늘에는 온갖 바닷새들이 빙글빙글 돌고, 높은 곳에 오르면 반짝반짝 빛을 내며 맹렬하게 요동치는 웅장한 바다의 풍경이 어디서나 펼쳐진다.

위고가 이곳에 도착했을 때 저지섬에서 거의 완성한 작품 한 편을 가지고 있었다. 『레 미제라블』은 아니었다. 분량이 상당한 서정시였는데, 위고 자신의 삶을 시로 엮은 일종의 자서전이었다. 1856년 초에 완성된 이 시집은 위고의 오랜 친구이자 망명자인 에첼Pierre-Jule Hetzel이 브뤼셀에서 출판했다. 출판과 거의 동시에 획기적인 걸작으로 인정받은 『관조』에는 가장 잘 알려지고 가장 사랑받는 프랑스어 서정시들이 실려 있다. 이듬해에 플로베르Gustave Flaubert의 『보바리 부인』과 보들레르의 『악의 꽃Les Fleurs du mal』이 나타날 때까지, 섬세하고 매혹적이고 섬뜩하면서 인상적인 『관조』의 시들이 모든 이의 귀를 사로잡았다.

『작은 나폴레옹』이나 『징벌』과 달리 『관조』는 비밀 출판물이 아니었다. 프랑스에서 판매가 허용되었고, 위고는 인세를 받을 수 있었다. 이 책은 에첼을 부자로 만들고 위고의 금고도 다시 채워 주었다. 3년 만에 가진 돈이 거의 떨어졌던 그가 다시 어느 정도 여유롭게 생활할 수 있게 되었다.

오트빌 하우스 개조

세인트피터포트에 도착하자마자 위고는 세놓은 빈 저택을 발견했다. 귀신이 나타난다는 괴소문 때문에 몇 년 동안 아무도 살지 않은 집이었다. 위고는 이사한 다음에야 이런 사정을 알았다. 아델은 그 집에 살던 유일한 세입자가 4년 전에 밤마다 들리는 노크 소리 때문에 이사 갔다는 말을 요리사에게 들었다. 하인들은 유령이 돌아다니는 소리가 들린다고 확신했고, 위고도 '나무 계단을 뛰어다니는 소리는 저리 가라 할 정도로 큰 소리' 때문에 잠을 깼다.[1]

위고는 오트빌 하우스가 귀신 들린 집이라는 사실을 알고도 이곳을 떠날 생각을 하지 않았다. 어쩌면 스스로 망자를 좇던 경험에 회의적인 생각이 들었기 때문일 수도 있고, 오히려 손님이 온다는 것이 내심 반가웠을 수도 있다. 이미 『관조』의 인세를 미리 받은 데다 돈이 더 들어올 것이라는 확신이 있었기 때문에, 그는 이 집을 아예 사 버렸다. 당대의 많은 프랑스인들과 마찬가지로 위고는 자기 집을 소유하는 것에 익숙하지 않았고, 오트빌 하우스는 그가 소유한 유일한 부동산이 되었다. 그러나 그가 돈을 이렇게 쓴 데는 특별한 이유가 있었다. 그가 집을 소유하면서 납세자가 되었는데, 건지섬에서는 납세자에게 빼앗을 수 없는 거주권이 주어졌다. 위고가 떠돌이 생활 4년 만에 영구적인 집을 갖게 된 것이다.

오트빌 하우스는 일행을 다 수용할 만큼 컸다. 위고와 아내 아델을 비롯해 (둘 다 미혼인) 장남 샤를과 차남 프랑수아-빅토르, 역시 미혼인 아델 2세와 그녀의 구혼자이자 위고를 열렬히 따르는 제자 바크리Auguste Vacquerie도 방이 필요했다. 이런 저택은 같이 사는 하인도 필요했기 때문에 요리사 마리와 하녀 두 명을 위한 공간도 있어야 했다. 위고는 집안 구석구석에 공간과 거주자를 배치했다. 1층은 식당, 당구장, (처음에는 바크리를 위한 공간이던) 손님방 등 공용 공간으로 썼다. 2층에는 아델의 침실과 아델 2세의 침실, 그리고 정원과 바다가 보이는 대형 응접실 두 곳이 있었다. 샤를의 방과 프랑수아-빅토르의 방, 공용 욕실, 역시 바다가 보이는 인상적인 응접실이 있는 3층은 젊은이들에게 배정되었다. 가장 좁은 꼭대기 층이 위고만의 공간이었다. 그의 작은 응접실은 창고로 통했는데, 이 창고는 하녀들이 자는 방과도 통했다. (위고는 하녀들이 가까이 있어야 한다고 고집했다.) 그가 글을 쓰는 공간으로 정한 곳은 호화롭지 않았고, 유리문으로 옥상 테라스와 바로 연결되는 곳이라서 난방하기도 쉽지 않았을 것이다. 그는 이곳을 '전망대Look-Out'라고 불렀는데, 드루에를 비롯해 다른 사람들은 그것을 loocout이나 loukot 등 다양한 철자로 기록했다. 드루에는 한집에 살지 않고 다른 집을 얻어야 했다. 엄격하게 영역을 존중하기로 아델과 합의해, '다른 여자'는 절대 집에 들일 수 없었기 때문이다. 위고는 평생의 애인을 위해 정원을 가로질러 담장 바로 너머에 있는 집, 라팔뤼를 얻었다. 드루에는 매일 아침 위고가 옥상 테라스로 나와 양철 욕조에 몸을 담그고 노천욕을 즐기는 모습을 볼 수 있었다. 그는 물치료가 자신에게 좋다고 주장했고, 드루에는 아침 공기 때문에 감기에 걸린다고 호들갑을 떨었다. 둘은 서로 많이 아꼈다.

위고는 집을 독특하게 꾸미는 작업에 돌입했다. 가스등을 들인 데 이어 바닥에서 지붕까지 장식을 전부 다시 했다. 식당은 파란색과 흰색 타일을 붙이고 라틴어 격언과 'V. H.'라는 글자가 포함된 로고로 장식했다. 2층 응접실은 빨간색, 파란색 천과 온갖 이국적인 물건들로 호화롭게 장식했다. 3층 응접실이 가장 특이했다. 바닥에서 천장까지 진한 갈색 판을 대고 중세 분위기가 나는 조각을 했다. 가장 큰 볼거리는 커다란 목제 침대였는데, 위고는 인생의 마지막 시간을 이 침대에 누워서 보내겠다고 말했다. 고딕풍 실내장식을 하는 동안, 그는 자신이 직접 구상하고 지역 공예가 모제Tom Mauger가 만든 **작품**과 가구를 설치했다. 이 빅토리아시대의 이상한 나라는 예전 모습이 대체로 보존되어 있으며 여름에는 방문할 수도 있다. 위고는 1856년부터 1859년까지 이렇게 세심하고 자기 집착적인 실내장식을 구상하고 설치하는 데 열정을 쏟았다. 오죽하면 자신이 직업을 잘못 선택하지 않았는지 의심하는 지경까지 갔다. 그는 자신이 문학이나 정치보다는 집을 꾸미는 데 열정을 쏟아야 했을 것 같다고 생각했다.

그러나 오트빌 개조가 『레 미제라블』을 그렇게 오랫동안 원고 가방에 머물게 만든 주된 이유는 아니다. 저지섬과 바다 전망이 시에 대해 품고 있던 창작 열정에 불을 붙였다. 건지섬에 도착했을 때 위고는 서술적이고 점점 철학적으로 되어 가는 운문을 다시 쓰기 시작했다. 또한 원래 가끔씩 그림을 그렸는데, 건지섬에서는 수채화와 펜 스케치를 비롯해 뭐라고 딱히 분류할 수 없는 작품을 그리는 데 전보다 많은 시간을 투자했다. 그는 오랫동안 엄청난 노력을 기울여야 하는 어려운 작업을 시작하기 전에 마지막으로, 그동안 미뤘던 휴가를 마음껏 즐기는 것 같았다.

1860년 4월 25일, 위고가 마침내 원고 가방에서 1848년 2월에 중단했던 작품을 꺼냈다. 그리고 『레 미제르』를 몇 쪽 훑어본 뒤 원고를 챙겨 그날 저녁 옆집으로 건너가서 드루에와 저녁을 먹을 때 소리 내어 읽어 주었다. 다음 날 아침, 여느 아침과 마찬가지로 드루에가 눈을 뜨자마자 떠오른 생각은 길 건너 큰 집에 사는 애인에게 편지를 쓰자는 것이었다.

> 나의 친애하는 위대한 이여, 잘 주무셨나요? 당신의 어린 코제트가 간밤에 당신의 머릿속에서 너무 큰 소리를 내지 않던가요? …… 저는 지금도 사랑과 기쁨으로 떨린답니다. 마치 12년 동안 헤어져 살던 진짜 우리 딸이 돌아온 것처럼 말이에요.[2]

소설의 초고를 19세기 최고의 걸작으로 만들기 위한 본격적인 작업이 막 시작되려는 참이었다.

6장

/

위고의 신념

종교

『레 미제라블』은 위고의 다소 특별해 보이는 신념들을 표현한다. 그는 자신이 신의 존재를 믿는다고 얘기하는 데 주저한 적이 없지만, 어떤 종교나 사교도 지지하지 않았다. 『레 미제라블』이 일부 독자들에게 심어 줄지 모르는 인상과 달리 위고는 가톨릭 신자가 아니었다. 그 시대 대부분의 프랑스인들과 다르게 세례와 견진을 받지 않았으며 영성체도 하지 않았다. 예배에 참석하거나 기도하기 위해 교회에 가는 일도 없었다.[1] 그러나 기도는 했다. 그리고 『레 미제라블』이 '종교적인 책'이라고 확고부동하게 생각했다.

이야기가 시작되는 1815년 10월, 받아 주는 여관이 없는 험악해 보이는 전과자에게 한 사제가 음식과 잠자리를 준다. 장 발장은 한밤중에 깨어나 저녁 식사 때 본 은식기를 배낭에 넣고 담을 넘어 달아난다. 경찰이 그를 체포해 다시 주교의 집으로 데려가는데, 미리엘 주교가 은식기를 선물로 줬다고 말해서 경찰과 전과자를 깜짝 놀라게 한다. 게다가 원래 은촛대도 주려고 했는데 깜빡했다고 말한다. 이례적으로 자애로운 이 행동은 출소한 지 얼마 안 된 거친 사내의 마음에 감명을 준다. 그는 다른 사람이 되겠다고, 미리엘 주교가 그에게 한 것처럼 남들에게 좋은 사람이 되겠다고 결심한다.

철저한 합리주의자이자 공화주의자인, 위고의 장남 샤를은 이 성스러운 사제에 대한 묘사를 못마땅해했다. 어느 날 저녁 마린 테라스에서 평소와 다름없이 저녁 식사 후 아버지의 이야기를 충실하게 마무리하던[2] 샤를은 『레 미제르』를 '촛대 이야기'로 시작하는 것이 실수라고 말했다. 뒤이은 격론에 대한 아델 2세의 기록을 보면 연극의 한 장면이 떠오를 만하다.

샤를 위고: 사제, 특히 가톨릭 사제는 민주주의의 적이에요, 아버지. 가톨릭 사제를 완벽이나 이해의 모범으로 삼는 건 가톨릭교회만 이롭게 한다고 해요. 가톨릭교와 선善의 이상이 같다고 말하는 셈이니까요.

샤를 오빠는 사제 대신 의사같이 근대적인 전문직 종사자를 써야 한다면서 이야기를 마쳤다.

빅토르 위고: 종교와 사제는 언제나 있을 거다. 물론 다양한 사제 말이야. 보이지 않는 세계에 대해 가르치는 사람은 다 사제야. 모든 사상가가 사제지.

샤를 위고: 그럼 그 역에 그냥 사상가를 쓰세요. 미래의 적인 과거의 사제 말고, 다가올 시대의 사제 말이에요.

빅토르 위고: 과거에 미래를 끼워 넣을 수는 없는 법이야. 내 소설의 배경은 1815년이잖니?

샤를 오빠는 두 번째 반론으로, 사제를 미화하면 책의 목적을 이해하지 못하는 공화주의자들에게 좋지 않은 인상을 줄 것이라고 했다.

빅토르 위고: (큰 소리로) 미리엘을 가톨릭 사제라고 말했니? 나는 내 책의 순수하고 위대하고 참된 사제의 묘사가 오히려 오늘날 실존하는 사제들에 대해 상상할 수 있는 가장 신랄한 풍자라고 본다.

샤를 오빠는 그래도 그것이 편협하고 고집 센 수많은 공화주의자들의 심기를 건드릴 것이라고 반론을 제기했다.

빅토르 위고: (더 큰 소리로) 난 미쳤거나 편협한 공화주의자들의 의견 따윈 관심 없다! 내 관심은 오직 내 의무를 다하는 데 있어. 여기 있는 나는 지금까지 살면서 모든 정점에 올라 봤다. 한림원 위원

도 해 봤고, 국회의원도 해 봤고, 장관직 제안까지 거절했고, 지금 여기서 망명 생활을 하는 몸이야. 여기 있는 나는 그냥 사람이 아니다. 난 사도고, 사제야. 인류는 종교가 필요해. 인간은 신이 필요하고. 나는 매일 밤 기도한다고 자신 있게 단언할 수 있다.[3]

저녁 식사 뒤에 위고가 이렇게 토해 낸 종교와 기도에 관한 열변은 식탁에 둘러앉은 청중을 향한 것이 아니었다. 『레 미제라블』이 가톨릭 교회의 구성원을 좋게 묘사하는 것을 막으려는 샤를 너머에는 저지섬을 비롯해 여러 곳에서 사회주의와 공화주의를 지향하며 망명 중인 무신론자들의 공동체가 있었다. 그들은 가장 유명한 **추방자**가 자신들의 깃대에 깃발을 꽂아 주기를 바랐다. 그중에 많은 이들은 종교에 대한 위고의 집착을 두고 정신 나갔다고 생각하기까지 했다. 위고를 따라 저지에서 건지로 간 충성스러운 추종자 케슬레Hennet de Kesler는 위고가 신을 믿는다는 이유로 이 위대한 사람의 면전에서 천치라고 말했다. 위고의 마린 테라스 옆집에 살던 르루는 해변을 함께 걸으면서 위고의 믿음을 보란 듯이 조롱했다. (위고는 이 악명 높은 기식자를 남몰래 '사기꾼 철학자'라고 불렀다.[4] 그리고 『레 미제라블』에서 이 모욕적 표현을 테나르디에에게 그대로 쓰기도 한다.[5]) 항상 그를 추어올리던 작가 마르탱 뒤퐁Nathanaël Martin-Dupont도 위고의 믿음이 유치하다면서 희석된 가톨릭주의라고 요약할 수 있다는 말을 했다. "당신이 어떻게 생각하건, 다 끝난 일이니 이러쿵저러쿵 마시오." 이것은 대화할 때 위고의 응수 방식이었다.[6] 사실 1845년에 작품을 시작할 때나 1862년에 아들과 논쟁할 때나 소설의 최종본에서나, 인생의 모든 시기에 위고는 신앙이 있는 이들을 모두 존경하면서도 그것이 어떤 신앙인지에는 관심이 없었다.

실존 인물인 디뉴의 미올리François Bienvenu de Miollis 주교를 모델로 했지만, 미리엘 주교는 분명 그 시대의 평균적인 기독교 지도자의 모습을 보이지는 않았다. 거리낌 없이 경찰에게 거짓말을 하는가 하면 강도에게 되찾은 물건을 팔고, 그의 믿음에는 그리스도나 성모마리아의 신성이 없는 것처럼 보인다. 거창한 것을 거부하면서 가난하고 억압받는 사람들을 돌보는 것은 가톨릭 고위층의 일반적 행동에 대한 조용한 책망이다. 1862년에『레 미제라블』초판을 읽은 가톨릭 사람들이 이 책의 다른 무엇보다 미리엘이라는 등장인물에 대해 더 분개한 것도 이 때문이다. 사실 미올리의 조카는 신문에 항의 편지를 써서 위고는 그렇게 노골적으로 삼촌을 언급할 권리가 없으며 특히 '전적으로 진실과 다르고 명예훼손적인 세부 사항', 즉 미리엘 주교가 정치적 이단아 G의 발에 무릎을 꿇는 '혐오스럽고 터무니없으며 공상적이고 가공할' 장면을 끼워 넣을 권리는 없다고 말했다.[7]

위고의 장남 샤를은『레 미제라블』을 위고에게 맞지 않는 정치적 의제와 이념 쪽으로 몰려고 한 많은 독자들 중 첫 번째 인물이다. 샤를은 책이 완성되기 한참 전에 (제목은 바뀌었지만 아직 1848년 2월 21일에 중단된 초고 상태였을 때부터) 개입했기 때문에, 어찌 보면 이 소설을 더욱 확고하게 현재의 상태로 만드는 데 누구보다 큰 힘을 보탰다. 위고는 나중에 초고를 보완하고 확대하면서 이 종교인의 하느님 같은 이미지를 확대하고 심화하는 데 특별한 관심을 기울였다. 결정권자가 누구인지 샤를에게 보여 준다는 뜻도 있고, 그 자신이 완전하게 이해하기 위해서였다.

미리엘은 봉급의 90퍼센트를 기부에 쓰고 자신은 1년에 1500프랑만으로 생활한다. 분명 그는 그냥 '좋은 사람'이 아니라 '성자'라고 부를 만한 사람이다. 그럼에도 『레 미제라블』 1권에서 선택한 제목 '의인'에서 위고가 특히 중시한 것은 미리엘의 성스러움이 아닌 **공정함**이다. **의인**은 '좋은' 사람 이상을 의미하며 정의로운 사람에 가깝다. 미리엘은 사제가 어떤 모습일 수 있는지를 보여 주기보다는 의인, 즉 공정한 사람이 어떻게 19세기 프랑스의 사회적 관행이 사람들에게 가져온 불공정을 완화할 수 있는지를 보여 주는 예다.

『레 미제라블』에 묘사된 세상은 당시 프랑스의 실제 모습보다 종교적 관습과 물건이 덜 두드러진다. 위고가 묘사한 파리의 거리나 디뉴 주변 시골에는 길가에 십자가상이나 예배당이 늘어서 있지 않다. 또한 위고의 소설 속 어떤 인물도 디킨스가 『돔비와 아들Dombey and Son』에서 '지치고 무거운 짐을 지고 있는 자들을 위한, 비참하고 영락하며 이 땅에서 버림받은 자들을 위한 영원의 책[8]이라고 표현한 성서에 기대지 않는다. 미리엘 주교가 정식 미사를 주관하는 모습도 보이지 않는다. 장 발장은 마지막 병자성사를 거부하고, 영성체를 한 적도 없다. 다만 어두워진 뒤에 기도하러 교회에 가곤 할 뿐이다. 마리우스와 앙졸라, 가브로슈, 테나르디에 등은 이조차 하지 않으며 크리스마스이브에 몽페르메유의 여관에서 술을 마시는 방앗간 일꾼과 마차꾼 들은 자정미사에 참석할 생각도 하지 않는다. 전체 줄거리의 대단원이 될 수도 있었을 코제트와 마리우스의 결혼식은 그저 몇 문장으로만 처리하고 넘어갔다.[9] 사실 위고는 『레 미제라블』을 교회 안으로 가져가기를 원치 않는다. 교회가 『레 미제라블』의 '모호하지만 흔들리지 않는' 종교적 성향에 어떤 구실을 한 것처럼 생각할 여지를 두고 싶지 않았기 때문이다.

대립을 조화로

영화감독들은 위고가 일부러 생략한 부분을 굳이 돌려놓는 경우가 있다. 예를 들어, 1952년에 볼레슬랍스키의 영화를 리메이크한 마일스톤Lewis Milestone은 위고가 예배당에서 뜻하지 않게 프티제르베의 40수를 훔치고 성모마리아에게 회개하는 장면을 넣었다. 후퍼는 2012년 뮤지컬을 개작한 영화에 윈체스터 대성당에서 촬영한 장면들을 넣기로 했다. 그는 다른 장면에도 교회처럼 양초를 둔 경우가 많다. 19세기 프랑스에서 있었음직한 모습을 보여 주기 위한 것이라면 이런 기독교 장식이 정당화될 수 있지만, 그럼에도 위고가 일부러 피한 관념을 끌어온 셈이다. 가톨릭의 전통적 상징을 보여 주는 영화판 〈레 미제라블〉은 그런 장면에 걸맞은 종교적 의미가 이 작품에 있다고 암시한다. 그러나 위고가 강하게 품은 신념은 그렇게 구체적인 것이 아니었다.

1860년 4월에 『레 미제르』 몇 쪽을 드루에에게 읽어 주고 몇 달 만에 위고는 책의 시작 부분에 넣으려고 두 장을 새로 썼다. 거기에는 미리엘이 무신론자 상원의원과 식사하는 장면(I.1.viii)과 교회를 혐오하며 죽어 가는 급진주의자를 만나는 이야기(I.1.x)가 담겨 있다. 이 장들의 목적은, 주교의 종교적 위치를 명쾌하게 설명하며 책 전체에서 말하려고 하는 이상적인 신앙을 암시하는 것이다.

여기서 무신론자 상원의원이 하는 일은 크게 패배하는 것이다. 이 말 많은 대식가는 인간이 기계에 불과하다는, 잘 알려진 18세기 주장을 되풀이한다. 신을 위한 자리가 없는 그의 관점에서 인생의 목적은 최대한 쾌락을 누리는 것이다.

> 지상에서 무엇을 해야 할까? 고통받을 것인가, 쾌락을 누릴 것인가? 이건 내 선택입니다. 고통을 택하면 내가 어디로 가게 될까요? 아무 데도 안 가요. 하지만 난 이미 괴로움을 겪었겠지요. 쾌락을 택한다면 또 어디로 가게 될까요? 역시 아무 데도 안 가요. 하지만 어쨌든 쾌락은 누렸겠지요.(I.1.viii, 31)

다윈Charles Darwin의 진화론에 앞선 이런 관점에서는 생명이 끊임없이 창조되는 것이기 때문에 그 기원에 대한 질문은 의미가 없다. 상원의원도 금욕과 희생을 거부한다. 늑대가 금욕이나 희생을 하지 않듯 우리도 하지 말아야 한다. 그는 신이나 예수의 메시지를 믿지 않고, 아예 도덕률이 있다는 것 자체를 부정한다. 또 사후 처벌 같은 것은 없다면서 한 줌의 재에 무엇을 할 수 있겠느냐고 말한다. 그러나 가난한 사람들을 제자리에 붙들어 두기 위해 뭔가가 필요하며, 바로 그 자리에 종교가 들어간다. 영혼이니 불멸이니 천국이니 하는 것들은 순전히 **불쌍한 사람들**을 달래기 위한 인간의 발명품이다. 그들은 그것을 선뜻 받아들인다. 그것 말고는 마른 빵에 발라 먹을 것이 없기 때문이다. 그는 신이 이런 사람들을 위한 존재라고 미리엘에게 말한다.

요즘 사람들이 들으면 위고의 냉소적인 상원의원이 마르크스를 읽지 않았을까 하는 생각이 들지도 모르겠다. 그러나 그건 불가능한 일이다. 마르크스가 '억압된 피조물의 한숨이며 무심한 세상의 심장…… 민중의 아편'이라며 종교를 부정한 것은 상원의원이 미리엘 주교와 식사한 뒤 수십 년이 지난 1844년의 일이고, 위고가 이 장을 쓸 때는 아직 프랑스어로 번역되지도 않았으니 말이다. 그럼에도 상원의원의 무신론은 마르크스가 한 말의 원조 격으로 보이는 주장을 암시한다. 1793년 혁명의 지도자 (그리고 1793~1794년의 공포정치와 종교 배척으로 비난받는) 로베스피에르Maximilien de Robespierre는 신이 없는 이성의 숭배를 새 프랑스 정부의 공식 교리로 정하자는 제안을 거부했다. 왜 그랬을까? '무신론은 귀족적인 교리인 반면, 억압받고 무고한 사람들을 구원하고 성공한 죄인을 벌하는 초월적 존재라는 개념은 민중에게서 나오는 것'[10]이기 때문이다. 무신론자와 식사하는 자리에서 미리엘은 로베스피에르의 주장을 동원해 판세를 뒤집는다. "그래요. 정말 대단하십니다! 당신은 당신의 높은 사회적 위치에 어울리는 관점을 전적으로 따르시는군요." 위고는 이 재치 있는 농담으로 일석이조 효과를 거두었다. 신앙을 거부하는 것은 게으른 부자들의 대표적인 고안물이라는 로베스피에르의 말을 주교의 입으로 전달하는 것으로 위고는 무신론자 좌파 친구들에게 선을 긋는다. 위고는 그들이 배부른 상류 부르주아의 실질적인 동맹이라며 비난한 것이다.

두 번째로 넣은 장에서 미리엘은 죽어 가는 급진주의자 G를 방문한다. G는 한때 1789년 이후 제1공화정의 헌법을 만들고 표결로 루이 16세의 처형을 결정한 국민의회의 일원이었다. 이런 정치적 이력 때문에 그는 혁명 이후 프랑스에서 괴물 같은 존재가 된다. 그래서 그는 시가지에서 멀리 떨어진 오두막에 산다. 미리엘은 G의 과거 활동에 이의를 제기하며 그를 회개시키려고 하지만, 이 늙은 급진주의자는 자신이 행한 어떤 일에 대해서도 사과하지 않는다. 그는 군주제 철폐는 범죄를 철폐하기 위한 유일한 방법이었다고 말한다. 또 국왕의 처형에 찬성표를 던지지 않았지만 국왕의 죽음이 다른 누군가의 죽음보다 특별히 더 개탄스러울 것은 없다고 생각한다. 미리엘이 마지막 방법을 쓴다. "진보는 하느님을 믿어야 합니다. 믿음 없는 자들은 선善을 섬길 수 없어요. 무신론자는 지도자로 알맞지 않습니다."(I.1.x, 43)

죽어 가는 남자는 눈물을 흘리며 손가락으로 하늘을 가리킨다. 그리고 무아지경에서 몸을 떨며 누군가가 보이는 것처럼 말한다. "아, 이상이여! 오직 그대만 존재합니다." 죽음을 맞는 순간에 신의 모습을 보는 것은 미리엘과 위고가 모두 추구하는데, 물질세계 너머에 더 높은 존재가 있음을 인식하는 것이다. 이제 주교는 진심으로 G를 위해 축복기도를 할 수 있다. 중요한 것은 신앙이지, 신앙의 형식이 아니기 때문이다.

이 두 장은 『레 미제라블』의 철학적 기반이 된다. 유물론과 무신론은 빈부 대립을 악화하지만, 자연스러운 종교는 성직자가 반교권적인 급진주의자와도 화해할 수 있게 해 준다. 이 소설의 가장 큰 목적은 한 남자의 인생 이야기 속에서 이런 대립이 조화로 바뀌는 것을 보여 주면서 이를 북돋는 데 있다.

은밀한 바람

『레 미제라블』이 종교적 주제를 구체적으로 다루지 않지만, 많은 종교가 제기하는 문제 하나는 위고의 마음에서 떠나 본 적이 없다. 사람은 죽어서 어디로 가는가? 위고는 사랑하는 사람들이 더는 존재하지 않을 수 있다는 사실을 받아들이기가 항상 힘들었다. (어쩌면 탁자 돌리기 실험을 기꺼이 한 것도 부분적으로는 이 때문일 수 있다.) 그와 드루에는 모두 일찍 자식을 여의었다. 드루에와 그 연인이던 프라디에James Pradier 사이의 딸 클레르는 스무 살이던 1846년에 결핵으로 죽었다. 위고의 큰딸 레오폴딘Léopoldine Hugo은 그보다 더 어린 열아홉 살에 센강에서 배가 뒤집히는 사고로 죽었다. 당시 위고는 가명으로 드루에와 유람 중이었고, 여관에서 신문을 읽고서야 레오폴딘의 사망 사실을 알았다. 딸을 잃은 슬픔과 죄책감이 그의 인생에 큰 상처로 남았다. 그는 레오폴딘이 돌아오기를 바랐고 가끔은 정말 돌아올 것이라고 믿었다. 드루에의 죽은 딸을 기리며 쓴 시에서, 위고는 여읜 자식은 결코 영원히 떠나지 않는다는 것을 분명하게 표현했다.

그들이 돌아왔고 그곳은 신비 속에 있기에

우리는 들을 수 있다. 누군가가 서성이며 맴도는 숨결과

옷자락이 쓸쓸한 앞 계단에 쓸리는 소리를

그것이 우리를 눈물짓게 한다……[11]

『레 미제라블』은 사실주의 소설의 기준에 부합하고, 미리엘 주교를 제외하면 어떤 등장인물도 무덤에서 나오지 않는다. 그러나 소설이라는 장르는 위고에게 사랑하는 그리운 사람을 부활시키는 비장의 도구를 제공했다. 레오폴딘은 1843년 9월 4일에 지금은 고속도로 교량에서 멀지 않은 탕카르빌의 시댁 근처 센강에서 타고 있던 배가 뒤집히는 바람에 그녀를 구하려던 남편과 함께 익사했다. 하지만『레 미제라블』에서 장 발장은 해군 장군 롱시에르를 방불케 하는 대담성을 발휘해 오리온호에서 탈출한다. 그는 사라지고, 지역신문은 죄수 9430호가 해군 조선소에서 익사했다는 소식을 전한다.

장 발장의 두 번째 죄수 번호는 관심 있는 사람들에게 그것이 레오폴딘이 실종된 날짜임을 알리는 신호였다. 이것이 대단하지는 않을지몰라도, 딸을 살아 있게 하는 방식이었다.

자극제

1858년에 위고의 등에 화농성 종기가 생겼다. 양모선별인병羊毛選別人病이었는데, 항생제가 없던 당시에

는 무척 고통스러운 병이었다.[12] 위고는 운 좋게 살아남았고, 회복하자마자 할 수 있을 때 작품을 모두 마쳐야겠다는 의욕에 불탔다. 자신이 언제든 죽을 수 있다는 깨달음만 위고가 『레 미제라블』을 다시 쓰도록 이끈 자극제는 아니다. 1859년 8월 16일 생나폴레옹 축제를 기념해 스스로를 나폴레옹 3세라고 부르는 남자가 1851년에 자신의 집권을 반대해서 추방했던 망명자들을 사면했다. 8년 동안 채널 제도의 추방자들은 보조금과 기부, 그리고 섬에서 구할 수 있는 얼마 되지 않는 일자리에 기대어 생활했다. 많은 이들이 고국으로 돌아가서 다시 일하고 가족들을 부양할 수 있게 된 것을 기뻐했다. 위고는 그들의 귀국을 막지 않았지만, 자신의 사면은 받아들이려고 하지 않았다. 자유가 없는 프랑스는 아무것도 아니었다. 그곳에 자유가 다시 찾아와야 자신도 돌아가겠다고 했다. 1940년에 드골Charles De Gaulle이 '진정한 프랑스는 자신이 있는 곳'이라고 한 말과 비슷하게 들린다.

예순 살이 가까워진 위고는 나이를 느끼기 시작했다. 해 진 뒤에 글을 읽으려면 안경을 써야 했고, 슬슬 유언장을 작성해야겠다는 생각도 들었다. 그는 불쾌하게 스쳐 간 질병 덕에 자신이 증오하는 독재자가 자신보다 여섯 살 어리며 자신보다 오래 살 수 있다는 사실을 깨달았다. 따라서 사면 거절은 건지의 목가적인 삶이 평생 이어질 수도 있다는 뜻이었다. 오트빌 하우스의 웅장함과 바다에서 얻는 영감도 세인트피터포트를 진짜 고향으로 만들어 주지는 못했다. 그는 자신이 프랑스에 다시 발을 디디지 못할 수 있다는 사실을 인정하면서도, 프랑스에 자신의 존재감을 확실하게 보일 수단이 필요했다. 그에게는 미완의 소설을 완성하는 것이 프랑스에서 가장 큰 거목이 누구인지를 보여 줄 수 있는 가장 강력한 도구였다.

　오래전에 써 놓은 이야기를 가지고 다시 작업한다는 것은 간단한 문제가 아니었다. 다른 작가라면 아예 초고를 지우고 다시 시작했을 것이다. 위고는 다르게 접근했는데, 분명히 이 방법도 덜 힘들지는 않았다. 원고를 한 번 더 찬찬히 읽고 변한 상황과 시대에 맞춰 수정해야 할 부분을 기록한 다음, 그것을 자신의 인생과 경력에서 가장 큰 영광이자 증명으로 바꾸는 작업을 시작했다.

번역하기 힘든 제목

　　　　　　제목은 이미 『레 미제르』에서 『레 미제라블』로 바뀌어 있었다. 이 새로운 단어 선택은 작품의 초점을 가난과 불행이라는 추상적 문제에서 그것 때문에 고통받는 인물로 옮김으로써 수필이나 논문이 아닌 소설이 될 것임을 강하게 드러낸다. (제목 변경의 두 번째 효과는 1860년대의 독자들이나 당면한 작업과는 아무 연관성이 없는 쉬의 『파리의 비밀』을 연상시키는 효과를 잠재우는 것이다.) 그러나 두 제목이 위고에게 무엇을 의미하는지, 그것으로 독자들에게 무엇을 이해시키려는지가 언뜻 분명하게 다가오지 않는다. 이는 아마 영어로 옮겨진 저술 중에 원제목을 그대로 유지하는 경우는 소수의 종교 서적과 국민 서사시, 소설, 영화밖에 없는데도 『레 미제라블』이 여전히 프랑스어 제목을 유지하는 주된 이유일 것이다.

미제르는 '가난'을 뜻하는 프랑스어 명사고, 종종 그 형용사 구실을 하는 **미제라블**은 '가난한'을 뜻한다. 여러 언어로 옮겨진 이 제목을 보면 정확히 이런 의미로 제한되어 있다. 예를 들어, 『레 미제라블』의 헝가리어판 제목은 '가난한 사람들'을 뜻하는 뇨모룰탁$_{Nyomorultak}$이다. 위고는 '미제라블'이라는 단어를 소설 속에서 수없이 많이 사용하는데, 대부분 그것은 '돈이 없는' 상태 이상을 뜻한다. 마리우스가 코제트에게 자신이 '미제라블'이라서 그녀를 따라 영국에 갈 수 없다고 말할 때 '불쌍한 가난뱅이'라서 뱃삯을 낼 수 없음을 뜻한다.(IV.8.vi, 922)

그러나 영어 '미즈러블$_{miserable}$'이 '미저리$_{misery}$'에서 파생하지 않은 것처럼 프랑스어 '미제라블'은 '미제르'에서 온 형용사가 아니다. 영어, 프랑스어, 라틴어에서 어미 'able(또는 ible)'은 항상 동사에서 형용사를 만드는 데 쓰인다. 영어에서 할 수 있는 것$_{doable}$, 생각할 수 있는 것$_{thinkable}$, 후회할 수 있는 것$_{regrettable}$, 먹을 수 있는 것$_{edible}$을 뜻하는 말들이 다 동사에서 온 형용사다. 영어 '미즈러블'과 프랑스어 '미제라블'도 예외가 아니다. 문제는 이 형용사의 뒤에 있는 동사가 이제 사라져 버린 것이다.

이 단어들은 모두 '불행한'을 뜻하는 라틴어 형용사 **미제르**$_{miser}$와 '불행'이나 '비참'을 뜻하는 명사 **미제리아**$_{miseria}$에서 왔다. **미제르**는 영어에서 의미가 탐욕으로 제한되었고, **미제리아**는 프랑스어 **미제르**로 바뀌면서 '가난'으로 의미가 축소되었다. 위고에게 라틴어는 두 번째 언어였다. 그는 매일 밤 자기 전에 라틴어 책을 읽었고, 죽기 전까지 라틴어 시구 수천 가지를 외웠으며, 프랑스어로 글을 쓰거나 말을 할 때 라틴어 문구와 인용구를 자주 이용했다. 또한 아마 『레 미제라블』의 권두 삽화로 쓰려고 생각했던 것으로 보이는 초췌한 여인의 펜화에 라틴어 제목을 붙였다. 그것은 팡틴의 초상일 수 있지만, 제목인 미제리아는 그것이 가난의 이미지임을 뜻하지 않았다. 그것은 비참의 이미지였다.

라틴어 **미제리아**는 복수형으로 표시할 수 있다. 그러나 프랑스어에서 복수형 **데 미제르**des misères는 '아주 적은 돈'을 뜻할 때가 많고, 다른 의미로는 많이 쓰이지 않는다. 위고의 원제목 『레 미제르』가 '아주 적은 돈'을 뜻하지 않는 것은 분명하지만, 위고의 마음속에서 프랑스어 뒤에 있는 라틴어를 듣지 않는다면 그것이 무엇을 뜻하는지 알기가 어렵다. **레 미제르**는 프랑스어 옷을 입은 라틴어 미제리아이miseriae로, '세상의 모든 비참'을 뜻한다.

프랑스어 **미제라블**은 영어 미즈러블과 마찬가지로 '~에 슬픔을 느끼다', '~를 동정하다'를 뜻하는 라틴어 **미제라빌리스**miserabilis에서 왔다. 그리고 『킹제임스 성경*The King James Bible*』에서는 '자비심을 갖다'로 쓰이는 동사 **미제레레**miserere에서 파생한 형용사다. 영어 미즈러블은 우리가 딱하게 여길 만한 사람의 심리를 가리키는 것으로 의미가 좁아져서 이제 '침울한', '슬픈', '풀 죽은', '우울한' 상태를 뜻한다. 그러나 이렇게 뜻이 좁아지는 과정이 쌍둥이 격인 프랑스어 **미제라블**의 의미에는 영향을 미치지 않았다. **미제라블**은 지금도 고전 라틴어와 교회 라틴어에서 그것이 가졌던 ('동정과 슬픔을 받을 만한'이라는) 의미를 부분적으로 유지한다. 두 언어에 능통한 사람에게는 이런 의미들이 훨씬 더 가깝게 느껴졌을 것이다.

라틴어와 관련된 **미제라블**의 의미가 19세기 프랑스에서는 훨씬 더 존재감이 강했다. 이때는 라틴어가 교회 언어로서 끊임없이 들렸기 때문이다. "저는 벌레입니다. 저는 비참한 존재입니다.Vermis sum miserabilis sum."라는 라틴어 문구가 설교에서 흔히 암송되었고, 장례식과 결혼식과 미사에서 가장 많이 읽히고 찬송가로 불리는「시편」51장은 이렇게 시작한다. "주여, 저를 불쌍히 여기소서.Miserere mei, Deus."

위고는 은퇴한 고서 수집가 마뵈프가 늙은 하녀의 수고양이 때문에 평화로운 저녁 시간을 방해받을 때 소설 제목의 근본적인 의미를 독자에게 상기시킨다. 고양이의 음역이 얼마나 넓고 소리가 얼마나 높던지, 수고양이가 알레그리Gregorio Allegri의 시편을 야옹거려서 시스티나 성당을 가득 채울 수 있겠다고 우스갯소리를 하는 것이다. 즉 미제레레를 모른다면 고양이만도 못하다는 얘기다.[13]

장 발장은 본의 아니게 디뉴 외곽에서 프티제르베의 2프랑짜리 동전을 훔쳐서 저지른 죄를 한탄하며 이렇게 외친다. **"나는 불쌍한 인간입니다!**Je suis un misérable!"(I.2.xiii, 103) 다른 곳과 마찬가지로 여기서 그가 "나는 가난합니다."라고 하지 않은 것을 분명히 알 수 있다. 위고가 쓴 프랑스어 단어 뒤에는 이렇게 라틴어가 있는 경우가 많다.

그러나 사실은 그보다 더 복잡하다. **미제라블**은 경고도 없이 긍정적인 의미에서 부정적인 의미로 쉽게 가치를 바꿀 수 있는 단어 중 하나다. 불쌍한 사람은 동정할 가치가 있다는 긍정적인 표현일 수 있지만, 경멸에 가까운 표현일 수도 있다. 따라서 **미제라블**은 경멸해야 할 악당도 불행에 빠진 영혼도 가리킬 수 있으며, 둘 중 어느 쪽인지는 맥락과 상식이 말해 준다.

따라서 『레 미제라블』이라는 소설은 다양한 것들에 관한 이야기일 수 있다. 당연히 가난한 사람들과 동정할 만한 사람들, 죄지은 자들, 경멸할 만한 비열한 인간들에 관한 이야기다. 위고의 시대에는 앞부분에서 이야기한 빈민과 범죄를 어떻게 다룰 것인지에 관한 주된 논쟁이 이 둘을 구분하는 데 초점을 맞췄다. 이는 곧 **미제라블**이라는 말에 담긴 서로 다른 의미들을 구분하는 것이다. 위고는 과감하고 예리하며 강력한 방식을 선택한다. 모두를 하나로 묶는 것이다. 이것이 그의 새 책 제목의 진정한 의미였다. 저지섬에 있는 동안 위고는 명성이 높고 당당했고 건강하고 두 아내가 있었으며 신념과 재능과 희망이 있었지만, 자신도 배척당한 사람이라는 생각이 들었다. 가난한 사람들에 대한 소설을 '레 미제라블'에 대한 소설로 재창조하는 방식으로 기존 원고를 풀어 나가는 데 많은 시간이 걸렸지만, 마침내 그는 그것을 완벽하고 명쾌하게 할 수 있었다. 소설의 **나쁜 빈민** 테나르디에 일당의 비참한 삶에 대한 묘사를 수정하면서, 전권의 딱 중간 지점에 가난과 범죄가 어떤 관계인지에 관해 폭넓은 성찰을 넣었다.

> 그들은 매우 타락하고 매우 부패하고 매우 비천하다 못해 악랄해 보이기까지 했다. 그러나 몰락하면서 악으로 빠지지 않는 인간은 드문 법이다. 어차피 어느 경지에 이르면 가난한 이들과 사악한 자들이 섞여서 불쌍한 인간들(레 미제라블)이라는 운명적인 단어로 묶

이기 마련이다. 그것은 대체 누구의 탓인가?(III.8.v. 671)

단어의 뜻을 마음대로 바꿀 수 없는 것은 당연한 사실이다. 그런데 가끔은 그럴 수 있고, 이렇게 '레 미제라블'이라는 제목에 쓰인 단어의 의미를 다시 정의한 데서 그 예를 볼 수 있다. 이때부터 이 단어의 뜻은 '가난한'도 '딱한'도 '경멸스러운'도 아니고, 심지어 이 셋을 합한 것도 아니다. 이것은 이런 사람들이 공유한 어떤 것, 전에는 이름이 없던 도덕적·사회적 정체성을 가리키는 방식이 된다. '소외된 자들?' 그럴 수 있다. '비참한 자들?' 그럴듯하다. '억압받는 자들', '수모당하는 자들', '짓밟힌 자들'…… 골라 부를 수 있는 이름이 많지만, 다른 어떤 언어로도 위고의 포괄성을 재현할 수는 없다. '레 미제라블'이 그냥 '레 미제라블'로 남은 이유다.

위고는 테나르디에의 타락과 부패의 원인이 가난에 있다고 말하지 않지만, 많은 독자들이 그런 의미를 부여한다. 또한 재정난으로 비천해지고 낙담한 상태에서 정직성을 유지하려면 특별한 도덕적 힘이 필요하다고 직접 말하지 않지만, 그런 의미도 뽑아낼 수 있다. 그는 끔찍한 자들도 다른 사람들처럼 동정과 슬픔의 대상이 될 수 있다는 것을 분명하게 말한다. 이렇게 관대하고 철저히 비정통적인 주장이 새로운 사회적 도덕성의 기반으로 제시된다.

위고는 마지막에 자신이 던진 질문에 대한 답을 제시하지 않는다. 당시 가톨릭 독자들은 그것이 '종교가 쇠퇴한 탓'이라고 외치고 싶었을 것이다. 사회주의자들과 진보주의자들은 '자본주의나 경제 또는 사회 전체의 탓'이라고 말하고 싶었을 것이다. 그러나 위고의 말투에서 우리는 답을 짐작할 수 있다. 아마 모든 독자가 가장 거부하고 싶을 답, 그것이 바로 우리의 탓이라는 답이다.

7장

/

위고, 다시 쓰기 시작하다

준비 작업

위고는 1860년 5월 한 달을 『레 미제르』를 다시 읽고 주의 사항 목록을 만드는 데 썼다. 이 목록에 열아홉 가지가 나열되었다.

1. 주교의 철학적 측면을 바꾼다. 국민의회 의원을 넣는다.
2. 디뉴의 지도를 이용할 필요가 있는지 점검한다.
3. 아마도 테나르디에의 여관에서: '1815년 참전 군인'.
4. 수녀원 위치를 옮긴다. (코제트가 그곳에서 행복한 소녀로 성장하는 것을 언급해야 할까?)

5. 수녀원에서 나온 뒤의 기도. 부조리한 수도원 체제를 묘사하고 이렇게 말한다. 여성들이 법적인 소수자라면, 여성들의 문제가 해결되지 않는다면, 수녀원은 또 다른 범죄에 지나지 않는다. 신과 결혼하는 것이 손해는 아니다. (괜찮은 B안) 지상에서 속박은 천국을 향한 탈출로.

6. 파리의 부랑아를 다른 말로 바꿔야 할까? 불량배? 아이는 그냥 부랑아라고 하고, 나머지는 파리 사람들이라고 해야 할까?

7. 질노르망에 대한 묘사를 수정한다.

8. 자식을 더는 볼 수 없고 질노르망에게 맡겨야 하는 대령을 소재로 아주 감상적인 장면을 만든다. (그러나 장 블라장[1]의 마지막 고뇌 장면을 침해하지 말 것.)

9. 할아버지가 손자와 어떻게 헤어지는지 설명한다. 전통적이고 엄격한 아버지상. 손자는 돌아오고, 그럼 알게 될 것이라는 생각.

10. 마뵈프라는 인물에 대해 속속들이 밝힌다.

11. 바리케이드 때문에 파리 지도를 봐야 한다.

12. 코제트에게 실크 드레스를 입히지 않는다.[2]

13. J. V.가 종드레트의 누추한 방으로 들어갈 때 거의 캄캄한 상태인 것을 지적한다. J. V.가 아무도 알아보지 못하는 것을 설명하기 위해.

14. 왜 화로에 불을 피워도 질식하지 않는지 설명한다. 깨진 유리창 때문. 움막의 크기. 불쾌하지만 참을 만한 냄새.

15. 눈이 많이 와서 르블랑 씨를 종드레트의 누추한 방으로 데려오

는 삯마차 소리가 들리지 않는 것(걸어왔으면 더 좋았을 것)을 설명한다.

16. 이것은 나중에 테나르디에의 삯마차 소리가 들리는 대목과 모순된다. 이 문제를 정리한다.

17. 마리우스가 왜 저녁에만 질노르망의 집에 가는지 설명한다. 할아버지가 옛날 방식대로 밤을 낮으로 삼고 낮을 밤으로 삼아 그 시간에만 손님을 맞는 습관을 알기 때문이다. 또는 다른 이유를 찾는다.

18. 새벽에 가브로슈가 코끼리 상에서 아이들을 데리고 나온다는 것을 말한다.

19. 봉기를 묘사할 때 약탈이라는 단어의 남용을 조심한다.[3]

1860년 5월에 만든 위고의 '할 일' 목록은 『레 미제라블』의 규모에 어울리지 않게 간략하고, 나중에 『레 미제르』의 분량을 두 배로 늘어나게 한 수많은 변경과 추가에 대해서는 거의 언급이 없다. 이 목록은 소설을 어떻게 써야 하는지에 대한 위고의 생각을 엿볼 수 있게 해 줄 뿐이다. 그는 현실 세계를 언급할 때 정확성을 점검하고(2, 11번의 지도 이용) 자료에 익명성을 부여하기 위해 실제와 다르게 고치도록(4번의 수녀원 이동) 스스로에게 상기시킨다. 또한 '알맞은 단어'를 찾고(6번) 언어의 반복 사용을 피하는 데(19번) 주의를 기울인다. 특히 후자는, 다른 언어보다 프랑스어에서 문체상의 결함이 된다. 위고는 무엇보다 등장인물들 심리의 개연성에 주목하고(7, 8, 9, 10, 17번) 개연성 없는 줄거리 전개를 보완하도록(13, 14, 15, 16번) 스스로 주의를 환기한다. 그리고 샤를을 비롯해 다른 사람들의 의견을 기억하며, 이 책의 철학적인 면을 강화하고 더 분명하게 만들기로 한다. 이 기록은 기존 초고를 깔끔하게 정리하기 위한 것일 뿐, 어떻게 이야기를 완성할지에 대한 암시는 없다.

그러나 위고가 첫발을 내딛기 전에 신경 써야 할 다른 일이 있었다. 이탈리아 통일의 영웅 가리발디Giuseppe Garibaldi를 돕기 위해 저지섬에서 열린 모금 행사에 연사로 초청된 것이다. 자신을 쫓아낸 섬으로 돌아가는 것이 썩 내키지 않았지만, 정치적 동지들이 그의 귀환을 촉구하는 탄원서에 수백 명의 서명을 받은 터라 수락해야 한다는 의무감이 있었다. 건너가는 과정은 불편했지만 환영은 크고 따뜻했다. 세인트헬리어 곳곳에 "빅토르 위고가 왔다!" 하고 적힌 현수막이 걸리고 연회가 열렸으며 3일간 전쟁 영웅처럼 융숭하게 대접받았다. 이 보람 있는 활동 뒤에 그의 아내 아델이 건지섬의 빈민층 아이들을 위해 준비한 자선 장터가 이어졌다. 위고는 늘 선뜻 자선을 베풀었다. 물론 지위에 걸맞은 행동이었고, 중산층 남자의 도리이기도 했다. 그는 건지섬에서 퍼메인만으로 수영하러 나갈 때마다 주머니에 잔돈을 넣었다가 길에서 만나는 가난한 사람들에게 나눠 주었다. (이 돈으로 여자를 사기도 했다. 당시 그에게는 이것이 집을 장식하는 것 못지않게 중요한 관심사였다.) 장터는 위고 가족이 대규모로 조직한 첫 번째 자선 행사였다. 추방자 신분이 아닌 아델은 프랑스에 몇 주 동안 머물면서 친구들에게 장터에서 팔 물건을 받았다. 위고는 자신의 사인과 책과 사진을 기부하는 것은 물론이고, 잠시 판매대에 서기도 했으며 오트빌 하우스를 장식할 진기한 물건들을 잔뜩 샀다.

1860년 6월 말, 위고가 『레 미제라블』의 다음 단계를 시작했다. 그의 표현을 빌리면, 40일 밤 40일 낮 동안 자신이 비참하고 소외되고 가난한 사람들에 관한 책을 쓰는 이유를 곰곰이 생각했다. 그러나 그가 아직 초고 수정을 시작하지 않은 작품의 근본 의미에 몰두한 결과물은, 『레 미제라블』의 의미만 빼고 거의 모든 내용을 다룬 50쪽 분량의 장황한 글이었다. 위고는 이 글이 제대로 된 서문보다는 정신 훈련에 가깝다는 것을 깨닫고 이렇게 고백했다. "작가는 (이 글을) 쓰지 않을 수 없었지만, 독자는 그냥 건너뛰는 편이 더 쉽겠다."[4] 이것을 인정한다 해도, 이 폐기된 서문에서 두 가지만은 건져야 한다. 첫째, 이 글은 『레 미제라블』에서 소외된 혁명가 G의 입을 통해 당황스러울 만큼 난해한 문장으로 요약되는 신의 존재에 대한 믿음을 정당화하기 위한 긴 시도를 포함하고 있다.

> 무한은 존재한다. 저기에 무한이 있다. 무한이 자아를 갖지 않는다면, 자아는 무한을 제한할 것이다. 무한은 무한일 수 없게 될 것이다. 달리 말해, 그런 것은 존재하지 않게 될 것이다. 그러나 무한은 존재한다. 그래서 무한은 자아를 갖는다. 무한의 자아, 이것이 신이다!(I.1.x, 43)

　　둘째, 1860년 8월 말 이 서문을 폐기하기 직전에 위고는 '이런 몽상가'가 『레 미제라블』을 어떻게 쓸 수 있었는지 자문하면서 이런 작품은 두 가지 믿음을 토대로 해야 한다고 설명한다. 그것은 '이승에서 인간의 미래에 대한 믿음과 이승을 넘어서는 인간의 미래에 대한 믿음, 즉 인간적인 면의 진보와 영적인 면의 진보'다. 그는 자주 인용되지만 종종 잘못 적용되는 '당신이 읽으려는 책은 종교적인 책'이라는 단언으로 글을 마친다.[5] 이 소설에 이런 정의를 적용할 때 문제는, '종교적'이라는 말에 대한 위고의 생각이 다른 사람들의 생각과 같지 않다는 점이다.

작가의 건강관리

신체적으로 건강한 위고는 꾸준한 운동과 건강한 식단으로 몸 관리를 잘했다. 건지섬에서 사시사철 거의 매일 산책과 수영을 나가고 가볍게 먹으면서 술은 잘 마시지 않았다. 이런 관리 덕분에 그 뒤 25년간 건강하게 산다. 그러나 1860년 12월에 인후염과 심한 기침이 찾아왔을 때는 그 사실을 몰랐다. 그는 고열에 시달리면서 그러다 죽을 수도 있겠다고 생각하고, 앞으로 시간이 얼마나 남아 있을지 의문을 품게 되었다. 12월 23일에는, 남은 수명이 5년 미만일 것이라고 쓰기도 했다. 위고가 『레 미제라블』을 완성하기 위한 작업을 시작하자마자 쓴 글에서 당시 그의 기분을 짐작할 수 있다.

> 아아, 머리가 검고 …… 할 때도 절망이란 두려운데, 세월이 급박하게 흘러 점점 창백해지고 무덤 위의 별이 보이기 시작하는 황혼기에는 어떻겠는가!(IV.15.1, 1037)

목과 가슴의 통증에서 벗어나면서, 그는 생활 방식의 변화 두 가지를 꾀했다. 우선 좁은 침대를 '전망대'에서 한 층 밑에 있는 오크실로 옮기고, 꼭대기 층에 원고와 필요한 자료를 두기 위해 작업용 책상과 탁자를 들여놓았다. 그의 두 번째 변화는 면도를 그만둔 것이다. 다른 낭만주의 예술가와 달리 위고는 젊은 시절에 수염을 기르지 않았다. 수염이 민주주의자와 공화주의자의 상징 같던 1840년대에도 항상 깔끔하게 면도하고 다녔다. 제2제정은 수염을 기른 사람에게 의심의 눈초리를 보냈고, 학교 교사가 수염 기르는 것을 금지했다. 위고는 루이 나폴레옹 보나파르트의 다른 희생자들과 연대감을 나타내는 것을 피하지 않았지만, 『레 미제라블』을 본격적으로 다시 시작하기 전에 면도를 그만둔 것은 그 때문이 아니다.

대중 연설가는 목을 잘 관리해야 한다. 1850년대에 설교하는 영국 성직자들은 기침과 감기를 막고 목소리를 보호하기 위한 새로운 방식을 고안했다. 전통적으로 면도를 했던 성직자들 사이에 '수염 기르기' 열풍이 불더니 그것이 건지섬으로까지 퍼졌다. 분명히 위고는 지역 목사나 신문을 통해 그 얘기를 들었을 것이다.[6] 곧 새하얀 수염이 자라나 얼굴의 일부가 되고, 윗입술에만 거뭇한 흔적이 남았다. 샤를이 1850년대 저지에서 아버지의 사진을 많이 찍어 둔 덕분에 우리는 수염 없는 위고의 모습을 여전히 볼 수 있다. 비율 좋은 얼굴에 특유의 넓은 이마와 마음을 꿰뚫어 보는 듯한 작은 눈. 그럼에도 『레 미제라블』을 출판한 뒤 그가 누린 엄청난 인기 덕에 책 표지에 쓰이거나 프랑스 시청 벽면에 걸리거나 전 세계 벽난로 선반에 놓인 사진은 대부분 위고가 산타클로스 행진에 어울릴 법한 수염을 기른 원로의 모습으로 변신한 뒤 찍은 것들이다. 그것은 이목을 끌기 위한 패션이 아니었고, 전능한 하느님처럼 보이려는 의도는 더더욱 아니었다. 위고는 『레미제라블』의 완성을 막을 수 있는 질병에 대한 보호 장치로 수염을 기른 것이다.

12월 말이 가까워지면서 몸이 한결 나아져 새로 치워 둔 꼭대기 층 전망대에서 작업을 시작할 준비가 되었다. 위고가 분명하게 표시한 기록을 남겼기 때문에, 우리는 그가 정확히 언제 펜을 집어 들고 『레 미제라블』의 이야기를 수정하고 완성하는 방대한 작업을 시작했는지 알수 있다. 가브로슈가 마리우스의 편지를 코제트에게 전하려고 바리케이드에서 내려오는 쪽, 그러니까 1848년 2월 23일이나 그 직전에 쓰인 『레 미제르』의 마지막 쪽에 위고는 자신의 삶과 이 소설의 역사와 세계 문학사에 중요한 이정표를 세웠다.

귀족원이 해산하고 망명이 시작된 지점. 1860년 12월 30일, 건지.

원고 정리

위고는 항구와 그 너머로 일렁이는 파도가 사크섬 해안에서 부서지는 풍광이 내려다보이는 꼭대기 층 방에서 작업용 책상 둘 중 하나에 앉아 글을 썼다. 그는 A4 용지 크기 정도의 푸르스름한 종이에 거위 깃펜으로 글을 썼다. 세인트피터포트에서 구입한 종이는 1840년대에 『레 미제르』를 쓸 때 사용한 종이와 크기가 달라서 점점 늘어나는 원고의 가장자리가 들쑥날쑥했다. 내용을 더하고 끼워 넣으면서 열린 창문이나 문으로 들어오는 바람 때문에 원고가 흐트러질 경우에 대비해 순서를 정리하는 것이 특히 중요해졌다. 위고는 종이에 A에서 Z까지 번호를 매기면서 W는 뺐다. (W는 가끔 프랑스어가 아닌 단어에만 쓰여서 프랑스어 글자가 아니라고 여겨질 수 있기 때문이었다.) 26번째 종이는 A^1, 27번째 종이는 B^1, 50번째 종이는 Z^1, 75번째 종이는 Z^2 같은 식으로 번호를 매겼다. 어떤 시기에는 종이의 양면을 썼지만, 주로 왼쪽 면은 비워 두었다. 또 언제든 내용을 고치고 더할 수 있도록 넓은 여백을 남겼지만, 『레 미제르』를 『레 미제라블』로 바꾸면서 더한 내용이 너무 많아서 이런 식으로는 문제가 해결되지 않았다. 번호를 매기는 방식을 조정해야 했다. 예컨대 B^2 다음에 추가로 들어가는 종이는 B^2A로 번호를 매기는 식이었는데, 이렇게 들어간 내용이 12쪽 분량이라면 B^2L로 끝내고 기존 순서 C^2로 돌아갔다. 원칙적으로 위고가 쪽수를 세는 법이 19세기에 동전을 세는 법보다 어려울 리 없지만, 익숙해지려면 연습이 필요했다. 누구보다 숙달된 사람은 배우라는 직업을 진작 포기하고 위대한 애인의 필경사를 자처한 드루에였다. 그녀의 일은 왼쪽 여백에 표시된 수정과 더해진 내용을 통합하고, 쪽수에 곁가지 번호가 붙은 긴 삽입부를 A에서 Z^n에 이르는 '본선'에 끼워 넣어 완성한 부분을 정서본으로 옮겨 적는 것이었다.

연결 고리

1860년 12월 30일, 위고가 펜을 들었을 때 『레 미제라블』의 서술은 정확히 1848년에 『레 미제르』가 중단된 부분에서 시작되었다. 곧 새로운 사건이 펼쳐질 맥락은 이렇다. (아직 팔미르인) 에포닌이 죽어 가면서 (원래 토마인) 마리우스에게 코제트의 편지를 전한다. 편지에는 그녀의 아버지가 (오늘날의 플뤼메 가가 아니라 지금은 우디노 가라고 불리는) 플뤼메 가에서 롬므아르메 가의 더 작은 아파트로 이사했으며, 수상하게 어슬렁거리는 자들과 거리의 소요 사태를 피해 곧 자신을 데리고 영국으로 떠날 것이라고 쓰여 있었다. 편지의 호칭은 '나의 사랑'이었고, 이런 사랑 표현이 마리우스의 가슴을 뛰게 했다. 하지만 해외로 가는 코제트를 따라갈 수 없다는 사실에, 부풀었던 가슴은 곧 무너져 내렸다. 그는 돈이 없고, 설령 있다 해도 할아버지의 허락 없이는 결혼할 수 없었다. 그는 사랑하는 여인에게 그들이 직면한 넘을 수 없는 장벽에 대해 쓴다. 차라리 바리케이드에서 죽는 편이 더 낫다. "나는 죽겠습니다. 당신을 사랑합니다. 당신이 이 편지를 읽을 때 내 영혼은 당신 곁에서 미소를 띠고 있을 것입니다." 그는 가브로슈에게 바리케이드에서 겨우 800미터 떨어진 7번지 집에 편지를 전해 달라고 한다.

이 시점에 온갖 연결 고리를 끼워 넣을 수 있었겠지만, 위고의 작전은 앞으로 돌아가는 것이었다. 그는 앞 상황으로 돌아가 코제트와 장 발장이 새집으로 이사한 날을 서술했다. 우울하고 긴장해서 두통마저 느낀 이 아가씨는 쉬겠다며 방으로 들어가고, 장 발장은 집 안을 둘러

본다. 아직 빈 공간인 이곳에, 그는 이야기가 다음 국면으로 넘어가는데 도약대 구실을 할 세부 사항을 더했다. 롬므아르메 가의 방을 둘러보던 장 발장이 **뭔가를 발견했다.** 이것은 1848년 원고에 없고, 1860년 12월에 생각해서 넣은 부분이다. 코제트의 편지는 마리우스에게 가는 중이니, 그 편지일 리는 없다. 마리우스가 아직 답장을 쓰지 않았으니, 그의 답장일 리도 없다. 장 발장의 눈에 들어온 것은 연인들의 편지와 긴밀하게 연관되어 있지만 좀 다른 것이었다.

볼펜을 쓰는 사람들은 깃펜에 잉크를 묻혀 편지를 쓰면 몇 분 정도는 잉크가 마르지 않아 쉽게 번질 수 있다는 사실을 기억하지 못할 수 있다. 이때 갑오징어 뼈를 빻아 만든 가루를 뿌리거나 압지로 종이를 살짝 누르면 잉크가 빨리 마른다. 나중 방법을 쓸 경우, 종이에 쓴 글이 좌우가 바뀌어 압지에 찍힌다. 여러 번 쓴 압지는 선이 서로 겹쳐서 한 번에 알아볼 수 없지만, 코제트는 압지를 한 번만 썼기 때문에 그녀가 쓴 흔적이 뚜렷하게 드러났다. 그래도 장 발장이 거울로 보지 않았다면 그것이 무엇인지 눈치채지 못했을 것이다. 압지처럼 거울도 상을 뒤집어서 보이기 때문에 그가 '압지 글씨'를 바로 읽을 수 있었다. 말하자면, 이것은 경첩 구실을 하는 연결 장치다. 압지와 거울로 이중 반전된 코제트의 메시지는 장 발장의 마음에 도덕적인 위기를 촉발한다. 그러면서 이것은 『레 미제라블』 5부에서 이어질 이야기를 촉발하는 구체적인 장치도 된다.

위고가 눈앞에 있는 옛 소설과 머릿속에 있는 새 소설 사이에 경첩을 달기 위해 발견한 장치는 마술처럼 절묘하다. 그는 전에 쓴 원고를 다시 보는 데 9개월을 보냈다. 그리고 이제 앞을 보기 위해 어떤 것을 도입한다. 문자 그대로 거꾸로 있는데 벽에 걸린 거울 덕분에 똑바로 보게 된 것 말이다. **입이 싼 압지**buvard, bavard. 위고가 절묘한 장치를 위해 고안한 장의 제목은 그것의 이중적 기능을 분명하게 보여 주는 말장난이다. 이것은 앞뒤 이야기를 이어 주면서 그 이야기를 쓰는 작업의 연결을 표시한다.

가브로슈가 마리우스의 답장을 가져오자 장 발장이 가로채서 읽는다. 그는 애초에 이 답장을 쓰게 만든 편지의 내용을 알기 때문에 답장이 무엇을 뜻하는지 이해한다. 그는 (체포를 피하기 위해) 국민방위대 제복을 입고 바리케이드가 설치된 레알로 출발한다. 그가 무슨 생각을 했는지 설명하지 않아도 그의 행동이 의미할 수 있는 것은 한 가지뿐이다. 그가 입양한 딸의 연인을 무사히 구해 오려고 하는 것이다.[7]

4부는 이렇게 끝난다. 1861년 1월에 위고가 그다음으로 쓴 것은 현재 5부의 시작 부분인데, 바로 앞까지 진행된 것과 전혀 다른 방향으로 전개된다. 『레 미제르』는 3인칭 서술에 중간중간 인물들의 말이 대화 형식으로 끼어 있는 일반적인 소설 형식이다. 그러나 5부 1권 1장(V.1.i)은 소설의 시대 배경 밖에 있는 1848년 '6월 혁명'에 대한 개인적 논평이다(90~93쪽 참고). 이것은 '사회 병폐의 관찰자' 목소리로 쓰였는데, 목소리의 주인공이 분명하다. 바로 위고다.

5부 1권 1장을 구성하는 1848년 6월 사건에 대한 회고적 분석은 여담으로 폄하되고 수다스러운 떠벌림으로 여겨졌다.[8] 소설의 형식과 내용을 보이는 작품에 느닷없이 작가가 끼어드는 경우는 분명히 의아하고 유례없었을 것이다. 『레 미제라블』은 『레 미제르』의 길이만 늘여 놓은 작품이 아니다. 그것은 여전히 소설이지만, 그 이상이기도 하다.

나중에 위고는 『레 미제라블』 앞부분에도 논평을 많이 넣었다. 워털루 전투 현장의 방문 기록과 루이 필리프에 대한 평가도 그런 경우다.[9] 그 결과, '1848년 논평'은 완성된 책을 읽는 우리에게 그것이 쓰였을 때와 똑같이 다가오지는 않는다. 그러나 『레 미제르』를 중단한 때부터 『레 미제라블』로 작업을 다시 시작할 때까지 위고의 삶에서 발생한 (쿠데타, 망명, 정치 논쟁, 저지의 추방, 시 짓기, 탁자 돌리기 같은) 드라마 중 어떤 것도 1848년 6월에 위고가 민중 봉기의 진압을 도운 이틀 동안 벌어진 일만큼 그에게 큰 영향을 미치지 못했다는 사실을 보여 준다. 그것은 그가 『레 미제라블』을 계속 진행하기 위해 꼭 풀어야 할 문제였으며, 『레 미제라블』이 그가 뜻한 '사회적·도덕적 파노라마'가 되려면 **바로 그의 책 속에서** 풀어야 할 문제였다. 1848년의 딜레마는 그만의 것이 아니었기 때문이다. 위고는 시집 『관조』의 머리말에서 이렇게 말한다. "아! 나 자신에 대해 말할 때 나는 당신에 대해 말한다. 당신이 어떻게 이것을 느끼지 못할 수 있는가?" 5부 시작 부분에 들어간 1848년 6월에 관한 논평은 정치적 폭력에 흔들린 적이 있거나 그렇게 될 위험이 있는 사회에 사는 '당신'에 관한 이야기다. 19세기 프랑스에 살던 사람도, 어쩌면 바로 지금 다른 어느 곳에 사는 사람도 '당신'이 될 수 있다.

숨은 이야기 찾기:
이름 짓기

1861년 1월부터 3월까지 석 달 동
안 위고는 『레 미제라블』의 상당 부분을 썼다. 가장 극적이고 기억에
남는 두 장면, 즉 샹브르리 가의 바리케이드가 파괴되고 앙졸라·그랑
테르·가브로슈를 비롯해 많은 인물들이 죽는 장면과 장 발장이 파리
의 하수도를 통해 마리우스를 구출하는 장면도 이때 썼다. 그가 묘사
한 어둡고 폐소공포를 일으킬 만한 장면과 그가 책상에서 눈을 들었을
때 눈앞에 펼쳐진 (새와 바위, 고요할 날 없는 바다에서 까딱까딱 흔들리는 돛
단배) 풍경만큼 대조적인 것도 없을 것이다. 위고는 자기 자신을 주변
환경에서 철저히 분리할 수 있었던 모양이다. 최종 완성된 작품에서
'오트빌 하우스 풍경'의 흔적은 거의 찾아볼 수 없다.[1] 그래도 숨은 연
관성은 있다. 파리의 문장紋章에는 돛단배가 그려져 있다. 이것이 노트
르담성당이 있는 센강 위 시테섬의 길쭉한 모양에서 나온 이미지라는
생각도 든다. 그러나 돛단배가 위고가 다시 돌아갈 수 없으리라고 생
각하는 도시를 간접적으로 마음에 떠올리게 한다면, 그 문장 속 라틴
어 구절도 그의 저항적인 처지에 적용할 수 있다. 어쩌면 **'파도에 흔**

들릴지언정 가라앉지 않는다 Fluctuat nec mergitur'고 오트빌 하우스 상인방에 새겨져 있었을지도 모른다. 물론 여기서 가라앉지 않는 것은 파리가 아니라 꼭대기 층에 사는 남자다.

위고는 이때 등장인물 대부분의 이름을 최종 결정하기도 했다. 우리에게 그 이름들은 하도 익숙해서 그 모두를 고안해야 했다는 사실을 깨닫기 어려울 정도다. 사실 『레 미제라블』에 등장하는 성과 이름 중 프랑스에 원래 있던 것은 없다. 초고와 최종본 사이에 바뀌지 않은 이름은 몽페르메유의 악랄한 여관 주인 테나르디에뿐이다. 테나르는 프랑스에 원래 있던 성으로, 위고와 귀족원 의원으로 임명되고 아동노동 개혁에 반대표를 던진 저명한 화학자도 테나르다. 그러나 이 뿌리가 되는 이름과 그 주인이 소설 속에서 하는 구실을 연결한 것은 이 덜 알려진 사실과 무관한 듯하다. 그 이름의 두 번째 음절 ard는 그것이 붙은 형용사나 명사에 경멸의 의미를 더한다. 예를 들어, 운전사를 뜻하는 **쇼페르**chauffeur에 이 음절을 붙인 **쇼파르**chauffard는 엉터리 운전사다. 이와 같이 **페트**fête는 축제인데, **페타르**fêtard는 시끄러운 참가자다. 테나르디에는 이렇게 부정적인 소리에 주로 어떤 업종이나 기술을 행하는 사람을 뜻하는 접미사 ier를 또 붙였다. **샤르팡트**charpente는 골조를 뜻하는데 **샤르팡티에**charpentier는 목수가 되고, **파티시에**pâtissier는 페이스트리를 만드는 사람, **오텔리에**hôtelier는 호텔 경영자나 여관 주인이 된다. 테나르디에가 처음 등장할 때 여관 주인이기 때문에 마지막 예는 분명한 실마리다. 그런데 그 이름의 첫 음절은 어디서 왔을까? 그것은 촌충을 뜻하는 프랑스어 **테나**taenia와 소리가 같다. 테나르디에는 이제 아예 프랑스어에서 바가지를 씌우는 숙박업자를 가리킨다. 위고가 만든 인물이 잊을 수 없을 만큼 불쾌하기 때문만이 아니라, 그 이름이 특히 잘 들어맞는 것들을 연상시키기 때문이다.

테나르디에의 천덕꾸러기 셋째 아이, 1823년 여관에서 울던 아기로 처음 등장했다가 나중에 운율에 맞춰 말하고 노래하기를 좋아하는 바리케이드의 어린 부랑아로 다시 등장하는 아이는 처음에 샤브로슈라고 불렸다. 최종 확정된 가브로슈와 마찬가지로 샤브로슈는 접미사에 포함된 뜻을 활용한 이름이다. 구어, 특히 파리 방언에서 **오슈**oche는 명사와 형용사에 붙어서 더 작거나 덜 유명하거나 덜 흔한 것으로 만들 수 있다. 여행 가방 **발리즈**valise가 긴 가죽 주머니를 뜻하는 **발로슈**valoche가 되고, **시네마**cinéma가 허름한 동네 극장을 뜻하는 **시노슈**cinoche가 되는 식이다. 혁명 중에 무너진 감옥 겸 요새인 바스티유를 사람들은 **바스토슈**Bastoche라고 즐겨 불렀다. 아마 이런 이유에서 위고가 개구쟁이 혁명가의 이름을 지은 것 같다.

가브로슈는 모자를 가리키기도 한다. 영화 〈비바 마리아!Viva Maria!〉에서 리오그란데강 남쪽에서 발생한 혁명에 가담하는 아일랜드 폭탄 제조자 역을 맡은 바르도Brigitte Bardot가 쓰고 나오는 모자다. 위고의 등장인물 이름은 물론 그 모자에서 온 것이 아니다. 그 모자 이름이 위고의 가브로슈에서 나온 것이다. 그러나 바르도가 썼던 모자와 가브로슈가 썼던 모자는 모양이 전혀 다르다. 그 소년은 너무 가난해서 '몸에 셔츠도 걸치지 않고, 발에 신발도 신지 않았고' 유일하게 입은 바지도 어른이 입던 헌옷으로 다섯 치수나 큰 것이다. 소년이 모자를 쓴다면, 그것은 '남의 아버지'에게 빌려 귀가 푹 덮이는 헌 모자다.[2] 차라리 1830년 혁명을 기리는 들라크루아의 〈민중을 이끄는 자유의 여신〉에서 양손에 권총을 쥔 채 성큼성큼 앞으로 나오는 활기찬 청년이 쓴 것과 다소 비슷할 것이다. 어떤 이들은 이 유명한 소년 그림을 '가브로슈의 초상'으로 받아들이지만, 들라크루아의 그림은 『레 미제라블』이 출판되기 30년 전에 그려졌으니 그럴 리는 없다. 역사적 혼돈은 이보다 더 심하다. 그림 속 인물이 쓴 모자는 사실 소르본대학 학생들이 쓰던 베레, **팔뤼슈**다. 참 이상한 일이다. 19세기 프랑스의 복장에 대한 무지가 『레 미제라블』처럼 정치적 행동주의의 전통과 긴밀하게 연관된 작품의 사회적 의미를 오해하는 결과로 이어졌다. 그리고 궁극적으로는 들라크루아의 지식인 투사에 대한 오해 탓에 후대 사람들이 『레 미제라블』을 읽을 때 엉뚱한 모자의 이미지가 들어갔다. 가브로슈는 위고의 가브로슈에 대한 오마주보다는 우리가 과거를 이해할 때 만나는 어려움이 드러난 것에 더 가깝다.

불쌍한 사람들의 이름 없는 설움

『레 미제르』 초반에 등장하는 슬픈 여주인공은 원래 마르그리트였는데, 비교적 빨리 팡틴이 된다. '팡틴'은 당시 평범한 프랑스 이름이 아니었다. 위고는 어쩌면 프랑스권 스위스의 동화에서 이 이름을 들었을지도 모르겠다. 거기에서 팡틴은 '물의 요정'을 뜻한다. 그러나 위고가 이런 뜻으로 이름을 선택했을 것

같지는 않다.

이름의 끝은 레오폴딘, 조세핀, 발렌틴 등 여자 이름에서 흔한 음이다. 그러나 '팡틴'은 알려진 어근에 이렇게 익숙한 음을 붙여서 만들지 않았다. 가장 알맞은 추측은 첫음절이 아이를 뜻하는 프랑스어 **앙팡** enfant의 축약형이기 때문에 이름의 뜻이 '어린 소녀'에 가깝다는 것이다. 실제로 그녀의 존재가 그랬다. 그녀는 이름을 붙여 줄 부모도, 정식 신분도 없는 몽트뢰유 쉬르 메르 거리의 아이였다.

『레 미제르』에서 마르그리트 루에트의 딸은 안나라고 불리고, 안나가 테나르디에의 여관에서 하녀로 일할 때는 낮은 계급 사람들을 부르는 흔한 방식대로 성에 정관사를 붙여서 **라 루에트**La Louet라고 불린다. 예전에는 시골 방언에서 마지막 자음의 소리를 냈는데, 르와르강 남부는 지금도 그렇다. 결국 이 소녀의 이름은 종달새를 뜻하는 **라루에트** l'alouette와 소리로는 구별할 수가 없다. 위고는 나중에 안나라는 이름을 코제트로 바꾸지만 소녀와 새의 연관성은 그대로 유지하는데, 이는 말장난이 목적이 아니라 가난한 사람들의 시적인 상상력 때문이다.

> 비유적 표현을 좋아하는 평범한 사람들은 매일 아침 이 집과 마을에서 가장 먼저 일어나 항상 동트기 전에 거리나 들에 나와 있는 이 새처럼 아이를 '종달새'라고 불렀다.(I.4.iii, 146) .

'코제트'라는 새로운 이름은 위고가 고안한 이름 중 기원을 추측하기가 가장 어렵다. 이 이름은 '팡틴'처럼 지소사로 끝나면서 역시 '팡틴'처럼 프랑스 이름에서 흔히 쓰는 어근을 쓰지 않는다. 첫음절의 소리는 '것'을 뜻하는 이탈리아어 **코사**cosa에서 왔다. 프랑스어로는 **쇼즈** chose에 해당하는데, 이 단어는 보통 여성형으로 쓰인다. 남성형으로 쓰일 때는 주로 사내아이나 애송이, 도데Alphonse Daudet의 비참한 어린 시절이 담긴 비망록『소소한 것들 *Le Petit Chose*』처럼 작고 연약한 친구를 뜻한다. 또한 쇼즈는 알맞은 이름을 모르거나 떠올릴 수 없을 때 '거시기'나 '아무개'처럼 끼워 넣는 말이다. 가브로슈가 롬므아르메 가 7번지로 마리우스의 편지를 가져갔을 때, 그는 문 밖에서 장 발장을 발견하지만 그의 이름을 몰라 **아무개 아저씨**M. Chose라고 부른 다음 편지를 줄 여자의 이름을 잘못 기억하는 척하며 **쇼제트**Chosette라고 부른다. 이것은 '아무개의 딸', '아무개 양', '아주 작은 소녀'를 동시에 뜻한다. 이런 식으로 위고는 말재주 좋은 개구쟁이를 이용해 이야기의 여주인공을 위해 그가 고안한 이름에 담긴 의미들을 지적한다. 사회에서 가장 굴욕적이고 종속적인 부류에 속하는 '어린 소녀'의 딸 코제트는 그저 '작은 것'일 뿐이다.

코제트의 연인은 초고에서 대부분 '토마'로 불리지만, 에포닌이 플뤼메 가의 집 정원에서 그에게 위험을 경고하는 장면에서 '마리우스'가 된다. '마리우스'가 요즘은 남부 이름처럼 들린다. 영화로도 제작된, 프로방스가 배경인 파뇰Marcel Pagnol의 소설『마리우스*Marius*』때문이다. 그러나 위고의 작명은 이 소설과 아무 관계가 없고, 그저 '토마' 대신 자신의 이름 중에 '마리Marie'를 라틴어식으로 바꿨을 뿐이다.[3]

1861년 겨울에 바뀐 이름 중에는 테나르디에 큰딸의 이름도 있다.

그녀의 엄마는 자기가 평소 좋아하는 2류 소설에서 '팔미르'라는 고전적인 이름을 가져와 붙였지만, 위고는 그것을 프랑스 고대사에 등장하는 여자 영웅의 이름을 살짝 고친 것으로 바꿨다. 에포니나Epponina는, 자신이 카이사르Julius Caesar의 후손이라고 주장해 만화 주인공 아스테릭스Asterix 못지않게 로마제국의 골칫거리가 된 사비누스Julius Sabinus의 아내다. 학교에서 고전을 공부하고 그리스어를 쓴 로마 작가 플루타르코스Plutarchos가 전하고 19세기에 미슐레와 기조가 프랑스의 기원을 설명하면서 다시 전한 이야기에서, 에포니나는 남편을 따라 로마로 가고 베스파시아누스 황제Titus Flavius Vespasianus는 반역죄로 그에게 사형을 선고했다. 충실한 아내였던 에포니나는 남편과 함께 죽게 해 달라고 했다. 이 요구는 쉽게 받아들여졌고, 이것은 플루타르코스가 생각하기에 그 황제의 '가장 잔인하고 슬픈 통치 행위'였다.[4] 위고의 소설에서 에포닌은 마리우스에게 향하는 총알을 자신이 대신 맞고 죽는다. 그래서 그 이름을 얻는다.

5부가 한참 진행될 때까지 위고가 확정하지 못한 이름은 바로 주인공의 이름이다. 『레 미제르』의 '장 트레장'이 잠시 '자크 수'가 되었다가 1861년 2월 1일에는 **'장 블라장'**으로 바뀌었다. 3월 20일 샹브르리 가에서 바리케이드가 무너지는 부분을 쓰는 동안, 위고는 자음과 모음의 순서를 바꿔 '장 발장'으로 결정했다. 이 이름은 프랑스어에서 가장 일반적이고 기본적인 이름을 이중으로 써서 만든 것이다. 러시아의 '이반'과 미국 법정의 '존 도'처럼 '장'은 불특정한 사람, 즉 '아무개'를 나타낸다. '이름은 곧 자아'라고 장 발장이 끝부분(V.7.i, 1250)에서 마리우스에게 설명하지만, 그의 이름은 지극히 기본적인 정체성만 띤다. 역시 이름이 장이던 그의 아버지는 사람들에게 원래 ("어이, 장!"을 뜻하는) '부알라 장Voilà Jean'이라고 불렸는데, 빨리 말하다 보니 축약된 '블라 장Vlà Jean'으로 불릴 때가 많았다. 이 단어들의 조합으로 장 발장이라는 이름이 만들어졌다. '이봐, 너'라는 이름에 대답하는 빈민가 사람만큼이나 속상한 일이다. 그런데 이렇게 불리는 사람들보다 더 낮은 계급도 있다. 알바니아 작가 카다레Ismail Kadare는 고대 이집트를 배경으로 하는 우화소설에서, 피라미드를 지은 노예들은 이름을 사기 위해 돈을 벌어야 했다고 상상했다. 사람들을 숫자로 부르며 사회적 정체성을 빼앗으려고 하는 20세기의 혐오스러운 짓거리를 보여 주려고 한 것 같다. 『레 미제라블』에서 사회적 배척의 궁극적 피해자들 중에는 장 발장이 빵을 훔쳐 주려고 한, 이름마저 없던 조카들도 있다. 이와 마찬가지로 가브로슈는 거리에서 만난 소년들을 코끼리 상으로 데려가서 돌보지만, 그들의 이름을 모르고 그들이 사실은 자기 동생이라는 것을 끝내 알지 못한다. 위고는 '불쌍한 사람들'의 이름을 짓기 위해 무척 애쓰면서, 이름 없는 설움만큼 큰 설움도 없다는 것을 잊지 않았다.

3부
——

전망 좋은
방

8장

/

워털루에서 거둔 승리

화가·인도주의자·선지자

1854년에 건지섬 출신 남자가 살
인죄로 사형을 선고받았다. 위고는 사형을 죄로 여겼기 때문에 그의
감형을 공개적으로 탄원했다. 그럼에도 사형이 집행되었다는 사실에
경악한 위고는 목이 매달린 타프너의 인상적인 흑백 수채화를 단숨에
그렸다.

1859년 미국에서는 노예제 폐지론자 브라운John Brown이 노예들에게
싸울 도구를 주기 위해 버지니아주 하퍼스 페리에서 정부군의 무기고
를 습격했다. 이 어설픈 쿠데타는 리Robert E.Lee 장군에게 진압되었고, 브
라운은 사형을 선고받았다. 위고는 또 선처를 구하기 위해 미국을 상

대로 펜을 들었다. 브라운을 교수형에 처하면 노예제 반대 운동이 어떤 결과를 낳을지 알 수 없다고 경고했다. 하지만 인간애에 따른 위고의 강력한 사자후가 영향을 미치기에는 신문과 전보가 대서양을 건너는 데 시간이 너무 오래 걸렸다. 그가 이해 12월 2일에 호소문을 썼는데, 바로 이날 브라운이 사형되었다. 그래도 위고의 호소문은 프랑스어 원문과 번역문으로 전 세계 신문에 발표되었다. 미국에서는 반응이 좋지 않았다. 위고에게 남의 나라 일에 간섭 말고 자기 일에나 신경 쓰라는 것이었다.

며칠 뒤, 위고의 동서인 슈네이Paul Chenay가 한동안 지내기 위해 오트빌 하우스를 방문했다. 판화가인 슈네이는 사형제에 반대하고 미국 노예들을 지원하기 위해, 교수형 당한 남자를 그린 위고의 수채화를 인쇄하자고 했다. 당시 미국에서 노예 문제를 둘러싼 갈등이 내전으로 번지고 있었고, 이를 프랑스 언론에서 널리 다루고 있었다. 슈네이는 그림을 파리로 가져가 작업하기 시작했다. 곧 판화가 준비되었는데 문제가 생겼다. 판화에 날짜가 12월 2일로 찍혀 있었기 때문에, 정치경찰로부터 이것이 1851년 12월 2일에 일어난 루이 나폴레옹의 권력 찬탈에 대한 적대감의 표시라는 오해를 받았다(98쪽 참고). 결국 인쇄판과 교정쇄를 압수당하는 바람에, 모든 작업을 다시 해야 했다. 계획도 달라졌다. 새 계획은 미국을 향한 위고의 호소문과 그가 몇 년에 걸쳐서 쓴 노예제 철폐 문건들을 엮어 만든 팸플릿의 첫머리에 그림을 넣는 것이었다. 이를 위해 그림에서 날짜를 지우고 새 제목을 찾았다. 원제목인 '교수殺首된 자'가 **에케 렉스**Ecce Lex로 바뀌었다. 이 라틴어 제목이 말하는 것은 '이것이 법인가?'다. 팸플릿의 내용 때문에 독자들로서는 당연히 이 그림의 주인공이 브라운인 것 같았다. 1861년 2월에 출판되고 몇 주 만에 팸플릿은 전 세계에 퍼졌다. 작가 위고가 자신만의 전망대에 앉아 파리 하수도에서 장 발장과 마리우스가 펼치는 모험 이야기를 이어 가는 동안 화가 위고, 인도주의자 위고, 선지자 위고가 거성처럼 세계 무대에 등장했다. 미국에서는 남북전쟁의 전운이 감돌고 있었다.

위고의 그림은 대부분 상상 속 풍경과 성, 폐허, 바다를 보여 준다. 인간이 등장하는 그림은 많지 않고 얼굴 그림은 더욱 드물다. 하지만 당시 일반적인 소설처럼 『레 미제라블』에도 펜으로 그린 초상화가 많이 나온다. 그중 자화상은 없을까? 1832년의 장 발장과 1861년의 위고는 나이가 비슷하고 체격이 건장했지만 눈에서는 둘 사이에 특별한 연관성을 찾을 수 없다. 반면, (빅토르 마리) 위고가 자신의 이름을 준 마리우스의 모습은 그가 생각한 자신의 젊은 시절 초상이다.

마리우스와 위고

이 초상은 다정하고 진지한 동시에 풍자적이고 자기비판적이다. 기회만 되면 여자와 동침하기를 좋아하는 위고의 성향은 중년에야 드러났고, 지금 보면 놀랍지만 마리우스의 나이 때는 마리우스 못지않게 정숙했다. 마리우스를 우스꽝스러울 만큼 점잔 빼는 인물로 묘사하기 위해 자신의 젊은 시절 일화를 각색해서 소설에 넣기도 했다. 뤽상부르 공원에서 코제트의 치마가 바람에 날리는 모습을 본 마리우스는 혹시 누가 그녀의 소중한 발목을 봤을까 봐 분노와 질투심을 느낀다. 10대 시인이었을 때 위고도 생페르 가를 지나가다 진창 앞에서 치마를 들어 올린 약혼녀를 나무랐다. 1822년에 아델에게 쓴 편지에서 그가 이렇게 말했다. "황급히 눈길을 돌리는 행인들을 보고 내가 어떤 고문을 참아야 했는지 그대는 모를 거요. 내가 감히 그대를 쳐다보는 무례한 남자의 따귀를 갈기는 꼴을 보고 싶지 않다면 부디 조심해 주오."[1] 그러나 위고가 어떤 사람인지 보여 주는 데 마리우스가 가장 크게 이바지한 대목은 위고가 어린 시절에 받은 정치교육 이야기를 재현하는 것이다.

  마리우스의 아버지 조르주 퐁메르시는 전장에서 나폴레옹에게 직접 남작 칭호를 받은 직업군인이었다. 위고의 아버지는 장군 계급으로 백작 자리까지 올랐다. 1815년 제국의 몰락은 이 두 아버지에게 재앙이었다. 그들은 휴직급을 받는 장교가 되었고, 지방 도시에 배치되어 파리 입성이 금지되었다. 따라서 마리우스와 위고는 수도 파리에서 나폴레옹에게 애정이 없는 친척들의 손에 양육되었다. 마리우스의 할아버지 질노르망은 완고한 왕당파고, 위고의 어머니는 인성이나 관점이 그렇게까지 구식은 아니었지만 역시 왕당파에 동조했다. 마리우스가 마담 드 T 살롱에서 받는 정치교육은 위고가 10대 때 교육받은 견해에 대한 희화적인 요약이며,[2] 뒷날 마리우스가 진보적 사상으로 전향하는 과정은 위고가 차츰 좌파 성향으로 기우는 과정을 압축한 것이다. 아델은 『레 미제라블』의 출판 직후에 발표한 비망록에서 이런 유사성들을 지적했다. 위고도 10년 뒤 이 책을 돌아보면서 '자신의 인생사'를 마리우스에게 투영했다고 선뜻 인정했다.[3]

물론 모든 것을 있는 그대로 투영하지는 않았다. 마리우스는 아버지의 과거를 알게 되자 프랑스 제국의 역사와 나폴레옹이 자신의 영웅 신화를 만들어 내려고 이용한 군사 공보 『프랑스 육군 회보*Bulletins de la Grande Armée*』를 찾아 읽는다. 그리고는 승리와 대담무쌍한 행동에 대한 기록에 마음을 온통 빼앗겨 늦은 밤까지 공보를 손에서 놓지 못한다.

> 그는 안에서 거대한 밀물이 차오르는 것을 느꼈다. …… 북소리, 대포 소리, 트럼펫 소리가 들리는 것 같았다. …… 멀리서 쿵쿵거리며 질주하는 기병대의 말발굽 소리 …… 흥분으로 몸이 떨리고 숨이 차올랐다. 갑자기…… 그가 일어나서 두 팔을 창밖으로 뻗고 어둠과 고요, 신비한 무한을 응시하며 소리쳤다. **"황제 폐하 만세!"**(III.3.vi, 571)

마리우스는 아버지에게 수여되었으나 왕정으로 돌아간 프랑스에서 인정되지 않는 제정 시절의 남작 칭호를 물려받기로 즉시 결심한다. 위고도 **백작**의 차남으로서 자칭 **자작**이었다. 아버지가 진정한 영웅이었음을 알게 된 젊은 작가는 기술적, 정치적 이유로 개선문에 나폴레옹 전쟁의 다른 영웅들의 이름과 함께 아버지의 이름이 새겨지지 못한 것 때문에 매우 화가 났다.

이 두 아버지의 가장 큰 접점은 워털루 전투 패배 이후 행보에 있다.

위고 장군은 당시 프랑스 동부 티옹빌의 수비대를 지휘했기 때문에 워털루 전투에 참가하지 못했다. 그는 그 요새 도시를 포위한 프로이센-러시아 연합군에 항복하기를 거부하고 빈 평화조약이 체결될 때까지 버텨 가장 늦게 항복한 프랑스 장교가 되었다. 퐁메르시 대령은 워털루 전투에서 부상당하고 테나르디에에게 강도당한 뒤 항복하거나 민간인으로 돌아가지 않고 루아르강 계곡으로 후퇴해 나폴레옹군의 패잔병으로 몇 주를 버텼다. 질노르망이 사위를 '루아르의 불한당'이라고 표현한 이유다. 그러나 퐁메르시는 위고가 아버지에게서 물려받았다고 생각하는 것과 똑같은 가치를 아들에게 물려준다. 바로 '의무를 다하고 절대 포기하지 말라'는 것이다. 1853년에 『징벌』에서 위고가 이렇게 선언한다.

단 한 사람만 남는다면, 그 사람은 바로 나![4]

"내가 시작한 것을 끝내고 싶다." 위고는 1848년 사건에 대한 글과 참혹한 바리케이드의 결말 부분을 완성할 무렵 자기 자신에게 이렇게 썼다. "나는 내 몸이 계속 버텨 주기를, 그래서 내 정신이 끝날 때까지 기다려 주기를 하느님께 기도한다."[5] 그는 마리우스가 버틸 방법도 찾아야 했다. 마리우스를 어떻게 샹브르리 가에서 무사히 탈출시킬 것인가? 이 무렵 위고와 젊은 주인공의 아이러니한 동일시가 끝나고 소설의 주제인 늙은 주인공 장 발장의 시련과 도덕적 승리로 넘어간다.

30년 전 『파리의 노트르담』에서 위고는 하늘에서 내려다보는 중세 파리의 모습을 인상적으로 묘사했다. 그리고 이제 지하에서 올려다보는 근대 도시 파리의 모습을 재창조하기 시작했다. 이 또한 비슷한 상상력의 작업이었다. 하수도에 들어가 본 적이 없는 위고는 하수도와 관련된 정보를 모두 책꽂이에 있는 인쇄된 자료에서 얻었다. 글을 쓸 때 파리에서는 지하 터널과 하수관을 확대하고 연장하는 대규모 공사가 진행 중이었고, 위고는 자신이 묘사해야 하는 것이 도시에서 이미 사라진 내장 기관이라는 사실을 잘 알고 있었다. 그리고 예전 하수도가 수배자와 사기꾼 들에게 도주로가 될 수 있다는 생각은 공상이 아니었다. 물론 나이가 예순인 남자가 젊은이를 어깨에 둘러멘 채 미끄럽고 질척한 길을 몇 킬로미터씩 걷는다는 것은 불가능에 가깝다. 장 발장의 이런 괴력은 신화와 전설 속 인물에 버금간다. 그의 탈출은 헤라클레스의 12과업과 닮았고 테세우스의 지하 세계 방문을 방불케 한다. 또한 고통받는 주인공이 십자가만큼 무거운 짐을 지고 있다는 점에서 그리스도의 수난상을 연상시킨다. 어둠과 악취 속에서 몇 시간 동안 고생한 끝에 빛으로 나가는 출구에 도착했을 때, 거기서 으르렁거리듯 고함치는 문지기를 발견한다. 알고 보니 지옥에서 나가는 곳에 서 있는 통행료 징수인은 바로 테나르디에였다. 마치 바다에 뜬 코르크처럼 어디서나 불쑥불쑥 나타나는 그의 놀라운 재주는 신출귀몰한 장 발장의 능력에 견줄 만하다.

한편 두 사람은, 솔직히 믿을 수 없을 만큼 콜레라균에 대한 면역력이 강했다. 1832년 6월 파리에서 그렇게 오랫동안 하수도에 있었다면 아무도 죽음을 피하지 못했을 것이다. 1832년 3월 26일에 첫 사례가 보고되고 한 달 만에 거의 2000명에 이르는 파리 시민들이 콜레라로 죽었다. 콜레라는 여름 내내 기승을 부려서 빈민가에 사는 사람들뿐만 아니라 유명 인사들의 목숨도 많이 앗아 갔다. 그중에는 이집트 상형문자를 처음 해독한 샹폴리옹Jean François Champollion과 열역학을 개척한 카르노Sadi Carnot, 페리에Casimir Périer 총리도 있었다. 또한 애초에 장 발장이 하수구로 탈출하는 데 원인이 된 봉기를 촉발한 1832년 6월 5일 장례식의 주인공인 라마르크 장군도 콜레라로 죽었다. 당시에는 콜레라가 정확히 어떻게 전염되는지 아무도 몰랐지만 식수 및 인분 처리와 관련되었을 것이라는 생각은 있었다.[6] 그러니 1832년 마리우스와 장 발장의 탈출은 보기보다 훨씬 더 위험한 일이었다.

5부 2권은 1권처럼 논평으로 시작된다. 이번에는 인분 재활용의 경제적 이점에 초점이 맞춰졌다. 20세기 초에 화학적 질소고정법을 발견하기 전까지는, 동물 분뇨부터 태평양과 다른 지역에서 대량 수입되는 (퇴적된 조류 배설물 덩어리) 구아노에 이르는 갖가지 다양한 천연비료에 의존할 수밖에 없었다. 파리를 비롯한 주요 도시들에서는 인분을 주로 분말이나 알갱이로 가공해서 사용하기도 했다. 위고가 저지섬에 있을 때 바닷가에서 긴 이야기를 나눈 이웃 르루는 인분을 더 체계적으로 이용하면 농업 생산성을 높이고 가난한 사람들의 굶주림을 완화하는 데 도움이 될 거라고 확신했다. 르루는 저지 의회에 이런 시스템을 제안하고, 자신의 뒤뜰에 시범 경작을 시작했다. 그의 제안은 거부되었는데, 위고가 『레 미제라블』에서 파리 시에 같은 제안을 했다. 그것은 시대에 뒤떨어진 제안이었다. 그때는 이미 파리 시의 오물을 정화하고 인분에서 추출한 비료를 젠느빌리에의 채소밭에 뿌리는 계획이 실행되고 있었다. 그러나 위고는 제2제정이 하는 일은 뭐든 인정할 수 없었다. 지금은 조금 우습게 보일 수 있는 그의 열정은 더 원대하고 의미 있는 믿음에서 나왔다. 그는 이 세상에 아무 쓸모도 없을 만큼 비천한 것은 없다는 것, 아무리 비천한 존재라도 적절히 처리하면 훌륭해질 수 있다는 것, 파리는 그 문장에 그려진 배나 가옥과 감옥 들의 집합체가 아니라 전체적인 유기체이며 살아 숨 쉬는 괴물 리바이어던이라는 것을 말하고 싶었다.

이 괴물의 내장을 통과하는 탈출은 마치 영화화를 염두에 두고 일부러 고안한 장면처럼 보인다. 어둠, 미로, 폐쇄, 익사의 공포 등 모든 '악몽 장치'를 비교적 비용이 적게 드는 세트장에서 배우 단 한 명이 작동할 수 있다. 도중에 만나는 장애를 극복하는 과정을 보여 주는 것이 특별히 어렵지 않고, 그의 도덕적 승리는 시각적인 형태를 띤다. 그가 어깨에 짊어진 축 늘어진 몸, 움직임이 전혀 없지만 살아 있는 그 몸은 장 발장이 죽기를 바라기에 충분한 이유가 있는 젊은이의 것이다. 그 젊은이가 살아나면 장 발장의 사랑과 관심의 대상이자 유일한 **존재의 이유**를 빼앗아 갈 것이기 때문이다. 무거운 짐을 짊어진 채 거의 눈높이까지 찬 악취 나는 구정물을 헤치면서 걸을 때 장 발장은 헤라클레스와 테세우스에서 십자가를 진 그리스도 같은 존재가 된다. 하수도 장면은 『레 미제라블』을 19세기 양식 소설보다 좀 더 웅장한 어떤 것으로 만든다. 이 장면은 거의 전설을 창조하고 등장인물을 신격화한다.

9년 만의 여행

날씨가 온화해지고 낮이 길어지면서 『레 미제라블』이 지하에서 나왔다. 마리우스는 회복되기 시작했고, 작가의 건강도 좋아지는 것 같았다. 위고의 주치의 코르뱅 박사는 자신의 저명한 환자가 열성적인 작업을 잠시 중단하고 휴식을 취하면 건강이 더 좋아질 것이라고 생각해서 드루에에게 여행을 권했다. 마침 아델도 여행 생각이 났다. 적어도 이번만큼은 두 아내가 한마음으로 휴가가 모두에게 좋을 것이라고 생각했다. 그리고 더 놀랍게도 위고 역시 동의했다. 그 전 9년 동안 섬을 벗어난 적이 없던 터라 한동안 떠나고 싶은 마음이 든 것이다. 그런데 그는 여행하고 싶은 진짜 이유를 아무에게도 말하지 않았다.

세인트피터포트의 새 부두 공사가 막 끝나 외륜선이 건지에서 웨이머스, 사우샘프턴, 셰르부르까지 정기적으로 운항하기 시작했다. 게다가 항구와 런던, 파리 같은 대도시를 이어 주는 철도가 새로 건설되어 여행이 전보다 쉬워졌다. 그러나 웨이머스와 사우샘프턴 노선을 왕복하는 아퀼라호와 시그너스호에는 객실이 없어서 승객들이 여덟 시간에서 열 시간 동안 갑판에 있어야 했다. 날씨에 따라 물보라와 부서지는 파도가 옷에 튀거나 쏟아지는 비에 몸이 흠뻑 젖기도 했다. 잉크와 종이에 물은 불만큼이나 반갑지 않기 때문에 원고 가방을 가지고 있는 작가는 각별히 주의해야 했다. 위고는 푸르스름한 빈 종이 700여 매와 이미 쓴 원고 1000여 매를 담기 위해 가죽 가방을 주문 제작하고 새로운 공정을 이용한 방수 처리까지 했다. 그 덕에 『레 미제라블』 원고는 단 한 쪽도 젖지 않았다.

프랑스에 입국할 수 있는 아델은 먼저 출발해 두 시간 동안 배를 타고 셰르부르로 건너갔다. 이틀 뒤인 3월 25일에 위고와 드루에와 장남 샤를은 웨이머스행 시그너스호를 탔다. 딸 아델 2세와 그녀의 이모 쥘리는 애완견 세나와 룩스를 돌볼 겸 셰익스피어의 작품을 아홉 권째 번역 중인 차남 프랑수아-빅토르와 같이 지내기 위해 집에 머물렀다.

항해는 순조로웠다. 위고는 런던에 잠시 들러 의사에게 여행에 문제가 없다는 건강증명서를 받았다. 일행은 도버와 오스텐데를 거쳐 브뤼셀에 가서 아델과 합류했다. 날씨는 온화했고 위고의 정신은 한껏 고양되었다. 그는 골동품 상점을 샅샅이 뒤지고 다녔다. 확실히 도시에는 섬보다 찾을 것이 훨씬 많았다. 파리에서 친구들이 그를 보러 왔다. 위고는 여행을 계속하면서 편집자와 망명 중인 동료들을 만났다. …… 그러나 그는 자신이 그곳에 진짜 무엇을 하러 갔는지 잊지 않았다. 그가 차남 프랑수아-빅토르에게 편지를 썼다. "이 책을 끝마치는 것이 내게는 세상 어느 곳을 유람하는 것보다 더 큰 기쁨일 거다."[7]

휴가는 5월 7일에 끝났다. 아델과 샤를을 브뤼셀에 남겨 두고, 위고와 드루에는 남쪽으로 24킬로미터 떨어진 몽생장이라는 마을에서 콜론느 호텔에 머물기로 했다. 침실 창문을 통해 워털루 전투 현장이 바로 보였다. 이때부터 8주 동안 위고는 호텔 객실에서 매일 글을 썼다. 그리고 운동 삼아 시골길을 걸으면서 한때 그곳에서 벌어진 대전투의 흔적을 찾았다. 그러나 그곳 풍경은 1815년 6월 18일, 19일과 같지 않았다. 위고의 방은 워털루 전투를 기념하는 사자 상이 세워진 원뿔형

언덕을 향해 있었는데, 유럽 최초의 전쟁 기념관을 만들면서 흙 30만 세제곱미터를 주변에서 퍼다 썼기 때문에 지형이 급격하게 변한 상태였다. 위고가 이곳을 찾은 진짜 목적이 바로 이에 관한 것이었다. 워털루 전투에서 실제로 일어난 일을 상상하기 위한 현장 조사인 셈이었다.

글을 쓰고 산책하며 보낸 이 기간 동안 드루에는 위고를 독점했다. 그 무렵에는 드문 일이었다. 위고는 이미 많은 면에서 『레 미제라블』 속으로 들어가 있었고, 이 책의 마지막 웅장한 장면을 인생의 동반자에게 존경의 표시와 선물로 바치는 것이 자연스러워 보였을 것이다. 그는 마리우스와 코제트가 1833년 2월 16일에 결혼하도록 했다. 바로 자신과 드루에가 처음 사랑을 나눈 날이다. 자신을 위해 평생 헌신한 여인에게 고마움을 표시하는 감동적인 방식이었다. 이 선물이 더 달콤한 이유는 따로 있었다. 소설에서 결혼식이 참회 화요일에 거행된다. 결혼식 행렬이 참회 화요일 축제 행렬과 뒤엉켜 테나르디에의 눈에 띄도록 하려는 뜻이 있었다. 그러나 1833년 2월 16일이 참회 화요일은 커녕 화요일도 아니었다. 위고는 자신이 사랑에 빠졌던 날을 잊어버렸을까? 그럴 리가 없다. 드루에가 참회 화요일을 1년 중에 가장 좋아한다는 것을 잊었을 리도 없다. 그는 실제 달력을 무시하고 두 날을 조합하면서 자신의 가장 위대한 산문 작품의 해피엔드에 드루에를 두 번이나 새겨 넣은 것이다.

위고 이후 날짜를 이렇게 이용하는 경향이 생겼다. 조이스James Joyce 가 바나클Nora Barnacle과 함께한 첫날밤을 기념하기 위해 『율리시즈

Ulysses』에서 1904년 6월 16일을 시간적 배경으로 설정했고, 페렉Georges Perec은 『인생 사용법*La Vie Mode D'Emploi*』의 사건 전체를 1975년 6월 23일 오후 8시 무렵에 배치했다. 이날 그가 반려자인 비네Catherine Binet와 식당에서 첫 데이트를 했기 때문이다. 모더니즘 또는 포스트모더니즘 소설의 고전이라고 불리는 이런 작품들이, 다소 구식으로 보이는『레 미제라블』의 영향을 생각보다 많이 받았다.

드디어 소설의 끝이 보이기 시작했다. 이제 무섭기보다는 차라리 익살스러워 보이는 소설의 주요 악역이 도모한 속임수의 실패와 가족의 갈등, 위대한 화해, 주인공의 죽음과 페르 라쉐즈 공동묘지 매장에 이르는 마지막 장면까지 모든 사건이 중단 없이 이어졌다. 장 발장의 무덤에 세워진 소박한 묘비에는 이제 비바람에 지워진 묘비명이 새겨졌다.

> 그가 여기 잠들다. 운명은 그에게 가혹했지만.
> 그는 살았고, 천사를 잃은 뒤 죽었다.
> 그냥 자연히 그리 되었다.
> 낮이 가고 밤이 오듯이.

원고에서 이 소설의 마지막 구절 뒤에는 시간과 장소가 쓰여 있다. '1861년 6월 30일 오전 8시 30분 몽생장.'[8]

위고는 아델에게 구혼한 제자 바크리에게 편지를 써서 이에 대해 알렸다.

친애하는 오귀스트,

오늘 아침, 창문으로 햇살이 들어오는 6월 30일 8시 30분에 내가『레 미제라블』을 끝마쳤다네. 자네가 알면 좋아할 이 소식을 직접 전하고 싶어 펜을 드네. 이 탄생을 발표하게 된 건 자네 덕이네. …… 그 아이는 잘 지내고 있으니 안심하게나.[9]

9장

/

세기의 계약

판권 문제

위고가 『레 미제라블』 집필을 마쳤
지만 그것이 책으로 만들어지기까지는 갈 길이 멀었다. 그는 출판인
친구인 에첼에게 편지를 썼다.

나는 내 괴물에 대해 머리부터 발끝까지 적절히 검토해야 하네. 내
가 너른 바다에 진수하려는 건 내 리바이어던이네. 그건 돛대 일
곱 개와 굴뚝 다섯 개에 지름이 30미터인 외륜이 있고, 양쪽 현에
는 정기선 크기의 구명정이 달렸다네. 아마 아무 데도 정박하지 못
하고 거친 파도 위에서 모든 폭풍우를 뚫고 나가야 할 것이네. 그럼

못 하나라도 빠져서는 안 될 일이지. 그래서 나는 전체를 다시 읽고 필요한 것을 수정하면서 마지막으로 진지하게 숙고할 참이네. 그런 다음 말하겠네. "자, 출발!"

위고의 바다 괴물은 그때까지 건조된 선박 중 가장 큰 (그리고 나중에 그레이트이스턴호로 이름이 바뀐) SS 리바이어던호보다 큰 셈이었다. 브루넬Isambard Kingdom Brunel이 설계한 이 대형 증기 여객선은 돛대가 여섯 개에 외륜 지름이 17미터로, 연료 보충을 위한 중간 정박 없이 런던에서 호주까지 운항하게 만들어졌다. 위고는 자신의 소설이 갈 길이 아직 멀다고 생각한 것이 분명하다.

그가 아들 프랑수아-빅토르에게 쓴 편지에서 이렇게 말한다.

책은 완성되었다. 그런데 출판 시기, 이건 다른 문제다. 시간 날 때이 문제를 생각해 봐야 한다. 너도 알다시피 나는 작품 출판을 서두르지 않으니까 말이다. …… 그때까지 위대한 극작가 칼데론Pedro Calderón de la Barca의 말처럼 열쇠 여섯 개로 『레 미제라블』을 잠가 둘 생각이다.[1]

그는 실제로 원고를 6주 동안 잠가 두고 그동안 드루에와 휴가를 떠났다. 연인은 네덜란드를 돌아다니며 중세 지하 감옥과 르네상스 시대의 교회, 이색적인 집과 수많은 골동품 가게를 구경했다. 위고는 거의 하루도 같은 침대에서 자지 않았고, 호텔 주인에게 빌린 마차를 타지 않은 날이 하루도 없을 만큼 시각적 즐거움의 향연에 흠뻑 빠졌다. 암스테르담에서 렘브란트Harmensz van Rijn Rembrandt의 〈야경De Nachtwacht〉에 감동하고, 네덜란드 풍경에 실망했으며, 결국 벨기에가 더 흥미로운 장소라고 결론지었다. 그리고 8월 말에 작업을 다시 시작할 준비가 되었다. 안트베르펜에서 증기선을 타고 영국에 갔다가 기차와 배를 몇 번 갈아탄 끝에 세인트피터포트에는 9월 3일에 도착했다. 오트빌 하우스에서 해야 할 일이 많았다. 『레 미제라블』을 마무리해야 했는데, 무엇보다 판권부터 서둘러 팔아야 했다.

위고와 같은 시대를 산 프랑스인들 가운데 펜으로 먹고사는 사람은 거의 없었고, 시와 산문을 쓰는 그의 동료와 경쟁자는 애초부터 부유한 사람들이었다. 라마르틴은 부르고뉴에 포도밭이 있었고, 비니Alfred de Vigny는 앙굴렘 근처에 사유지가 있었으며, 쉬는 유명한 의사 아버지에게 재산을 상속받았다. 그러나 위고의 아버지는 1815년에 거의 모든 것을 잃었다. 1817년에 학교를 떠나는 날부터 위고는 글을 써서 먹고살아야 했다. 1850년 이전의 프랑스 작가들 중에 이런 면에서 위고와 처지가 비슷한 경우는 상드George Sand, 발자크, 뒤마 정도뿐이다.

'펜으로 먹고산다는 것'은 작가가 작품을 소유하고 작품으로 돈을 받을 수 있다는 전제가 따른다. 지금은 당연해 보이지만, '지적재산권' 개념이 정착하기까지는 꽤나 오랜 시간이 걸렸다. 그것은 1710년에 책의 내용이 유형자산과 같은 방식으로 거래될 수 있다고 인정한 영국의 법규에서 처음 등장했다. 프랑스는 1789년 인권선언문에서 재산권을 기본권으로 규정했지만 지적재산권은 특별한 경우로 보았다. 그래서 문학을 비롯한 예술 작품의 내용은 유형자산과 달리 '양도할 수 없는' 재산이라고 선언했다. 작가와 화가의 작품을 국가가 몰수하거나 폐지하지 못하게 하려는 뜻이 있었지만, 이 문구는 설령 소유자가 동의해도 작품 내용의 근본적 소유권은 처분할 수 없다는 뜻으로 받아들여지기도 했다. 작품을 팔 수 없는데 프랑스 작가들이 어떻게 생활비를 벌 수 있었을까? 간단한 해결책은 작품 자체를 파는 것이 아니라, 정해진 기간 동안 또는 정해진 판본에 대해 작품을 이용할 권리를 파는 것이었다. (종종 서적 판매와 인쇄를 함께 한) 출판인들은 작품을 제작하고 판매하는 독점적 권한을 확보하려고 선금을 내놓았다. 판권 기간이 만료되면, 작품에 대한 권리는 다시 작가에게 돌아가기 때문에 작가는 다시 자유롭게 권리를 팔 수 있었다.

위고가 활동하던 시기에 책은 몇 가지 이유로 여전히 사치품이었다. 우선 헌 옷 조각을 걸쭉하게 녹여서 만드는 종이의 공급량은 파리 사람들이 버린 면과 비단 옷감의 양에 따라 제한되었다. 식자는 일일이 손으로 하는 작업이라 인건비 비중이 높았다. 인쇄 프레스는 나무로 제작하고 손으로 작동했는데, 쓰다 보면 식자판이 삐걱대고 활자가 헐거워져서 3000부 넘게 찍으려면 비용이 많이 드는 조판 과정을 다시 거쳐야 했다. 위고가 살아 있을 때 인쇄술이 많이 발전해 그 전보다 책이 저렴해지고 쉽게 접근할 수 있게 되었다지만, 1860대에도 새로 나온 책 한 권의 값은 여전히 노동자의 2~3일치 급료와 맞먹었다.

그러나 문해율이 높아지면서 읽을거리에 대한 수요도 해가 갈수록 꾸준히 늘었다. 소수의 사람들만 구입할 수 있는 새 책에 대한 갈망에 부응하기 위해, 인쇄소나 서적상 뒷방에 사설 대여 도서관이 만들어졌다. 위고도 초기의 문학적 교양은 상당 부분을 로욜 부인이 운영하는 이런 **도서 대여점**에서 키웠다. 위고는 『레 미제라블』에서 마뵈프 씨의 유일한 '친구 또는 가까운 지인'의 이름으로 그녀의 이름을 이용한다.[2] 물론 도서 대여점을 이용하는 독자의 수가 늘어난다고 해서 작가의 소득이 늘지는 않았다. 또한 프랑스 작가들은 벨기에에서 인쇄되어 프랑스로 밀수입된 해적판 서적에 대해서는 단 한 푼도 받지 못했다. 게다가 벨기에 해적판은 똑같은 책인데 더 낮은 값에 공급되면서 허가된 정품의 시장을 축소했기 때문에, 프랑스 출판인들이 새 책에 대해 작가에게 지불하려는 금액도 줄어들었다.

신기술도 처음에는 도움이 되지 않았다. 철제 프레스가 개발되어 식자판 하나로 인쇄할 수 있는 부수가 획기적으로 늘어났지만, 작가들은 판본이나 일정 기간에 대해 판권료를 받았기 때문에 수입에 차이가 없었다. 납활자로 된 식자판에서 주형을 떠서 만든 얇은 합금판인 연판을 이용하면 10만 부까지 인쇄할 수 있어서 로그표나 교과서나 행정 서류 따위를 훨씬 저렴하게 생산하지만, 새로운 문학작품에는 별 소용이 없었다. 증기 동력을 적용해 인쇄기 작동에 필요한 노동력이 줄어들었지만, 그에 따른 비용 감소 혜택은 장기적으로 발행되는 인쇄물에 한정되었다. (제대로 된 최초의 증기 인쇄기는 나폴레옹의 워털루 전투 패배를 보도한 1815년 6월 20일 자 『타임스 The Times』를 인쇄하기 위해 설치된 것이었다.) 발명가들은 앞다퉈 대안적인 종이 원료에 대해 특허를 등록했고, 그 가운데 아프리카에서 자생하는 에스파르토라는 풀이 알맞은 재료로 입증되었다. 1860년 무렵에는 철제 인쇄기와 연판, 증기 동력, 값싼 종이가 결합해 마침내 책값을 낮추는 데 크게 이바지했다. 『레 미제라블』은 서적의 민주화를 이루고 이용하기에 알맞은 시기에 나왔다.

위고는 이 모든 것을 잘 인식했고, 자신이 판매하기에 딱 좋은 것을 가졌다는 사실을 알고 있었다. 문학작품의 가치를 정하는 것은 지금도 쉽지 않은데, 당시에는 판권 제도 때문에 훨씬 더 어려웠다. 1831년에 발자크는 획기적인 소설 『나귀 가죽*La Peau de Chagrin*』에 대해 겨우 1150 프랑을 받았고, 1835년에 두 권 분량의 『고리오 영감』에 대해 받은 돈도 3000프랑밖에 안 됐다.[3] 그럼 그의 소설에 자주 등장하는 바람둥이와 귀족은 고사하고 주교나 판사만큼이라도 벌려면 1년에 너덧 권씩은 써야 했을 것이다. 반면에, 라마르틴은 여덟 권짜리 논픽션 『지롱드파의 역사*L'Histoire des Girondins*』로 25만 프랑을 벌었다. 물론 판권을 보장하는 기간을 고려하지 않고 액수만 따지는 것은 의미 없는 일이다. 발자크는 소설을 여러 차례 팔 수 있었지만, 라마르틴의 역사책은 딱 한 번만 팔렸다. 사실 이런 예들이 『레 미제라블』의 가치를 미리 정하기 위한 범위에 대해 말해 주는 것은 거의 없다.

『레 미제라블』을 파는 데는 또 다른 어려움이 있었다. 1832년에 위고의 『파리의 노트르담』이 대성공을 거두었고, 출판사는 아직 보지도 않은 작품에 대한 돈을 주고 판권을 예약했다. 1만 2000프랑이 위고의 다음 소설이 지닌 가치에 훨씬 못 미치는 액수라는 것을 그때는 양측 모두 알지 못했다. 이것은 위고가 '다음 소설'을 30년 동안 쓰지 않

은 이유 중 하나이기도 했다. 계약 이행이 얼마나 늦어졌든 간에 계약
은 여전히 유효했는데, 전에 위고의 책을 출판한 랑뒤엘과 고슬랭의
사업이 서적상 파녜르_{Charles-Antoine Pagnerre}에게 넘어가 있었다. 판권을 누
군가가 인수해야 할 처지였다.

　게다가 더 큰 장애도 있었다. 바로 루이 나폴레옹 보나파르트였다.
제2제정에서 검열이 특별히 엄격하지는 않았지만 변덕이 심한 것이
문제였다. 『보바리 부인』이나 『악의 꽃』처럼 자칫 법정까지 갈 수 있
는 책에 어떤 출판업자가 돈을 대려고 하겠는가? 구제 불능 반체제 인
사인 위고의 처지를 볼 때 그의 새 책은 출판이 금지되거나 설령 출판
이 허용돼도 압수당해 재생지가 될 가능성이 있었다. 『레 미제라블』이
아무 가치도 없거나 오히려 손해를 끼칠 수 있다고 파리의 출판업자들
이 생각하기 쉬운 상황이었다.

　그러나 파리는 프랑스어 서적 출판에 대한 독점권이 없었다. 프랑
스어는 200년 동안 유럽에서 거의 보편적인 언어였기 때문에, 라이프
치히·암스테르담·상트페테르부르크·에든버러 등지에 프랑스어로
된 책을 펴내는 출판사가 있었다. 그러나 이런 회사들은 프랑스에서
먼저 출판된 책의 재판을 발행했고, 지적재산권법은 대부분 국내법이
었기 때문에 원저자에게 돈을 지불하지 않았다. 그런데 상황이 달라지
기 시작했다. 1852년에 프랑스가 벨기에를 설득해 진정한 국제 저작
권 조약을 처음으로 체결했다. 이 조약은 프랑스의 저작권 보호를 벨
기에로, 벨기에의 저작권을 프랑스로 확대함으로써 프랑스어로 쓰인
책의 해적판 거래에 마침표를 찍었다. 그러나 이 조약이 있어도 벨기

에는 주권국가이기 때문에 벨기에 출판사들이 프랑스의 검열을 받지는 않았다. 브뤼셀은 분명 『레 미제라블』을 출판할 사람을 찾기에 알맞은 곳이었다.

새 책의 저작권료는 부분적으로 분량에 따라 계산되었는데, 이것도 『레 미제라블』을 파는 데 장애였다. 『레 미제라블』 원고는 크기가 제각각인 종이에 쓰인 데다 어떤 종이는 양면, 어떤 종이는 한 면만 썼기 때문에 책으로 인쇄하면 면수가 얼마나 될지 알 수 없었다. 책의 규모를 파악하려면 일단 원고를 깔끔하게 정리해야 할 텐데, 위고가 원고를 최종적으로 완성할 때까지는 이 작업을 시작할 수 없었다. 여전히 내용을 추가하거나 삭제해야 했지만, 위고가 에첼에게 말한 괴물에 대해 '적절한 검사'를 해야 그런 세부 사항이 결정될 수 있었다. 1860년 9월에는 위고 자신도 『레 미제라블』의 규모가 얼마나 될지 말할 수 없었다.

이 모든 불확실성을 고려할 때 어쩌면 판매를 미루는 편이 현명했을 것이다. 그런데 한편으로는 위고가 새로운 대작을 집필하고 있다는 것이 알 만한 사람은 다 아는 사실이었고, 출판사들은 벌써부터 이 책의 판권을 확보하기 위해 입찰하고 있었다. 에첼이 오트빌 하우스에 방문한 1860년 6월에 위고는 1848년에 중단한 작업을 아직 본격적으로 재개하지 못하고 있었는데, 에첼은 당시 여섯 권 정도로 예상된 소설의 10년 판권료로 권당 2만 5000프랑을 제안했다. 에첼이 증기선을 타고 떠난 뒤, 위고는 그의 제안을 받아들일 수 없다는 내용의 편지를 썼다.[4] 그리고 더 큰 돈을 지불할 수 있는 다른 출판사를 찾아봐 달라고 에첼에게 부탁했다. 1861년 1월에 에첼은 위고가 원하는 수준으로 입찰가를 올릴 수는 없다고 답했다. 위고가 얼마를 원했는지가 당시에 기록되지 않았지만 우리는 안다. 위고는 그때까지 출판된 어느 책보다 더 큰 액수를 원했다.

역사상 가장 큰 출판 계약

몽생장에서 마지막 줄을 쓰고 2주쯤 지나고 나서 위고는 드루에와 브뤼셀 유람을 시작했다. 이때 오랜 친구인 에첼과 저녁 식사를 할 기회가 있었는데, 이 자리에서 에첼은 그 전해에 자신이 판권료로 제안한 15만 프랑을 위고가 받아들일 것이라고 기대했다. 그러나 위고는 딱 잘라 거절했다. 그리고 몇 주 뒤, 출판업계에 혜성처럼 등장한 어떤 이가 자신이 제안한 것과 똑같은 액수로 위고와 계약할 것이라는 소식을 들은 에첼은 당연히 분개했다. 1861년 9월 벨기에 스파에 있는 온천에서 아델과 우연히 마주친 에첼은 자신이 얼마나 불쾌한지를 그녀에게 드러냈다.

그가 들은 것이 헛소문은 아니지만 이야기의 전부도 아니었다. 에첼이 위고의 새 책에 대한 입찰가를 올리려고 접촉한 출판인들 중에 라크루아Albert Lacroix라는 붉은 머리의 젊은 사업가가 있었다. 그러나 라크루아는 에첼에게 응답하지 않았다. 그 대신 자신의 작은 회사를 주식회사로 만들고, 은행과 대출 교섭을 시작했다. 그리고 나서 위고에게 직접 편지를 썼다. 위고는 그의 이름을 이미 알고 있었다. 1855년에 라크루아는 '셰익스피어가 프랑스 희곡에 미친 영향'에 관한 박사 학위논문을 위고에게 보내고, 정중한 감사 편지를 받았다. (위고는 남들이 보내는 책을 거의 읽지 않았지만, 감사 편지는 세심하게 챙겼다.) 라크루아는 자유주의적 정치관 때문에 교직을 얻지 못했고, 그 대신 삼촌의 인쇄소에 들어가서 출판업을 시작했다. 그리고 가족 출판사를 통해 좌파 선전과 철학 및 학술 서적을 프랑스어로 옮긴 책을 소개했다. 그는 성공해서 벨기에에 있는 프랑스 망명자들의 관심을 끌었지만, 그것보다 높은 사업적 목표가 있었다.

라크루아가 위고에게 보낸 첫 번째 편지가 우송 과정에 분실되었는데, 그는 열흘 뒤 다시 편지를 써서 그 위대한 이에게 '접견'을 청했다. 9월 1일에는 그가 브뤼셀에 있는 위고의 아들 샤를을 찾아내서 위고가 읽지 못한 처음 편지의 사본을 전했다. 당연히 샤를의 귀띔을 받은 라크루아는 건지로 다시 보낸 편지에서 가격이 괜찮다면 흥정을 벌이지 않고 현금을 지불할 것이라고 분명하게 밝혔다. 그리고 위고가 어떤 판매 형태에서 얼마를 원하는지, 책의 분량이 어느 정도인지, 책이 얼마나 **정치적**인지, 언제 출판할 수 있을지부터 알고 싶다고 말했다.[5] 합리적인 질문이었지만, 그에 대한 답은 전혀 명쾌하지 않았다.

위고의 첫 번째 답장인 9월 5일 자 편지는 자신을 대변할 전권이 있는 아들 샤를에게 정보를 얻으라는 것이었다. 위고는 샤를에게도 편지를 써서 '살아 있는 편지'가 되어 직접 답변을 전하라고 했다. 그러나 샤를은 위고가 라크루아를 위해 써 준 답변을 필사했다.

작품은 정치적이지 않음. 정치적인 부분은 워털루, 루이 필리프의 통치, 1832년 봉기 등 순전히 역사적인 것들뿐……. 이 책은 1815년에 시작해서 1835년에 끝남. 그러니 현 정권에 대한 암시는 없음. 더구나 이것은 드라마임. 사회적인 드라마, 우리 사회와 우리 시대에 대한 드라마. 분량은 적어도 여덟 권, 어쩌면 아홉 권이 될 수 있음. …… 이 책은 『파리의 노트르담』처럼 (1862년) 2월에 출판할 수 있고, 2월 13일이면 이 책을 시작한 지 딱 30년임.[6]

위고가 제시한 조건은 이랬다. 첫째, 고슬랭·랑뒤엘과 맺은 예전 계약을 1만 2000프랑에 인수할 것. 둘째, 번역권을 제외한 8년 사용권으로 25만 프랑. 셋째, 원한다면 번역권에 5만 프랑.[7]

큰돈이었다. 금으로 치면 위고의 체중을 넘어 96킬로그램이나 되는 돈이었다. 주교의 20년 치 봉급이고, 소르본대학에 석좌교수직을 새로 만들거나 작은 철도를 설치할 수 있을 만한 돈이었다. 오늘날 금값으로는 약 370만 달러에 해당하지만, 판권을 8년 동안만 인정하기 때문에 문학작품에 지불된 돈 중 가장 많은 액수였다. 라크루아는 편지를 처음 읽고 헉 소리가 절로 났을 것이다. 하지만 그는 셈을 할 줄 알았다.

거래의 일부는 당시에 거의 개념이 없던 번역권과 관련되어 있었다. 영국과 미국에서는 역서를 원작으로 보았고, 소유권도 원저자가 아닌 번역자에게 있었다. 최초의 국제 저작권 조약은 1851년에 영국과 프랑스 사이에 맺어졌는데, 이 조약에 따라 영국해협 양측의 저자

들은 원작 발표 후 5년 동안 자신의 저작에 대한 번역을 '인가할' 권리
가 있었다. 그러나 미국에서는 저작권 보호가 미국 시민만을 위한 것
이었으며 국제 협약이 없었다. 미국 번역가가 프랑스어 작품을 번역할
때는 인가가 필요 없지만, 그 역서를 영국에서는 출판할 수 없었다. 영
국의 역서는 인가가 필요한 반면, 미국에서 벌금을 내지 않고 재판을
발행할 수 있었다.[8] 그러나 더 폭넓은 번역권 개념이 유럽 전역에 퍼지
기 시작했다. 주요 국가들과 독일, 제네바, 이탈리아의 일부 지역들 사
이에 영국-프랑스 조약이나 프랑스-벨기에 조약과 비슷한 조약들이
맺어졌다. 라크루아는 이런 조약들이 곧 일반화되어 『레 미제라블』 같
은 작품이 번역권 판매로 상당한 수입을 낼 것이라고 믿었다. 위고는
자신의 책이 세계적 성공을 거두는 것에 대해 분명히 야심이 있었다.
하지만 그 책의 전 세계적인 호소력이 어떻게 수익을 올릴지에 대해
처음으로 상상한 사람은 라크루아다.

　그래도 라크루아는 곧 맺을 거래에 대한 의심이 많았다. 아홉 권이
나 열 권이 아니라 서너 권짜리 소설이라면 더 쉽게 판매할 것 같았다.
(그러나 위고가 동의하지 않았다.) 두 번째 걱정은 각 부분들이 서로 얼마
나 연결되어 있느냐 하는 것이었다. 이야기의 모든 부분이 대단원을
향해 가도록 되어 있을까, 아니면 전체 주제에 대해 저마다 독립적인
'단원'을 이루고 있을까? 요즘은 이런 질문을 할 일이 없다. 출판사에
서 초고를 읽어 보기 때문이다. 그러나 그럴 수 없었다. 원고는 건지섬
에 있고, 라크루아는 그곳에 없었다. 『레 미제라블』의 출판에 관한 협
상이 전적으로 신뢰를 바탕으로 진행되어야 했다. 그리고 본인이 직접

찾아가야 했다. 예를 들어, 위고는 라크루아에게 보내는 편지에 이렇게 썼다. "화요일에 오스텐데에서 출발하면 수요일에 런던에 도착하고, 수요일 저녁이면 사우샘프턴에, 목요일 아침이면 건지섬에 도착하실 겁니다. 그 정도 여행은 아무것도 아니지요."[9]

라크루아는 패기가 넘쳤지만 조심스럽지는 않은 사람이었다. 그가 세기의 계약을 코앞에 두고 있다는 사실이 곧 출판업계 전체에 알려졌다. 에첼도 위고가 『레 미제라블』을 다른 사람에게 판다는 것을 알게 되었다. 그가 모르는 것은 권당 명목가격은 그가 제시한 금액과 비슷해도 전체 가격은 그 두 배라는 사실이었다.

라크루아는 10월 3일 목요일 세인트피터포트에 도착해서 빛의 속도로 일을 진행했다. 그는 아담한 몸집과 다소 격앙된 말투 때문에 경기병대의 돌격(크림전쟁 당시 발라클라바 전투에서 영국군 경기병대가 무모한 돌격 명령 때문에 죽음을 무릅쓰고 러시아군을 향해 돌진한 사건을 기리기 위해 테니슨Alfred Tennyson이 쓴 시의 제목이다. ―옮긴이)을 따라 하는 것처럼 보였다.[10] 그는 시간을 조금도 낭비하지 않았다. 10월 4일 금요일 위고의 공책에는 이렇게 적혀 있다. "오늘 『레 미제라블』을 브뤼셀의 베르보크호븐 사의 라크루아에게 12년 동안 현금 24만 프랑과 옵션 6만 프랑에 팔았다. 그들이 고슬랭·랑뒤엘 계약을 인수했다. 오늘 아침 계약서에 서명했다."[11]

출판 역사상 가장 큰 거래가 단 하루 만에 이루어졌다. 그러나 『레 미제라블』은 그렇게 빨리 끝나지 않았다.

10장

/

5부작 『레 미제라블』

마감 전쟁

라크루아는 돈 한 푼 없이 역사상 가장 위대한 계약을 맺었다고 떠벌리는 바람에 출판업계 사람들의 짜증을 돋웠다. 그러나 그는 사기꾼이 아니었다. 그의 회사 이사들이 오펜하임은행 브뤼셀 지사장의 친구들이었고, 그 지사장이 『레 미제라블』의 판권 구입 자금을 대 주기로 했다. 부채를 강력하게 반대하는 소설이 큰 대출을 등에 업고 출판된 것은 아이러니한 면이 있다. 아마 시중은행의 자금을 받은 첫 책일 『레 미제라블』은 문학의 민주화라는 면에서 그리고 예술 작품 창작을 위한 투자 자본의 이용이라는 면에서 선봉에 선 작품이다.

라크루아는 위고에게 약속한 30만 프랑보다 훨씬 많은 자금이 필요했다. 적어도 여덟 권은 될 분량의 원고를 단일 작품으로 출판하려면, 일반적으로 보유한 것보다 많은 납활자를 이용해야 했다. 『레 미제라블』을 펴내는 일은 다른 인쇄업자에게 부분적으로 맡길 수도 없었다. 라크루아는 모든 페이지를 같은 면에 깔끔하게 인쇄하고 싶은데, 다른 인쇄소에서 작업하면 이를 보장할 수 없기 때문이었다. 라크루아는 보유한 프레스의 크기와 수, 확보할 수 있는 저장 공간을 고려해 새로 주조해야 할 활자의 수량을 계산했다. 최종 주문량은 인쇄 전지 35~40매를 동시에 조판하기에 충분한 양이었다. 이것은 『레 미제라블』의 한 권 반 정도에 해당하는 분량으로 무게가 22톤이나 됐다.[1]

10월 4일에 맺은 계약에서 두 당사자 모두에게 빡빡한 마감일이 정해졌다. 라크루아는 1861년 12월 2일까지 1단계 지불금으로 현찰 12만 5000프랑을 마련해 인편으로 오트빌 하우스에서 위고가 쓰는 책상 위에 올려놔야 했다. 위고에게도 『레 미제라블』 1부에 해당하는 최종 완성본 두 권을 준비할 시간으로 9주가 주어졌다. '팡틴'을 완성하려면 위고가 원고의 좌우에 적은 수정 사항과 미리엘 주교의 과거에 관한 부분(I.1.i)이나 상원의원과 함께한 저녁 식사(I.1.viii), 죽어 가는 혁명가 G에 대한 부분(I.1.x)처럼 가지번호를 붙인 면에 따로 길게 써 놓은 추가 내용을 한 사람이 통합해서 읽기 좋은 글씨로 종이에 옮겨 써야 했다. 위고의 필체와 쪽 번호 매기는 방식에 익숙한 사람만이 이 일을 할 수 있는데, 그 사람은 단 한 명뿐이었다. 수정된 원고는 매일 드루에의 집으로 넘어갔다가 정서본이 되어 돌아왔다.

작업은 여기서 끝나지 않았다. 위고는 매일 정서본을 읽은 뒤 또다시 내용을 바꾸고 더했다. 이런 내용은 이미 써 놓은 다른 부분들과 순서를 맞춰 정리했는데, 보통 처음부터 다시 필사해야 했다. 드루에 혼자 해낼 수 있는 일이 아니었다. 아델과 위고처럼 드루에는 눈이 아파서 어쩔 수 없이 작업을 중단하곤 했다. 사실 깜빡이는 불빛 아래에서 휘갈긴 어수선한 글을 오랫동안 읽고 정서하는 사람이라면 누구나 그럴 것이다. 그녀는 도움이 필요했다. 위고가 처음에는 저지섬에서 손님으로 온 프랑스인 부부의 청소년 딸을 고용해 드루에에게 본문을 읽어 주도록 했지만, 속도를 크게 높이지 못했다. 급할 때는 프랑수아-빅토르가 돕기도 했지만, 그 자신도 셰익스피어 번역 마감 때문에 남는 시간이 많지 않았다. 위고는 남편에게 버림받은 빅투아르 에스타스라는 현지 여인을 딱하게 여겨 (적어도 말로는) 자선 삼아 그녀를 보조 필사자로 고용했다. 그러나 그녀는 철자와 문법에 능통하지 않았고, 오트빌 하우스는 공황에 빠졌다. "나는 『레 미제라블』의 늪에 빠져 버렸네. 바닥에 가라앉아 익사하고 있어." 위고는 한 친구에게 이렇게 썼다.[2] 그래서 슈네이에게 그의 아내이자 자기 처제인 쥘리Julie Chenay를 보내 '건지 필사실'에서 정서본 만드는 작업을 돕게 해 달라고 사정했다. 1861년 11월 13일에 그녀가 도착해서 바로 작업을 시작했다. 쥘리는 하늘이 보낸 선물이었다. 그녀의 노고와 일을 해내는 솜씨가 없었다면, 위고와 그의 필사자는 겨우 3주 뒤로 다가온 마감일을 맞추지 못했을 것이다. 드루에는 난국을 해결한 것이 기쁘면서도 자기 존재가 빛을 잃은 것 같아 마냥 기쁘지만은 않았다. 그녀는 친애하는 위대한 남자에게 하루 두 번씩 보내는 편지에 이렇게 썼다. "가엾은 내 사랑. 제가 당신에게 전혀 도움이 되지 못한다는 것이 고통스럽고 수치스럽기까지 합니다. 언젠가 이런 날이 올 줄 오래전부터 알았지만 이렇게 빨리 올 줄은 몰랐네요."[3]

라크루아는 예정대로 12월 2일에 『레 미제라블』 1부를 가지러 나타났다. 시간과 싸우는 것이 어찌나 치열했던지 위고는 그날이 혐오스러운 쿠데타가 터진 지 10년이 되는 날이라는 사실도 잊을 뻔했다. 어쨌든 조판 준비를 마친 정서본이 탁자 위에 놓였다. 라크루아는 그 대가로 1단계 지불금 12만 5000프랑을 넘겨주었고, 같은 날 위고는 이 돈을 건지의 올드뱅크에서 5000파운드로 환전해 이율이 3퍼센트인 영국 정부 공채에 투자했다.

유예기간인 9주 동안 원고를 마감하는 것 말고도 위고에게 할 일이 얼마나 많았는지를 알면 마감일을 지켰다는 사실이 훨씬 더 대단하게 보일 것이다. 9월에 여행에서 돌아온 위고는 한심한 꼴이 된 집을 보았다. 지붕에서 샌 물이 벽으로 스며들었다. 그래서 건축업자를 불러 벽돌에서 모르타르를 벗겨 내고 줄눈을 채운 뒤 벽을 다시 발라야 했다. 그 와중에 벨기에와 네덜란드에서 구입한 골동품 10여 개를 상자에서 꺼내 집안 곳곳에 배치해야 했다. 집을 수리하다 개조 아이디어가 떠올라, 수정궁을 짓기로 했다. 테라스의 일부에 유리를 씌워 바다가 더 잘 보이게 만든 집필실 증축 공간이었다. 새 '전망대'를 짓는 비용이 만만찮고 예상보다 시간도 오래 걸렸다. 그러나 위고는 망치질 소리와 건축업자의 쿵쿵대는 발소리에 신경 쓰지 않고 매일 집에서 집필에 전념했다.

　1861년 가을은 우울한 나날이었다. 오트빌은 거의 빈 둥지와 같았다. 대륙으로 갔던 여름 여행 이후 아델은 브뤼셀에 머물다가 파리로 가서 안과 치료를 받았다. 건지의 매력에 질려 버린 샤를은 브뤼셀에 정착해 '문인'으로서 살기로 했다. 아델 2세, 그녀는 바크리의 청혼에 이어 부모가 불러 모을 수 있는 다른 모든 구혼자의 청혼을 거절했다. 그녀는 재능 있는 음악가고 아름다운 여성이었지만 조금 이상한 구석이 있었다. 그녀는 영국 장교 핀슨과 결혼하기로 마음먹고 그의 이름을 중얼거리면서 돌아다녔다. 위고는 영국인 사위를 본다는 생각에 속이 뒤집혔지만 결국 딸의 요구를 들어줄 수밖에 없었다. 그런데 그녀가 핀슨에게 편지를 써서 크리스마스에 건지로 와서 청혼하지 않으면 죽어 버리겠다고 협박했다. 위고의 집에 긴장감이 감돌고 분위기가 삭막해졌다.

드디어 인쇄

　한편 브뤼셀에서 라크루아의 식자공들은 '팡틴'을 조판하기 시작했다. 식자대는 폭과 길이가 인쇄기만 했고, 종이 한 장에 인쇄한 뒤 이것을 접어서 책을 만들었다. 인쇄된 종이를 네 번 접어서 만드는 4절 판형은 전지 한 장에서 8쪽이 나왔다. 『레 미제라블』은 당시 소설의 표준 크기인 8절 판형으로 출판될 계획이었기 때문에 여덟 번 접어서 단면 교정쇄 한 장당 16쪽이 나왔다.

각 교정쇄를 우편으로 건지에 보내면 위고가 교정한 다음 라크루아에게 보냈고, 그럼 라크루아가 2차 교정쇄를 만들어 위고의 승인을 위해 건지로 보냈다. 교정쇄에 문제가 없으면 위고가 그 맨 아래에 'V. H.'라는 머리글자와 함께 '교정필'이라고 썼다. 1862년 1월 9일에 1차로 『레 미제라블』의 처음 192쪽을 담은 교정쇄 열두 장이 오트빌 하우스에 도착했다. 위고는 그중 네 장을 그날 자정까지 급하게 검토했다.

이 고된 작업이 시작된 뒤 몇 달 동안 이어졌고, 피를 말리는 필사 작업은 건지섬의 악몽 같은 문서 수발 여건 속에서도 결국 승리를 거두었다. 이 작가가 가진 장비라고는 깃펜과 종이와 잉크 정도가 고작이었고, 브뤼셀과 소통하는 데 믿을 만한 수단은 사우샘프턴까지 1주일에 세 번 운항하는 우편선뿐이었다. 분명히 미친 일과였지만, 위고로서는 달리 선택할 것이 없었다.

> 아침에 7시부터 11시까지 원고를 수정하고 있소. 마지막 순간까지 계속 작업할 생각이오. 여전히 가끔은 빠진 부분이 있소. 오후 2시부터 6시까지 헌신적인 여인 두 사람이 쉬지 않고 필사하면서 순서를 정리하는 동안, 나는 그들이 정리한 것을 검토하고 수정한 다음 인쇄에 쓸 최종본을 분류하고 있소. 저녁에는 8시부터 자정까지 교정쇄를 고치는데, 가끔은 하루에 여섯 장씩 작업하고 편지를 쓰기도 한다오. 우편선이 떠날 때 내 소포가 실리지 않은 적이 없소.[4]

이 무렵에는 아델이 돌아와서 프랑수아-빅토르와 쥘리에 옆집에 사는 드루에까지 있었으니, (드루에가 하루 두 번 애인에게 직접 건네는 편지를 빼도) 위고의 집에서는 1주일에 편지가 160통씩 나왔다. 이렇게 엄청난 우표 사용은 체신부 총재인 트롤럽Anthony Trollope이 건지를 영국 체신부 관할에 두기로 한 결정의 정당성을 입증했다. 세인트피터포트 사우마레즈 가에 있는 1호 우체통은 영국에서 여전히 일상적으로 쓰이는 빅토리아시대의 마지막 유산이다. 위고는 벨기에와 프랑스 등지로 편지를 수천 통 보낼 때 분명히 이 우체통을 이용했을 것이다.

만일 『레 미제라블』이 몇 년 늦게 나왔다면 타자기와 먹지로 문서 수발 문제를 해결할 수 있었을 테고, 몇 달만 늦게 나왔어도 전보를 더 자주 이용할 수 있었을 것이다.[5] 그러나 그렇지 못했기 때문에 모든 쪽이 출력된 자료 형태로 육로와 해로를 통해 브뤼셀에서 오스텐데와 도버, 런던, 사우샘프턴을 거쳐 보내졌으며 세인트피터포트에 도착하려면 적어도 사흘이 걸렸다. 가끔 기상이 안 좋거나 증기선이나 기차에 문제가 생기면 더 늦어지기도 했다. 위고를 가장 짜증 나게 만드는 지연은 그가 '영국 일요일'이라고 부르는 것이었다. 날씨 때문에 토요일 우편선이 우체국 업무 시간에 도착하지 못하면, 월요일 아침까지 우체국 직원이 없기 때문에 배에서 우편물을 내리지 못했다. 오트빌 하우스 전망대에서 부두에 정박된 증기선 짐칸에 실려 있는 교정쇄가 거의 보일 정도인데도 36시간 동안은 받아 볼 수 없으니 위고로서는 미칠 노릇이었다. 그러나 교정지 소포가 브뤼셀에 며칠 늦게 돌아가도 그것이 자기 탓은 아님을 밝히기 위해 출판업자에게 넋두리를 늘어놓을 수는 있었다.

위고는 '삭제'·'삽입'·'교체'·'이동' 같은 일반적인 방식으로 교정지에 표시했지만, 그것을 다시 보내지는 않았다. 혹시 분실되거나 최악의 경우 도난당해서 신문에 '특종'으로 누설될까 봐 두려웠기 때문에 교정 내용을 일일이 적어 목록으로 만들어서 보냈다. 그럼 우편 비용이 덜 들고, 교정 내용 목록이 다른 사람 손에 들어가도 원고가 없는 사람에게는 무용지물이 될 것이었다. 위고의 손에 있는 원고와 마찬가지로 『레 미제라블』의 수정된 교정지도 오트빌 하우스를 결코 떠나지 않았다.[6]

명작을 위한 진통

라크루아는 증기 동력 철제 프레스와 활자와 인력을 충분히 보유하고 있었다. 쥘리와 드루에는 아주 열심히 일했고, 위고는 1주일 내내 하루에 열두 시간씩 작업했다. 무엇이 잘못될 수 있었을까? 다른 건 거의 모두 다.

위고는 교정쇄를 검토하는 동시에 아직 필사해서 보내지 않은 원고를 바꾸거나 더하거나 없애고 있었다. 최종 본문의 여러 대목에서 사소한 세부 사항들이 그토록 긴밀하게 짜여 있는 것이 어쩌면 이 때문일 수 있다. 예를 들어, 3부 시작 부분에서 파리의 '부랑아'에 대해 설명하는 대목을 검토할 때 앞으로 닥칠 일을 암시하도록 진기한 길거리 언어의 예를 끼워 넣었다. "어이, 친구들. 어이! 골칫거리가 오고 있어. 짭새야! 조심해. 빨리 하수도로 도망가!"(III.1.viii, 528)

두 단계의 집필 작업을 동시에 진행해서 생기는 문제는, 아직 쓰고 있는 부분에서 수정한 내용이 이미 조판되었거나 최악의 경우 이미 교정을 봐서 '교정필'로 통과된 내용과 맞지 않는다는 것이다. 일이 진행될수록 제약이 심해졌다.

첫 번째 교정쇄에서 사소한 교정을 넘어서는 것이 필요해지자, 위고는 '교정필'로 승인하기 전에 2차 교정 과정을 넣자고 주장했다. 처음에는 갑과 을이 서로에게 정중했지만 누가 칼자루를 쥐었는지는 분명했다.

> 오트빌 하우스, 1862년 1월 12일 새벽 1시
> 나는 거의 모든 장에 대해 2차 교정쇄를 요청할 수밖에 없소. 교정을 본 열두 장 가운데 내가 통과시킬 수 있는 것은 (1, 2, 5, 9) 네 장뿐이고, 이것들도 전혀 걱정이 안 되는 것은 아니오. 편집 자체는 아주 훌륭해서 기쁘오. 귀하의 지성적이고 꼼꼼한 관심을 증명하는 것이라고 여기고 있소. 그럼에도 항상 저자의 눈이 두 번 이상은 가야 하는 법이오.[7]

한편 라크루아는 수완을 발휘해 사업적인 면을 지휘했다. 그는 1861년 10월 계약과 달리, 파녜르에게 승계된 위고의 '다음 소설'에 대한 권리를 사들이기 위해 현금을 지불하지 않았다. 오히려 프랑스에서 내는 『레 미제라블』 초판에 대한 독점권을 그 서적상에게 주었다. 프랑스에서 독자적으로 인쇄해 벨기에의 '원본'과 동시에 출간될 수 있도록 최종 교정쇄 한 벌을 브뤼셀에서 파리로 발송하기로 했다. 선심을 베푼 거래처럼 보였다. 프랑스에서 『레 미제라블』 초판의 가치는 분명 1만 2000프랑을 훌쩍 뛰어넘을 것이었기 때문이다. 그러나 이 거래는 라크루아의 식견을 보여 주는 것이었다. 만일 프랑스에서 정치적 분위기가 더 악화되거나 위고가 당국에 더 밉보인다면, (앞의 두 경우 모두 가능성이 있는데) 책이 금지되거나 압수되거나 휴지가 될 수도 있었다. 라크루아는 이런 우발적 사태로 자신의 재고가 몰수되는 것을 원치 않았다. 브뤼셀 인쇄본은 어떤 경우에든 유럽의 나머지 지역에서 기꺼이 소비될 것이었다. 라크루아는 위고에게 도움이 되기 위해 최선의 노력을 다하면서 자기가 살 궁리도 하고 있었다.

브뤼셀과 파리에서 이중으로 인쇄 작업이 진행되기 때문에 1862년 벽두부터 봄까지 상황이 한층 더 복잡해졌다. 위고가 '교정필' 서명을 한 교정쇄를 때맞춰 브뤼셀로 보내지 않으면 라크루아가 파리에 보낼 자료가 없고, 그럼 프랑스에서 인쇄를 시작조차 할 수 없었다.

2차 교정쇄에 여전히 문제가 있는 경우(또는 위고가 원고를 바꾼 경우)에는 3교가 필요했다. 저자와 인쇄업자 사이에 교정쇄가 한 번 오가는 데 걸리는 시간은 1주일에서 열흘 정도였고 날씨가 도와주지 않거나 가끔 일요일이 끼면 더 걸렸으니, 어떤 교정쇄는 최초 조판에서 '교정필' 상태가 될 때까지 한 달이 족히 걸린 반면 어떤 것은 1주일 만에 끝나기도 했다. 모든 교정쇄가 '교정필'로 통과될 때까지 첫 권의 쪽 번호를 확인할 수 없었다. 아직 작업 중인 교정쇄가 하나라도 있으면 해당 권의 다른 모든 부분에 대한 식자대를 그대로 유지해야 했고, 따라서 최종본을 찍을 때까지는 식자대에 들어간 활자들을 해체하거나 다음 부분을 위해 쓸 수 없었다. 저장 공간이 곧 가득 찼다. 사용할 활자가 부족해서 식자공을 해고해야 할 판이었다. 먹구름이 끼기 시작했다. 겨울 날씨와 봄의 조수 때문에 우편선이 항구에서 발이 묶이면, 위고와 라크루아 사이에 폭풍이 몰아칠 것 같은 분위기마저 감돌았다.

라크루아는 『레 미제라블』의 번역 판권으로 위고에게 상당한 액수를 지불하기로 했으니, 슬슬 지출금을 회수할 필요가 있었다. 참여를 원하는 외국어 출판업자가 부족하지는 않았지만, 그들에게는 경쟁 출판사들이 번역서의 출판이나 불법 복제를 못 하도록 자국 법에 따른 저작권 보호가 필요했다. 즉 '양도할 수 없는 지적재산권'을 가진 원저자가 외국어 출판인들에게 번역서 출판에 대한 독점적 권한을 허가하는 문서에 서명해 주어야 했다. 그리고 그 문서가 해당 구역에서 유효하려면 독일어, 영어, 이탈리아어 등으로 작성되어야 했다. 건지에서 격무에 시달리는 유명 인사에게 이해하지도 못하는 문서에 서명해 달라고 성가시게 하는 것도, 역시 문서를 읽을 줄 모르는 지방 행정구역의 관리들에게 그의 서명을 법적으로 인증받는 것도 쉽지 않았다. 1월 19일에 라크루아는 위고에게 국제적 저작권의 바다를 항해하기 위해 무엇을 해야 하는지 상세하게 설명했다. 한 달쯤 뒤인 2월 13일에 그는 라이프치히에서 여전히 서류를 기다리고 있다고 상기시켜 주었다. 2월 25일에도 기다림은 계속되었다. 위고는 마침내 짬을 내 3월 2일에는 독일어로 된 출판권리증을 우편으로 보냈다. 절묘한 때였다! 이 무렵 1부 '팡틴'을 브뤼셀과 파리, 라이프치히 등 유럽 도시뿐만 아니라 유럽 외 지역의 도시 10여 곳에서 4월 10일에 동시 판매하기로 결정되어 있었다.

　프랑스어는 여전히 유럽 엘리트층의 문화 언어였기 때문에, 라크루아는 번역 판권 시장과 별개로 원작의 국제적 시장을 가진 셈이었다. 그러나 유럽 여러 나라의 정부가 아직 벨기에나 프랑스와 저작권 조약을 맺지 않았기 때문에『레 미제라블』이 국제적 언어로 쓰였다는 사실이 위험을 초래했다. 19세기 식자공들은 감수와 저자 교정이 없다면 놀라운 속도로 일할 수 있었고, 비양심적인 러시아나 스웨덴 인쇄업자의 손에 들어간 책 딱 한 부가 채 열흘도 안 되어 원본을 잠식할 해적판으로 나올 수 있었다. 가장 좋은 보호 대책은 라크루아가 가진 재고를 세계의 주요 도시에 미리 내놓는 것이었다. 여러 도시에 화물이 도착하는 데는 최대 한 달까지 걸리기 때문에, 그동안에는 책의 판매가 유보되어야 했다. "부탁이니 절대 다른 사람에게, 당신의 가장 친한 친구에게도 보여 주지 말길 바라오."[8] 위고는 라크루아에게 경고했고, 라크루아는 그 이유를 당연히 잘 알고 있었다. 그는 사실 파리의 보안 상황을 믿지 않았기 때문에 파녜르에게 복사본을 보내는 것도 보류하고 있었다. 위고는 파리에서 아직 인쇄가 시작되지도 않았다는 소식을 뫼리스에게 듣고 노발대발했다. 그가 생각할 때 국내외에서 해적판과 가격 파괴자들을 물리칠 방법은 값비싼 8절판 책과 연판으로 인쇄한 값싼 대중 보급판을 동시에 출판하는 것이었다. 그는 책이 작은 판형으로 판매되어 **민중**이『레 미제라블』을 읽을 수 있게 되기를 간절히 바랐다. 라크루아가 대놓고 말하지는 않았지만, 그것은 좋은 사업 계획이 아니었다. 수십만 프랑에 이르는 투자금을 회수하고 은행에서 대출한 돈을 갚으려면, 정상가 판본만으로 그 걸작을 읽는 기간을 가능한 한 오래 끌어야 했다.

이런 정글 같은 출판 현실이 점점 더 불안해지는 건지와 브뤼셀의 편지 교환 사이로 파고들었다. 여름이 아닌 계절에 교정쇄를 섬으로 보내고 받는 흐름이 일정하게 유지될 수 있다고 생각한 것 자체가 어차피 무리였다. 폭풍과 안개가 1월부터 3월까지 사우샘프턴으로 향하는 증기선 운항을 자주 지연시켰다. 가끔은 위고가 (원래는 우편선이 아닌) 웨이머스 운행 편의 선장에게 부탁해 도움받을 수 있었지만,[9] 기본적으로는 1주일에 월요일과 수요일과 토요일 등 세 번 운항으로 한정되었다. 또한 '영국 일요일' 때문에 위고가 토요일인 1월 26일 저녁에 보고 있어야 할 교정쇄가 월요일까지 책상에 올라오지 못했다.[10] 2월 2일에는 브뤼셀에서 보낸 편지의 도착이 강한 동풍 탓에 1주일이나 늦어졌다.[11] 또한 봄이 되면서 파도가 높아져 3월 6일에 입항하려던 배가 이틀이나 늦었다.[12] "선생님이 세인트피터포트가 아니라 브뤼셀에 계시다면 일이 훨씬 쉬울 겁니다." 라크루아는 여러 차례 항의했다. 작가와 그의 일행을 위해 르와얄 가에 있는 출판사에서 겨우 몇 미터 떨어진 거리에 좋은 집을 임대하기까지 했다. 그러나 위고는 꿈쩍도 하지 않았다. 그에게는 그의 일상이 있기 때문에 잠을 포기하는 한이 있어도 그것을 지킬 생각이었다. 때로는 따로 작업한 3회분 교정 목록이 같은 날 도착하고, 때로는 열흘 내내 할 일이 없어서 손 놓고 있게 만드는 취약한 우편 사정 탓에 사업이 난관에 부딪쳤다. "지금은 일을 진행할 수 없습니다. 남은 활자도 없고 인쇄도 중단된 상태입니다. 교정해야 하는 교정쇄 스물일곱 장이 다 선생님에게 있기 때문입니다."[13]

일을 끝내는 문제로 라크루아 못지않게 신경이 곤두선 위고는 시비를 걸었다. 작업이 지연되는 가장 큰 이유는 서툰 식자와 엉성한 교열이라고 했다. 애초에 라크루아가 직원들에게 일을 제대로 시켰으면, 2차·3차 교정쇄를 보낼 필요가 없었을 거라는 말이었다. 또 자신에게 효율적인 필사실을 떠나 짐을 꾸리고 새 집에 정착하는 데 시간을 낭비하라고 닦달할 것이 아니라, 출판사를 살펴보고 똑바로 정비하는 편이 옳다고 했다.

설상가상으로 인쇄기까지 고장 나서 교체할 부품을 기다리느라 이틀을 날렸다.[14]

라크루아를 더 초조하게 만든 것은 위고가 원고 분량이 얼마나 될지, 책을 몇 부분으로 나눠야 할지에 대해 여전히 확답하지 않은 데 있었다. 자신이 정확히 무엇을 팔 것인지 고객에게 말하지 않고 거래를 할 수 있겠는가? 위고가 일부러 감추는 것은 아니었다. 그 자신도 여전히 계산할 수가 없었다.

위고가 1861년 6월 30일에 완성한 원고는 '팡틴', '코제트와 마리우스', '장 발장' 등 3부였다. 그런데 1862년 1월에 2부의 교정쇄를 검토하는 동안 '코제트'와 '마리우스'를 2부와 3부로 해서 원고를 넷으로 나누기로 했다. 그리고 1862년 2월에는 '마리우스' 원고를 브뤼셀로 보내기 전에 마지막으로 살펴보다가 조금 더 세분하면 좋겠다고 생각했다. 2월 3일에는 위고가 라크루아에게 이렇게 썼다. "책을 다섯 부분으로 나누면 (각 부분을 두 권으로 인쇄해) 총 열 권이 될 것 같습니다. 네 부분으로 나누면 여덟 권이 되겠지요. 그렇게 하면 가격도 적당해지겠고 판매와 당신의 수익도 증가하겠지요. 그건 내게도 내 수익만큼이나 중요합니다."[15] 그러나 5부로 나눠야겠다는 생각이 점점 더 확고해졌다. "이 책이 5부작이 될 거라는 생각이 점점 강해집니다. 이제 분명하게 보여요. 물론 약속이라고 할 수는 없지만…… 하지만…… 아마도 다섯 부분이 될 거라 확신합니다."[16] 이 새로운 구성은 2주 뒤에 낙관적인 출판 일정으로 확정되었다.

1부 – 3월 15일
2부 – 3월 25일
3부 – 4월 5일
4부 – 4월 15일
5부 – 5월 1일

4부의 제목은 1부인 '팡틴'이 이미 인쇄되어 판매 유보 상태로 서적상에게 배포되기 직전에 정해졌다.[17] 그는 3월 13일에 라크루아에게 편지를 썼다. "내 생각에 4부 제목은 '플뤼메 가의 서정시와 생드니 가의 서사시'가 될 것 같소." 라크루아가 더없이 촉박한 일정 속에 출판업계에서 유례없는 대규모 사업의 갖가지 부분을 조율하기 위해 증기기관과 종이 공급업체, 잉크 저장소, 식자공, 교열자, 은행가 사이를 분주히 오가면서 이렇게 중얼거리는 소리가 귀에 들리는 듯하다. "빨리 마음을 정하시죠, 어르신."

최종 구성

결국 『레 미제라블』을 5부작으로 한 것이 너무 늦긴 했지만 주먹구구식 결정은 아니었다. 그것은 『레 미제라블』에 익숙한 구성, 즉 고전 비극의 5막 구조를 제공한다. 또한 각 부분이 같은 방식으로 구성되었다. 1부는 줄거리가 시작되기 전에 잠시 뒤로 돌아가 이야기의 내용에 지장을 주지 않는 선에서 미리엘 주교의 삶과 성격, 생각, 행동에 대한 회고적 설명을 제시한다.(I.1.i, 5) 2부는 워털루 전투에 대한 논평으로, 3부는 파리의 부랑아에 대한 일반적 논평으로, 4부는 루이 필리프에 대한 논평으로 시작한다. 그래서 5부 시작 부분에서 시간을 한참 되돌려 (소설 내용으로 보면 오히려 앞으로 돌린 것일 수도 있지만) 갑자기 1848년 이야기를 하는 것은 앞에서 정해진 틀을 따르기 때문에 어느 정도 예상할 수 있다. 논평 부분은 지엽적인 여담이 아니라 본문의 기본적 리듬을 이룬다. 그것이 『레 미제라블』을 『레 미제라블』로 만들고 마음의 양식, 정신의 양식으로 만든다.

숨은 이야기 찾기:
장 발장의 마음

『보바리 부인』은 독자들을 지방에 사는 주부의 마음속으로 데려가고, 『위대한 유산』은 켄트의 늪지대에서 한 소년의 눈으로 본 세상을 상세히 펼쳐 놓고, 『죄와 벌』은 상트페테르부르크의 가난한 지식인이 겪는 정신적 혼란을 철저히 탐구한다. 『레 미제라블』은 당대의 위대한 소설들과 인상적으로 다르다. 장 발장이 깊은 고뇌에 빠지는 두 장면을 제외하면 우리는 그의 마음이 어떤지 알기 힘들다.

그가 무대의 중심을 차지하는 이야기에서 내적 자아의 부재는 부분적으로는 그의 무뚝뚝한 성격 때문이다. 장 발장은 분명 멜빌Herman Melville의 바틀비(단편소설「필경사 바틀비Bartleby, the Scrivener」의 주인공인데 자신을 고용한 변호사의 지시를 거부하면서 '하고 싶지 않다'고만 할 뿐, 이유를 설명하지는 않는다. —옮긴이)가 등장하기 전까지 19세기 소설의 주인공 가운데 가장 과묵한 인물이었다. 위고가 장 발장의 입을 굳게 닫아 둔 데는 몇 가지 이유가 있다.

말은 정보만 전달하는 것이 아니고, 우리가 쓰는 단어와 단어를 조합하는 방식과 목소리의 높이와 소리를 구성하는 방식을 통해 우리가 누구인지를 드러낸다. 소설 같은 글도 마찬가지다. 등장인물의 정체성은 곧 말하는 방식(더 정확하게 말하면, 말을 표현하는 방식)으로 만들어진다. 디킨스는 직접적인 말을 통해 이제는 거의 정형화된 인상적인 인물을 창조해 내는 재주가 있었다. 미코버 씨와 샘 웰러, 플리트 양, 매그위치 같은 인물들은 곧 디킨스가 그들을 위해 특별히 고안한 언어들이다. 이런 면에서 프랑스어 작품 중에 디킨스의 진정한 경쟁자는 발자크뿐이라고 할 수 있다. 하지만 위고도 재담, 각운, 비속어, 파리 방언과 말장난으로 가브로슈라는 인물을 만들어 냈다. 그러나 그가 장 발장에게는 그렇게 하지 않는다.

19년을 감옥에서 보낸 농장 노동자가 성공한 기업가나 존경받는 소도시 시장처럼 말할 수는 없는 법이다. 디킨스도 이런 세부 묘사를 그냥 넘기지 않았을 것이다. 『레 미제라블』과 마찬가지로 『위대한 유산』은 친절한 행동 덕에 새사람으로 거듭난 죄수의 이야기다. 호주에서 돌아온 매그위치는 대중 앞에 나설 수가 없다. 입을 여는 순간 곧바로 정체가 탄로 날 것이기 때문이다. 늪지대에서 핍을 처음 만났을 때 매그위치는 '하류층'을 암시하는 말투로 "어느 짝인지 개리켜 봐!"라고 말한다. 20년 뒤 작은 배를 타고 템스강을 내려가면서 그는 여전히 핍에게 하류층 특유의 언어로 말한다. "거그(호주)에서 돈은 쫌 모았어도 사는 게 재미없었어. 매그위치라면 모르는 사람이 읎었지."[1] 반면 『레 미제라블』에서는 장 발장의 프랑스어 발음이 잘 드러나지 않는다. 그가 말을 적게 할수록, 독자들이 이런 이상한 사실을 눈치챌 확률이 낮을 것이다.

위고는 장 발장이 어떻게 어휘와 구문을 개선하게 되었는지를 설명한다. "그는 항상 책을 앞에 펼쳐 놓고 혼자 밥을 먹었다. …… 그는 책을 좋아했다. …… 그는 말이 점점 고상해지고 신중해지고 부드러워졌다."(I.5.iii, 157)

독서가 많은 것을 할 수 있지만, 사람이 자음과 모음을 발음하는 방식까지 바꾸지는 못한다. 예를 들어, 쇼George Bernard Shaw의 『피그말리온 Pygmalion』에서 히긴스 교수는 꽃 파는 아가씨를 숙녀로 만들면서 '스페인에 내리는 비Rain in Spain'를 '라인 인 스파인'이 아닌 '레인 인 스페인'으로 발음하게 만들기 위해 여러 주 동안 가르쳐야 한다. 기본적인 발음의 변화는, 그것이 사회생활에 이롭다 해도, 독서만으로는 얻을 수 없다.

장 발장의 특색 없는 프랑스어 말투는 다른 인물들의 말투에 대해 거의 언급하지 않는 것으로 가려지는데, 그조차 '악센트'라는 단어를 다른 것을 설명하는 데 지속적으로 쓰면서 감춰진다. 예컨대 『레 미제라블』에서 '악센트'는 '단호한'이나 '겸손한', '오만한', '침울한', '순진한', '자연스러운', '처량한', '순수한', '공손한', '도도한', '험악한', '냉랭한', '침착한', '애원하는 듯한' 등이 될 수 있을 것이다. 이런 예에서 '악센트'는 말하는 방식에서 나타나는 감정적 의미, 즉 목소리 톤으로 표현되는 감정을 가리킨다. 이것이 프랑스어에서 이 단어의 온당한 의미지만 『레 미제라블』에서는 소설의 이야기 흐름 중 가장 그럴듯하지 않은 요소에서 독자의 주의를 돌리는 구실을 한다.[2]

위고는 청각장애인이 아니었다. 그는 주변 사람들의 이국적인 말투나 지역 말투를 알아들었고, 신기한 말투를 적어 두기도 했다. 그러나 그가 셰익스피어에 관한 글에서 말한 것처럼, "예술 작품에서는 모든 것이 작가 마음이다."[3] 특히 뭔가를 넣는 것이 아니라 뺄 때는 더욱 그렇다.

그럼에도 『레 미제라블』에 장 발장이 말하는 장면이 있다. 심술궂은 10대 불한당 몽파르나스의 공격을 받고, 소년을 제압하면서 속마음을 드러낸다.

> 애야, 네가 이렇게 힘들게 사는 건 게으름 때문이다. 아이고! 넌 네 입으로 하는 일 없이 빈둥대는 놈이라고 말하는데, 곧 일할 준비를 해야 할 거다. 이 세상엔 아주 무서운 기계가 있다는 걸 아니? 압연기라는 기계지. 조심하지 않으면 안 돼. 그건 아주 교활하고 탐욕스럽단다. 만약 옷자락이라도 끼는 날이면 몸 전체를 삼켜 버리고 말지. 그 기계는 바로 게으름이다. 그러니 아직 기회가 있을 때……. (IV.4.ii, 826)

새사람으로 거듭난 전과자는 범죄 생활을 못마땅하게 여길 가능성이 높은 것이 사실이다. 그러나 게으름에 대한 이 장황하고 맹렬한 비난은 곧바로 맬서스의 사상을 상기시키는 동시에, 괜찮은 일자리가 있다면 가난한 사람들을 재정적인 면뿐만 아니라 도덕적인 면에서도 개선할 수 있다는 위고 자신의 관점을 상기시킨다. 사실 가브로슈가 들을 수 있는 거리에서 장 발장이 쏟아 내는 이런 비판은 평소 장 발장의 과묵함과는 너무도 딴판이어서 그 말의 진짜 화자가 위고라고 생각해도 무방할 것이다.

이 장면을 제외하면, 장 발장이 마리우스에게 긴 고백을 풀어 놓는 장면 전까지 장 발장의 마음을 알 수 있는 대목은 두 차례의 위기에 그가 늘어놓는 독백뿐이다. 첫 번째 위기는 샹마티외라는 아둔한 부랑아가 전과자 장 발장으로 지목되어 재범으로 재판받아야 한다는 사실을 알게 된 순간이다. 그는 두 가지 행동 중 하나를 선택해야 한다. 그 부랑아가 유죄 선고를 받도록 내버려 둘 것인가, 아니면 자수를 통해 샹마티외를 부당한 처벌에서 구할 것인가? 첫 번째를 선택하면 마들렌으로서 계속 살면서 도시 전체에 일자리와 자선을 베풀 수 있다. 공리주의적 관점에서는 이렇게 하는 것이 그의 사회적 의무다. 두 번째를 선택할 경우 몽트뢰유 쉬르 메르의 번영은 막겠지만, 무고한 사람을 구하는 도덕적 의무에 들어맞는다. 어려운 선택이었고, 장 발장은 밤을 꼬박 새우며 고민한다. 동이 트기도 전에 그는 아라스에 있는 법정으로 출발하지만, 우리는 그가 어떤 결정을 내렸는지 모른다. 십중팔구 그도 모를 것이다. 나는 이것이 긴장감을 조성하려는 소설적 기교라고 생각하지 않는다. 장 발장의 내면은 꼭꼭 숨겨져 있어서 어떤 상태인지를 우리가 알 수 없다. 게다가 그의 두 가지 의무가 아슬아슬하게 균형을 잡고 있어서 그의 '마음속 폭풍'의 결과가 어느 쪽으로 기울게 될지도 모른다.

두 번째 위기는 4부 마지막에서 장 발장이 마리우스에 대한 코제트의 사랑을 알았을 때 발생한다. (역시 화자만 들을 수 있는 독백을 통해서만 드러나는) 두 번째 정신적 폭풍 속에서는 (소유욕, 질투, 혼자가 되는 두려움 등) 애정의 부정적 측면과 코제트가 또래 남자와 행복해지기를 바라는 부성애가 갈등한다. 여기서도 위고는 장 발장의 내적 갈등 해결을 유보하지만, 그의 결정을 암시하는 외적인 징후는 아라스 장면보다 빨리 나타난다. 밖으로 나가려고 국민방위군 제복을 입기 때문이다. 이것은 당연히 그가 바리케이드로 간다는 뜻이다.

이렇게 내적 혼란 속에서 내린 결정을 미리 드러내지 않는 방식은 장 발장을 생각이나 말이 아닌, 행동을 통해 알 수 있는 사람으로 만든다. 대개 성자들의 삶이 이런 식으로 그려진다. 그러나 위고는 장 발장의 이야기를 더 복잡하게 만들었다. 상마티외 문제를 어떻게 할지 밤새 고민하다 겨우 잠든 장 발장이 꿈을 꾼다. 소설은 이것이 어떤 꿈인지를 말해 준다. 그러나 이것을 어떻게 알게 되었을까? 『레 미제르』에서는 이 꿈이 3인칭으로 이야기되고, '(트레장이) 꿈 이야기를 여러 번 해서' 화자가 알게 된다. 그런데 이것은 장 발장의 과묵한 성격에 맞지 않는 것이었기 때문에 1861년에 원고를 다시 검토하면서 이 부분을 장 발장이 직접 쓴 1인칭 글로 재구성했다. 소설 전체에서 주인공이 쓴 유일한 글이다. 이것이 어떻게 화자의 손에 들어갔는지에 대한 설명은 없다. 독자들이 이것을 두고 일관성이 부족하다거나 소설가가 교묘한 속임수를 썼다고 말할 수도 있겠지만, 꿈이 워낙 이상해서 자연스럽게 관심이 다른 데 쏠리게 된다. 이 꿈을 진짜로 꾼 사람은 누구인가? 이 꿈을 통해 우리가 들여다볼 수 있는 것은 장 발장의 깊은 내면인가, 위고의 괴로운 심정인가?

장 발장의 꿈은 어떤 소리와 함께 시작된다. 자정을 알리는 종소리가 울리자 그는 얼마 전에 고물상에서 '로맹빌의 앙투안 알뱅'이라고 새겨진 오래된 종을 본 것이 떠오른다. 새벽 3시쯤 그의 "생각이 다시 혼란스러워지기 시작했다. …… 로맹빌이라는 이름이 언젠가 한 번 들어 본 노랫말 구절들과 함께 자꾸 머리에 떠올랐다. …… 그는 4월이면 젊은 연인들이 라일락을 꺾으러 가는 파리 근교의 작은 숲이 로맹빌이라는 것을 떠올렸다."(I.7.iii.216) 여기서 생략된 노랫말은 인기 있는 희가극 노래의 후렴구다. (위고는 분명 독자들이 그 후렴구를 안다고 가정했을 것이다.)

우리가 얼마나 행복한가
우리가 얼마나 즐겁고
평온한가
로맹빌
연인들에게
수많은 즐거움을 주는
사랑스러운 숲이여

그러나 장 발장이 정신을 차리면서 기억을 억누른다. 꿈속의 자신이 '로맹빌이 분명한' 마을로 들어가는 기록을 다시 읽으면서 그가 이런 질문을 덧쓴다. **왜 로맹빌인가?** 그 답이 1862년에는 분명해 보였을지도 모른다. '행복,' '즐거움', '평온'은 장 발장이 누릴 수 없는 것들이다.

꿈속의 주요 환영은 아무도 살지 않는 마을이다. 그런데 모든 문 뒤에는 흑색 낯빛의 말 없는 남자가 서 있다. 그들 중 한 사람이 꿈꾸는 자에게 그는 이미 죽었다고 말한다. '폴란드의 포Edgar Allan Poe'라고 불리는 그라빈스키Stefan Grabiński의 『회색 방Das Graue Zimmer』에서 묘사된 것과 비슷한 장면이다. 어쩌면 그가 『레 미제라블』에서 이 장면을 직접 가져다 썼을 수도 있다. 그런데 죽은 사람들의 세상에 대한 장 발장의 환영에서 위고는 '한 번도 생각해 본 적이 없고 지금은 거의 기억나지 않는' 형과 함께한 산책에 대해 이야기한다.

장 발장에게 형제가 있었나? 우리가 아는 한, 위고에게는 있었다. 셋째 아들이던 위고의 바로 위 형인 외젠Eugène Hugo은 1823년부터 신경 쇠약을 앓다가 1838년에 죽었다. 따라서 많은 비평가들은 이 꿈 부분을 위고의 마음속에 자리 잡은 형제간의 경쟁심 및 회고적 죄의식과 연결하려고 했다. 그러나 다르게 생각해 볼 수도 있다.

그 자신은 아직 모르지만 장 발장에게는 다음 날 법정에서 보게 될 일종의 형제가 있었다. 피고석에 있는 샹마티외를 보았을 때 "그는 자신의 늙은 모습을 보는 것 같았다. 분명히 이목구비가 똑같지는 않지만, 뻣뻣한 머리카락하며 불안한 갈색 눈까지 태도와 모습이 꼭 자신을 닮아 있었다."(I.7.ix, 242)

샹마티외는 그와 마찬가지로 파베롤 출신으로 (그래서 장 발장으로 오인되었으며) 이름이 흔하디흔한 **장**이었는데, 시골에서는 이를 **샹**으로 발음했다. 마들렌이 아라스 법정에서 몸서리치며 자신의 또 다른 자아를 보는 것 같다고 생각하는 인물이 어쩌면 정말로 그의 형일 수 있다고 생각하는 것도 흥미로운 상상이다. 만일 그렇다면 그의 악몽은 자베르에게 들은 사건의 내용 때문에 자극받은 예지豫知였을지도 모른다. 『레 미제라블』에 등장하는 다른 인물들도 서로 혈육인지 모르는 채로 형제를 만난다. 장 발장이라고 그러지 말라는 법이 있을까?

이렇게 보면 샹마티외를 구하기 위한 장 발장의 희생을 은유적인 차원으로만이 아니라 문자 그대로 형제애에 따른 행동으로 이해할 수 있다.[4] 우리가 종종 잊어버리지만 자유, 평등과 함께 프랑스혁명의 3대 정신 중 하나인 형제애(박애)가 샹마티외 이야기와 그것이 은밀하게 연결된 꿈에서 구현되고 있을 수 있다.

거의 비슷한 시기에 상트페테르부르크에서 온종일 지루한 업무에 시달리는 말단 공무원 아카키 아카키예비치(고골의 단편 「외투Shinel」에 등장하는 주인공이다. ―옮긴이)는 상사들에게 끊임없이 괴롭힘과 모욕을 당한다. 그런데 그들 가운데 보편적 인간애가 있는 한 사람은 이 볼품없고 머리가 벗겨지고 옷차림도 추레한 아카키의 처량하고 빨간 눈이 "나는 당신들의 형제요."라고 말하는 것을 본다.[5] 『레 미제라블』의 샹마티외 이야기는 무엇인가를 예시하는 꿈과 다른 사람의 모습에서 비참을 보았을 때 받는 충격을 통해 간접적으로 같은 것을 말한다.

위고와 장 발장, 장 발장과 위고

    1부 시작 부분에서 1815년 10월에 헝클어진 머리에 행색이 남루한 무서운 거인처럼 보이는 한 이름 없는 여행자가 징이 박힌 지팡이를 짚고 디뉴로 들어선다. 다음다음 장에서 잠자리와 음식을 주는 사제에게 그가 자신을 소개할 때까지 그의 이름은 나오지 않는다. 그는 그냥 '나그네'라고 불린다.

  2부 첫 문단에서 또 다른 나그네가 니벨에서 라훌페 쪽으로 걸어간다. 이 두 지명은 워털루 전투에 관한 설명을 읽은 사람이면 누구나 알 것이다. 이 나그네는 '이 이야기를 하는 사람', 즉 위고다. 장 발장과 위고에게 똑같이 '나그네'라는 표현을 쓴 것은 저자와 등장인물 사이의 묘한 동질감을 만들어 낸다.[6]

  그들에게는 몇 가지 사소한 표면적 유사성이 있다. 두 사람 모두 잘 걷는다. 위고는 샤모니에서 메르드글라스 빙하까지 올라가기도 했고, 장 발장은 하루에 산길을 거의 60킬로미터씩 걷는다. 둘은 나이도 비슷하다. 장 발장이 샹브르리 가에서 마리우스를 구할 때 예순두 살이고, 위고가 이 장면을 쓸 때 쉰아홉 살이었다. 두 사람 다 더 좋은 옷을 살 형편이 될 때도 일부러 검소하게 입는다. 두 사람 다 자선을 베풀며 소박하고 가벼운 식사를 한다. (『레 미제라블』에서 풍성한 음식에 대한 혐오감을 극단적으로 몰고 간 위고는 봉바르다 식당에서 식탁에 어떤 음식이 차려졌는지, 심지어 코제트와 마리우스를 위해 화려하게 꾸며진 식탁에 결혼식 만찬으로 어떤 음식이 나왔는지에 대해서도 언급하지 않는다. 내가 아는 다른 어떤 19세기 소설도 등장인물의 음식 섭취를 이토록 꺼리지는 않는다.) 위고는 소외당하는 자가 된다는 것이 어떤 의미인지 알았지만, 건지를 툴롱의 감옥과 비교하는 것은 어불성설이다. 위고는 비세트르 감옥에서, 거리에서, 툴롱에서 장 발장 같은 사람들을 보았다. 그러나 자신이 그런 존재가 된 적은 없었다.

그럼에도 장 발장이 꾸는 꿈은 위고 자신이 꾸고 아델에게 이야기해 준 꿈이었던 것으로 보인다. 자신의 진정한 의무가 무엇인지 깨닫는 과정에 장 발장이 겪는 어려움은 1848년 6월에 자신이 한 행동에 대한 위고의 이중적인 마음과도 일치한다. 위고처럼 장 발장은 가톨릭 의식을 따르지 않는다. 하지만 하느님을 믿고 기도한다. 물론 소설가들이 자신과 닮은 면이 전혀 없는 등장인물을 설득력 있게 창조할 수 있다는 생각은 합리적이라고 볼 수 없을 것이다. 그러나 위고는 그 의무감 강하고 집요한 전과자와 자기 자신의 정체성이 깊이 연결되어 있다고 자기 자신과 자신을 잘 아는 사람들에게 상기시킬 은밀한 암호를 집어넣었다. 위고는 1802년 2월 26일에 출생했지만 조산아였기 때문에 자신이 1801년 6월 24일에 잉태되었다고 믿었다. 그리고 장 발장이 처음 툴롱에 수감될 때 수인 번호가 24601번이었다.

4부
—

전쟁과 평화,

그리고 진보

11장

/

모든 것의 시작

1815년

를루슈Claude Lelouch 감독의 영화 〈레미제라블〉(1995)은 19세기가 아닌 20세기를 배경으로 위고의 이야기를 각색한다. 영화는 1899년 12월 31일 밤 무도회에서 시작한다. 시계가 자정을 알리자 사람들은 새로운 세기를 시작하는 새해를 맞이한다. 위고가 살던 세기는 다른 식으로 시작했다. 당시 프랑스는 프랑스 대혁명 이후 도입되었다가 지금은 사라진 10진법 체계 달력을 썼기 때문이다. 1799년 12월 31일은 공화력 8년 설월 10일(공화정이 선포된 1792년 9월 22일을 원년으로 해 1분을 100초, 한 시간을 100분, 하루를 10시간, 한 달을 30일, 1년을 12개월로 하는 공화력은 1805년에 폐지되었다. 공화력의 네 번째 달인 설월은 12월 22일부터 1월 20일까지다. —옮긴이)과 일치했는데, 이 것은 어떤 것의 시작으로도 볼 수 없는 평범한 날짜다. 그럼에도 를루 슈의 작품은 위고의 기획에 관한 근본적인 진실을 표현한다. 『레 미제 라블』은 '19세기 소설'이고, 따라서 당시 시작에 해당되는 시점에 시 작한다. 그것이 정확히 언제였을까? 19세기 프랑스에서 새로운 시대 는 분명 1815년 6월 18일(이날 나폴레옹 군대가 웰링턴이 이끄는 연합군에 대패한다. —옮긴이) 브뤼셀 남쪽의 워털루라는 마을 근처에 있는 '단조 로운 평원'에서 시작되었다.(소설은 "1815년 샤를 프랑수아 비앵브뉘 미리엘 씨는 디뉴의 주교였다." 하고 시작된다. —옮긴이)

를루슈를 제외하면, 내가 본 어떤 『레 미제라블』의 각색도 위고가 정한 이야기의 시작을 받아들이지 않는다. 예를 들어, 최근 일본 TV 애니메이션 시리즈는 1817년에 팡틴과 코제트가 몽페르메유를 향해 걸어가는 장면으로 시작한다. 볼레슬랍스키의 할리우드판 고전 영화 는 1796년 장 발장의 재판 장면으로 시작한다. 뮤지컬은 장 발장이 수 감된 툴롱 감옥 장면으로 시작한다. 『레 미제라블』의 풍부한 이야기 맥락과 연결 덕분에 무대나 화면에서 다른 많은 그럴싸한 시작도 가 능할 것이다. '1805년'이라는 자막과 함께 황실 환영회에서 한 사제가 디뉴의 주교로 서임되는 장면이나 '1817년 봉바르다 식당'이라는 자 막과 함께 떠들썩한 저녁 식사 자리에서 술 취한 젊은이 네 명이 애인 을 버리고 달아나는 장면, 또는 나이가 지긋한 신사와 보석을 치렁치 렁 단 부인들이 눈을 동그랗게 뜬 여덟 살 소년 마리우스의 앞에서 국 왕의 귀환에 안도감을 드러내는 장면도 가능할 것이다. 『레 미제라블』

의 미로로 들어가기 위해 미리엘이라는 인물(그리고 자선이라는 주제), 팡틴의 타락(그리고 가난이라는 주제), 마리우스의 교육(그리고 정치적 변신이라는 주제) 등을 이용해도 전혀 어색하지 않다. 하지만 이 중 어떤 것도 위고가 실제로 정한 시작 지점은 아니다. 이보다 더 원작과 거리가 먼 시작도 있다. 1937년 소련에서 제작된 루카셰비치Tatyana Lukashevich의 영화 〈가브로슈Gavrosh〉는 거리의 부랑아가 정치적인 내용으로 벽에 낙서를 하다 경찰을 피해 달아나는 장면으로 시작한다. 대숙청 시대에는 소련의 편집증적 정치 상황 때문에 '혁명'이라는 주제에 가브로슈를 주인공으로 하는 것 말고는 대안이 없었을 것이다. 어쨌든 『레 미제라블』은 1815년에 시작한다.

『레 미제라블』의 연대표는 역사적 사건들과 제법 정확하게 연결되어 있다. 장 발장이 빵을 훔친 죄로 체포되어 재판을 받고 유죄가 선고되어 비세트르 감옥으로 보내진 뒤 사슬을 찬 채 툴롱의 노역장으로 보내진다. 위고가 『사형수 최후의 날』에서 묘사한, 사슬을 채우는 의식은 1796년 4월 22일에 일어난다. 그러니까 장 발장은 최근 급부상한 코르시카 출신 젊은 장교가 몬테노테 전투에서 대승한 날 나락으로 떨어진다. 이 승리를 계기로 나폴레옹은 총사령관에 이어 1799년에 제1통령이 되고, 1804년에는 마침내 황제가 된다. 장 발장이 감옥에서 보내는 기간 내내 나폴레옹은 프랑스 군대를 이끌고 유럽 전역에서 전투를 벌였다. 처음에는 군대가 직업군인과 자원자와 열렬한 지지자 등으로 채워졌으나, 차츰 프랑스와 많은 속령에서 병사들이 징집되었다. 수십만 명에 이르는 농부와 노동자가 강제 입대해 지금 파리의 개선문에 로디 전투(1796), 리볼리 전투(1797), 피라미드 전투(1798), 마렝고 전투(1800), 코펜하겐 전투(1801), 트라팔가 해전(1805), 아우스터리츠 전투(1805), 예나 전투(1806), 아일라우 전투(1807), 사라고사 전투(1808), 바그람 전투(1809), 보로디노 전투(1812)로 기념되는 대량 살상 속에서 싸우다 죽었다. 이 밖에도 수천 명이 1813년 모스크바에서 베레지나강을 건너 후퇴하다가 추위와 굶주림으로 죽었고, 1814년에 결국 나폴레옹이 강제 퇴위되기 전에는 수천 명이 드레스덴에서 죽었다.

나폴레옹은 당시 영국의 통치를 받던 엘바섬에 유배되었다. 그런데 1815년 2월 26일 밤, 어떻게 했는지 모르겠지만 놀랍게도 그가 감시병을 피해 섬에서 탈출하고는 3월 1일 프랑스 남쪽 해안에 도착했다. 그는 점점 불어나는 열렬한 지지자들을 이끌고 디뉴를 지나[1] 리옹을 향해 북으로 진군했다. 리옹의 군대는 급히 복원된 왕정에 대한 충성 서약의 잉크가 마르기도 전에 나폴레옹을 따랐다. 나폴레옹의 목표는 공격을 최선의 방어로 삼아 러시아와 프로이센, 네덜란드, 오스트리아, 영국이 7차 대프랑스 동맹을 완전하게 결성하기 전에 동맹군을 공격하고 승리를 거둬 강화조약을 맺고 프랑스 왕좌에 오르는 것이었다. 벨기에에 도달한 6월 초에 그는 적에게 맞설 만큼 많은 군사와 말과 대포를 확보했다. 마지막 결전은 그가 선택한 브뤼셀 남쪽의 완만한 언덕으로 된 농경 지대인 워털루에서 벌어졌다. 1815년 6월 18일과 19일에 벌어진 전투에서 프랑스 군인 2만 5000명이 죽거나 크게 다쳤다. 장 발장은 이들 중 하나가 아니었다. 여전히 감옥에 있었기 때문이다. 장 발장은 자신의 계급과 신체 조건을 고려하면 프랑스에서 유일하게 안전한 장소에서 19년을 보냈다. 그의 형량은 불공정한 법의 예이며 그가 받은 징벌은 야만적이고 잔인하지만, 역설적으로 그 덕에 그가 살아남았고 위고는 할 이야기가 생겼다. 1815년 여름, 프랑스가 대패하고 몇 주 뒤에 출소했으니 장 발장은 감옥에서 19년 넘게 보냈다. 만일 사슬에 묶인 날인 4월 22일에 석방되었다면, 마지막 나폴레옹 전투에 강제 징집되었을지도 모른다.

위고를 가장 적대적으로 비판한 보수주의 저술가 퐁마르탱Armand de Pontmartin은 장 발장이 1815년까지 수감되어 있는 이야기 구조의 기능을 본의 아니게 확인해 주었다. 그는 장 발장이라는 인물이 피에르 모랭이라는 전과자의 실화를 바탕으로 만들어졌다는 세간의 이야기를 찾았다. 모랭은 빵을 훔치다가 노역형 5년을 선고받고 역시 실존 인물인 디뉴의 미올리 주교에게 은혜를 입었다. 모랭은 1806년에 석방되어 어쩔 수 없이 군대에 들어갔다. 그는 워털루 전투에서 전사했고, 아마도 그의 뼈는 돼지 농장에서 쓸 사료를 만들기 위해 수북하게 쌓아 놓은 재료의 일부가 되었을 것이라는 이야기다.[2] 꾸며 냈을 가능성이 높은 이 이야기는 『레 미제라블』 주인공의 젊은 시절을 구상할 때 위고가 적용한 논리를 뒷받침한다. 장 발장은 프랑스의 진정한 19세기가 시작할 수 있을 때까지 감옥에 머무른다.

위고는 두 번에 걸쳐서 이야기의 시작을 그때에 맞췄다. 『레 미제르』가 (현재의 책 1부 2권이 시작하는) '1815년 10월 초'에 시작하고, 『레 미제라블』 서두에 삽입된 1부 1권의 첫 부분도 1815년에 시작한다.

이런 반복은 우리에게 이야기의 주인공이 얼마나 특별한지를 상기시킨다. 대부분의 당대 사람들과 달리 장 발장은 죽지도 않았고 전쟁 영웅도 아니며 돌아온 망명자나 반역자도, 테나르디에처럼 교활한 종군 상인도 아니다. 오랫동안 무거운 사슬을 늘 달고 다닌 탓에 왼쪽 다리를 저는 것 말고는 몸이 멀쩡한 그는 마치 신생아처럼 끔찍하고도 장엄한 프랑스 역사의 부담을 전혀 지지 않아 역사적으로 이례적인 인물이다.

동시대에 인기를 끈 또 다른 소설도 같은 해에 시작한다. 그 소설의 주인공 에드몽 당테스는 장 발장이 툴롱에서 석방된 1815년에 샤토 디프에 투옥된다. 감옥 섬과 지중해 주변에서 특별한 모험을 겪은 당테스는 장 발장이 죽은 직후인 1830년대에 몬테크리스토 백작이라는 이름으로 파리로 돌아간다. 1815년에서 1835년까지 『레 미제라블』의 사건은 뒤마의 주인공 몬테크리스토가 감옥과 바다에서 보내는 시간을 채우고 그의 파리 모험이 시작될 때 끝난다. 말하자면, 장 발장과 당테스는 서로 끝과 끝이 맞닿아 있다. 그리고 그럴 만한 이유가 있다. 『몬테크리스토 백작_Le Comte de Monte-Cristo_』은 화려하고 극적인 복수의 이야기인 반면, 『레 미제라블』은 우리에게 친절을 권한다. 뒤마의 도전과 생존의 대하소설은 정치적·금전적 복수극의 판타지인데, 이보다 훨씬 더 긴밀하게 짜인 위고의 이야기는 화해와 조화의 가능성을 보여주고 장려한다. 두 작가는 좋은 친구이자 제2제정에 함께 대항하는 동지였지만, 그들의 대표적인 소설 작품은 도덕적 관점과 프랑스의 미래에 대한 희망을 서로 다르게 표현한다.

위고의 워털루 전투

정치적 차원에서 위고는 국가를 통치하는 세 가지 '큰 계획', 즉 부르봉가가 되었든 오를레앙가가 되었든 왕가에 충성하는 군주주의와 1789년 대혁명의 유산인 혁명적 공화주의와 나폴레옹 보나파르트의 계몽전제주의 간 조화를 추구했다. 이 셋은 본질적으로 공존할 수 없는 통치 모델들이며, 그 전 반세기 동안 어느 한쪽이 득세하기 위해 많은 피를 흘려야 했다. 그러나 그 시대 대부분의 사람들처럼 위고에게 한 줄기 희망의 빛이나마 보여 준 중요한 사건이 1815년 6월 워털루에서 벌어졌다. 19세기 소설은 모두 워털루 전투를 저마다의 관점으로 받아들일 수밖에 없다.

위고가 1845~1848년에 『레 미제르』를 쓰면서 워털루 전투에 대한 장을 넣겠다는 생각은 전혀 없었다. 『레 미제르』를 다시 읽은 뒤 작성한 '할 일' 목록에 이에 대한 언급이 없는 것을 보면, 1860년에도 그럴 생각이 들지 않은 것으로 보인다. 1860년과 1861년 겨울에 유달리 작품 활동이 왕성했는데도 그 내용을 쓰지 않은 것이 분명하고, 전투 현장이 훤히 내려다보이는 콜론느 호텔에 묵었을 때도 전투 이야기는 한 줄도 쓰지 않았다. 그러나 우리는 그가 워털루를 염두에 두고 있었기 때문에 『레 미제라블』을 완성할 특별한 장소로 그곳을 선택했다고 가정할 수밖에 없다. 그는 1861년 10월 계약서에 서명하면서 라크루아에게 그런 부분이 있을 것이라고 말했고, 라크루아가 1부 '팡틴'을 조판하기 위해 원고를 수거한 12월쯤에는 다음 정서본이 워털루에 관한 장으로 시작된다는 것을 분명하게 알았다. 문제는 그 장이 아직 쓰이지 않았다는 것이다. 19세기의 대평화를 가져온 전투를 다룬 위대한 논평은 위고가 아슬아슬하게 시간을 맞춰 보낸 『레 미제라블』의 마지막 원고였다.

워털루 전투는 국가적 굴욕이었기 때문에 무엇보다 중요한 사건이다. 그것은 귀족층의 특권 폐지, 출신보다 능력에 따른 사회적 지위, 법과 제도의 합리적 정비, 국가권력에 대한 교회의 복종 등 프랑스대혁명의 살아 있는 가치를 유럽 전체에 전파하려는 원대한 계획을 중단시켰다. 또한 워털루 전투는 그 뒤로 프랑스가 외세의 감독을 받게 되었기 때문에 중요하다. 프랑스는 영국과 독일과 러시아 군대에게 점령되었으며 영국 모델에 기초한 헌법을 갖게 되었다. 워털루 전투는 다른 면에서도 중요하다. 전투 뒤에 맺은 평화조약으로 힘의 균형에 기초한 '국가 간 협주'의 막이 올랐고, 이로써 99년간 유럽에서 큰 전쟁을 막을 수 있었다. 워털루 전투는 영광스러운 모험의 영광스럽지 못한 종말이었지만, 피비린내가 한결 잦아들고 번영을 구가하는 시대의 시작이기도 했다.

따라서 위고가 생각하기에 워털루를 이해하는 것은 그의 소설이 묘사하려는 세기를 이해할 수 있는 유일한 길이자, 패전한 프랑스가 여전히 유럽의 도덕적·지적 중심지로 남은 이유를 설명할 수 있는 유일한 길이었다. 그리고 더 내밀한 본능적 차원에서 위고는 자신의 아버지, 즉 나폴레옹의 성패에 명운을 맡기고 맹목적일 만큼 충성스러운 영웅 조제프 레오폴드 시지스베르 위고Joseph Leopold Sigisbert Hugo 장군에 대해 나름대로 정리하기 위해 워털루 전투를 곱씹어 볼 필요가 있었다. 그러나 오늘날까지도 워털루에서 정말 무슨 일이 있었는지 말하기는 쉽지 않다. 1815년 6월 19일에 포연이 걷히자마자 역사학자와 군사 분석가와 정치 평론가 들이 그 사건과 그것의 의미에 대해 다양한 의견을 내놓기 시작했고, 그 이후 논쟁이 계속되었다. 1861년 무렵 프랑스어와 영어로 된 워털루 관련 서적들이 이미 수많은 도서관 책꽂이를 가득 채웠기 때문에 위고는 1인칭 단수 대신 1인칭 복수를 쓰며 선언한다. "우리가 워털루 전투에 대한 역사를 쓰려는 것은 아니다."(II.1.iii, 285) 말은 이렇게 하지만 분명히 '우리'는 역사를 다시 쓰고 그것의 의미를 밝히려고 했다.

위고는 수집과 분석을 위해 네 가지 자원을 이용했다. 패배에 대한 나폴레옹의 해명을 라스 카즈_Emmanuel, comte de Las Cases_가 받아쓴 『세인트헬레나 회상록_Le Mémorial de Sainte-Hélène_』(스탕달의 『적과 흑』에서 소렐이 가장 좋아하던 책), 공화주의적 관점이 있는 퇴역 장교 샤라스_Jean Baptiste Adolphe Charras_의 『1815년 전장의 역사_Histoire de la Campagne de 1815_』, 1861년 5월과 6월에 위고가 직접 전투 현장에 찾아가서 한 조사, 1815년 6월 전투에 대한 그의 상상적 재구성 등이다. 그의 목적은 그때 정말 무슨 일이 있었는지에 대한 논쟁을 끝내는 것이었다.[3]

1861년 12월과 1862년 1월 사이에 위고가 쓴 부분은 떠들썩한 소음과 믿기 힘든 용기로 가득한 감동적인 사건들에 대한 극적인 서술과 프랑스 독자에게 매우 중요한 질문에 답하기 위한 사색적인 논평을 모두 포함하고 있다. 그뿐만이 아니다. 워털루 전투는 시간 순서상 테나르디에가 처음 등장해서 마리우스의 아버지를 만나는 곳이다. 이 조우는 1부의 중요한 흐름을 나중에 등장하는 인물, 사건과 연결하는 구실을 한다. 그리고 또 있다. 위고는 대놓고 '똥' 이야기를 하는데, 그것은 그 전해 봄에 집필한 장들에서 이미 완성되어 있었지만 수백 쪽을 더 쓸 때까지 소설에 포함시키지 않았다. 이 전투와 관련된 장들을 단순히 여담으로 치부하거나 예전에 영국에서 출간된 번역서들이 종종 그랬던 것처럼 아예 잘라 내거나 부록으로 들어내는 것은 위고가 주장하려는 개인적, 역사적, 정치적 논점을 놓치는 것일 뿐만 아니라 정교하게 세공된 『레 미제라블』의 서사에 워털루 이야기를 완전히 통합하려는 위고의 의도를 무시하는 것이다.

워털루 전투가 제기하는 '애국적' 질문은 이것이다. 프랑스가 전투에서 이길 수 있었을까? 나폴레옹 자신과 그를 추종하는 많은 19세기 프랑스인들처럼 위고는 충분히 이길 수 있었는데 순전히 운이 없어서 졌다고 믿고 싶어 했다. 따라서 그는 6월 17일 밤새 내린 비 때문에 프랑스 포병대의 발이 묶여 몇 시간씩 전장으로 이동하지 못했다고 설명했다. 애초 계획대로 포격을 시작했다면, 결과는 사뭇 달라졌을 것이라고 가정한다. 두 번째 운명의 장난은 현지 길잡이가 프랑스군에게는 길을 잘못 안내하고 프로이센군 첨병에게는 정확한 정보를 준 것이다. 웰링턴이 전쟁에서 이긴 것이 아니라 프랑스가 운이 없었다고 위고는 주장한다. 요즘 모든 군사적 충돌에 관해 익숙한 주장이 있다. '전쟁의 안개'는 충돌 결과를 예측할 수 없게 만들고, 사소한 원인들로 중대한 사건이 좌우될 수 있다는 것이다. 위고는 모든 전쟁이 제비뽑기나 주사위 던지기처럼 일종의 **요행**이라고 말함으로써 그런 주장을 요약한다.(II.1.xvi. 315) 이는 『파르마의 수도원La Chartreuse de Parme』 도입부에 포함된 워털루 전투에 대한 묘사에서 스탕달이 하는 주장과 닮았다. 이 책에서 그는 진흙과 연기가 일으킨 혼란이 너무 커서 어떤 장군이라도 자기 뜻대로 결과를 좌우할 처지가 아니었다고 말한다. 스탕달과 위고의 글을 주의 깊게 읽은 톨스토이는 『전쟁과 평화』의 보로디노 전투에 관한 장에서 무차별적인 혼란을 더욱더 웅장하게 묘사했다. 위고의 분석에서 이 요소는 그의 평화주의 신념에 유용한 토대를 제공한다. 집단 폭력의 결과를 철저히 예측할 수 없다면, 군사행동이 무슨 의미가 있겠는가?

그럼 프랑스가 이겼어야 했을까? 위고는 나폴레옹이 웰링턴을 이기기에 충분한 대포와 말과 군사와 사기가 있었다고 주장한다. 게다가 '철의 공작'이라고 불리는 웰링턴의 전략은 상상력이 부족하고 구식이었다. 비만 내리지 않았다면, 그에 따른 지연과 잘못된 정보가 없었다면, 프랑스는 **마땅히** 이겼을 것이다.

그렇다면 프랑스가 왜 졌을까? 이 지점에서 전혀 다른 주장이 나온다. 프랑스는 패해야 했기 때문에, 그럴 때가 되었기 때문에, 운이 다했기 때문에 진 것이다. 한마디로 "하늘이 개입했다."(II.1.xiii. 310) 결과를 아는 상태에서 거꾸로 꿰어 맞춘 억지처럼 보이지만 아예 허무맹랑한 얘기는 아니다. 프랑스군이 워털루에서 승리했다면 어떻게 되었을까? 영국, 오스트리아, 프로이센, 네덜란드, 러시아 연합군이 "좋소. 당신이 이겼소. 우린 돌아가겠소." 하며 순순히 물러났을까? 물론 아니다. 그들은 다시 뭉쳐서 재정이 바닥난 무법 국가의 사령관, 쇠약해져서 안장에 오래 앉아 있을 수도 없는 사령관이 지휘하는 맥 빠진 군대를 쳐부쉈을 것이다. 한 번 더 본때를 보여 주면 동맹군이 자신을 그대로 왕좌에 둘 것이라는 나폴레옹의 희망은 이성적이지 못했다. 미친 생각이었다.

위고는 우연과 필연의 신비한 역사 방정식을 풀지 않고 그냥 유보한다. 여기서 그의 주장은 상황이 달라질 수도 있었다는 관점과 상황이 달라져서는 안 됐다는 관점을 똑같이 뒷받침한다.

그러나 그러기 위해 위고는 우선 천하무적 프랑스 기병대가 어째서 웰링턴의 전열에 큰 영향을 끼치지 못했는지 설명해야 한다. 우연인가, 필연인가? 여기서 위고는 주사위의 무게를 살짝 바꿔 놓는다. 그는 풍경 속에 오앵으로 통하는 숨은 '골짜기 길'을 삽입했다. 과거에 대한 위고의 극적인 재구성 속에서 아마 실제보다 더 깊고 넓게 그려졌을 그 골짜기는 진군하는 기병대에게 보이지 않았고, 그래서 그들의 무덤이 되었다. 워털루 전투에서 나폴레옹이 진정으로 패배한 것도 웰링턴이 승리한 것도 아니다. 물론 황제도 이렇게 보았지만, 그조차 존재하지 않던 장애물을 고안해 내는 일까지는 하지 않았다. 전장에 대한 위고의 새로운 상상이 어느 정도는 샤를마뉴 대제Charlemagne의 후위 부대가 그와 비슷하게 롱스보의 가파른 절벽에서 전사했다고 하는 『롤랑의 노래La Chanson de Roland』나 주인공이 시체 더미에 산 채로 묻히는 발자크의 『샤베르 대령Le Colonel Chabert』 같은 문학적 모델들에서 영향받았는지도 모른다. 근대의 기계화된 전쟁 전에는 모든 전투 기록이 몇 가지로 제한된 주제들의 변형처럼 보인다. 테르모필레 전투와 킬리크

랭키 전투 기록에도 골짜기가 등장한다. 시체들이 가득한 구덩이는 티무르Timur와 칭기즈칸Chingiz Khan만큼이나 오래된 이야기다.

그럼 누가 전투에서 승리했나? 위고는 두 가지 답을 제시한다. 하나는 전략적인 답이고, 다른 하나는 이념적인 답이다. 워털루에서 유럽의 '낡은 왕정들'은 프랑스대혁명의 상속자를 패배시키고, 그럼으로써 시계를 거꾸로 돌렸다. 그들은 영국과 러시아, 오스트리아와 프로이센의 시민들에게 봉건통치의 질곡을 채웠다. 그러니 승자처럼 보이는 자들이 사실은 싸움의 진짜 패자다. (이 주장에 따르면 프랑스 사람들도 복원된 왕정을 받아들여야 했으니, 이들도 패자다.)

그러나 '의도하지 않은 결과의 법칙'은 정반대의 결과도 낳았다. 워털루 전투 이후 프랑스로 진군한 러시아, 독일, 오스트리아, 네덜란드의 군인 수만 명이 세계에서 가장 발전된 문명과 장기적으로 접촉하게 되었다. (마지막 카자흐스탄 파견대는 1821년까지 프랑스를 떠나지 않았다.) 외국 군인들은 프랑스에서 탄생한 진보와 인권, 민주주의 사상을 흡수하고 이 섬세한 식물의 씨앗을 고국으로 가져갔다. 이 씨앗은 1825년에 데카브리스트의 난으로 러시아에서 처음 싹을 틔운다. 1830년에 프랑스가 부르봉 왕정을 몰아냈을 때 벨기에인들도 봉기해 자유 정부를 세웠다. 이 밖에도 1848년에는 오스트리아와 헝가리, 1850년대에는 이탈리아 사람들이 프랑스에서 탄생한 이상을 발전시켜 워털루 전투가 없었다면 시작될 수 없었을 보편적 공화정을 향한 대장정을 시작했다. 위고는 이런 애국적·주관적 역사관을 통해, 워털루의 굴욕이 단기적으로는 반동적인 영향을 미쳤지만 장기적인 진보의 서사에서 한 장을 차지한다고 믿는다.

1815년의 진정한 승자가 누구인지에 대해 위고가 제시한 더 이념적인 답은 아무도 아니라는 것이다. 황제도, 공작도, 국가도 아니다. 만일 승자가 있다면 그것은 단 한 명, 적에게 상스러운 말 한마디를 내뱉은 프랑스 장교뿐이다. 나폴레옹의 마지막 근위대를 지휘하던 캉브론 장군Le général Cambronne은 영국군에게 포위되어 죽지 않으려면 항복하라는 권유를 받는다. 그러나 그는 무기를 내려놓는 대신 목청껏 외쳤다. "똥이나 먹어라!Merde!" 늙은 군인의 용맹과 상스러움은 위고의 상상이 아니다. 이것은 사람들 사이에 전설처럼 퍼진 뜬소문이다.

실제로 캉브론은 대부분의 병사들이 전사한 포화 속에서 살아남은 몇 안 되는 사람 중 하나다. 그는 부상으로 수용소에 끌려간 뒤 영국으로 옮겨졌는데, 그곳에서 스코틀랜드 간호사의 보살핌을 받고 훗날 그녀와 결혼했다. 1816년 런던에서 요양하는 동안 캉브론은 그가 워털루에서 "근위병은 죽을지언정 항복하지 않는다!", "똥이나 먹어라!" 하고 외쳤다는 기사를 실은『타임스』에 편지를 써서 자신은 그런 말을 한 적이 없으니 정정 기사를 내라고 했다. 그 이야기는 악의적인 비방이자 거짓이라는 것이었다.

그렇다면 그 이야기가 어디서 나왔을까? 왜 캉브론은 굳이 그 이야기를 부정해야 했을까? 알 수 없다. 어쨌든『타임스』에 편지를 보낸 덕에 그 이야기가 모두에게 알려져 워털루 전투에 관한 구전 역사의 일부가 되었고, 위고는 그것을『레 미제라블』의 언어적·역사적·인간적 메시지를 요약하는 표현으로 만들었다.

위고는 항상 무대에서 말하거나 활자화할 수 있는 언어에 대한 제약이 완화되기를 간절히 바랐다. 1856년에 출판된 한 시에서 '사전에 혁명의 붉은 모자를 씌운 것'을 자축했을 때 그는 시와 희곡의 어휘를 해방했다고 주장했다.[4] 『레 미제라블』에서 워털루 전투에 관한 논평의 정점인 이 대목은 평소에 그가 주장하던 '일상 언어' 운동을 한 걸음 더 진전시킨다. **똥**은 일상어나 속된 프랑스어가 아니라 금기어에 속했다. 위고가 『레 미제라블』에 넣기 전에는 인쇄된 문학작품에서 본 적 없는 단어다.

'캉브론이 내뱉은 말'의 역사적 의의는 위대한 사건을 개인적 행동의 차원으로 내려놓은 것이다. 캉브론은 압도적인 힘으로 밀어붙이는 역사적 흐름과 충성 맹세를 지키는 것 사이의 추상적인 선택에 직면한다. 이 선택이 직설적이고 개인적인 언어로 현장에서 분명하게 드러난다. 항복이냐, 죽음이냐? 역사를 만드는 것은 개인들의 선택이며, 워털루 전투에서 캉브론이 처한 상황은 결국 중요한 것은 추상적 관념이 아니라 사람임을 보여 주는 많은 예 중 하나일 뿐이다.

캉브론은 남은 무기라고는 무례한 말뿐인 상황에서도 적의 명령에 순응하지 않고 싸움을 계속하는 것으로 군인의 의무를 다한다. 작가들은 말이 칼보다 강하다고 믿는 경향이 있는데, 이런 속담에 대해 위고보다 더 큰 이해관계를 가진 사람은 없을 것이다. 1861년에 그는 나폴레옹의 탈을 쓰고 권력을 찬탈한 작은 독재자를 팸플릿과 시로 권좌에서 몰아내지 못한다는 것을 알았지만, 그의 오랜 저항은 그 자체로 의미가 있었으며 캉브론이 외친 "똥이나 먹어라!"와 같았다. 포기하지 말라. 공손하지 말라. 조제프 레오폴드 시지스베르 위고처럼 하라. 그리고 바로 나처럼 하라.

첫 장면

2부 1권에서 위고가 하려는 말의 중요성과 그것이 지금까지 비평가와 각색자, 번역자, 편집자 들에게 시시하게 다뤄지는 것을 보면서 나는 제대로 시작하는 새 영화 〈레 미제라블〉을 제안한다. 아마 이런 식일 것이다.

야외 황혼 녘. 롱숏.
황금빛이 도는 주황색 석양.
자막: 1815년 6월 18일

야외 황혼 녘. 롱숏 파노라마.
군데군데 들풀과 익어 가는 밀과 관목이 보이며 완만하게 굴곡진 들판. 프랑스 군복을 입은 보병대 4만 8000명과 기병대 1만 4000명. 영국의 보병대 5만 명과 기병대 1만 1000명. 저마다 군복을 입은 하노버 왕가 부대, 다른 독일 부대, 벨기에와 네덜란드의 소규모 파견대도 있다. 프랑스군 전열에 있는 대포 250문 중 150문이 그들을 향해 있다.
화면 밖 소리: 포탄이 터지고 머스킷 총이 발사되며 말들이 힝힝거

리고 병사들이 비명을 지른다. 백파이프와 드럼.

야외 황혼 녘. 줌인.
군도를 지닌 프랑스 군인 몇몇이 어깨를 맞대고 전장 한가운데인
그들의 진영에 서 있다. 그보다 조금 높은 지대에 영국 군복을 입은
남자들이 그들을 에워싸고 있다.
화면 속 소리: 쇳소리, 헐떡이는 소리, 고함과 욕설.

야외. 왼쪽에서 비치는 석양. 클로즈업.
콧수염을 기른 영국 장교 메이틀런드의 땀에 젖은 얼굴.

메이틀런드: (고함치며) 용감한 프랑스 병사들이여! 너희는 포위됐
다! 항복하라!

야외 거의 밤. 미디엄숏.
서 있는 프랑스 군인 몇몇과 수많은 사망자와 부상자. 키가 크고 건
장한 남자가 카메라를 향해 걸어 나온다.

야외 밤. 클로즈업.
땀과 피로 얼룩진 캉브론의 얼굴.

캉브론: (목청껏) 엿 먹어라!

검은 화면.

화면 밖 소리: 귀청이 터질 듯한 포격 소리, 그 뒤에 완전한 정적.

야외 밤. 미디엄숏.

검은 연기 속에서 사방으로 튀는 팔다리와 파편.

화면 밖 소리: 신음.

검은 화면.

해설: 나폴레옹이 워털루 전투에서 패배했다. 그러나 웰링턴이 승리한 것은 아니다. 프로이센의 총사령관 블뤼허Gebhard Leberecht von Blücher는 아예 싸우지도 않았다. 워털루 전투의 진정한 승자는 죽음의 위협에 그토록 당당하게 대답한 남자다.

야외 밤. 롱숏.

스치는 달빛.

길고 좁은 구덩이에 포개진 시신들. 검은 망토, 검은 두건을 쓰고 웅크린 형체가 쓰레기를 뒤지는 유인원이나 악귀처럼 움직인다.

야외 밤. 줌인.

그 형체가 찢어진 군복과 팔다리 사이를 쑤시고 다닌다.

야외 밤. 클로즈업.

시신 더미를 뒤지던 그가 한 시신의 손을 들어 손가락에서 반지를 뺀다. 손을 다시 내려놓자 손이 파르르 떨리며 아직 목숨이 붙어 있는 낌새가 보인다. 시체털이범이 피로 얼룩진 남자의 팔을 움켜쥐고 달빛 속으로 끌어낸다.

시체털이범이 그 시신의 주머니를 뒤져서 시계와 지갑을 꺼낸다. 큼직한 외투에 훔친 물건들을 담는 순간, 시체가 눈을 뜬다.

야외 밤. 미디엄숏.

퐁메르시 남작: (멍한 눈으로) 고맙소.

테나르디에: 근위병 장교를 돕게 돼 저도 기쁩니다.

퐁메르시 남작: 당신이 내 목숨을 구해 주었소. 내 지갑과 시계를 가져가시오.

테나르디에: (카메라를 향해 미소 지으며) 인심이 참 좋으시네요.

퐁메르시 남작: 이름을 물어도 되겠소?

테나르디에: 테나르디에라고 합니다.

퐁메르시 남작: (힘겹게) 도와줘서…… 고맙소. 영원히 잊지 않겠소. (다시 의식을 잃는다.)

야외 밤. 클로즈업. 측면.

눈을 희번덕거리며 음흉하게 웃는 테나르디에의 더럽고 길고 각진 얼굴.

검은 화면.

자막:『레 미제라블』은 여기에서 시작된다.

12장

/

『레 미제라블』의 파리

파리에 대한 애착

1862년 1월 위고와 오트빌 하우스의 조력자들은 다방면에서 동시에 정신없이 일했다. 위고는 글을 썼고, 다른 이들은 라크루아가 워털루 전투에 관한 논평으로 시작하는 2부 1권의 식자에 긴급하게 필요한 부분들을 부지런히 필사했다. 이와 동시에 위고는 1권의 쪽 번호를 매길 수 있도록 서문을 결정하고 작성해야 했다. 한편 매일 저녁 식사 후에는 교정쇄를 검토하고 교정 목록을 필사해서 1주일에 세 번 우편선이 출발하기 전에 서둘러 가져가야 했다. 그러나 주된 작업은 소설의 무대가 파리로 옮겨 가는 2부의 나머지 부분을 마지막으로 수정하고 대조하고 필사하는 일이었다. 하나같이 방대하고 정교한 이 임무를 그달 말까지 마친 위고와 드루에와 쥘리에게 경의를 표한다. 2월 초까지 라크루아의 식자공들은 2부 전체를 식자할 준비가 되었다.

2부 내용은 대개 쓴 지 15년도 더 된『레 미제르』에서 나왔다. 위고는 소설에 언급한 거리와 건물의 구조에 대해 자신의 기억을 확인해야 했지만, 프랑스에 발 들여놓기를 스스로 거부한 터라 이 작업을 직접 할 수는 없었다. 그래서 자기 대신 임무를 수행할 '척후병'을 보냈다. 건지섬에서 위고와 망명 생활을 하다가 1859년에 사면되어 파리로 복귀한 언론인 게랭Théophile Guérin이다. 그는 장 발장의 마지막 주거지인 롬므아르메 가와 마리우스가 가난한 시절에 끼니를 해결하는 루소 레스토랑, 장 발장이 자베르의 미행을 따돌리기 위해 코제트와 도망친 오스테를리츠 다리 북쪽의 불모지, 고르보 공동주택이 위치한 로피탈 대로와 오늘날 오스테를리츠 역 등『레 미제라블』에 등장하는 파리의 주요 무대를 꼼꼼히 조사해서 만든 지형학적 자료를 보냈다. 위고가 파리의 지리를 정확하게 그려 내는 데만 이 정보가 필요하지는 않았다. 오히려 그는 도시를 실제와 다르게 그려 내기 위해 실제 모습을 확실하게 알아야 했다.

옛 파리에 대한 위고의 애착은 깊고 진실했다. 2부 5권이 시작하는 부분에서 그는 전면에 나와 3인칭 시점으로 자신의 심경을 이야기하며 그 애착을 드러낸다. 그는 이 책을 지은이가 떠난 뒤 파리가 많이 변했다고 쓴다. "지은이에게는 미지의 새로운 도시가 생겨났다. …… 지은이가 젊었을 때의 파리가 지금은 과거의 파리가 되었다."(II.5.i,

404) 1848년 혁명에 관한 논평과 1861년 5월에 위고가 전투 현장에 방문한 경험을 묘사하는 워털루 관련 장의 시작 부분처럼, 여기서 '지금'은 소설 속 '지금'이 아니라 글을 쓰고 있는 '지금'을 뜻한다. 따라서 위고가 『레 미제라블』에서 표현하는 옛 도시에 대한 향수는 당시 오스만 남작Georges-Eugène Haussmann이 놀라운 속도로 진행하던 파리 도시계획에 대한 노골적 비판임을 쉽게 알 수 있다. 그러나 파리의 구조에 대한 위고의 애착 및 도시계획과 변화에 대한 그의 경험은 그보다 훨씬 더 오래전으로 거슬러 올라간다.

젊은 시절에 왕정주의자였던 위고는 '방드누아르'라는 모리배와 사기꾼들이 도시의 중세 유산을 훼손하는 것에 대해 가장 먼저 경고하고 나섰다고 할 수 있다. 옛 건물을 구하려는 위고의 캠페인은 15세기 말에 영광의 절정을 누린 노트르담성당을 묘사한 『파리의 노트르담』에서 정점을 이루었다. 이 소설은 프랑스 소설의 역사뿐만 아니라 파리의 물리적 형태에도 극적인 영향을 미쳤다. (폭넓은 연구와 강렬한 시각적 상상력을 바탕으로 한) 위고의 풍성한 묘사에 크게 영감을 받은 건축가 비올레 르 뒤크Eugène Emmanuel Viollet-Le-Duc는 훗날 노트르담을 가리고 있던 건축물들을 허문 뒤 탑 두 기를 재건축하고 새 첨탑을 세우며 지금은 남쪽 벽을 장식하고 있는 중세풍 공중 부벽을 통해 교회 중앙의 신도석으로 연결되는 새로운 부속 건물을 추가하기 위한 도안을 작성했다. 이 계획이 시의회의 승인을 받아 위고가 『레 미제르』를 쓰기 시작한 1845년에 공사가 시작되었다. 17년 뒤 새로 고쳐 지은 옛 성당은 오랫동안 건설 현장을 덮고 있던 보호 덮개와 비계를 치우고 모습을 드러낼 준비가 되었다. 우리가 지금 알고 있는 노트르담성당은 1862년에, 『레 미제라블』이 출판되고 몇 주 뒤에 베일을 벗었다. 아이러니하게도 위고가 2부 5권을 시작하면서 아쉬움을 드러낸, 전에 보지 못한 새로운 파리의 다소 웅장한 일면은 위고 자신의 건축적인 상상력이 직접적으로 가져온 결과다.

오스만 남작이 (생미셸 대로와 생제르맹 대로가 있는) 센강 좌안의 구조를 재창조하고 개선문에서 방사형으로 펼쳐진 대로를 따라 새로운 주택가를 건설한 것은 『레 미제라블』 속 시간과 소설이 완성된 시간 사이에 생긴 최초의 변화가 아니고 가장 큰 변화도 아니다. 위고가 르와얄 광장의 아파트에서 안락하게 살던 1830년대에 리볼리 가의 동서 축이 완성되었고, 1830년 6월 혁명을 기념하는 새 기념탑을 중심으로 바스티유 광장이 리모델링되었다. 뭐니 뭐니 해도 가장 큰 변화는 1837년에 파리-베르사유 노선으로 시작된 철도 건설에서 비롯되었다. 그 뒤 10년에 걸쳐서 파리 중심부까지 기차가 들어올 수 있도록 철도를 건설하느라 여러 동네가 통째로 없어졌다. 위고가 망명하기 훨씬 전의 일이다. 거의 해마다 새 기차역이 생겼다. 1837년에 (처음에는 바티뇰 승강장이라고 불린) 생라자르 역이 세워졌고, 1840년에 오를레앙 역 (현재의 오스테를리츠 역), 1846년에 파리 북역, 1847년에 리옹 역, 1849년에 파리 동역이 세워졌다. 이 대규모 공공 토목공사는 파리 구역들의 관계를 바꿔 놓았다. 1835년 무렵 시작된 주요 도로의 포장과 가스 등의 더디지만 꾸준한 확산은 위고가 젊은 시절에 본 옛 파리를 변모시켰다. 망명을 끝낸 위고가 제2제정이 옛 파리를 더는 볼 수 없게 파괴했다고 은근히 비판한 것은 주의를 다른 곳으로 돌리고, 실제와 다른 『레 미제라블』의 도시 풍경을 위장하려는 뜻이 있었다.

게랭이 조사한 현장들 중에는 1820년대에 장 발장이 살다가 나중에 마리우스와 테나르디에가 살게 되는 고르보 공동주택의 주소지도 있었다. 이 충성스러운 척후병은 로피탈 대로의 번지수가 46에서 54로 건너뛴다는 것을 확인했다. 그래서 위고가 상상하는 주소 '50-52' 번지가 들어갈 '실제' 공간이 생겼다. 왜 하필 이 번지일까? 눈치 빠른 독자들은 위고가 일종의 항의로 '51'번지가 실제로는 없다는 사실을 보여 주려고 했다고 짐작했다. 루이 나폴레옹의 혐오스러운 쿠데타가 일어난 해를 나타내는 (18)'51'을 정수의 순서에서 뺐다는 말이다. 소설 속에 숫자 게임이 많은 것을 생각하면 전혀 터무니없는 주장은 아닌 듯하다.

한편 샹브르리 가는 (오스만 남작이 아닌 다른 사람의 손에) 오래전에 철거되었기 때문에 학생들이 설치한 바리케이드의 위치는 확인할 수 없었다. 그러나 『레 미제라블』 4부와 5부에 그곳에서 일어나는 일은 동쪽으로 1킬로미터쯤 떨어진 클루아트르 생메리에서 일어난 실제 사건을 빌렸다. 지금으로 치면 퐁피두센터 광장에 생팔Niki de Saint-Phalle이 만든 조각 분수 공원이 있는 위치쯤이다. 그런데 위고가 파리 지리에 적용한 가장 충격적인 변화는, 향수나 원망 또는 역사적 사건을 허구화한다는 뜻에서 나왔다고 설명할 수 없다.

장 발장은 자베르에게 발각되었다는 느낌이 들어 로피탈 대로의 셋방을 떠나기로 결심한다. (그의 느낌은 맞았다.) 그는 코제트와 라탱 지구의 실제 거리를 누비고 다니다가 오스테를리츠 다리로 센강을 건넌다. 자베르와 부하들이 포위망을 좁히고 있지만 아직 잡지는 못했다. 장 발장은 이미 사라져서 어떤 지도에서도 찾을 수 없는, 위고가 프티픽퓌스라고 부르는 거리의 미로 속으로 들어간다. 리옹 역 건설을 포함해 1830년대와 1840년대의 파리 재건축 때문에, 위고의 1862년 독자들은 30년 전 그 지역의 모습이 당시와 전혀 달랐다는 말을 쉽게 믿을 수 있었다. 그리고 위고가 당시 기준으로는 노인이었으니, 어차피 1823년을 기억하는 사람도 많지 않았다. 위고는 필요하다면 거짓말도 아주 능숙하게 잘했다. "현재 지도에 흔적이 전혀 남지 않은 프티픽퓌스는 드니 티에리가 출판한 1727년 지도에 분명하게 표시되어 있다."(II.5.iii, 410) 그런데 그렇지가 않다. 그 지도는 허구인 데다 악의 없이 순수한 허구가 아니다. 파리에는 '프티픽퓌스'라는 곳이 없었고, 위고가 창조한 곳은 1820년대에 대부분 황무지였던 어느 외딴 곳과 일치한다. 우리가 실제 파리 지도에 장 발장이 센강을 건넌 뒤 좌회전하고 우회전한 횟수와 이동한 거리로 탈출로를 표시해 보면, 연필이 오늘날 르드뤼–롤랭·도메닐·디드로·리옹 거리로 둘러싸인 작은 직사각형 땅의 중심을 향해 거침없이 움직인다. 따라서 자베르의 포위망이 그를 가뒀을 때 그가 있던 곳이 어디고 그가 도망치다 넘은 담이 어떤 담인지를 말할 수 있다. 1820년대와 달리 1862년에는 그 자리에 담이 있었기 때문이다. 그곳은 수녀원이 아니라 유치장의 험악한 담벼락이다. 마자 교도소로 더 잘 알려진 이곳은 루이 나폴레옹 보나파르트가 프랑스에서 달아나지 않은 공화주의자와 민주주의자 들을 수감

해 악명 높았다.[1]

『레 미제라블』에서 장 발장이 실제 감옥에 있던 시절에 대한 묘사는 아주 짧다. 그런데 툴롱 감옥보다 훨씬 더 무시무시한 감옥이 있던 자리에 수녀원이 세워졌으니, 수녀원에서 보낸 시간이 문자 그대로 그 자리를 대신한 셈이다.

수녀원의 숨은 의미

수녀원 생활에 대한 위고의 긴 묘사는 1847년에 드루에와 레오니가 써 준 내용에 기대고 있다. 그들의 기억은 라탱 지구에 자리한 수녀원 학교에 관한 것이었지만, 위고는 실제 장소를 그대로 쓰면 여전히 그곳에서 지낼 수녀들은 물론이고 소설이 그런 사적인 공간을 침해하는 것에 거부감이 있는 독자들의 심기를 건드릴 수밖에 없다고 판단했다. 위고는 1860년 5월에 작성한 할 일 목록에서 '수녀원 위치를 옮긴다'는 기록을 남겼고, 1861년 1월에 2부를 수정하면서 이 계획을 실행했다. 5권 첫머리에서 "애석하게도 도시의 모습은 사람의 마음보다 빠르게 변하는구나!"라는 보들레르의 시구를 산문으로 옮긴 듯한 위고의 넋두리는 그가 묘사하려는 비현실적인 파리에서 관심을 딴 데로 돌린다.[2]

그런데 위고는 애초에 왜 등장인물들을 수녀원에 넣었을까? 왜 당대의 가난한 사람들에 관한 소설의 상당 부분을 고루한 수도원 생활에 대한 묘사와 분석으로 채울까? 라크루아는 프티픽퓌스 이야기를 가장 먼저 읽었고, 그 뒤에 읽은 다른 많은 사람들과 마찬가지로 당혹감과 경각심까지 느꼈다. 실망이 어찌나 컸던지, 물론 지극히 공손한 태도를 취하긴 했지만, 위고에게 그 부분의 삭제를 청하는 편지를 쓸 용기까지 냈다.

> 수녀원으로 도망친 뒤 갑자기 사건이 중단되고 묘사적이며 서술적인 두 장이 이어진다면, 독자들의 참을 수 없는 호기심을 방해할 뿐만 아니라 어쩌면 떨어트릴 수도 있습니다. 일반 독자, 그러니까 문학적 교양이 풍부한 독자가 아닌 일반 대중은 그럴 겁니다. …… 그래서 '프티픽퓌스'와 '여담'을 빼면 어떨지 선생님께 여쭤 봅니다.[3]

가톨릭교회를 높이 평가하지 않는 자유사상가인 라크루아는 유럽에서 자유주의적이고 미래지향적인 사람들을 대표하는 위고가 스스로를 가두는 독실한 종교 집단에 그렇게 존경 어린 관심을 길게 나타냈다는 것을 이해할 수 없었다. 현대 독자들 중에도 그와 똑같이 어리둥절할 사람이 많을 것이다. 이 소설을 영화로 만들거나 무대에 올린 경우, 거의 모두 수녀원 장면을 아예 빼거나 아주 간단하게 처리하고 넘어갔다. 과연 위고의 긴 소설에서 이 부분을 삭제해도 괜찮을까?

위고는 가톨릭 주교답지 않은 미리엘 주교를 등장시켜 보수주의자들과 독실한 신자들을 분개하게 만들었다. 한편으로는 '지속적인 성체 조배' 수녀원을 등장시켜 자신의 아들 샤를과 교류하는 '편협한 공화주의자'들의 기분을 상하게 했다. 『레 미제라블』은 일부러 양쪽의 심기를 똑같이 건드렸다. 그러지 않고서야 모이기만 하면 통탄스럽고 때로는 폭력적인 분쟁을 불필요하게 일삼는 분파와 계급 간의 대화합을 어떻게 촉구할 수 있었겠는가?

서사 면에서 수녀원 이야기는 1부에서 힘없는 피해자였던 코제트가 3~5부에서 아름다운 여주인공으로 탈바꿈할 수 있도록 '시간을 멈추는' 장치이기도 하다. 따라서 수녀원 생활은 장 발장의 수감 생활과 비슷한 구실을 한다. 그가 수감 생활을 함으로써 이 소설에서 나폴레옹 1세의 통치를 다 뺄 수 있기 때문이다. 타임머신인 셈이다. 그러나 이것이 위고가 스스로 '여담'이라고 부른 역사적이고 회고적인 장을 넣은 이유를 완전하게 설명하지는 않는다.

수녀들은 가진 것이 없다. 심지어 본명도 없다. 대부분 귀족 출신인 이들이 스스로 택한 가난은 이 세상의 모든 팡틴이 겪는 수모를 보완하거나 그것과 대조를 이룬다. 또한 수녀원은 여성들에게 세속적인 생활의 모순에서 벗어날 출구를 제공하는 '이상적인 공동체'다. 위고가 5월에 짧게 기록한 것처럼, "수녀원에서 나온 뒤의 기도. 부조리한 수도원 체제를 묘사하고 이렇게 말한다. 여성이 합법적으로 소수자인 한, 여성의 문제가 해결되지 않는 한, 수녀원은 또 다른 범죄에 지나지 않는다." 위고는 여성들의 자치 공동체에 적절한 존경심을 나타내고 싶었기 때문에 수녀원 생활을 가능한 한 정확하게 묘사하기 위해 최선을 다했다. 이런 면에서 뜻밖에 여성주의 사상의 효시라고도 볼 수 있다.

라크루아가 수도원 이야기의 더딘 전개 때문에 품은 실망은 그가 책 전체에서 가장 긴장감 넘치는 장면을 간과했다는 것을 보여 준다. 장 발장이 담을 넘었을 때 수녀원 정원사가 두 팔 벌려 그를 환영하는데, 그는 장 발장이 마들렌 시장이던 시절에 전복한 마차에 깔렸다가 장 발장의 도움으로 살아난 포슐르방이다. 그러나 포슐르방은 장 발장이 정문으로 들어오지 않는 한 수녀들에게 그를 소개하며 자신의 조수로 일하게 해 달라고 부탁할 수가 없다. 그러니 일단 장 발장을 밖으로 빼냈다가 다시 돌아오게 해야 했다. 그의 계획은 죽은 수녀를 수녀원 지하실에 몰래 묻고 그녀의 관이 보지라르 묘지로 갈 때 장 발장이 그녀 대신 관에 들어가는 것이었다. 포슐르방은 사토장이에게 뇌물을 줘서 장 발장이 나올 때 눈감게 할 수 있을 것이라고 생각한다. 그런데 아뿔싸! 새 사토장이가 왔고, 하필이면 아주 고지식한 인물이다. 결국 장 발장이 땅에 묻힌 상태에서 포슐르방이 갖은 수를 동원해 가까스로 사토장이를 따돌린다. 자칫하면 장 발장이 죽을 수도 있었다. 그러나 그는 다시 일어난다.

유머가 숨겨져 있지만 이것은 부활의 패러디다. 다른 맥락에서 볼 때 이 장면은 몽페르메유에서 헤라클레스, 오리온호에서 배트맨의 이미지였던 장 발장이 고난과 구원의 그리스도 같은 이미지로 변모하는 과정의 시작점이다. 이 변모 과정은 나중에 하수도 장면에서 완성된다. 수녀원 이야기는 이 소설 주인공에게 있는 의미가 결정적으로 전환되기에 알맞은 배경을 제공한다.

그러나 수도원 생활에 대한 위고의 태도가 정중하기는 해도 호의적이지는 않다. 그는 소녀들에게 자기 삶의 흔적이 깃든 세속명을 붙여 그들을 재미있는 기념품처럼 만든다. 샌트메칠드 수녀는 드루에의 결혼 전 이름을 따라 '고뱅 양'이고, 앙주 수녀는 대놓고 '드루에 양'이다. 생조제프 수녀와 미제리코르드 수녀, 프레장타시옹 수녀는 각각 레오폴드 시지스베르 위고 장군이 스페인에서 이긴 전투의 이름을 따서 '코고유도 양', '시푸엔테스 양', '시구엔사 양'이다. 콩파시옹 수녀에게 붙인 '드 라 밀리티에르'라는 이름은 그의 아버지가 소유한 솔로뉴 땅에서 나왔고, 프로비당스 수녀에게 붙은 세속명 '로디니에르'도 마찬가지다. 이것 말고도 위고는 수도원 생활이 되돌릴 수 없는 몰락의 길을 걷고 있음을 분명하게 표현한다. 과거에 수녀원이 어떤 훌륭한 기능을 했어도 프랑스에서 수녀원은 미래가 없다. 이제 필요 없어진 일을 하려고 한 존경할 만한 인물이라는 국왕 루이 필리프에 대한 위고의 평가처럼 수도원 생활에 대한 그의 탐구는 가여운 사람들에 대한 소설의 외연을 넓혀 19세기의 전반적인 삶에 대한 포괄적 묘사로 발전시킨다.

라크루아는 요점을 이해하지 못했다. 수녀원 장면에 생동감을 주기 위해 '이야기의 일부를 이루는 사건'이나 묘사나 철학적 주장을 곁들여 쓰면 괜찮을 것 같다는 뜻을 담아 편지를 썼다. "제가 이 모든 내용에 대해 선생님과 대화하기를 얼마나 간절히 바라는지 모르실 겁니다. …… 혹시 브뤼셀로 와 주실 수 없을까요? 부디 와 주시기를 바랍니다."[4] 좀 뜻밖의 행동으로 보일 수도 있지만 위고는 인쇄를 그냥 진행하라고 말하지 않았다. 마치 자신도 문제가 있다고 걱정하는 것처럼 '픽퓌스'와 '여담'에서 없애도 좋을 만한 부분을 원고에 잉크가 아닌 연필로 표시해서 보내 달라고 했다. 라크루아는 현대의 편집자처럼 원고에 표시하는 법을 몰랐고 그렇게 할 엄두도 나지 않았다. 그래서 변경이 필요하다고 생각하는 부분과 주제를 목록으로 만들어 보냈다. 그러나 교정쇄 작업과 다음 부분에 대한 수정을 마치지 않은 상태에서 변경하려면, 오트빌 하우스에서 원고를 다시 받아 봐야 했다. "무턱대고 그냥 잘라 버리는 건 불가능하오. 이행 과정이 있어야지요. 원고가 있어야 이행 과정을 넣을 수 있소. 서둘러서 원고를 보내 주시오. '여담'을 통째로 삭제하는 건 불가능하오."⁵ 그러나 조심성 많은 편집자는 『레 미제라블』 2부 원고처럼 소중한 물건을 돌려보낼 만큼 우편 제도를 믿지는 않았다. 행여 분실되거나 도난당해 책이 출판되기 전에 언론에 노출되거나 복제되면 큰일이기 때문이었다. 편지 교환이 계속 지연되었고, 수녀원 대목에 대한 논쟁은 차츰 잠잠해졌다. 설령 위고가 편집자의 (다소 편협한) 조언을 어느 정도 수용할 뜻이 있어도 수정할 방법이 없었기 때문이다.

13장

/

『레 미제라블』의 정치

양면적 정치관

　　1945년부터 1991년까지 서방과 소
련 공산 제국 사이의 긴 냉전 시대에 『레 미제라블』은 모스크바와 뉴
욕에서 모두 소중하게 여기는 독보적인 문학작품이었다. 위고는 소
련에서 경쟁자가 없을 만큼 가장 널리 읽히는 프랑스 작가였고,[1] 매킨
토시Cameron Mackintosh가 런던 무대에 올리기 위해 프랑스 뮤지컬을 개작
한 〈레 미제라블〉은 1987년에 브로드웨이로 진출해 역대 최고의 인기
와 최장 공연을 기록했다. 이와 정반대의 결과도 얼마든지 상상할 수
있다. 위고의 소설은 공산주의자가 받아들일 수 없고, 공산당의 반대
자들은 더더욱 받아들일 수 없는 내용을 담고 있기 때문이다. 한편으

로 『레 미제라블』은 '부르주아'란 존재하지 않으며 '계급투쟁'은 사악한 관념이라는 것을 분명하게 표현한다. 그러면서도 한편으로는 폭력적인 수단으로 사회를 바꾸려는 젊은이들을 영웅으로 만든다. 그럼 이 소설은 극좌파에서 극우파까지 길게 펼쳐진 정치적 신념의 빨랫줄에서 어디쯤에 걸려 있을까?

바리케이드에서 최후를 맞이하는 몰락한 식물학자 겸 고서 수집가인 마뵈프라는 인물은 『레 미제라블』의 양면적 정치관의 본질을 들여다볼 수 있는 열쇠 구멍 구실을 한다. "마뵈프라는 인물에 대해 속속들이 밝힌다." 이것은 1860년 5월에 『레 미제르』를 다시 읽은 뒤 그가 만든 할 일 목록에서 10번이었는데(170쪽 참조), 그럴 만한 충분한 이유가 있다. '마뵈프Mabeuf'라는 이름과 한 글자만 다른 '바뵈프Babeuf'는 1789년 프랑스대혁명의 정치 지도자 가운데 가장 극단적인 평등주의자라고 할 수 있는 인물의 이름이다. 그러나 위고의 마뵈프는 다소 우스꽝스러울 만큼 비정치적인 세계관을 갖고 있다. 그는 여자보다 꽃과 고서에 관심이 더 많고 "어떻게 사람들이 헌장이니 민주주의니 정통이니 공화정이니 하는 쓸데없는 것들 때문에 서로를 증오하는 데 몰두할 수 있는지 도무지 이해할 수 없다."(III.5.iv, 621~622) 그렇다면 확고하고 폭력적인 반항의 상징적 인물인 바뵈프Gracchus Babeuf와 정치는 안중에도 없는 친절하고 늙은 식물학자를 연결하는 고리는 과연 뭔가? 만일 그런 것이 있다면, 아마 맨 처음에 바뵈프를 혁명기 프랑스에서 인기인으로 만든 노래뿐일 것이다.

배고픔에 죽고, 추위에 죽는

아, 민중이여! 모든 권리를 박탈당한

그대는 슬픈 고난을 속삭이네.

이 저항적 혁명가요는 1832년 6월 봉기 전날 가난한 마뵈프 씨의 상태를 잘 말해 준다. 그는 마지막 재산을 날렸으며 그리 많이 남지 않은 삶에서 굶주림 말고는 기대할 것이 없다. 혁명적 학생들의 무리에 합류해 바리케이드에서 죽기로 한, 언뜻 이해하기 힘든 그의 결정을 이해하게 되는 이유다. 소설에서 그의 궤적은 가난이 쥐를 사자로 만들 수 있으며 빈곤이 사회적 불화의 근본 원인이라고 말하는 듯하다.

1930년대 프라하의 한 학생 단체는 『레 미제라블』에 대한 '공산주의적' 해석과 '사회주의적' 해석을 맞붙이는 토론회를 열었다. 토론 내용에 관한 기록은 남지 않았지만, 마뵈프가 토론자들에게 동전의 양면 구실을 했을 것이라고 짐작할 수 있다. 한편으로 이 노인은 퇴직연금 또는 경제난의 희생자를 위한 구제책의 필요성을 일깨우는 살아 있는 호소문처럼 보일 수 있다. 이는 마뵈프에 대한 '사회주의적' 해석이 될 것이다. 반면, '공산주의적' 해석은 마뵈프를 가진 것 없는 자들의 분노를 연료로 하는 임박한 혁명의 선구자로 볼 것이다. 한쪽에서 볼 때 바리케이드에서 깃발을 흔드는 이 노인은 부르주아 기득권층에게 경각심을 일으키며 의미 있는 사회 개혁을 유도한다. 반면, 다른 한쪽에서 볼 때 그는 잃을 것 없는 사람들이 주도하는 혁명을 찬미한다. 프라하에서 토론의 결과가 어땠건 간에 진실은 『레 미제라블』이 둘 중 어느 쪽도 아니라는 것이다.

많은 정치 분파들이 위고의 명성을 등에 업으려고 했기 때문에, 위고는 그가 어느 편인지 묻는 질문에 익숙했고 그런 덫에서 발을 빼는 데 매우 능숙했다. 그런데 『레 미제라블』은 몇 달에 걸쳐 여러 권으로 발표되었기 때문에 최초의 반응은 소설 전체가 아니라 1부에 달려 있었다. 위고는 '사람들이 이 책을 평가하려고 할 때 문제가 되는 것은 책의 규모'라고 라크루아에게 보내는 편지에 썼다.

한 번에 출판할 수 있다면, 그 영향이 결정적일 것이오. 현재로서는 단편적으로 읽을 수밖에 없으니 전체적인 설계는 볼 수 없는 노릇이지요. 하지만 중요한 건 전체요. …… 이 책은 산과 같소. 멀리 떨어져서 봐야만 제대로 가늠하고 볼 수 있소. 다시 말해, 전체가 하나를 이루고 있소.[2]

불행히도 1부에 대한 반응이 다른 어느 부분보다 문학적, 재정적 시도의 성과를 결정할 가능성이 가장 컸다. 그러니 필수적이지는 않더라도, 『레 미제라블』의 첫 번째 독자들에게 책의 전체적 의미가 무엇인지 방향을 잡도록 해 주는 것이 합리적으로 보였다. 위고가 1860년 여름에 써 놓은 철학적 서문은 이미 제쳐 놓았고, 좀 더 간결한 서문이 시급했다. 1권의 2차 교정이 진행 중이지만 서문에 실을 것을 결정하기 전까지는 쪽수를 매길 수 없었다. 그는 서문을 5주 동안 보내지 않았다. (어쩌면 사실은 신년에 쓴 것이 아닌데 새로운 시작의 느낌을 주기 위해 날짜를 소급해서 적었을지도 모른다.) 어쨌거나 그가 보낸 것은 분명 현대적 옷을 입은 고대 수사법의 웅대한 배열이었고, 문학사에서 가장 많이 인용되면서도 가장 이해하기 힘든 긴 문장이었다. 내용은 이렇다.

> 법과 관습의 작동으로 문명의 한가운데서 인위적으로 지옥을 만들고 인간이 만든 운명으로 하늘이 내린 운명을 복잡하게 만드는 사회 때문에 저주가 계속 존재하는 한 금세기의 세 가지 문제, 즉 **프롤레타리아**가 낳은 인간의 타락과 굶주림이 낳은 여성들의 도덕적 타락과 어둠 속 방치가 낳은 아이들의 위축 문제가 해결되지 않는 한, 즉 더 넓은 관점에서 이 땅에 무지와 빈곤이 존재하는 한 이런 책들이 결코 쓸모없지는 않을 것이다.

복잡한 수사법을 모두 무시하면 이 글을 이렇게 정리할 수 있다.

- (장 발장의 황색 통행증같이) 법이 인위적으로 만든 이 땅의 지옥에서 사는 사람들이 있는 한,
- 관습이 (팡틴의 운명에 영향을 준 것처럼) 불행을 악화시키는 한,
- 금세기의 세 가지 문제가 해결되지 않고 남아 있는 한,
- 이 땅에 여전히 무지와 빈곤이 존재하는 한,
- 『레 미제라블』은 항상 유용한 책일 것이다.

이 서문은 '금세기의 문제'를 풀 방법을 말해 주지 않고, 『레 미제라

블』이 쓸모없어질 행복한 날을 가져오기 위한 정치사상을 암시하지
도 않는다. 문제가 무엇인지 보여 줄 뿐이지 해결책을 제시하지는 않
는다. 분명 '우리 시대의 문제'에 대해 가장 객관적으로 보이는 분석도
사실은 정치적인 행동이다. 그러나 위고가 이 짧은 서문에서 자신의
책에 부여하는 정치적 색채를 평가하려면 이 세 가지 문제를 표현하는
문구에서 그가 무엇을 말하려고 하는지 이해해야 한다.

이 문구들은 어떤 언어로든 옮기기가 쉽지 않다. 현대 프랑스어도
마찬가지다. 오늘날 기준으로 이 문구들을 해독하려고 하기에 앞서 원
문에 위고가 뭐라고 썼는지부터 살펴보자.

- la dégradation de l'homme par le prolétariat
- la déchéance de la femme par la faim
- l'atrophie de l'enfant par la nuit

세 번째 문구를 직역하면 '어둠에서 비롯한 아이들의 위축'이 된다.
여기서 '어둠'은 '교육'이나 '계몽'에 대한 전통적인 은유로 이해해야
할 '빛'과 상반되는 뜻으로 쓰였다. 다시 말해, 빈민층 아이들에 대한
교육의 부족이 '금세기의 문제' 중 하나다. 이것이 아이들을 '메마르
게' 하고, 아이들의 도덕적 성장을 막기 때문이다. 대중 교육이 가난한
사람들의 삶에 개선의 전망을 제시한다는 점은 누구도 부정하기 힘든
사실이다. 그러나 에포닌이나 가브로슈같이 교육받지 못한 아이들의
이야기에서 우리는 조금 다른 교훈을 얻을 수 있다. 그들은 사회의 희

생자인 동시에 그들의 아량·열정·지혜·쾌활함 같은 자질 덕에 영웅이 되기도 한다.

두 번째 문구를 직역하면 '굶주림에서 비롯한 여성의 타락'이라고 표현할 수 있지만, 이 맥락에서 **타락**은 바로 성매매를 뜻한다. 19세기 번역자들은 이를 '여성의 타락'으로 옮겼고 당시에는 이것도 옳았다. 이것이 성매매의 일반적인 완곡어였기 때문이다.

'우리 시대의 문제' 중 첫 번째 것을 해석하기가 가장 어렵다. 직역하면 '프롤레타리아에서 비롯한 인간의 타락'이다. 하지만 이것이 무슨 의미일까? '프롤레타리아트'는 고전 라틴어에 실제로 있던 단어가 아니라, 19세기 어느 시점에 고대 로마에서 가장 낮은 여섯 번째 시민 계급의 일원을 가리킨 단어 '프롤레타리우스(복수형 프롤레타리)'에서 유래했다. 프롤레타리는 노예라기보다는 상인이나 노동자였다. 이들이 프롤레타리인 것은 소유한 부동산이 없고 세금을 내지 않아 투표권이 없고 공직자가 될 자격도 없기 때문이었다. 사회에서 이들의 주요 기능은 다음 세대의 시민을 생산하는 것이었고, 이것이 바로 프롤레타리우스라는 단어의 실제 뜻이다. 이 단어가 자식, 후손을 뜻하는 '프롤레스'에서 유래했기 때문이다.

고대 로마에 관해 해박한 지식이 있던 위고는 프롤레타리아트라는 추상명사를 '프롤레타리우스의 상태', 즉 시민권을 박탈당한 상태라는 뜻으로 썼다. 나는 이 단어를 옮길 만한 단어로 '소외'가 떠오른다. 실제로 『레 미제라블』의 전통적인 러시아어 번역은 '소외된 자들Otvorozhennie'을 뜻한다. 오늘날 영어, 독일어, 러시아어, 프랑스어에서 '프롤레타리아'는 이런 뜻으로 통용되지 않는다. "만국의 노동자 여, 단결하라!Proletärier aller Länder!" 1848년에 발표된 『공산당 선언Manifest der Kommunistischen Partei』의 선동적인 마지막 문장은 마르크스가 독일어로 호소한 것이다. 그런데 그가 본문에서 프롤레타리아Proletärier와 프롤레타리아 계급Proletariat을 혼용한다. 엥겔스Friedrich Engels는 친구가 라틴어 어근을 임의대로 가져다 쓴 것을 알고 『공산당 선언』 다음 판에 각주를 달아 마르크스가 이 단어를 무슨 뜻으로 썼는지 설명했다. "프롤레타리아 계급은 생산수단을 소유하지 못하고 생계를 위해 노동력을 팔아야 하는 현대 임금노동자 계급을 가리킨다."[3] '부동산을 소유하지 못한'이라는 로마 시대의 의미가 '생산수단을 소유하지 못한'으로 바뀐 것이다. 이런 대체가 워낙 성공적이라서 위고가 생각한 프롤레타리아의 의미를 가려 버렸다.

　어떤 이는 이제 분명히 의미 없어진 '프롤레타리아에서 비롯한 인간의 타락'이라는 표현을 두고 위고가 이상한 단어 조합에서 뜻한 바가 있었을 것이라고 생각해 절충적인 번역을 시도하기도 한다. 그 결과, 위고가 자신의 것이 아닌 현수막을 들고 행진하게 만든다. 예를 들어, '무산계급화에 따른 인간의 타락'은 디킨스의 『어려운 시절』과 졸라의 『제르미날Germinal』의 취지에는 맞을 해석이지만 『레 미제라블』의 메시지를 표현한다고 볼 수는 없다. 마들렌의 모범적 공장에서 임금노동은 팡틴이 겪는 불행의 원인이 아닌 해결책이다. 239쪽에서 본 것처럼, 장 발장은 몽파르나스에게 범죄로 먹고사는 대신 '노동력을 팔라'고 진심으로 충고한다. 마르크스의 부정확한 라틴어 표현과 그가 정치

운동에 미친 오랜 영향 덕분에, 『레 미제라블』의 서문에 쓰인 단어가 위고의 걸작에 좌파 서적이라는 딱지를 붙였다. 『레 미제라블』이 진보적인 책이고 가난한 사람들의 시련에 도덕적 분개를 표현하는 것은 분명하지만, 유럽 좌파들이 오랫동안 고수한 경제원칙을 제안하는 것과는 거리가 멀다. 그보다는 훨씬 더 중립적인 책이다.

역사의 주인

그럼에도 위고는 혁명의 폭력적인 행동을 중심에 둔다. 『레 미제라블』의 바리케이드 이야기는 역사적 사건을 바탕으로 하지만, 위고가 사건 자체를 어떻게 각색했는지에 대해 모른다면 책의 의미를 평가하기가 힘들다.

공식 보고에 따르면 1832년 6월 봉기는 봉기 참가자 3000명과 정부군 및 국민방위대 3만 명이 맞붙은 사건이다. 일부 자료에 따르면 군인 73명과 민간인 93명이 사망했고 양측의 부상자를 합하면 300명이 넘는다. 최근 한 연구에서는 전체 사망자가 300명 정도 된다고 계산한다.[4] 프랑스 역사의 다른 소요 사태에 비하면, 위고가 묘사하는 바리케이드 사건은 아주 미미한 소동일 뿐이다.

사건을 촉발한 것은 위고가 잘 알지만 본문에서 비중 있게 다루지 않은 일련의 상황이다. 1832년 5월 16일, 콜레라로 페리에 총리가 사망하면서 정부는 지도자 없는 상태가 된다. 라피트가 이끄는 하원은 상황을 이 지경에 이르게 한 정책들을 이 기회를 이용해 냉혹하게 비판했다. 그들이 입으로는 왕실에 경의를 표했지만 정부 활동에 대한 그들의 가차 없는 비판은 국왕을 타도하자고 요청하는 것과 다를 바 없었다. 그들의 본뜻은 과연 무엇이었을까? 이에 대해서는 의견이 분분하다. 1830년에 무너진 부르봉 왕가의 지지자들은 재기할 기회를 엿보고 있었고, 보나파르트의 지지자들은 여전히 '자유주의적-제국주의' 쿠데타를 시도할 기회를 호시탐탐 노렸으며, 1830년 혁명의 성과를 국왕 루이 필리프에게 빼앗겨서 여전히 속이 쓰린 공화주의자들은 기필코 정권을 잡기 위해 반동적 쿠데타를 차단하는 데 몰두했다.

5월 30일에는 당대의 수학 천재 갈루아Évariste Galois가 여전히 확실한 이유를 알 수 없는 결투에서 목숨을 잃었다. 갈루아는 급진적 공화주의자였는데, 그의 장례식을 핑계로 봉기한다는 계획이 세워졌다. 그러나 그의 시신을 영구차에 싣기도 전에 그보다 더 잘 알려진 공화파 영웅 라마르크 장군이 콜레라로 사망했다는 소식이 전해졌다. 갈루아의 장례식은 6월 2일, 라마르크의 장례식은 6월 5일로 잡혔다.

가면을 쓴 사형 집행자가 보이지 않는 단두대를 들고 파리를 활보하고 있었다. "우리 모두 차례로 시체 자루에 들어갈 겁니다." 우리 집 하인은 아침마다 간밤에 얼마나 많은 사람들이 죽었는지 알려주면서 한숨을 쉬고 말했다. …… '자루에 들어간다'는 것은 비유적 표현이 아니었다. 관이 부족해서, 죽은 사람들은 대개 자루에 넣어 매장했다.[5]

모든 계급의 사람들이 벌레처럼 죽어 가는 상황에서 루이 필리프의 대외 정책에 대한 불만은 불에 기름을 붓는 구실을 했다. 이 '부르주아 왕조'는 프랑스 북부를 너무 일찍 포기하고 벨기에라는 새로운 나라가 세워지도록 허용하는 바람에 산업이 급속하게 성장하는 지역을 잃었다. 또한 국왕은 그 전해에 바르샤바 봉기가 러시아 황제군에게 진압되었을 때 폴란드인들을 도우러 가는 것을 거부했다. 폴란드인 수만 명이 국토에 대한 희망을 버리고 서유럽으로 이주했다. 1832년 무렵에는 대부분 지위가 높은 폴란드 이민자들 중 상당수가 파리로 이주해 있었다. 이들은 자유와 문명의 수호자 구실을 겁쟁이처럼 거부한 루이 필리프에게 살아 있는 치욕으로 보였다. 『사촌 베트』에 등장하는 나약한 조각가 벤체슬라스 스테인보츠크도 그들 중 하나였고, 폴란드의 국민 시인 미츠키에비치Adam Bernard Mickiewicz와 파리에서 최고급 저택을 구입한 부유한 귀족 차르토리스키Adam Czartoryski 공도 마찬가지다. 'ABC의 친구들'에서 유일한 노동자인 푀이의 전투 구호가 "폴란드 만세!"였던 것도 이 때문이다.[6]

1832년 6월 5일, 라마르크의 관이 마들렌에서 출발해 라파예트 장군이 추도 연설을 할 장소인 바스티유까지 행진할 때 대규모 군중이 그에게 마지막 경의를 표했다. 이때 조직된 선동가들이 군중의 경찰 공격을 유도하고 거리에서 추격전이 벌어졌다. 노동자계급 거주 지역에 바리케이드가 세워졌지만 단 하나만 빼고는 모두 빠르게 함락되었다. 라파예트는 봉기를 직감하고 밤사이 시골로 도망쳤다. 6월 6일 아침에 마지막 바리케이드를 진압하는 과정은 피비린내가 진동했지만 그리 오래가지는 않았다. 오후 3시쯤에는 국왕 루이 필리프가 대신들에게 사태가 진정되었다고 말할 수 있었다.

위고는 이 마지막 저항의 무대를 샹브르리 가로 옮기고 저항의 성격도 살짝 바꿨다. 성난 하층민이 주도한 저항이 아니라, 느슨하게 조직된 지식인 집단 'ABC의 친구들'이 주도하고 절망에 빠진 마뵈프 씨와 총 쏠 기회를 갖는 것이 주된 관심사인 '혁명 부랑아'가 동조한 봉기로 만든 것이다. 학생들이 혁명의 선봉에 선다는 신화는 원래 1830년 7월 혁명 때 엘리트 군사학교였던 에콜폴리테크니크의 학생들이 라탱 지구에 바리케이드를 설치하고 투쟁한 데서 비롯했다. 그러나 학생들이 반동 세력에 대항해 군중을 이끄는 이야기를 지속적인 신화로 만든 것은 사실 『레 미제라블』이다. 소설에서 이런 이야기가 다양한 극적·교육적 목표를 수행한다. 위고가 학생들을 동원한 것은 성공할 가망이 없다는 것을 알면서도 기꺼이 싸우려고 하는 교육받은 투사들이 대화와 연설을 통해 서로에게 자신들이 무엇을 하고 있는지 설명하고 우리의 이해를 도울 수 있기 때문이다. 그들은 모두 '진보'를 믿고 스스로를 프랑스혁명의 후손으로 생각하지만 그들 사이에는 중요한 차이가 있다. 푀이는 무엇보다 (오스트리아, 오스만, 러시아 등) 제국에 대한 반대가 싸움의 가장 큰 동기인 인물이다. 한편 프루베르는 경제적·사회적 문제들을 이해하는 데 몰두한다. 콩브페르는 엄격한 양자택일의 자세를 굳게 지키는 앙졸라의 합리적이고 점진적인 대안 구실을 한다. 그러나 'ABC의 친구들'은 (남성) 친구들의 집단이기도 하다. 쿠르페락 같은 구성원은 정치보다는 사교 면에서 한몫하고, 알코올중독자인 그랑테르는 정치 자체에 회의적이지만 자신의 영웅 앙졸라에게 철저히 충성한다. 우리가 『레 미제라블』의 정치라고 말할 수 있는 것이 있다면, 그것은 이 모든 태도를 끌어안고 조화시키는 것이어야 한다. 그러나 여기에서 청년 집단의 사상과 에너지만 작동하지는 않았다.

6월 6일 동이 트기 전에 바리케이드를 지키는 사람들은 파리의 다른 모든 지역이 조용한 것을 보고 성공할 가망이 없음을 깨닫는다. "기대할 것도, 희망을 가질 것도 없소. …… 여러분은 버려졌소." 앙졸라가 사람들에게 말한다.(V.1.iii, 1061) 그런데 그들은 왜 싸우기로 결정하는가? '군중의 가장 깊은 안쪽에서 누군가 큰 소리로 동료들에게 계속 싸우라고 촉구했기' 때문이다. 위고는 지도부와 대중의 이런 상호작용을 상세하게 묘사한다.

> 그 말을 한 사람의 이름은 아무도 몰랐다. 그는 눈에 띄지 않는 노동자로 신원을 알 수 없고 잊힌 남자였으며 스쳐 가는 영웅, 결정적인 말 한마디를 남기고 …… 어둠 속으로 홀연히 사라지는 이름 없는 영웅이었다.(V.1.iii, 1061)

이것은 전설적인 '민중의 목소리'다. 하이네도 그 목소리를 들었다. "우리는 이제 개인의 행동이 모든 것을 결정하는 시대를 지난 것으로 보인다. 새 시대의 영웅은 민중이고 정당이고 대중 자체다."[7] 30년이라는 세월을 사이에 두고 이 독일의 저널리스트와 프랑스의 소설가가 모두 그 피비린내 나는 최후의 결전이 열혈 분자 한두 명의 자살 충동이 아닌 전체 대중의 의지에서 나온 것이라고 보았다. 또는 더 높은 곳에서 나왔을 것이다. "결정적인 말 한마디를 남기고…… 순식간에 하느님의 백성을 대표한 뒤 어둠 속으로 홀연히 사라진다."(1061)[8] 위고가 따로 말하지 않았지만, 이 문장에는 '백성의 목소리는 신의 목소리 vox populi, vox dei'라는 라틴어 격언이 프랑스어로 옮겨져 인용되어 있다. 그런데 위고가 번역하지 않고 그냥 본문에 인용한 라틴어 문구는 역사적 사건들에 대한 정반대의 시각을 암시한다. 펙스 우르비스, 렉스 오르비스Fex urbis, lex orbis.(V.1.i, 1052) '최종 발언권을 가진 것은 신이 아닌 하찮은 일반 대중'이라는 뜻이다.

의미가 상반된 두 격언은 19세기 프랑스(그리고 위고)의 정치적 문제점을 아주 잘 요약한다. 민중이 결정권을 가져야 한다. 단, 민중이 틀리지 않을 때에만.

그날 밤 국민방위군이 반란자들에게 "누구냐?"라고 묻자 소년처럼 앳된 얼굴의 학생 지도자가 자랑스러운 목소리로 낭랑하게 "프랑스대혁명이다!" 하고 외치면서 일제사격이 시작되고 붉은 깃발이 쓰러진다.(IV.14.i, 1016) 어떤 이는 이것을 새로운 혁명을 일으키거나 기존 혁명을 계속하라고 촉구하는 것으로 받아들이고, 『레 미제라블』의 정치적 의미를 극화한 장면으로 해석할 수 있을 것이다. 그러나 위고는 물론이고 앙졸라가 하려던 말은 그게 아니다. 그는 1789년 프랑스대혁명의 정신에 대한 충성을 선언하는 것이다. 1789년 혁명은 실제로 일어났고 지금도 여전히 이름에 걸맞은 위상을 유지하는 유일한 프랑

스대혁명이고, 그래서 '그리스도 탄생 이래 인류의 가장 위대한 진보'
다.(I.1.x, 39)

『레 미제라블』5부를 시작하는 1848년 혁명에 관한 논평은 '혁명'과
'폭동'을 구분하는 데 상당 부분을 들인다. 영어와 프랑스어에는 시민
소요를 가리키는 단어가 많다. 그 단어들이 저마다 다른 봉기의 형태
를 나타내지만, 사실 그 형태의 실질적인 차이보다는 단어를 쓰는 사
람이 부여하려고 하는 뜻에 따라 구분되는 경향이 크다. 어떤 폭력 사
태를 정치적·사회적 의미가 없는 것으로 치부하려는 경우, '소요'(쟁
의)나 '사태'라고 부를 수 있다. 프랑스 정부는 1950년대 내내 알제리
에서 벌어진 전쟁을 '알제리 사태'로 불렀고, 1968년 라탱 지구에서
바리케이드가 세워지고 최루가스가 살포된 사건을 항상 '5월 사태'라
고 불렀다.

좀 더 관심받을 가치가 있지만 법과 질서에 대한 정당화할 수 없는
공격에 해당하는 사건은 폭동이나 소요다. 그래서 1848년 6월의 바리
케이드는 '성실한 사람이 민중을 사랑하기 때문에 의무적으로 싸워야
했던' 폭력이다.(V.1.i, 1052)

'반란'은 좀 더 많은 의미가 부여되며 사람들의 폭력적인 성향을 넘
어서는 진정한 대의명분을 상정하는 단어다. 그러나 이것도 정치적 정
당성이 부족하기 때문에 진압해야 한다. 1789년에 바스티유가 함락되
었다는 소식을 들은 국왕의 반응에서 그 의미를 엿볼 수 있다. "반란
인가?" 루이 16세가 조신에게 물었다. 대답은 "아닙니다, 폐하. 혁명
입니다."

그러나 '혁명'은 완전한 전환을 뜻한다. 아무리 사건의 규모가 커도 원래 있던 위치를 벗어나지 못한다면 혁명이라고 불릴 수 없다. 1832년 6월 5일 사건에 대해 위고가 쓴 단어는 봉기다.

'소요'나 '사태', '폭동', '반란'에서 발생하는 폭력 행위는 일반적인 법으로 처벌할 수 있는 범죄다. 반면, 혁명에서 일어나는 폭력 행위는 진보 과정의 영웅적인 행동으로 여겨진다. 물론 1832년 샹브르리 가의 바리케이드가 1848년 탕플 가의 바리케이드나 1968년 5월 르 고프 가의 바리케이드와 동일하게 보인 것처럼, 이런 폭력 행위들은 똑같거나 똑같은 종류의 행동이다. 봉기에서 양측이 저지르는 폭력 행위를 질서의 교란으로 이해해야 할지, 아니면 비틀거리며 앞으로 나아가는 인류의 진보로 이해해야 할지를 구별하기는 쉽지 않다.

폭력 문제는 바리케이드에 관한 논쟁에서 가장 어려운 부분이다. 젊은이들은 모두 자신들이 만든 상황에서 싸워야 하고, 그러면서 자신의 존엄성을 지키고 후대에 메시지를 남겨야 한다는 데 동의한다. 콩브페르와 쿠르페락에게 폭력은 일시적으로 필요하지만 원칙은 아니다. 반면에, 앙졸라는 폭력이 **유일한** 방법이라고 주장한다. "그 점에서 그는 결코 변함이 없었다."(V.1.v, 1067)

앙졸라는 『레 미제라블』 또는 위고를 대변하지 않는다. 주인공 장발장은 바리케이드에 도착해서 열혈 분자들에게 총을 어떻게 쓰는 것인지 몸소 보여 준다. 가끔 밀렵을 한 이력 덕에 그는 명사수가 되었고, 생명을 빼앗는 것이 아니라 구하는 데 자신의 기술을 이용한다. 우선 매트가 매달려 있는 밧줄을 쏴서 매트를 바리케이드의 방탄 막처럼 이용하고(V.1.ix, 1078), 그다음에는 저격수의 철모를 떨어뜨려 사정거리에서 물러나게 한다.

> "그자를 죽이지 않은 이유가 뭐요?" 보쉬에가 장 발장에게 물었다.
> 장 발장은 대답하지 않았다.
> 보쉬에가 콩브페르에게 귓속말을 했다. "저 사람은 내 질문에 대답하지 않았어."
> "저분은 총으로 좋은 일을 해." 콩브페르가 대답했다.(V.1.xi-xii, 1083)

그는 정부 측 염탐꾼으로 다시 등장한 자베르를 사살하라는 특별 임무를 지시받지만 그의 머리에 총을 쏘는 대신 그냥 보낸다. 그의 행동은 오직 총을 통해서만 진보할 수 있다는 앙졸라의 확신이 옳지 않다는 것을 증명한다. 이 소설은, 사람을 쏘는 것은 도덕적 진보가 **아니라고** 말하는 것 같다. 자신들의 수단이 잘못된 것을 이해하지도 못한 채 바리케이드에서 쓰러지는 것이 이 젊은이들의 운명이라면, 위고가 다양한 생각을 가진 매력적인 젊은 영웅 집단을 만든 취지는 뭘까? 셸리Percy Bysshe Shelley는 고대이집트의 파라오를 기린 시 「오지만디아스Ozymandias」에서 아무리 위대한 역사적 업적도 모두 시간 속에 허망하게 스러지는 것을 한탄한다. "뭉툭하게 삭아 버린 / 그 웅장한 조각상의 잔해 주변으로 / 끝없이 텅 빈 / 외롭고 평평한 모래밭만 아득하게 펼쳐져 있다." 위고는 샹브르리 가에 서 있는 영웅들을 다른 관점으로 바라본다.

> 성공하건 실패하건…… 유토피아를 옹호하는 이들을 찬양하지 않
> 을 수 없다.
> 설령 그들이 비극으로 끝나더라도, 그들은 마땅히 존경받아야 하
> 고…… 어쩌면 그들이 더 장엄할 때는 오히려 실패할 때다.(V.1.xx,
> 1109)

> 비록 실패하더라도, 아니, 특히 실패할 때 그들은 위대한 계획을 위
> 해 싸운다. 그들은 1789년 7월 14일에 시작된 장엄하고 저항할 수
> 없는 인류의 운동에 영광스럽고 보편적인 결과를 만들기 위해……
> 거룩하게 행동한다.(1110)

그런 결과는 무엇으로 이루어지는가? 앙졸라는 웅변조의 열변을 토
하며 '바리케이드 위'가 아니라 먼 지평선에서 무엇이 보이는지를 이
야기한다. "낡은 역사가 끝나고 참혹한 사건이 더는 일어나지 않는다
고 사람들이 말할 날이 올 것이다."(V.1.v, 1070) 소설 서문의 내용을 곧
이곧대로 받아들인다면, 그날 『레 미제라블』은 쓸모없어질 것이다. 그
날이 오면 언론의 자유·표현의 자유·종교의 자유를 누리고, 형법 개
혁에 따라 감옥이 철폐되고, 완전고용과 평화주의와 정치적 연합을 누
리게 될 것이다. 이것은 오늘날 유럽연합의 기본 원칙과 대부분 비슷
하다. "문명은 유럽 정상, 그리고 나중에는 대륙 중심의 위대하고 지

성적인 의회에서 회의를 열 겁니다."(V.1.v, 1068) 앙졸라는 위대하고 지성적인 의회라고 불러도 무방할 '유럽 정상 회의'가 열리는 브뤼셀의 베를레몽과 제네바와 뉴욕에 있는 UN 기구들을 내다보는 혜안을 가진 듯하다. 현대사회에서 이 안정과 평화의 기둥들은 분명 『레 미제라블』을 읽었을 수많은 개인들이 세웠다. 어떤 의미에서 우리는 모두 위고주의자다.

미래

앙졸라는 내적 갈등과 가난에 시달리는 나라가 어떻게 그런 미래를 향해 유럽의 나머지 지역을 이끌고 나갈 것인지에 대해서도 말한다. "우리는 바다뱀을 길들였습니다. 증기선이라는 뱀이지요. 우리는 용도 길들였습니다. 기관차라는 것입니다. 우리는 기괴한 새도 길들였습니다. 그것은 기구라고 하지요."(1068) 이번에도 그의 말이 옳다. 과학과 기술은 『레 미제라블』이 등장한 이래 150년이라는 시간 동안 빈곤을 없애는 데 크게 이바지했다. 앙졸라가 여기서 1832년 봉기의 궁극적인 의의로 제시하는 것은 그때 이후 유럽과 세계 역사에서 개선된 측면에 대한 스케치다. 그러나 그는 악화된 측면은 상상하지 못한다. 앙졸라는 이미 그 일부다. 위고가 앙졸라에게 부여한 금발과 하얀 피부와 아름다운 이목구비는 그를 민주주의의 요람이자 최초의 공화정에서 시작된 가치들을 전하는 그리스나 로마의 반신반인처럼 보이게 한다. 그러나 정치적인 명분에만 헌신하는 극단적 성향과 자신보다 이성적인 사람들에게 행사하는 카리스마, 폭력이 가져오는 정화淨化의 미덕에 대한 흔들리지 않는 신념은 20세기를 유토피아가 아닌 생지옥으로 만든 사람들을 떠올리게 한다.

현대에 자베르와 같은 일을 하는 사람들은 앙졸라를 보면서 지식인을 견제하고 감시해야 하는 이유를 알려 주는 훌륭한 예라고 생각할지도 모른다. 그러나 『레 미제라블』이 '우파적' 책은 아니다. 『레 미제라블』이 주류 좌파의 사상과 맞지 않는 점은 주류 좌파가 사회 계급을 이야기한다는 데 있다. 위고는 '계급'이 부자와 빈민의 존재를 설명하기 위한 현실성 있는 개념이라는 데 동의하지 않는다. 사실 그는 '계급'과 그보다 훨씬 오래된 사회계층을 뚜렷하게 구분하지 않고 혼용한다.

> 어떤 이들은 부르주아를 계급으로 잘못 규정하려고 한다. 부르주아는 단지 민중 가운데 만족하는 일부일 뿐이다. 부르주아는 앉아 있을 시간이 있는 사람이다. 의자는 사회계층이 아니다.(IV.1.ii, 745)

(『자본론Das Kapital』은 프랑스어로 출판되지 않았고, 1862년에는 독일어로도 출판되지 않았으니) 위고는 마르크스를 읽지 않았지만, '계급투쟁'이라는 개념은 널리 퍼져 있었기 때문에 채널 제도에서 망명 생활을 한 진보적 정치 활동가들을 통해 분명히 들었을 것이다. 그러나 '어떤 이들'이

뭐라고 말하건, 누가 봐도 '부르주아'인 그는 자신이 '민중'과 '갈등' 관계에 있다는 것을 믿을 수 없었다. 그는 소외되고 배제되며 억압받는 사람들과 연대하는 마음을 보여 주고 불러일으키기 위해 소설을 썼다. 그는 잘나가는 부르주아였지만, 그의 주인공 장 발장처럼 인심이 후해서 선행을 많이 했다. 설령 '부르주아'가 노동자를 착취하고 억압하는 집단의 이름이라 해도, 부르주아는 여전히 '계급'이 될 수 없다. "잘못을 저지르는 사람들의 집단은 계급이 아니다. 이기주의는 사회 체제를 나누는 요소가 아니다."(IV.1.ii, 745)

소련에서 문학을 엄격하게 검열하던 암흑기에도 『레 미제라블』은 삭제 없이 러시아로 번역되어 계속 출판되었다.[9] 다른 어떤 책도 『레 미제라블』 같은 이야기를 하는 것이 용납되지 않았을 것이다. 위고는 소련에서 가장 널리 읽힌 프랑스 작가이며, "러시아를 아는 사람이라면 누구나…… 러시아인들이 누구보다 아끼는 두 작가가 푸슈킨 Aleksandr Pushkin과 위고라는 사실을 알 것이다."[10] 위고의 공격할 수 없는 명성이 가져온 한 가지 결과는, 오랫동안 소련 독자들이 영국 독자들보다 『레 미제라블』이 역사와 정치에 대해 말한 것을 더 잘 이해했다는 것이다.

『레 미제라블』이 특정한 정치 신념을 제시하지 않아도 위고가 말하는 이야기에서 제한적이지만 여전히 야심 찬 사회적 행동 프로그램을 도출할 수 있다. 이런 정책들 중 분명하게 표현된 것은 하나지만, 다른 것들도 이론의 여지 없이 위고가 전하려고 한 메시지에 속한다.

1. 전과자들이 복역을 마친 뒤 사회로 복귀할 수 있는 조건을 만든다. 예를 들어, 1815년에 장 발장이 숙식하고 일자리 찾는 것을 힘들게 한 '황색 통행증'을 없앤다.

2. 정의가 자비로 완화될 수 있도록 형법을 개정한다. 예를 들어, 아이들에게 먹일 빵을 훔쳤다는 이유로 가난한 농부를 노역형에 처하지 않는다.

3. 교육받지 못한 대중을 위해 일자리를 더 많이 만든다. 예를 들어, 수익률 좋은 유리구슬 공장으로 팡틴에게 자존감을 준 마들렌 씨처럼 한다.

4. 빈민을 위한 학교를 세우고 초등교육을 의무화, 보편화한다. (이것이 웅변적으로 단호하게 주장한 정책이며, 1877년에 통과되어 위고가 살아 있을 때 실행되었다.)

이 네 가지 목표를 딱히 '정치'라고 할 수는 없지만 이 모든 대책을 지난 150년 동안 좌파 정부와 우파 정부가 모두 실행했기 때문에 우리가 쉽게 동의할 수 있는 한 가지 진로가 제시된다. 우리는 미래 사회의 진보에 대한 위고의 확신을 무시하면 안 될 것이다. 또『레 미제라블』이 그런 진보를 이끌고 가속화하는 데 얼마나 이바지했는지도 과소평가하면 안 될 것이다.

14장

/

걸림돌

증오의 파괴적 잠재력

앙졸라, 콩브페르, 쿠르페락과 위
고가 꿈꾼 진보의 길에는 장애물이 많다. 군주제, 사람들의 범죄 성향
을 억누르기는커녕 오히려 부추기는 역기능적인 법과 처벌, 여성의 시
민권 박탈, 인간의 허영심과 조급함, 일자리와 식량의 부족……. 이런
도덕적·사회적 병폐는 현명한 정부와 집단적 조화로 치료해야 하지
만, '어두운 지하 세계'에는 여전히 협조를 거부하는 성난 사람들이 있
을 것이다. 도움받을 자격이 있는 빈민은 분명 도울 방법이 많다. 그러
나 남들이 가진 것을 시샘하며 침해하려고 하는 **나쁜 빈민**은 어떻게
할까?

뮤지컬과 그것을 바탕으로 만든 영화에서, 테나르디에는 대부분 심각한 등장인물들로 채워진 『레 미제라블』에 가벼운 기분 전환을 제공한다. 이 책에서도 나는 끊임없이 일을 꾸미지만 너무 어설퍼서 매번 실패하는 테나르디에 일당의 우스꽝스러운 모습을 지적했다. 그러나 소설에서 테나르디에는 전혀 우스운 인물이 아니다. 위고는 그를 아주 엄격하게 다룬다. 그가 옹호하는 모든 가치를 테나르디에 일당이 어지럽히고 위협하기 때문이다.

테나르디에는 스스로 만든 부채와 범죄 외에 어떤 불행의 희생자도 아니다. 스스로 생활비를 벌 수단이 없지도 않다. 읽고 쓸 줄 알고 계산할 줄 아는 데다 사업을 운영하고 정교한 계획을 짤 지능도 있다. 게다가 술꾼이나 호색가도 아니다. 사실 테나르디에 가족은 『레 미제라블』 전체에서 유일하게 함께 살면서 (전 가족은 아니지만) 서로서로 돌보는 전통적 가족의 모델이 된다. 그러나 그들은 자신의 자질과 재능을 제대로 활용하지 못한다. 테나르디에 부인은 플로베르의 에마 보바리는 저리 가라 할 만큼 저속한 로맨스 소설에 빠져서 뇌를 썩힌다. 테나르디에는 썩 훌륭하지 않은 문장력과 엉터리 철자법으로 자선을 구걸하는 편지를 쓴다. 또한 이 부부는 부모 자식 관계를 이용해 딸들을 거리로 내보내 착취하고 아들들은 이상하게도 철저히 방치한다. 반은 가난뱅이고, 반은 능력이 있는 이 사람들을 이 책의 궁극적인 악당으로 만드는 것은 무엇인가?

테나르디에는 워털루 전투에서 부대를 따라다니던 시체털이범으로 처음 등장한 이래 몽페르메유의 여관 주인으로, 나중에는 파리의 범죄

조직 파트롱미네트의 두목으로 나온다. 그는 수감되지만 장 발장이 오리온호에서 바다로 뛰어내린 것만큼이나 대담하게 탈출해 파리 하수도의 비공식 문지기로 불쑥 다시 나타난다. 그리고 곧이어 참회 화요일 행렬에서 가장을 한 채 꽃수레를 타고 등장하더니 또 신분을 위장해 마리우스를 협박하려고 한다. 따지고 보면 그는 보통 사람이 아니다. 자베르 못지않게 집요하고 장 발장 못지않게 수완이 좋다. 지위와 신분을 바꾸는 횟수로는 장 발장을 능가할 정도다.

그러나 그는 온전한 사람이 아니다. 워털루 전투에서는 시체를 뒤지는 콘도르고, 하수도에서는 악귀인 테나르디에는 어떤 역을 할 때마다 올빼미, 늑대, 고양이, 호랑이 같은 짐승이나 새로 비유된다.[1] 그리고 대부분의 등장인물들과 달리, 그는 온전한 프랑스인도 아니다. "플랑드르에서는 릴 태생의 플랑드르 사람 같고 파리에서는 프랑스 사람 같으며 브뤼셀에서는 벨기에 사람 같은 이 잡종 인간은 편리하게 국경을 넘나든다."(II.3.ii, 345) 그는 또한 두 가지 사회적, 도덕적 정체성의 경계에 있다. "테나르디에는 정직한 상인과 착실한 시민으로 살기 위해 필요한 모든 것을 …… (그리고) 악당이 되기 위해 필요한 모든 것을 가지고 있었다. …… (그는) 괴물의 속성이 있는 상점 주인이었다."(II.3.x, 384) 이런 면에서 위고의 '나쁜 남자'는 다른 어떤 등장인물보다 일반적인 현대 소설 속 등장인물과 비슷하다. 미리엘이나 장 발장, 팡틴, 코제트, 자베르가 모두 단순한 성격의 인물로 그려진 것과 달리 테나르디에는 인간의 삶처럼 복합적이며 모순적이고 복잡하다.

더욱이 그를 버티게 하는 것은 탐욕이 아니라 격정이다. "그는 마음속 깊은 곳에 증오의 용광로가 타올라 인류 전체에게 적의를 품었고"(II.3.ii, 346), 그의 아내는 "인류에 대한 증오"가 끓어올랐다.(IV.6.i, 845) 그는 대개 그런 증오를 감추고 분노를 좀처럼 드러내지 않아 "악당치고는 온순한 편"(II.3.ii, 346)이었지만, 마침내 부자로 보이는 남자가 그의 앞 의자에 묶였을 때 거침없이 분노를 터뜨린다.

악당이라고? 그래, 너희 부자들이 우릴 그렇게 부른다는 건 알아! 그래, 난 빈털터리에 숨어 사는 신세고 돈이 없는 것도 사실이야. 그러니 악당이지. 난 사흘이나 굶었어. 그러니 악당이 될 수밖에! 흥, 너희들은 발이 따뜻하게 실내화를 신고 주교처럼 솜을 채운 외투를 입고 관리인이 있는 집 2층에 살면서 송로버섯을 먹고 1월엔 한 다발에 40프랑씩 하는 아스파라거스랑 완두를 실컷 먹겠지. 날씨가 얼마나 추운지 보려면 슈발리에 기사의 온도계가 몇 도를 가리키는지 신문을 볼 테고 말이야. 우린 온도계를 가지고 있어. 우리 몸이 바로 온도계지! …… 혈관의 피가 얼어붙고 심장에 얼음이 끼는 것처럼 느껴지면 우린 말하지. "세상에 하느님은 없군!" 그리고 네놈이 우리 굴에 온 거야. 그래 굴이지. 우릴 악당이라고 부를 테면 불러! 네놈을 먹어 버릴 테니까! 잘근잘근 씹어 먹을 테다, 이 불쌍한 것!(III.8.xx, 717)

기득권과 다른 이들의 안락함을 향한 테나르디에의 통렬한 비난은 가진 것 없는 사람들의 고통에 대한 위고의 공감을 보여 준다는 점에서 인상적인 동시에 매우 오싹한 장면이다. 그렇게 성난 사람들은 '빈민 방문자'의 친절한 행동으로 '개선되지' 않을 것이다. 남들은 그렇지 않은데 테나르디에는 왜 굶주려야 하는가? 이런 분노와 탐욕이 사회 질서를 약화하고 무너뜨리는 것을 과연 무엇으로 막을 수 있을까? 테나르디에라는 인물은 악마가 가난한 사람들의 정당한 불만을 이용할 수 있다는 것을 알리는 경고다.

『레 미제라블』은 이 장면에서 제기하는 근본적 문제에 답할 수 없다. 악마 자체는 존재하지 않을지 몰라도 악은 분노와 탐욕의 형태로 존재한다. 테나르디에는 결국 신대륙 미국으로 떠나지만 증오의 파괴적 잠재력이라는 풀리지 않는 문제를 남기고 간다. 이 문제에 대해 위고가 할 수 있는 것은 전혀 없었다.

숨은 이야기 찾기: 상류층 언어·
하류층 언어·라틴어·비속어

　　　　　17세기에 문학적 표현의 규범을
정한 예의범절에 관한 규칙은 쓸 수 있는 어휘에 엄격한 제한을 두었
고, 그 결과 라신Jean Racine의 유려한 비극들은 2000가지 안팎의 단어만
으로 쓰였다. 위고는 타의 추종을 불허하는 방대한 어휘 때문에 라신
보다 셰익스피어를 훨씬 더 높이 평가했다. 등장인물이 많고 줄거리
도 다층적으로 구성되어 있으며 배경이 다양한 『레 미제라블』은 위고
에게 이 영국의 거장과 어깨를 나란히 하고 문학에 쓰이는 프랑스어의
조합을 기존의 틀보다 확장할 기막힌 기회가 되었다. 본문을 구성하는
63만 단어를 분류하면 약 2만 종이다.[1] 어휘 자체가 훨씬 방대한 영어
로 작업한 셰익스피어와 맞먹는 수준일 것이다.[2]

　『레 미제라블』의 독자들이 전에 본 적이 거의 없고 앞으로도 다시
못 볼 어떤 단어들은 오래된 사전에서 문자 그대로 '구조'한 것들이다.
손가락 통풍을 뜻하는 '쉬라그르chiragre'는 위고가 『레 미제라블』에서
질노르망을 묘사하며 다시 통용시키기까지 200년 동안 거의 사용되
지 않았다. 또 다른 단어들은 이미 사라져 버린 것을 가리키기 때문에

거의 알려지지 않게 되었다. '좌석 하나짜리 너절한 마차'를 가리키는 '베를렝고berlingot'와 '산간 지역으로 승객을 태우고 가기 위해 당나귀 등에 얹는 길마'를 뜻하는 '카콜레cacolet', 주로 광대나 공연자가 이용하는 '작은 말이 끄는 마차' '마렝고트maringotte' 등이다. '삽이나 팽이, 도끼 등을 만드는 날붙이 제조인'을 뜻하는 '타이양디에taillandier'와 '하급 법원 서기'를 뜻하는 '타벨리옹tabellion'처럼 사양길로 들어선 업종을 가리키는 어려운 단어도 있다. 피카르디 사투리를 말하는 포슐르방은 서기 일을 하면서 표준 프랑스어를 익힌다. 또 위고가 쓴 희귀한 단어들 중에는 저절로 없어진 것도 있다. 가브로슈와 그의 친구들이 거리에서 하는 구슬치기를 뜻하는 두 단어 '파유스fayousse'와 '피고슈pigoche'가 그 예다.

『레 미제라블』에 쓰인 특별한 단어들 중 상당수는 새와 꽃, 덩굴식물, 잡초, 허브의 이름이다. 정원 가꾸기를 아주 좋아한 위고의 어머니가 그들이 살던 라탱 지구의 집, 레 픠이앙틴의 무성한 뒤뜰에서 아들에게 매일 물 주기부터 잡초 뽑기 같은 임무를 떠안겼을 뿐 아니라 주변에서 자라고 짹짹거리고 기어 다니고 퍼덕거리는 모든 것에 대해 날카로운 눈과 정확한 어휘도 갖게 해 주었다. (이 집 정원은 플뤼메 가의 정원으로 재현된다.) 그래서 위고는 잠두의 일종인 구르간이나 비켈로트라는 감자, 통발, 자반풀, 미역취, 할미새, 방울새 등을 어려움 없이 정확하게 가리킬 수 있었다.

위고의 식물에 관한 전문 지식을 장 발장이 물려받았다. 이는 한때 가지치기로 생계를 이어 간 농부에게 합당한 설정으로 보인다. 몽트뢰유 쉬르 메르의 시장이 되고 나서 그는 가능한 한 과묵함을 유지하는 평소 원칙을 깨고 지역 주민들에게 자신의 지식, 특히 흔히 나쁜 풀로 보는 쐐기풀과 잡초를 활용하는 방법에 관한 지식을 전한다. 그가 여기서 이 소설의 주제 중 하나를 말하는데, 위고를 비판하는 보수층은 종종 그것을 범죄의 책임이 사회에 있다는 선동적인 주장으로 받아들인다. 그리고 사실이 그렇다. 그는 "**나쁜 풀**이나 **나쁜 사람**은 없고 나쁜 정원사가 있을 뿐"(I.5.iii, 152)이라고 말한다.

위고가 다른 대목에서는 대군 영지의 소유자를 뜻하는 아파나지스트_apanagiste_나 홀아비 생활을 가리키는 비뒤테_viduité_, 성가를 부르는 가수인 살랑_psallant_, 성 바실리우스 교단의 수도사인 칼로예_caloyer_, 중우정치인 오클로크라시_ochlocratie_처럼 난해한 법적·종교적·정치적 단어와 카탈루냐 반군을 뜻하는 미클레_miquelet_같이 진기한 역사적 표현, 문자 그대로 옮긴다면 "비가 오는지 들어 보라."지만 허풍이나 희망 사항을 나타내는 에쿠트실플뢰_écoutes-il-pleut_ 같은 예스러운 표현을 재활용한다.[3] 그러나 아무리 큰 프랑스어 사전에서도 『레 미제라블』에 등장하는 단어를 모두 찾을 수는 없다. 예컨대 쥐가 올라오는 것을 막기 위해 가브로슈가 침대에 둘러친 철망을 가리키는 단어 zinzelière를 프랑스어에서 찾을 수 없고,[4] '목구멍'이나 '식도'를 뜻하는 단어 gargoine도 사전에 없다.[5] 『레 미제라블』에 등장하는 몇몇 단어는 위고가 언어에 자신만의 표시를 하는 장난스러운 오락 때문에 직접 창조했다는 의심도 있다.[6] 『레 미제라블』의 풍부한 어휘는 재미있는 역설을 만든다. 『레 미제라블』이 세계에서 가장 많이 번역된 문학작품이랄 수 있지만, 그 속에 담긴 모든 단어의 뜻을 아는 사람은 아무도 없다는 것이다.

위고는 지금까지 말한 것뿐만 아니라 다양한 방식으로 프랑스어의 경계를 넓혔다. 우선 방언을 업신여긴 수백 년의 전통을 깨고, 프랑스 방언을 존중하며 소설에 썼다. 미리엘 주교는 카탈루냐와 프로방스 방언으로 교구민에게 인사하는 법을 배운다. 장 발장의 가정부인 투생은 표준적인 프랑스인들이 알아듣지 못하는 바르네빌(프랑스 본토 중 건지와 가장 가까운 곳)의 노르망디 방언을 말한다.[7] 위고는 오트빌 하우스의 하녀에게 주워들은 저지 방언도 이용한다. '바닥 닦기'를 뜻하는 단어 scrobage였는데, 프랑스어를 가장한 영어라는 사실을 알았다면 아마 빼 버렸을 것이다.[8]

그러나 『레 미제라블』이 프랑스어를 재정의하는 주된 방식은 전에 글로 쓰지 않던 대중적인 언어를 도입하는 것이다. 위고는 디킨스처럼 '하류' 언어의 발음을 표현하는 방식을 이용하지 않는다. 이것은 물론 장 발장이 입을 열어도 정체가 드러나지 않도록 하기 위한 위고의 작전이다. 위고는 특별한 말씨가 없는 프랑스어의 사용을 거의 예외 없는 철칙으로 삼았고, 표음식 표기는 가브로슈를 설명하는 부분에만 등장한다.[9] 이 못 배운 부랑아가 "저게 뭐지?"라고 말할 때 우스꽝스럽게 긴 표준 프랑스어 문장("Qu'est-ce que c'est que cela?") 대신 확 줄인 표현("keksékça?")을 쓴다. 위고는 전혀 프랑스어 같지 않은 이 말을 모든 프랑스어 사용자들이 알고 이용한다고 주장한다. 교회와 학교의 연단에서 말할 때를 제외하면, 누구도 '케스크세크슬라'라고 모든 소리를 다 내지 않는다는 그의 주장은 분명 옳다. 그러나 이 표기에서

가브로슈는 '-er'로 표시되는 약모음을 생략할 뿐만 아니라 첫 번째 s
와 k의 순서를 뒤집는다. 이것은 파리 통속어의 고유한 특징이다. 예
를 들어, 팡틴은 연인의 이름을 펠릭스Félix가 아닌 펠리스크Félisque 톨
로미에스라고 발음하고 봉바르다 식당의 만찬을 뤽스luxe가 아닌 뤼스
크lusque로 발음했을 가능성이 크다.[10] 이와 마찬가지로 가브로슈가 질
문하는 방식도 파리 대중이 쓰는 언어의 특징이다. 그는 고상한 프랑
스어나 글로 쓴 프랑스어처럼 단순히 주어와 동사의 자리를 바꾸지 않
고 동사 뒤에 의문형을 만드는 단어 ti를 더한다.[11] 이 두 가지 방언 특
성은 파리 거리에서 오늘날에도 들을 수 있다.

위고는 s와 k의 도치나 의문형 ti의 삽입처럼 어떤 장소나 지역에 사
는 가난한 사람들 특유의 언어와 화자가 특정 계급의 일원이라는 것
을 나타내는 언어를 명확하게 구분하지 않는다. 또한 통속적이고 익
숙하며 '거친' 프랑스어 어휘와 도둑들이 쓰는 언어의 어휘도 뭉뚱그
린다. 『레 미제라블』에서 이렇게 언어의 엄격한 구분을 무시하는 것은
위고가 새로운 언어 사용역, 즉 상황과 환경에 따른 언어의 이형들 중
'은어'를 소개하기 위해서다. 어떤 의미에서 '거친' 프랑스어와 '알맞
은' 프랑스어 간 경계는 항상 변하기 때문에 위고가 두 언어를 뒤죽박
죽 섞은 것은 정당하다고 볼 수 있다. 예를 들어, 가브로슈가 '침대'와
'잠'을 뜻하는 단어로 쓴 피욜piaule과 피옹세pioncer가 위고에게는 낯선
거리의 언어였지만 지금은 프랑스어 일상 어휘의 일부가 되었다. 영어
단어 중 '스누즈snooze(잠시 눈을 붙이다)'와 '스니치snitch(고자질하다)'가 19
세기 초에 호주로 이송된 죄수들의 은어에서 나온 것과 같은 이치다.[12]

위고가 우연히 만난 하인과 상인과 매춘부의 말에서 통속적인 프랑스어를 들었을 텐데 소설에 그들의 통속어를 넣은 것, 특히 워털루 전투에서 캉브론의 저항을 다룬 대목에 똥이라는 금기어를 쓴 것은 문자언어의 지평을 넓히기 위해 그가 오랫동안 기울인 노력의 일환이다. 그러나 은어의 경우, 암흑세계의 일원이 그에게 진짜 은어를 쓰는 방법을 가르쳐 주지는 않았을 것이다. 불량배들이 은어를 쓰는 이유는 외부인이 알아듣지 못하게 하는 데 있기 때문이다. 밑바닥 범죄자들의 낯설고 이국적인 어휘가 영국에서는 죄수들의 계획을 염탐하려는 뉴사우스웨일스 식민지 총독에게 한 죄수가 석방을 조건으로 암호를 해독해 주면서 처음 공개되었고,[13] 프랑스에서는 한때 범죄자였다가 파리 경찰서장이 된 비도크라는 남자가 은퇴와 함께 죄수들의 은어를 엮어 출판하면서 처음 공개되었다.[14] 소설가들은 이 진기하고 언뜻 이해할 수 없는 단어들을 범죄 세계를 그린 모험소설의 자료로 썼다. 쉬는 1842년에 『파리의 비밀』에서 그 말들을 거의 통째로 가져다 썼고, 발자크도 같은 어휘를 『매춘부의 영화와 몰락Splendeurs et misères des courtisanes』 (1847)에 썼다. 위고도 같은 책을 이용했는데, 그보다 덜 알려진 『철학자 사기꾼의 비망록Mémoires d'un forban philosophe』이라는 작자 미상의 자료도 발견했다. 그는 1840년대에 레오니에게 쉬의 은어를 『철학자 사기꾼의 비망록』과 대조해 달라고 했고, 『레 미제라블』에 비도크Eugène François Vidocq가 펴낸 목록에 실린 단어들을 쓸 때 쉬가 아니라 레오니가 표기한 것을 이용했다.[15]

비도크의 은어 목록은 별로 길지 않았다. 20세기 프랑스의 인기 소설가 다르_{Frédéric Dard}는 한 인터뷰에서 프랑스어 비속어 사전에 실린 단어와 표현이 100여 개밖에 안 된다면서 "항상 똑같은 것만 계속 나와서 아예 내가 새로 만들어 내야 했다."고 불평했다.[16] 그는, 아마 몰랐겠지만, 위고의 선례를 따르고 있었다. 『레 미제라블』에서 은어가 등장하는 장면들은 문헌 자료에서 찾은 단어들을 이용한 문학적 작업이면서, 그 이상이기도 했다. 파트롱미네트 일당의 대화는 비도크가 제시한 어휘를 한층 더 풍부하게 발전시킨 형태로 상상한 것들이다.

위고는 지하 세계에서 외부인을 배제하고 활동을 위장하기 위해 쓰는 '반언어_{反言語}'의 의미에 대해서도 동시대의 다른 소설가나 언어학자보다 훨씬 많이 말한다.[17] 처음에 그는 그것이 다른 언어와 같다며 옹호한다. 즉 '범죄계'의 전문용어로서 은어가 변호사나 선원이나 포목상 등이 쓰는 전문용어보다 더 특별할 것이 없다고 했다. 더욱이 일반적인 언어처럼 은어가 부분적으로는 구식이라서 옛 프랑스어 단어를 그대로 유지하는 한편 너무 많이 써서 세상에 많이 알려진 단어를 대체하기 위해 끊임없는 자기 혁신으로 새로운 단어를 고안한다. 은어는 방언의 성격도 매우 강해서 도시의 범죄 세계를 지배하는 집단에 따라 형태가 뚜렷이 구분된다. 또한 다른 언어처럼 부분적으로는 외국어 어휘를 빌려 쓰기 때문에 집시들의 언어와 스페인어, 이탈리아어, 영어의 흔적이 묻어 있다. 무엇보다 은어는 은유를 비롯해 다채로운 비유적 표현이 가득하다. 예를 들어, '데비스 르 코코_{dévisser le coco}(코코넛을 돌려 빼다)'는 '누군가의 목을 비틀다'를 뜻하는 은어다. 이런 형식적 측면에서 프랑스어 은어는 정규 언어의 특징이 있으며 진짜 언어의 형태로 취급될 자격이 있다.

그런데 위고가 갑자기 다른 말을 해 문제를 복잡하게 만든다. 그는 은어가 문법과 형태적인 면에서는 표준을 따르기 때문에 은어를 프랑스어와 가르는 유일한 요소가 어휘라고 지적한다. 그럼 은어는 언어 체계가 아니라, 암적인 존재로서 정식 프랑스어의 추한 기형일 것이다. 아니, 그 이상이다. 은어의 추함은 그것을 말하는 사람들의 삶을 반영한다. 위고는 훨씬 나중에 등장한, 언어와 문화와 사고의 상관성에 관한 이론들을 예측하듯 은어가 자연스럽고 필연적인 빈곤의 표현이라면서 하나를 없애면 사회에서 다른 하나도 없어질 것이라고 말한다. 처음에는 특별한 통속어의 풍요와 가치에 대한 분명한 옹호였던 것이 헐벗은 사람들에게 알맞은 프랑스어를 말하는 방법을 가르쳐서 그 언어를 없애 버리자는 주장으로 바뀐다.

위고가 보인 모순은 우리 시대의 언어 교사들이 직면한 내적 갈등과 다르지 않다. 통속적인 언어 형식의 가치, 예컨대 싱가포르 영어나 흑인 영어의 다양성에 대한 존중이 표준적인 형식의 언어를 배우는 것의 이로움과 충돌한다. 위고는 은어 '문제'에 대한 해결책으로 보편적 초등교육을 촉구한다. 그럼에도 그의 소설은 은어가 사실은 그것을 사용하는 사람들의 문제인지, 정규교육이 그들의 불행에 대한 해결책인지 등을 분명하게 보여 주지 않는다. 에포닌과 가브로슈, 그리고 그들의 부모인 테나르디에 부부는 학교교육을 받지 않았지만 이미 읽고 쓸 줄 안다. 그들은 '은어'와 표준 프랑스어를 모두 쓰기도 한다. 실제 세상에서 겪는 대부분의 상황처럼 『레 미제라블』에서는 이런 '기능적 2

개어 사용'이 일반적이다. 카탈루냐 방언을 습득하는 미리엘과 피카르디 방언을 버리는 포슐르방처럼 파리의 서민들은 사회생활에 필요한 언어형식을 배운다. 가브로슈를 비롯해 위고의 가난한 사람들은 그들이 쓰는 언어 때문에 가난과 범죄의 늪에 빠지는 것이 아니라, 오히려 그들의 다양한 언어 사용역을 여러모로 활용한다.

언어의 보물 창고

『레 미제라블』은 프랑스어의 어휘와 지역적·대중적 다양성을 보여 주는 진열장일 뿐만 아니라 구어와 문어의 효과를 증폭하기 위해 전통적으로 이용되는 온갖 장치들의 진열장이기도 하다. 라틴어 작품에 익숙한 위고는 고대 수사법을 프랑스어로 가져와 『레 미제라블』에서 속속들이 보여 주었다. 그 덕에 『레 미제라블』은 오늘날 작문 교사들이 권장하는 글쓰기 방식과 정반대로 풍부하고 과장된 양식이 되었다. 평범한 작문 교사가 한 가지 요점을 뒷받침하는 데 예를 하나만 들라고 권한다면, 위고는 두세 개에서 심지어 아홉 개까지 택하기도 한다. 평범한 영어의 문체 규범이 서술적으로 쓰이는 형용사 하나를 요구할 만한 곳에 위고는 여러 가지 비유를 투입한다. 『레 미제라블』은 단순히 다음에 일어난 일을 말하는 대신 서커스에서 위태롭게 쌓아 올린 의자처럼 양보절, 조건절, 관계절의 발판을 쌓아 올린다. 그러나 위고의 발은 좀처럼 미끄러지지 않는다. 그가 단어를 쌓는 솜씨는 오래된 장인의 솜씨고, 『레 미제라블』의 취지 중 하나는 단어 쌓는 방법을 보여 주는 것이다. 이런 식으로 글을 쓸 생각이 없는 사람이라도 위고가 요소요소에 어떤 수사법을 동원했는지 살펴볼 만할 것이다.

• "왼쪽 문이 안뜰에서 연결하는 공간은 과수원이다. 과수원도 만만찮게 황폐하다."(II.1.ii, 282) 강조나 긴장감을 위해 앞에 쓴 단어를 반복해서 쓰는, 특히 앞 문장의 마지막 단어로 다음 문장을 시작하는 **연쇄법**이 자못 많이 쓰인다.

• "하지만 은어는? 은어를 보전해서 뭘 한다는 말인가? 은어를 계속 남겨 두면 뭐가 좋단 말인가?"(IV.7.i, 884) 이유를 제시하기 위해 이미 결정된 사실에 질문을 던지는 척하는 것은 **설의법**이라는 수사적 장치에 해당한다. 위고는 논평 대목에서 이 방법을 자주 쓴다. 그것은 교육학적 장치인가? 이 질문 바로 뒤에 답이 제시된다면 **문답법**의 예가 될 것이다.

• "아이기나 섬의 유노 여신처럼 아름다운 얼굴형, 깊고 푸른 눈, 도톰한 눈꺼풀, 작고 동근 발, 아름답게 움직이는 손목과 발목, 군데군데 푸르스름한 핏줄이 비치는 새하얀 피부, 싱그러운 뺨, 곧은 목……."(I.3.iii, 118) 팡틴을 처음에 이렇게 묘사하면서 그녀의 모든 아름다움을 조목조목 나열하는 것은 **열거법**이라는 수사법이다.

• "그의 어조와 몸짓, 말 한마디 할 때마다 이글이글 타오르는 눈, 모든 것을 드러내는 사악한 본성의 폭발, 허세와 비열, 교만과 비굴, 분노와 어리석음이 뒤섞인 태도, 진심 어린 불만과 거짓된 감정이 뒤죽박죽 얽힌 넋두리, 폭력의 쾌감을 즐기는 악한 특유의 몰염치, 추악

한 영혼을 노골적으로 드러내는 뻔뻔함, 모든 괴로움과 증오가 합쳐져 훨훨 타오르는 불길 속에는 오싹하게 사악하면서도 가슴을 찢는 진실한 뭔가가 있었다."(III.8.xx, 718) 개념이나 대상 들을 점점 더 심화하는 순서로 나열해 **열거법**과 **점층법**이 혼합된 형식이다.

- 이런 점층적 열거법에는 허세와 비열, 교만과 비굴, 분노와 어리석음, 진심 어린 불만과 거짓된 감정처럼 위고의 가장 특징적인 수사법인 **대조법**이 내재되어 있다.

- "독자를 신방으로 안내할 수 있지만 젊은 처녀의 규방으로 안내할 수는 없다. …… 그것은 아직 피지 않은 꽃의 내부…… 그것에 대해 말하는 것은 부적절하다. …… 그래서 우리는 그 어떤 것도 보여줄 수 없다."(V.1.x, 1080~1081) 이 인용문은 결혼 전 자기 방에 있는 코제트를 묘사하는 문단의 처음과 끝이다. 이렇게 자신이 실제로 말하는 것을 마치 말하고 있지 않은 것처럼 표현하는 장치는 **역언법**逆言法이다. 교묘한 정치가들이 종종 쓰는 이 수사법은 학교에서 라틴어 작품을 공부한 19세기 독자들이 쉽게 알아볼 수 있었다.

- "이 땅에 무지와 빈곤이 존재하는 한 이런 책들이 결코 쓸모없지는 않을 것이다."(서문) 멜빌은 『베니토 세레노 선장Benito Cereno』에서 델라노 선장이 '당혹감이 없지 않아 있다'고 한 것처럼 종종 이중부정을 이용하지만, 위고가 앞에 있는 유명한 선언에서 이용한 **곡언법**은 단순히 문체상의 기벽이 아니다. 이것은 겸손과 자신감을 동시에 표현하며 『레 미제라블』이 왜 유용한 책인지에 대한 질문을 원천 봉쇄한다.

- "보쉬에는 포석 위에서 기총을 손에 든 채, 말하는 사람들을 내

려다보면서 소리쳤다. '오, 키다테나이온이여! 오, 미리누스여! 오, 프로발린투스여! 아이안티스의 미의 여신이여! 아아, 누가 내게 라우리움이나 아이답테온의 그리스인처럼 호메로스_{Homeros}의 시를 낭송할 힘을 줄 것인가?'"(V.I.ii, 1060) 보쉬에처럼 오래전에 죽은 역사와 신화 속 인물들을 직접 부르는 것은 **돈호법**으로, 죽은 사람·없는 사람·가공의 인물이 현세에 개입할 수 있는 것처럼 다루는 **의인법**의 일종이다. 보쉬에도 학교에서 그리스어와 라틴어 수업 시간에 이 방법을 배웠다.

• 코랭트 술집을 운영하는 위슐루 부인은 어린 시절에 살던 시골의 추억을 떠올리며 순사나무_{ogrépines} 아래에서 얼새_{loups-degorge}가 노래하는 소리를 듣는 것이 좋았다고 말하곤 한다.(IV.12.i, 977) 그런데 이 단어들은 방언이 아니라 산사나무_{aubépines}와 울새_{rouge-gorges}를 잘못 알아들은 것이었다. 이 익살스러운 언어의 오용은 l과 r을 혼용하는 것과 같은 파리 사람들 특유의 습관으로 그녀가 사실은 시골 출신이 아니라 파리 소녀였음을 폭로한다. 이런 언어 왜곡은 익살기 있는 프랑스 작가들이 애용하는 방식이다. 를루슈가 개작한 영화의 한 장면에서는 이 방면의 달인인 코울_{Darry Cowl}이 3분에 걸쳐 『레 미제라블』의 줄거리를 요약하며 거의 모든 단어를 이런 식으로 틀리게 말한다.

• 가브로슈가 토리니 가에서 수다쟁이 노파 네 명을 만나는데, 그들의 대화가 이런 식으로 이어진다. "고양이 벼룩은 사람에게 옮지 않아요." "로마의 왕이 기억나세요?" "내가 맘에 드는 건 보르도 공작인데." "요즘은 고기가 비싸요." "영업도 영 신통치 않지요."(IV.1.ii, 965)

이렇게 하나하나는 나름대로 말이 되지만 모아 보면 아무 뜻도 없는 요소들을 가져오는 것은 고대 수사법이다.

위고의 작품을 편집한 라크루아는 위고의 원고를 조판하는 데 몰두하다 보니 오트빌 하우스와 주고받는 편지에서도 평범한 비즈니스 프랑스어를 벗어나 위고식 표현을 쓰곤 했다. 그가 세인트피터포트로부터 마지막 원고를 받을 무렵 그는 위고만큼이나 축적, 열거, 점층, 비유, 은유, 대조가 가득한 글을 썼다.

> 친애하는 선생님, 선생님의 작품은 모든 것이 존재하고 융합되고 결합된 대단하고 웅장한 숲과 같습니다. 새들의 노래처럼, 독수리의 울음소리처럼, 신의 광선처럼, 선생님은 존재하는 모든 것을 보여 줍니다. 마음의 황홀, 영혼의 부패, 정신의 암흑, 기쁨과 고통…… 선생님의 책은 인간의 삶과 우리 19세기의 숲입니다. 우리를 사로잡고, 꿰뚫고, 감동시키고, 변화시키고, 새롭게 하고, 향상하게 하고, 생각하게 합니다.[18]

라크루아의 침이 마르도록 쏟아지는 이 칭찬은 의심할 여지 없이 진심이었겠지만, 이 글이 위고의 글을 제대로 모방했다고 볼 수는 없다. 위고는 날카로운 충격을 전달하는 짧은 문장을 위해 수사적 확장 장치를 포기해야 할 때를 알았다. 사실 장황하게 긴 문장과 인상적인 한 줄짜리 문장을 번갈아 쓰며 책 전체의 기본 운율과 의미 중 상당 부분을 만들어 낸다. "그 불쌍한 여인은 거리로 나갔다."(I.5.x, 172)

이 문장은 팡틴의 운명을 결정한다. "그는 그들 중에 최고임에 틀림없다."(III.8.xxi, 734) 이 문장은 장 발장이라는 인물을 요약한다. "인생의 어두운 주름에서 찾아낼 진주는 그것밖에 없다"(V.6.ii, 1235) 이것은 사랑을 말한다.

마들렌 시장이 몽트뢰유 쉬르 메르에서 초등학교 교사들에게 봉급을 주는데, 만일 교장들이 『데이비드 코퍼필드David Copperfield』 · 『니콜라스 니클비Nicholas Nickleby』 · 『돔비와 아들』에서 어린 소년들을 데려다 학대하는 크리클 · 스퀴어 · 블림버 같다면 이런 그의 자선 활동은 오히려 역효과를 낼 것이다. 위고는 원칙적으로 교육을 믿었지만, 『레 미제라블』에서 교육의 실천에 대한 언급은 거의 없다. 우리는 장 발장이 감옥에서 글을 배웠고 코제트에게 그가 글을 가르쳤다는 정도만 안다. 위고의 소설에서 가르침은 주제가 아니고, 교사 구실을 하는 것은 소설 자체이기 때문이다.

무엇보다 『레 미제라블』은 거장의 솜씨로 온갖 형태의 프랑스어를 보여 주면서 우리가 프랑스어를 좀 더 배우도록 한다. 그러나 프랑스어로 보이는 모든 것이 배울 만한 것은 아니다. 예를 들어, 이미 라신에 대한 모호한 흉내라고 조롱받는 지방 변호사들의 우회적 표현이나 유명한 전투 이름의 철자도 틀리면서 허세만 가득한 테나르디에의 구걸 편지 같은 것은 배울 가치가 없을 것이다.[19] 그러나 위고가 얼굴을 붉히지 않고 "인류의 위대한 언어"(IV.7.i, 886)라고 부를 수 있는 것은 모두 우리가 관심을 가질 만하며 자베르의 행정적인 말, 그랑테르의 쾌활한 말장난, 가브로슈의 재치 있는 2행 연구, 질노르망의 바로크

시대 비속어, 아이와 수녀원 소녀들의 말장난, 국왕 루이 필리프의 구식 발음,[20] 그리고 무엇보다 오롯이 말의 힘 하나만으로 움막과 궁전·전투·바리케이드·초원 또는 여관을 살아 숨 쉬게 만드는 위고 문체의 묘기같이 그 범위는 아주 넓다. 일련의 묘사와 동의어에 가까운 동사들이 현대 독자들에게는 너무 부담스러울지 몰라도, 그것들은 지금보다 구어의 영역이 훨씬 더 컸던 시절의 독자들에게 별점 다섯 개 수준의 글쓰기 기술로 즐거움을 주기 위해 쓰였다.

그러나 프랑스어만으로는 충분하지 않다. 등장인물을 돋보이게 하거나 비천하게 만들 필요가 있을 때, 존경심이나 경멸을 자아내는 줄거리 전환이 필요할 때, 위고는 비장의 무기를 꺼낸다. 바로 라틴어다. 현대 판본은 라틴어 번역을 대개 각주로 제시하지만 19세기 판본에서는 은어와 카탈루냐어, 프로방스어로 된 표현들만 각주에 번역되었다.

위고는 독자들이 「시편」 22장의 "베르미스 숨vermis sum(저는 벌레입니다)"(I.1.x, 42)과 『교리문답서The Catechism』의 첫 문구인 "크레도 인 파트렘credo in patrem(아버지를 믿습니다)"(I.1.xiii)에 익숙할 것이라고 가정할 수 있었다. 당시에는 교회에서 여전히 라틴어를 사용했고 대부분의 프랑스인들이 적어도 가끔은 교회에 다녔기 때문이다. 이와 마찬가지로 '피니스finis(끝)', '카스수 벨리casus belli(전쟁의 명분)', '쿠리트 로타currit rota(시간은 계속 흘러간다)', '카르페 호라스carpe horas(시간을 즐겨라)', '퀴아 노미노르 레오quia nominor Leo(사자라는 이름 때문에, 즉 더 위대하기 때문에)'[21]처럼 일상적인 프랑스어에서 널리 쓰이는 라틴어 문구들을 당연히 독자들이 이해할 거라고 예상했다. 위고가 'ABC의 친구' 학생들의 라탱지구 문화를 사실적으로 묘사하기 위해 프랑스어와 라틴어를 우스꽝스럽게 섞어 쓴 경우(Non licet omnibus adire Corinthum – IV.12.iii, 988)도 있다. 이 구절을 직역하면 "누구나 코린토스에 접근할 수 있는 것은 아니다."인데, 이는 거리가 비좁아서 "승합마차가 코랭트 술집까지 들어올 수 없다."를 표현하는 말장난이다. 그리고 이것은 『레 미제라블』에서 프랑스어에 라틴어를 끼워 넣은 작은 예일 뿐이다. 어떤 라틴어 문구는 말도 안 되는 허세로 쓰인다. 예를 들어, 톨로미에스가 "포도주에 영광을!"이라고 말한 뒤 라틴어로 한 번 더 말하고는 그것이 스페인어라고 주장한다. 또 어떤 라틴어 문구는 본문 자체에 해설이 포함되어 라틴어 인용구의 의미를 알려 준다. 예를 들어, 톨로미에스가 "새로운 것은 없다. 우리는 창조주가 창조한 것 중에 아직 보지 못한 것이 없다."라고 선언한 뒤 (직역하면 '태양 아래에 새로운 것이 없다'를 뜻하는) 이 말의 라틴어 원문(nil sub sole novum)을 다음 문장에 덧붙인다.[22] 어떤 라틴어 문구는 프랑스어와 (그리고 가끔은 영어와도) 무척 가까워서 맥락만으로 쉽게 짐작할 수 있다. 즉 '어떤 모호한 것, 어떤 하늘의 뜻quid obscurum, quid divinum'은 모든 전투에는 '어느 정도 폭풍'이 섞여 드는 법이라는 바로 앞 문장, 즉 모든 전투는 전운의 영향을 받는다는 문장을 부연한다. 이렇게 『레 미제라블』은 라틴어 읽는 법을 가르치다시피 한다.

그런데 가난하고 짓밟힌 사람들에 대한 소설이 왜 굳이 이런 시도를 해야 할까? 이 질문에 대한 답이 150년 전에는 지금보다 훨씬 더 분명했다. 당시에는 라틴어를 배우는 것이 '빛을 향해' 한 걸음 내딛는데 도움이 되었다. 로마 언어에 대한 지식이 1000년이 넘도록 지식층의 특징이었다. 위고가 바란 대중적 학교교육은 무엇보다 읽기와 쓰기를 가르치는 것이겠지만, 위고 자신이 어린 시절에 습득한 문화적 풍요를 누릴 수 있는 엘리트는 대중적 문해력 교육에서 배출될 것이다. 『레 미제라블』의 라틴어는 가장 가난한 사람들도 교회에서 들었을 익숙한 단어에서 시작해 농담과 격언, 베르길리우스와 타키투스Cornelius Tacitus의 인용구까지 단계적으로 발전하며 꼼꼼한 주석과 함축적 번역을 통해 프랑스어를 읽을 줄 아는 모든 사람이 라틴어를 이해할 수 있게 한다.

프랑스어 교과서는 라틴어 모델에 바탕을 두고 있기 때문에 라틴어 문법을 가르치는 것은 프랑스어 작문의 보조 수단으로 지지되었다. 그러나 위고와 프랑스의 교육학자들이 생각하기에는 라틴어의 실제 가치가 그보다 더 높았다. 라틴어는 인문학의 토대이며 교육이 전달할 수 있는 가장 좋은 것이다. 『레 미제라블』에서 추구하는 것과 같은 진보적, 민주적 이상을 염두에 두고 1870년대에 개혁된 학교 제도는 라틴어와 그리스어를 학교에서 가르치는 고급 과목이자 출세를 위한 주요 수단으로 만들었다.

지금은 '만인을 위한 엘리트주의'가 실없는 소리처럼 들리지만, 위고에게는 새로운 지평의 무지개로 보였다. 『레 미제라블』 전체에서 보이는 라틴어의 흔적들은 독자에게 감동을 주기 위한 것이라기보다는 그들의 발전을 돕기 위한 것으로 봐야 한다.

언어의 인격

1817년 몽페르메유에 있는 '워털 루 참전 중사의 여관' 안주인은 팡틴의 어린 딸 코제트를 맡아 키워 주기로 하고는 아이를 하녀처럼 대한다. 그녀의 모성은 온통 친딸인 아젤마와 에포닌을 향해 있다. 그녀는 1823년에 낳은 아들에게도 무정하다. 크리스마스이브에 장 발장이 코제트를 구하러 갈 때 우리는 이 아기의 울음소리를 들을 수 있다.[23] 나중에 이야기의 무대가 파리와 프티픽퓌스 수녀원으로 옮겨 갈 때 테나르디에 부인은 아들 둘을 더 낳는데, 이 아이들을 키우고 싶은 마음도 별로 없다. 그래서 한때 마리우스의 할아버지 질노르망의 집에서 일한 마뇽이라는 여자에게 아이들을 빌려준다. 질노르망을 협박해서 돈을 뜯어내는 데 이용하려는 것이었다. 질노르망은 자신의 정력을 워낙 자랑스러워하기 때문에 이 아이들이 자신의 자식이 아니라는 말을 하지 않는다. 테나르디에 부부와 공범들이 고르보 공동주택에서 강도짓을 벌이다가 수감된 뒤에 경찰이 다른 '어두운 지하 세계' 사람들도 검거하는데, 이 중 마뇽도 있다. 마뇽은 아이들에게 질노르망의 대리인을 찾아가라며 주소가 적힌 쪽지를 남긴다. 그러나 쪽지가 바람에 날아가서 그동안 나름대로 곱게 자란 두 소년은 졸지에 길바닥에 나앉는 신세가 된다. 그런데 가브로슈가 이 떠돌이 아이들을 우연히 만나 보살피기 시작한다. 가브로슈는 빵집에서 빵을 훔치는 방법과 거리의 언어를 말하는 방법을 아이들에게 가르치고 바스티유 광장에 세워진 거대한 코끼리 석고상 내부의 비밀 공간으로 데려간다. (코끼리 상은 나폴레옹의 지시로 제작될 거대한 동상

의 실제 크기 모형이었는데, 결국 동상은 제작되지 못했다.) 알고 보니 가브로
슈는 『레 미제라블』의 어떤 등장인물보다 가르치는 데 소질이 있었다.
두 소년은 경찰, 먹을 것, 옷 등에 대해 가브로슈가 가르쳐 준 새 단어
들을 빠르게 익혔다. 그런데 아뿔싸! 1832년 6월 5일 봉기로 온통 정
신이 팔린 사이, 자신이 돌보는 아이들이 사실은 친동생이라는 것을
모르는 가브로슈는 아이들을 잃어버린다. 배고픈 아이들은 뤽상부르
공원의 못에서 이미 배가 부른 백조에게 빵을 던져 주는 중산층 소년
을 본다. 소년이 떠난 뒤 두 아이 중에 형이 축축하게 젖은 빵을 물에
서 건져 동생에게 먹인다. 소년은 그때까지 쓰던 말로 "이거 먹어."라
고 하지 않는다. 자신들을 돌봐 주던 친절한 부랑아 형을 떠올리며 파
리 하층민의 은어로 "목구멍이나 채워!"라고 말한다. 나는 이 부분이
책 전체에서 가장 감동스럽다고 생각한다. 그렇다. 우리가 이 소설을
라틴어의 기본을 배우는 데 이용할 수 있지만, 이 두 소년이 배운 것은
정반대 방향의 길을 보여 준다. 언어 사용역은 사회적 지위에 따라 달
라진다. 1796년에 장 발장이 빵을 훔쳐 주려고 한 조카들처럼, 이 이
름 없는 소년들은 이제 불쌍한 사람들에 속하게 되었다.

5부
——

위대한

유산

15장

/

출판일: 1862년 4월 4일

혁신적인 홍보

1862년 봄, 아델은 눈을 치료받을
겸 『레 미제라블』 출판을 위한 홍보도 할 겸 파리로 갔다. 오래전부터
프랑스에서 가장 유명한 사람이 새로 쓴 소설에 대한 관심이 뜨거웠기
때문에, 처음부터 대중의 관심을 불러일으킬 필요는 없었다. 그녀가
할 일은 그 관심을 최고조로 끌어올려 당국이 책을 금서로 만들거나
압수하기 어렵게 만드는 것이었다. 그녀는 또한 작품의 일부라도 미리
유출되지 않도록 관리해야 했다. 책에 대해 철저히 비밀을 유지하면서
책을 홍보해야 하니 고도의 기술이 필요한 임무였다.

알고 보니, 아델은 그 임무에 아주 능했다. 그녀가 재능 있는 카피라

이터 두 명을 동원해 도움을 받았는데, 그들은 위고 가문의 오랜 친구인 극작가 뫼리스와 위고의 열렬한 신봉자인 저널리스트 겸 시인 파르페Noël Parfait였다. 파르페는 1832년 6월 5일 봉기에 관한 책을 쓴 몇 안 되는 사람들 중 한 명이기도 했다.[1] 그들은 라크루아와 연락하는 책임과 벨기에 홍보를 맡고 브뤼셀에 머물고 있던 샤를과 지속적으로 연락했다.

전자 매체가 없던 당시 새로 나온 책의 홍보는 주로 신문의 광고와 서평과 사설을 이용했다. 신문 서평 담당자에게 편지와 (재판매용 책 한 권을 포함해) 서명한 책 두 부를 보내는 것이 관례였다. 그런데 『레 미제라블』은 이렇게 할 수 없었다.

아델이 맨 처음에 선택한 해결책은 광고판을 이용한 홍보였다. 1년 뒤에 출판될 삽화본을 위해 의뢰해 놓은 등장인물의 그림 스물다섯 장을 포스터로 인쇄해 파리 곳곳에 붙였다. 이것은 불법이 아니었고, 본문을 노출하지 않으면서 소설의 출판이 임박했음을 온 세상에 알릴 수 있었다. 그 전에는 한 번도 책 홍보에 이런 방법을 쓰지 않았다. 물론 이때까지 『레 미제라블』 같은 책도 없었다.

아델이 도입한 두 번째 혁신은 신문에 실을 광고 자료를 만들되, 지정된 날까지 한 글자도 인쇄하지 못하게 하는 것이었다. 아델은 샤를이나 뫼리스나 자기 자신이 직접 쓴 광고 초안을 가지고 신문사에 방문해 자신이 신호를 줄 때까지 발표하지 말아 달라는 유례없는 요청을 했다. 아마 『레 미제라블』은 이제 일반화된 보도 유예(엠바고)하에서 출판된 첫 작품일 것이다. 위고의 명성이 워낙 대단했기 때문에 편집자들은 그 부인이 제시한 이례적인 요구를 따랐다. 그래서 『레 미제라블』 1부에 대한 광고가 전혀 없다가 1862년 4월 2일부터 모두 일제히 나타났다.

새로운 시도

한편 위고는 버거운 일정 속에서 전혀 다른 일을 하며 시간을 보냈다. 건지 사람들은 부유하지 않아, 시내의 거리와 해변에서도 영양실조에 걸린 아이들과 거지들이 자주 눈에 띄었다. 아델이 1861년에 빈민 학교를 위한 모금 활동으로 자선 장터를 열었는데, 위고는 자신이 소중한 피난처를 빚지고 있는 섬에서 새로운 형태의 자선 활동을 하기로 결심했다. 1862년 3월 10일에 다음 우편선이 도착할 때까지 교정할 것이 없는 짧은 틈을 이용해 마을에서 만난 아이들 열 명을 집으로 초대했다. 영양가 좋은 만찬을 준비했으며 아이들을 위한 것이지만 고기와 포도주도 차렸다. 첫 번째 빈민 만찬은 대성공이었다. 위고는 격주로 화요일마다 이런 행사를 계속하기로 마음먹었고, 수염 기른 집주인의 인자한 미소를 마주하며 탁자 앞에 앉은 아이들의 규모는 두 배 이상 커졌다. 그리고 이 시도에 대한 소문이 퍼지면서 런던을 비롯해 많은 도시에서 이를 따라 하기 시작했다. 영국 작가 롭Graham Robb에 따르면, 1867년까지 "매릴번 교구에서만 부랑아 6만 명이 위고가 시작한 방식으로 식사를 대접받았다."[2] 중산층 가정이 학교에서 가난한 아이들을 데려다 점심을 먹이는 전통은 결국 공립학교에 구내식당이 도입되는 것으로 이어졌다. 겨우 두 세대 전에 영국과 프랑스에서 보편적 권리가 된 무상 학교급식은 이렇게 세인트피터포트에서 위고가 『레 미제라블』 3부를 교정하던 중에 우편선 일정 때문에 잠시 비는 시간 동안 시도한 활동에서 시작되었다.

오트빌 하우스에서 점심을 먹은 건지 아이들 중에는 프랑스 정부가 위고를 기리기 위해 인상적인 조각상을 배에 실어 옮긴 1914년까지 생존한 이들도 있었다.

> 조각상은 캔디가든에 세워졌는데 이에 대해 말이 많았다. 마지막 순간까지 조각상 세우는 것을 반대하는 사람들도 있었다. 나는 조각상이 마음에 들었다. 위고는 코트 자락을 바람에 날리며 바위 위에 서 있다. 문제는 공원 꼭대기에 빅토리아 여왕의 조각상이 있어서, 여왕이 내내 위고의 엉덩이만 보게 되었다는 것이다. …… 지금은 괜찮다. 여왕과 위고 사이에 정자가 세워져서 그녀가 평생 그의 엉덩이를 보지 않아도 된다.[3]

그럼에도 모든 사람이 1862년에 위고가 고안한 빈민 만찬을 좋게 생각한 것은 아니다. 누구보다 먼저 샤를이 자선 활동과 관련한 아버지의 사고방식에 이의를 제기했다. 그는 아버지가 봉건영주의 구실을 되살리려고 하는 데다 아이들이 식사를 시작할 때 "복되신 하느님!", 끝날 때 "하느님, 고맙습니다."라고 말하게 해 집을 교회로 만들고 있다고 비난했다.[4] 더욱이 위고가 가난한 아이들 가운데서 사진을 찍었다는 사실과 이렇게 산타클로스를 방불케 하는 장면이 세인트피터포트의 서점에서 팔렸다는 사실에 더욱더 분개했다. 샤를은 자선을 광고로 이용하면 안 된다고 일갈했다. 위고는 자선을 조심스럽게 베풀어야 한다는 데는 동의했지만, '박애의 표현'은 그것을 보는 사람들에게 모범이 될 수 있다고 주장했다. 열띤 토론 끝에 샤를은 『레 미제라블』속 미리엘 주교가 어쩌면 미올리 주교를 모델로 하기보다는 아버지 자신이 남들에게 보이고 싶은 모습을 그린 것이라고 생각하게 되었다. 어쩌면 당연한 일이지만 위고의 작품과 삶에 대한 샤를이 이해는 자식으로서 느끼는 자부심에서 적개심과 질투, 심지어 증오에 이르는 다양한 감정들과 엉켜 있었다.

독자의 열광

파리 판본의 인쇄는 서적상 파녜르의 의뢰로 클라예Jules Claye의 인쇄소에서 정신없는 속도로 진행되었다. 이들은 위고가 '교정필'로 승인한 교정쇄를 브뤼셀에서 보내 줘야 인쇄를 시작할 수 있었다. 브뤼셀, 라이프치히, 런던, 상트페테르부르크를 비롯해 유럽의 주요 도시에서 책이 출판되는 날짜에 파리에서도 판매를 시작하는 것이 계획이었다. 삼엄한 경계 속에 브뤼셀과 라이프치히에서 프랑스 밖의 서점들로 물량이 미리 보내졌는데, 정치적으로 가장 위험한 곳은 인쇄 규모가 가장 큰 파리였다. 클라예는 막바지에 박차를 가해 1862년 4월 7일을 출판일로 잡을 수 있었다.

그런데 걱정한 일이 일어났다. 1권과 2권의 해적판이 벨기에에 나타난 것이다. 인쇄소에서 일하는 사람이 팔아넘긴 것으로 보였지만, 범인을 찾을 시간이며 법에 호소할 여유가 없었다. 제재한다고 해도 어차피 시간을 되돌릴 수는 없었다. 이야기가 새어 나갔다면, 한시바삐 책을 내는 수밖에 없었다. 기록적인 속도로 인쇄가 진행되고 출판일이 4월 4일로 당겨졌다.

파리의 일간지 『르탕*Le Temps*』의 편집자는 4월 2일 자 신문에 자신의 이름으로 '『파리의 노트르담』의 장려함과 『사형수 최후의 날』의 분석력을 결합'한 작품이 곧 나온다는 소식을 넣었다. 이에 질세라 경쟁 신문인 『라프레스*La Presse*』도 호평을 실었다.

> 오늘날 가장 위대한 작가의 대표작. 만인의 기억 속에 들어가 영원히 떠나지 않을 생생하고 극적인 등장인물들을 통해 19세기에 존재하는 고통스러운 문제들이 모두 다 이 열 권의 책에 그대로 압축되어 있다.[5]

출판 당일에 여러 신문의 1면에 실을 수 있도록 짧은 발췌문도 제공되었다. 신문보다 보급률이 낮은 문학지와 지방의 정기간행물에는 위고를 '걸출한 거장', '거장 중의 거장'이라고 칭하거나 '거장'을 아주 큰 글자로 쓰는 등 더욱더 과장된 광고를 실었다. 며칠 뒤 델보*Alfred Delvau*는 그렇게 기념비적이며 산처럼 거대한 걸작은 우리 같은 인간, 소인들이 감히 비판할 수 없다고 『르유니우스*Le Junius*』에 썼다. 이렇게 동시다발적인 찬양은 크게 두 가지 결과를 낳았다. 하나는 비평가들이 채찍을 들게 했다는 것이다. 심지어 위고의 친구들도 그랬다. 또 하나는 책이 많이 팔렸다는 것이다. 뫼리스가 4월 4일에 만찬 모임을 열었는데, 위고의 옛 동지들은 속이 뻔히 보이는 핑계를 대며 불참했다. 상드는 식이요법 중이라고 했고, 고티에Theophile Gautier는 독감이 걸렸다고 했으며, 자넹Jules Janin은 통풍에 걸렸다고 했다. 어쨌든 만찬은 진행되었다. 브뤼셀에서 온 라크루아는 파녜르의 옆에 앉았다. 두 사업가는 무척 행복해 보였다. 아델이 위고에게 이렇게 알렸다.

> "『레 미제라블』이 잘 되고 있나 보죠?" 하고 제가 물으니 파녜르가 안 그래도 빵빵한 볼을 잔뜩 부풀리면서 말했어요. "부인, 오늘 오후 4시까지 3500부가 독자들의 손에 넘어갔습니다."[6]

사실 다음 날 오후 파리에서 인쇄한 1권과 2권의 초판 1쇄 6000부가 모두 팔렸다. (권당 6프랑이었으니, 7만 2000프랑을 번 것이다.) 그리고 바로 다음 날 (벌써) 중고 책이 12프랑, 심지어는 20프랑에 팔리고 있었다. 브뤼셀에서 1000부가 '2판'으로 이름을 바꾸고 밤새 파리로 이송되었다. 그 덕에 '3판'으로 이름이 잘못 붙은 파리 2쇄 판본은 4월 17일에 판매되기 시작했다. 라크루아는 인구 규모와 '팡틴'의 직접 수출 비율을 계산해 위고의 국가별 인기도 순위와 프랑스어 문해율 분포도를 만들었다. 그것에 따르면 1위는 벨기에, 2위 프랑스, 3위 포르투갈, 4위 이탈리아, 5위 영국, 6위 독일, 7위 (수송된 책이 몰수되었다는 소

문이 있었는데도) 스페인, 8위 러시아였다.[7]

사실 최상의 조건이 준비되어 있었다. 라크루아는 사회기반시설이 제대로 갖춰지지 않은 상태에서 위고를 대신해 진정한 국제 서적 출판을 처음으로 감행할 방법을 궁리해 놓았다. 외륜선, 연결된 구간보다 빈 구간이 더 많은 철도망, 말 네 필이 끄는 승합마차뿐만 아니라 상트페테르부르크로 갈 때는 말 세 필이 딸랑딸랑 방울 소리를 내면서 끄는 썰매까지 동원되었다. 아델과 그녀를 도운 사람들 덕분에, 저자가 입국을 거부하는 나라에서 당시에 책 광고를 실을 수 있는 모든 매체에 광고가 실렸다. 많은 장애와 머리 위에 걸린 정치적 먹구름이 있었지만,『레 미제라블』1권과 2권은 이틀 만에 매진되었다.

먹구름

1부 '팡틴'은 이미 출판되어 매진되었지만, 4부와 5부는 조판과 교정 중이거나 '교정필' 상태는 고사하고 아직 집필조차 못 마친 상태였다. 드루에와 쥘리가 정서 작업을 계속하는 동안 위고는 2부와 3부의 교정쇄를 수정했다. 그는 라크루아에게 문단 나누기와 구두점에 대해 계속 지적했다. 초교와 재교, 가끔은 3교 교정쇄에 관해 밤마다 쓴 답장은 그다지 재미있는 내용이 아니었다.

85쪽   1행   chassit 뒤에   세미콜론 삽입

        2행   accroissait 뒤에   세미콜론 삽입

86쪽   16행   coupable을   criminel로 정정.[8]

   모든 쪽이 이런 식이었다. 위고는 콜론의 사용을 피했고 말줄임표
와 줄표를 경멸할 가치도 없는 것으로 여겼다. 그런데 프랑스어에서
쉼표를 쓰는 규칙이 그때까지 정립되어 있지 않았기 때문에, 식자공들
이 그의 원고를 '정정'했다가 나중에 다시 원래 상태로 돌려놓아야 하
는 경우가 있었다.[9] 벨기에 식자공들은 '추'라는 뜻으로 쓰일 때는 남
성형이지만 '괘종시계'를 뜻할 때는 여성형인 팡뒬pendule 같은 단어의
성 구분에 관해 종종 실수를 저질렀고, 가정법에 관해 서로 다른 의견
을 조율해야 했다.[10]

   한편 바리케이드의 이야기가 어떻게 전개될지 알게 되면서, 라크루
아는 그 소설이 몰고 올 수 있는 정치적 파장에 신경이 쓰였다. '팡틴'
의 출간 직후 프랑스 정부가 책을 압수할 것이라는 소문이 돌았다. 라
크루아는 금지나 압수에 대해 대놓고 얘기하지는 않고 '돌발 사건'이
라는 암시적 표현을 썼다. 경고사격이 있었다. 4월 2일에 한 학생이 카
페에서 위고의 선동적인 시, 「속죄L'expiation」를 낭독했다는 이유로 1개
월 형을 선고받았다. 또 어떤 신문은 위고의 사진을 실어 6000부가 몰
수된 뒤 펄프로 변했다.[11] 『주르날 데 데바Journal des Débats』가 3주간 미심
쩍게 발간을 늦춘 뒤 편집자나 문학 분야 고정 칼럼니스트의 이름이
아니라 제2제정 개국공신이자 외무부 장관인 투브넬Édouard Thouvenel의
처남 퀴빌리에-플뢰리Alfred-Auguste Cuvillier-Fleury의 이름으로 '팡틴'의 정치

적 의미에 대한 노골적인 공격을 발표하자 라크루아의 불안감은 더욱 커졌다. 이것이 신호탄으로 보였다. 아델은 편집자에게 항의했고, 위고는 그 비평가에게 정중하지만 매우 단호한 편지를 써서 『레 미제라블』은 선전물이 아니라 문학작품이라고 반박했다.[12] 그 편지에 흔들리거나 더 높은 권력자의 압력이 있었는지, 퀴빌리에는 이야기를 풀어내는 위고의 재주를 인정하는 후속 평론을 실었다. 하지만 그 뒤로는 『레 미제라블』에 관한 기사가 주요 일간지에 실리지 않았다. 위고는 당국이 자신을 공격할 것이라고 생각하지 않았고, 라크루아를 안심시키며 일을 더 서두르도록 촉구했다. "돌발 사건에 대해 말하자면, 우리 책의 눈부신 성공을 이용해야 하오. 그것이 우리 책에 문학적 불가침성을 어느 정도 부여합니다."[13]

위고는 파리와 브뤼셀에 도는 악담에 직접 노출되지 않았기 때문에 의연한 자세를 유지하기가 쉬웠을 것이다. 그가 멀리서 내린 판단은 결국 옳았고, 프랑스가 골치 아픈 거물을 상대하는 방법에 관한 기준을 세우게 했다. 알제리 전쟁 중이던 1960년에 사르트르Jean Paul Sartre가 프랑스 군인들에게 명령 불복종을 촉구하는 공개 호소문에 서명하며 법을 어겼을 때, 드골이 '볼테르를 감옥에 보낼 수는 없다'는 이유로 그를 내버려 둔 것이다. 사실 앙시앵레짐, 즉 구체제라면 볼테르도 감옥으로 보냈을 테니까 『레 미제라블』을 금지할 수는 없다'고 말하는 편이 더 적절한 비유 같다. 나폴레옹 3세와 그의 대신들은 대중적 호소력이 강한 책을 공격했다가는 오히려 역풍을 맞을 것이라는 점을 인식했다.

평단의 냉대

『레 미제라블』은 독자들에게 열렬한 반응을 얻었지만 평단에서 참패당했다. 우파 신문에서 심한 혹평을 퍼부은 것은 당연하다 치지만, 민주적인 언론도 눈에 띄게 맥 빠진 반응을 보였다. 당대의 주요 비평가들은 대개 서평을 발표하지 않았고, 주요 일간지는 『파리의 노트르담』과 『파리의 비밀』보다 낮은 점수를 매겼다. 위고는 비평가들을 애써 무시했지만, 상처받는 것은 어쩔 수 없었다.

> 이 책에 대해 이상한 오해가 있네. 이건 사랑과 연민에 대한 작품이네. 화해를 촉구하는 외침이지. 나는 고통받는 사람들 대신 생각하는 사람들, 내 형제들에게 손을 내미는 걸세.
> 그런데 내가 이 유용한 화합 작업을 함께 할 수 있다고 생각한 사람들이 왜 이렇게 증오로 나를 대하는 건가? 우리 시대에 필요한 것들이 곧 드러나고 시간이 흐르면 이 또한 지나가겠지만, 도움의 손길을 기대한 데서 냉대를 당하니 슬프네.[14]

한 적대적인 비평가가 제기한 비판은 '팡틴'의 기본 줄거리 자체가 불가능하다는 것이었다. 그의 말에 따르면, 장 발장 같은 노역형 전과자라면 어깨에 낙인이 찍혔기 때문에 자베르가 마들렌 시장의 셔츠를 벗겨 그의 정체에 대한 의구심을 해소할 수 있었다. 그러니 샹마티외 이야기와 아라스 법원 사건은 역사적인 진실을 고려하지 않고 사회주의적 형법 개혁을 촉구할 핑계를 대기 위해 지어낸 에피소드라는 것이다. 그러나 이 견해는 틀렸다. 18세기에 노역형을 선고받은 죄수가 사슬에 묶여 툴롱으로 보내지기 전에 'GAL'이라는 낙인이 찍힌 것은 사실이다. 그러나 이 굴욕적인 의식이 1789년 혁명정부가 철폐한 구제도의 야만적 관행 중 하나인 것도 사실이다. 장 발장은 1796년에 유죄 선고를 받았고 낙인이 없었다. 자베르도 이것을 잘 알았기 때문에 시장에게 셔츠를 벗으라고 요구할 이유가 없었다.

그런데 1862년에 위고를 향한 정치적 공격에서 비롯된 발상인 장 발장의 낙인은 웨스트엔드 뮤지컬로 넘어가서 주인공이 셔츠를 벌리고 가슴에 찍힌 문자를 보여 주는 장면으로 이어진다. 애초에 사람을 헷갈리게 하는 이 주장을 펼친 작가 도르비Barbey d'Aurevilly가 만일 책이 아니라 공연을 비평했다면 논거가 한결 더 확고했을 것이다.

신문 지상의 혹평은 『레 미제라블』의 독자들에게 조금도 영향을 주지 못했다. 5월에 '코제트'와 '마리우스'가 판매에 들어갈 무렵 열풍은 극에 달했다. '팡틴'의 출간을 알릴 때만큼이나 집중적인 광고 때문에 열기가 한층 더 고조되었다. 장 발장, 미리엘, 자베르, 코제트의 판화가 모든 서점의 창문을 장식했고 속편을 알리는 대형 벽보가 도시 전체에 붙었다. 위고가 '워털루 전투 내용을 활용하라'고 강조한 사전 발췌문이 몇몇 일간지에 실렸고, 파녜르는 『레 미제라블』을 산더미처럼 쌓아 놓을 공간을 만들기 위해 모든 책의 재고를 치웠다. 2부와 3부의 파리 판본 인쇄 부수는 1부의 두 배였다. 아델은 8절판 책 4만 8000권을 쌓으면 바리케이드를 만들기에도 충분하다고 생각했고, 파녜르는 서점 바닥이 무게를 견디지 못하고 무너질까 봐 걱정했다.

1862년 5월 15일 동이 트기 전부터 센 가에는 사람들이 줄을 서기 시작했다. 잠옷 바람으로 발코니에 나타난 파녜르 부인은 문을 여는 아침 6시 30분까지 인내심을 갖고 참아 달라고 부탁했다. 손님들을 통제하는 경찰이 있었지만, 긴장감이 점점 고조되었다. 마차·소형 승합 마차·손수레·외바퀴 손수레 등 책을 실을 온갖 수단들이 빽빽이 들어찬 거리에서 서점 문이 열렸을 때, 아수라장에 가까운 혼잡이 빚어졌다.

> 지금까지 서점 앞에서 그런 광경이 연출된 적은 없습니다. 파리 사람들에게 그런 광경은 처음이었어요. 다른 상점 주인들은 입을 벌리고 서 있었죠. 도대체 영문을 모르니 무슨 일이냐고 계속 물으면서 말예요.[15]

이것은 매진 사태였다. 며칠 만에 거의 하루 단위로 새로 찍어 낸 책이 나왔는데, 이것은 많은 사람들에게 폐가 되었다. 『레 미제라블』이 시장을 독식했기 때문에, 플로베르는 『살람보Salammbo』의 출판을 6개월이나 미뤄야 했다. 보드빌 극장과 풍자적 잡지들은 운문과 산문으로 『레 미제라블』의 엄청난 대중적 인기를 조롱하는 동시에 확인해 주기도 했다. 『레 미제라블』과 전혀 관계없는 연극에서 '미제라블'이라는 단어가 나왔을 때 관중이 일어나서 환호하는 일도 있었다.[16]

파리에서 『레 미제라블』 2차분이 거둔 승전보가 건지에 이르렀을 무렵 오트빌 하우스에서도 그에 못지않은 승리를 자축하고 있었다. 드루에와 쥘리가 4부와 5부의 정서본을 완성한 것이다. 그들은 이제 의자에 기대앉아 눈을 쉬게 할 수 있었다. '사람들이 이 소설의 결말을 보고 감동의 눈물을 흘리지 않는다면 글쓰기를 영원히 접겠다'고 위고가 라크루아에게 쓴 편지와 함께 마지막 원고가 5월 20일에 건지섬을 출발했다. 미신처럼 집요하게 기념일을 챙기는 습성이 있는 위고는 그 원고가 몽생장에서 집필을 시작한 지 정확히 365일 만인 5월 22일에 벨기에에 도착할 것이라는 말도 덧붙였다.[17] 라크루아는 최종 원고를 조판하기 전에 작업자들을 모두 모아 『레 미제라블』의 마지막 부분을 낭독했다. 증기 기사, 정비 기술자, 청소부와 운반원, 식자공과 교정쇄 정정자, 회계원과 재고 관리자 등 50명쯤 되는 남자들이 그날은 평소와 달리 조용한 인쇄소에 서거나 앉아 있었다.

> 제가 울었습니다. 동료들에게 원고를 읽어 주면서 마치 사랑하는 친구가 임종하는 자리에 있는 것만 같아 스무 번, 서른 번씩 감정이 북받쳐 목이 메는 바람에 몇 번이고 낭독을 중단해야 했습니다. 듣고 있던 동료들도 감정을 억누르지 못하고 눈물을 흘렸습니다.[18]

그러나 그들은 여전히 할 일이 많았고, 위고도 전에 없는 시간 압박에 시달렸다. 라크루아는 교정 작업을 더 빠르게 안정적으로 할 수 있도록 거처를 브뤼셀로 옮기라고 위고에게 몇 달 동안 청했다. 이제 끝이 보이는 상황에서 그는 이 위대한 인물에게 인쇄소 옆으로 와 달라고 다시 간청했다.[19] 그러나 위고는 꿈쩍도 하지 않았다. 라크루아로서는 브뤼셀로 옮기는 것이 합리적이고 실용적인 방법으로 보였겠지만, 위고가 거부한 것은 분명 현명했다. 그는 언제나 유명 인사였지만 이제 『레 미제라블』의 첫 여섯 권이 국제적으로 선풍적인 인기를 끌고 있으니 세인트피터포트만큼 외진 곳이 아니라면 기자와 팬을 비롯해 상상할 수 있는 온갖 이유를 가진 사람들에게 포위될 것이 뻔했다. 위고는 언론에서 자신에 대해 뭐라고 말하는지 최대한 긴밀하게 지켜보고 있었다. 비판과 깎아내리는 글에 며칠 또는 몇 주씩 접근할 수 없는 상황이 오히려 그가 소매를 걷어붙이고 반응하지 않는 데 도움이 되었다. 좁은 프랑스 문단에서 도는 짜증스러운 험담이 외딴섬에 있는 사람의 귀에까지 들릴 만큼 크지 않았다는 것도 다행이었다. 어떤 험담들은 제아무리 둔감한 피부라도 부어오르게 할 만큼 신랄했기 때문이다. 보들레르는 '팡틴'에 대해 긍정적인 서평을 썼지만,[20] 어머니에게는 자신이 거짓말하는 기술을 통달한 것 같다며 사실 『레 미제라블』은 '어설프고 고약하다'고 말했다.[21] 플로베르도 친구들에게 보내는 편지에서 악의를 드러냈다. "이 책은 빌어먹을 가톨릭-사회주의자들과 철학자연하는 복음주의자 패거리를 위해 쓰였네."[22] 그는 여담 부분과 '참을 수 없는 잡담', 'ABC의 멍청이들'을 비판했다. 궁중에서 거의 관직에 가까운 직책을 얻은 재능 있는 작가 메리메는 『레 미제라블』에 대한 대중의 열광은 인간이 원숭이보다 멍청하다는 것을 보여 줄 뿐이라고 말했다.[23] 한편 뒤마는 『레 미제라블』을 읽는 것은 마치 '수성에서 수영을 하는 것'이나 진흙을 헤치면서 걷는 것 같다고 불평했다.[24]

프랑스 작가들이야 원래 논쟁적이니 그렇다 치고, 그보다 심한 일이 기다리고 있었다. 1820년 이래 위고의 오랜 문학적 동료이며 최근까지 친구이자 정치적 동료였던 라마르틴이 프랑스 임시정부의 수장으로 5개월을 보낸 뒤 파산해 『친숙한 문예 강좌*Cours Familier de Littérature*』라는 문예 주간지 발행으로 생계를 꾸리고 있었다. 위대한 작품들의 발췌문을 싣고 그것을 어떻게 읽어야 하는지 제안하는 잡지였다. 1862년 말에 그가 이 잡지에 『레 미제라블』을 다루면서 위고의 문학 작업 자체를 비방하고 폄하하는 글을 썼다. 그러나 이 무렵 자신이 처한 불리한 조건에서 싸운다는 생각은 모두 포기하고 있던 위고는 라마르틴의 공격을 백조에게 물린 상처쯤으로 여겼다. 그는 이미 5부 교정쇄에 그의 작품이 악의적 공격의 대상이 된 이유를 설명하는 문장을 끼워 넣었다. "천재는 욕먹기 마련이다."(V.1.ii, 1060)

16장

/

끝나지 않는 이야기

프랑스 중심주의

　　번역자들은 첫날부터 이 책을 스페인어, 영어, 독일어, 이탈리아어로 옮기기 위해 펜을 든 채 대기하고 있었다. 위고가 쓴 어려운 단어와 현란한 수사법, 수시로 등장하는 라틴어만 그들 앞에 닥친 문제는 아니었다. 『레 미제라블』은 프랑스어에 지나친 구실을 부여하는 데다 프랑스의 역사적·도덕적·지적 구실을 너무 강조한다. 프랑스의 적극적인 주장이 그 전 100년 동안 세계의 주요 골칫거리였다고 보는 나라들에서 『레 미제라블』의 '프랑스 중심주의'가 어떻게 받아들여질지 확신할 수 없었다.

　　프랑스가 세계의 도덕적·지적 발전소라는 위고의 확신은 오랜 전통에 기초한 것이었다. 중세 군주들은 자신들이 '제국 이양'을 통해 고대 제국의 찬란한 영광을 계승했다고 보았다. 크레티앵 드 트루아 Chrétien de Troyes가 1176년 무렵 쓰인 『클리제스Cligès』의 서문에서 이런 개념을 제시했다. 그로부터 700년 뒤 앙졸라가 같은 말을 되풀이한다. "그리스가 시작한 것을 프랑스가 완성할 만합니다."(V.1.v, 1069) 그리고 화자의 목소리로 다시 말한다. "유럽의 횃불, 즉 문명의 횃불은 맨 처음에 그리스가 들었다가 이탈리아에 전했고, 이탈리아는 그것을 프랑스에 전했다. 거룩한 선구적 국민들이여! 횃불을 올려라!"(V.1.xx, 1112)

나폴레옹이 세운 고대 그리스, 로마를 흉내 낸 조각상들은 (바스티유 광장에 세운 석고 모형에서 공사가 진척되지 못한 코끼리 상까지) 특유의 양식으로 고대 로마에서 프랑스로 이양된 제국을 떠올리게 한다. 그런데 시민의 자유를 억압했다는 이유로 '벼락출세한 코르시카인'에 반대한 앙졸라는 보나파르트보다 더욱더 프랑스 중심적이다. "프랑스가 위대해지는 데 코르시카 따위는 필요 없네. 프랑스는 프랑스이기 때문에 위대한 거야. 퀴아 노미노르 레오.[1]"(III.4.v, 608)

그러나 위고는 계보학을 통한 프랑스의 미화를 전혀 다른 각도에서 시도한다. 프랑스는 (위고가 효과적으로 배제한 미국을 제외하면) 혁명을 통해 스스로 다시 태어난 최초의 국가이기 때문에, 1789년 프랑스 대혁명은 프랑스를 세계의 중심으로 만든 사건이다. "자유는 프랑스에서 퍼져 나간다. 이것은 태양의 현상과도 같다. 보나파르트도 '장님이 아니라면 이것을 못 볼 리 없다'고 말했다."(II.2.iii, 336) 『레 미제라블』은 모든 정치 진영의 선거 연설과 대통령 연설에서 암시하는 프랑스의 예외적 위상에 대해 전면적이며 체계적인 서술을 제공한다. "프랑스는 모든 국민의 영혼을 질식시키는 것이 아니라 일깨울 것이다. 1792년 이후 유럽에서 일어난 혁명은 모두 프랑스혁명이라고 볼 수 있다."(II.2.iii, 336) 그래서 "전 세계의 고귀한 사람들이 이 위업을 위해 싸우고…… 프랑스를 주목하는 것이다." 위고는 부르봉 왕가의 왕권신수설을 거부하고 조롱하지만, 1789년 7월 14일에 시작된 웅장하고 거부할 수 없는 인류의 운동에 대해서는 그들과 거의 비슷한 태도를 보인다. "프랑스대혁명은 신의 행동이다."(V.1.xx, 1110)

프랑스의 선물

『레 미제라블』이 '19세기의 드라마'라면, 19세기는 분명 눈에 띄게 프랑스의 시대일 것이다. 물론 위고가 요란한 국수주의자는 아니다. 프랑스를 근대사의 전면에 서게 한 것은 국가적 특성이 아니라 혁명 구호에 담긴 자유, 평등, 박애같이 관대한 사상들이다. 설령 예측하지 못한 결과와 악용이 따르더라도, 이런 보편적 가치들을 위고는 변함없이 지지했다.

이 가치들이 국가적 구호에 희석되어 지금은 다소 진부해 보일지 모르지만, 1862년에 이것들은 안정된 방식으로는 한 번도 실현된 적이 없는 포부였다. 그때까지 자유와 평등의 균형을 시도하거나 이 두 가지 가치와 박애주의적, 사회 통합적인 유대의 균형을 시도한 유럽의 정치조직은 없었다. 루이 나폴레옹 보나파르트 지휘하에 있는 프랑스는 말할 것도 없으며 영국, 러시아, 오스만, 오스트리아 제국도 마찬가지였다. 오늘날 선진사회에서 이런 가치들이 자명하게 바람직한 목표가 되었다면, 그것은 많은 사람들이 이 가치들을 위해 싸우고 또 싸운 덕이며 『레 미제라블』 같은 작품을 통해 대중이 그 의미를 깨달은 덕일 것이다.

외부인의 관점에서는 위고가 이 보편적인 가치들을 **프랑스**가 세계에 준 선물로 내세운다는 것이 문제다. 예를 들어, 『레 미제라블』의 이탈리아어판 출판인은 프랑스 역사와 정치에 관한 장황한 논평이 해외에서 책이 성공하는 데 꼭 필요한 부분인지 의문을 제기하며 편지를 통해 이렇게 말했다. "'이 책은 프랑스 책이다. 우리를 위한 책이 아니다. 우리에게 소설로 읽게 할 것이 아니라 프랑스인들에게 역사서로 읽게 하는 편이 옳다.' 하는 이탈리아인들이 있습니다. 사실 제법 많지요." 위고는 동의하지 않았고, 거창한 답장에서 거추장스러운 수사법을 모두 **빼고** 단도직입적으로 말했다.

이 책을 모든 사람이 읽을지는 몰라도 나는 모든 사람을 위해 이 책을 썼소. 이 책은 프랑스뿐만 아니라 영국, 이탈리아, 독일, 아일랜드와 노예가 있는 공화국, 농노가 있는 제국에도 말하고 있소. 사회문제는 국경을 초월하는 것이오. 인류의 고통, 전 세계에 흐르는 이런 고통은 지도에 그린 붉은 선이나 푸른 선에서 멈추지 않소. 인간이 무지하고 절망적인 곳, 여성이 빵을 위해 자신을 파는 곳, 어린이가 교육이나 따뜻한 가정이 없어서 고통받는 곳이면 어디라도 『레 미제라블』이 문을 두드리고 이렇게 말할 것이오. 문을 여시오. 당신을 위해 내가 왔소.

……

나 자신에 대해 말하자면, 모두를 위해 글을 쓰고 있소. 물론 내 조국에 대한 깊은 애정이 있지만 다른 나라보다 유독 프랑스에 집착하는 것은 아니오. 나는 나이가 들면서 점점 더 단순해지고 전 인류를 사랑하게 되었소.

이것이 우리 시대의 흐름이고 프랑스대혁명이 퍼져 나가는 방식이오. 이제 책이 문명의 확산에 대응하려면 특별히 프랑스적이거나 이탈리아적이거나 독일적이거나 스페인적이거나 영국적인 것이 아니라, 유럽적이어야 하고 더 나아가 인간적이어야 하오. 여기에서 모든 것을 바꿔야 하고 취향과 언어도 확산해야 하는 창작의 새로운 제약과 예술의 논리가 나왔소.

일부 프랑스 비평가들은 내가 프랑스적 취향을 벗어났다며 비판하고 있소. 나는 오히려 그런 비판을 칭찬으로 받아들이며 그런 칭찬을 들은 것이 기쁘고, 내가 그럴 만한 자격이 있기를 바라고 있소.[2]

이유를 설명하기는 어렵지만 『레 미제라블』의 지독히 프랑스적인 주장과 제국 이양이라는 개념, 파리 지리의 세밀한 수정, 국왕 루이 필리프의 성격에 대한 치밀한 설명, 워털루 전투에 관한 장황한 논평, 비속어의 어원학 같은 것들이 전 세계 독자들에 대한 『레 미제라블』의 호소력을 줄이지 않았다. 『레 미제라블』은 봉건제도의 피지배자들에게 프랑스를 희망의 등대처럼 보이게 하고 가진 것 없는 사람들 사이에 '급속한 프랑스 사랑'[3]을 키워 파리를 꿈의 행선지로 만들었다.

다양한 번역

소설 전권을 출간하는 데는 총 3개월이 걸렸다. '팡틴'은 1862년 4월 4일에 나왔고, '코제트'와 '마리우스'는 6주 뒤인 5월 중순에 네 권짜리 세트로 나왔으며, 6주 뒤인 6월 30일에 마지막으로 4부와 5부의 네 권짜리 세트가 판매에 들어갔다. 라크루아가 계산해 보니 처음 두 권은 10만 부가 팔렸다. 파리, 브뤼셀, 라이프치히에서 인쇄된 약 4만 부와 그가 아는 스물두 가지 해적판 2만 5000부, 겨우 6주 만에 파리에서 한 권씩 차례로 인쇄된 스페인어판을 포함해 위고가 승인한 번역본 9종 3만 부 등이다.[4] 그러나 첫 출판 이후 2, 3개월 동안 『레 미제라블』은 이런 기록적인 수치보다 훨씬 더 많이 보급되었다.

미국은 자국민의 저작권만 인정했기 때문에 처벌 걱정 없이 『레 미제라블』 프랑스어판을 복제할 수 있었고, 라살은 뉴욕에서 즉시 그렇게 했다. (인쇄 부수는 알려지지 않았지만, 아직 남아 있는 중고 책의 부수로 판단해 보면 인쇄 규모가 무척 컸을 것이다.) 원저자나 출판사에 문의하거나 저작권료를 지불하지 않고 영어로 번역할 수도 있었다. 1862년 7월에 윌버Charles Wilbour가 번역한 『팡틴: 소설』이 뉴욕에 등장했고 『코제트』

는 7월, 『마리우스』와 『생드니』는 11월, 『장 발장』은 12월에 출판되었다. 이 다섯 권의 총서명은 『레 미제라블』이고, '비참한 사람들'이라는 부제가 괄호로 묶여 붙었다. 윌버의 번역본은 수십만 부나 팔렸다. 소매로 한 번에 2만 5000부가 주문된 것도 보고되었는데, 이것은 미국에서 책 한 권에 대한 주문 중 가장 큰 규모고, 아마 전 세계에서도 마찬가지일 것이다.[5] 엄청난 출판 속도를 생각하면 날림 번역이라고 의심하기 쉽지만, 윌버는 보통 번역가가 아니었다. 그는 브라운대학에서 교육받은 고전학자로서 처음에는 저널리스트, 나중에는 사업가로 활동하다가 마침내 걸출한 이집트학자가 되어 현재 브루클린미술관 최고의 보물인 엘레판틴 파피루스를 발견하기까지 했다. 『레 미제라블』을 6개월 만에 번역한 것은 그의 많은 성취 중 하나일 뿐이다.

　윌버의 번역본은 여러 부분으로 나누기에 알맞은 신문지 크기 종이에 세로 2단으로 인쇄한 뒤 소책자 크기로 재단한 것을 만화책처럼 그림을 넣은 표지로 싸서 몇 주 동안 5센트나 10센트에 팔았다. 이것은 위고가 평소 추구한 대로 『레 미제라블』이 일반 대중에게 다가갈 수 있도록 만든 최초의 진정한 보급판 형태였다. 그러나 위고가 전혀 상상하지 못한 곳에서 이 책이 발견되었다. 노예제를 지지하며 미합중국으로부터 분리를 선언한 남부연합의 문화적 중심지인 버지니아주 리치먼드에서 미합중국의 저작권법을 따르지 않고 이 번역본의 해적판을 출시한 것이다. 그러나 이것은 윌버가 만든 책과 똑같지 않았다. 그 서문이 변경된 내용을 분명하게 보여 준다.

이야기에 관한 모든 장과 문단을 세심하게 보존하되 대서양의 이쪽 대륙과는 전혀 관계없고 순전히 프랑스 독자들만을 대상으로 하는 정치적 문제를 비롯한 여러 문제들에 관한 다소 장황한 글은 이 책에 넣지 않다는 것을 고백해야겠다. 이상하게 노예제에 관해 산발적으로 이야기하는 몇몇 문장은 저자가 주로 거대한 압제와 억압의 도구로서 유럽의 노동 제도를 비난하기 위해 작품에 넣은 것으로, 여기서는 이것도 배제하는 것이 적합하다…… 생략된 부분은 등장인물이나 소설의 사건과 전혀 관계없으며 노예제에 반대하는 몇몇 부분이 빠진 것을 남부 독자들이 불만스러워하지는 않을 것이라고 생각한다.[6]

결국 위고가 쓰고 미국 북부 독자들이 읽은 "나는 압제의 몰락에 찬성했소. 즉 여성에게는 매춘 철폐, 남성에게는 노예제 철폐, 아이들에게는 암흑의 철폐에 찬성했소."라는 대목이 남부 독자들에게는 "나는 압제의 전멸에 찬성했소. 즉 여성에게는 매춘의 철폐, 남성에게는 타락의 철폐, 아이들에게는 암흑의 철폐에 찬성했소."라고 전달되었다.[7]

이렇게 노예제에 찬성하는 주의 관점과 감수성에 맞게 위고의 소설을 '현지화'한 것은 저자의 주장과 작품의 의미에 대한 곡해다. 이 책에서 사형 제도와 인종차별과 노예제에 대한 위고의 확고한 반대를 빼면 과연 뭐가 남겠는가? 그런데 의외로 남는 것이 많았다. 한 노병은 이렇게 회상한다.

팡틴과 코제트 때문에 우리가 얼마나 울었던지! 우리가 선한 마들렌 시장을 얼마나 좋아했던지. 그가 한때 장 발장이었기 때문에 더욱더 좋았다. 그 차갑고 목석같은 '권위'의 기둥, 자베르를 우리가 얼마나 미워했던지! 우리가 얼마나 마리우스와 함께 굶주리고, 그의 냉랭한 할아버지를 생각하며 분개했던지! 우리가 얼마나 워털루 전투에서 싸우고 또 싸우며 그것을 우리가 아는 다른 싸움들과 비교했던지!

인생을 경이롭게 그린 그 책과 같은 인기를 누린 책은 지금까지 없었다. (남부군 병사들은) ······ 모닥불 주위에 옹기종기 모였고, 가장 발성이 좋다고 생각되는 사람이 낭독자로 뽑혔다.[8]

모닥불 앞의 낭독자가 남부 특유의 느릿하게 끄는 말투로 프랑스어 '레 미제라블Les Misérables'을 영어처럼 발음하면 '리스 미즈러블'이 되었다. 그래서 강력한 자기인식을 촉발하는 말장난이 나왔다. 그렇다. 위고의 책은 과연 '리 장군의 불쌍한 병사들Lee's miserables'에 관한 책이었다! 그들은 이제 자기 자신을 그렇게 생각하게 되었다. "그날 밤 분명 나는 리 장군의 불쌍한 놈들 중 하나를 바닥에 눕혔다. 우리 모두 위고의 위대한 소설을 읽은 뒤 스스로 그렇게 부르곤 했다."[9]

이렇게 특이한 방식으로, 소외되고 지옥에 떨어진 사람들과 공감하도록 호소하는 소설이 자기 자신이 억압된 자라고 보는 불운한 사람들의 집단적 별명이 되었다. 프랑스인들의 정치적 관점에서 볼 때 이런 이야기가 혐오스럽지 않다면 오히려 우스울 것이다. 그러나 우리가 본 것처럼 위고의 소설은 극빈자와 비열한 자, 불운한 자의 구분을 무시하고 그들을 단일 집단으로 합쳐 19세기 프랑스의 언어를 재구성한다. "레 미제라블이라는 운명적인 단어 속에 가난한 자와 악한 자가 서로 섞이고 한데 뭉뚱그려지는 지점이 있다."(리치먼드 판 671쪽) 그렇다면 지친 병사들을 이 짓밟힌 자들의 새로운 공동체에서 배제할 이유가 있겠는가? 미국 남부군에서 노예제를 지키기 위해 싸운 불쌍한 남자들은 이 소설의 의미를 잘못 이해한 것이 아니다.

국제적 보급의 우여곡절

『레 미제라블』의 국제적 보급은 7대양 어디에서건 결코 순탄하지 않았으며 어떤 나라는 소설이 도착할 때까지 오랫동안 기다려야 했다. 라크루아는 러시아 판권을 상트페테르부르크에 있는 출판사에 팔았지만, 차르의 검열관들은 제국 체제에 불리해 보이는 작품의 번역을 금지했다. 1870년에 아주 짧은 요약본이 허용되었지만, 1892년에야 러시아에서 완역본을 구할 수 있었다.[10] 중국에서는 더 오래 걸렸다. 혁명적인 승려 쑤만수蘇曼殊와 중국공산당을 만든 사람들 중 한 명인 천두슈陳獨秀가 1903년 상하이『국민일보國民日報』에 장 발장의 모험담을 한문으로 번안해 1부 1권이 아닌 2권부터 연재하기 시작했다. 1부 1권 5장과 9장 사이에 (6~8장은 생략한 채) 그들이 직접 창작한 일곱 가지 이야기를 넣고 중국인을 등장시켜 파리에서 벌어진 사건들에 관한 의견을 말하며 혁명적 변화를 두고 많은 주장을 펼치기도 했다. 그러나 알아볼 수 없을 정도로 내용을 고친 프티제르베 이야기까지 연재했을 때 신문이 폐간되었다. 그로부터 20년 뒤 팡위_{方子}와 리단_{李丹} 부부가 『레 미제라블』을 처음부터 다시 번역하기 시작해 1932년에 1부가 나왔다. 그러나 얼마 뒤 출판사가 폭격을 당해서 원고 중 상당 부분이 화염에 휩싸였고 다른 부분은 홍콩으로 보내졌는데 우체국에서 분실되었다. 결국 1954년에야 두 사람이 번역을 이어 갔다. 아니, 처음부터 다시 시작했다고 하는 편이 옳을 것이다. 1959년에 드디어 1부와 2부의 새 판이 출판되었는데, 이번에는 문화혁명이 가로막았다. 마오쩌둥_{毛澤東}이 중국을 통치하던 시절의 많은 유학파 지식인들과 마찬가지로 『레 미제라블』의 번역자들은 수감되고 원고는 불태워졌다. 1971년에 석방되자마자 70대가 된 리단과 팡위는 다시 작업에 뛰어들었다. 1977년에 리단은 죽었지만 팡위 혼자 작업을 계속해 3부와 4부에 이어 마침내 5부까지 완성했다. 『레 미제라블』의 중국어 완역본은 원작이 출간된 지 112년 만인 1984년에 나왔다.[11]

영국에서는 미국과 마찬가지로 1862년이 저물기도 전에 번역본이 나왔다. 위고는 당시 영국으로 망명해 그리니치에 있는 육군사관학교에서 역사를 가르치고 있던 프랑스 작가이자 정치가인 친구 에스키로_{Alphonse Esquiros}에게 랙스올_{Charles Lascelles Wraxall} 경을 번역자로 추천받는다. 대부분의 시간을 해외에서 살던 랙스올은 워털루 전투에 대해 나름의 관점이 있는 군사 역사 전문가였다. 그는 이 문제에 대해 위고에게 지적하는 것을 주저하지 않았고, 자신이 인정할 수 없는 부분이 나오면 과감하게 빼 버렸다. 이 번역본은 상당한 생략에서부터 행과 단어의 삭제에 이르기까지 편집자가 개입하지 않은 장이 거의 없었다.[12] 허스트앤드블래킷이 런던에서 출판한 『레 미제라블』은 모든 면에서 대실패였다. 이 출판사는 라크루아에게 정식 번역 판권을 샀는데, 불행히도 영국에서 합법적으로 팔 수 있는 것은 랙스올의 잡동사니뿐이었다. 이것은 한 권당 값이 5.5실링인 전통적인 양장본으로 나왔다. 주로 순회 대출 도서관 소장용으로 팔리는 값비싼 판형이었다. 랙스올의 번역이 부적절하다는 것이 밝혀졌을 때, 출판사는 정정을 하거나 다른 번역을 의뢰하지 않았다. 더 싼 값에 새 판을 찍지도 않았다. 영국 독자들은 온전한 『레 미제라블』을 읽을 수 있을 때까지 오랫동안 기다려야 했다.

랙스올처럼 원작을 터무니없이 수정하는 것은 편협한 전통이 되어 21세기까지 이어졌다. 50년 동안 영국에서 통용되는 표준 번역서인 데니Norman Denny의 1955년판은 프티픽퓌스 수녀원과 관련된 부분(II.7)과 비속어에 관한 긴 논평(IV.7)을 원래 있던 자리에서 빼 맨 뒤 부록에 숨겨 버린다. 2008년에 호주 작가 로즈Julie Rose의 번역본이 나올 때까지 영국의 독자들은 원래 순서로 된 『레 미제라블』의 완역본을 구할 수 없었다. 중국 독자들보다 23년이나 뒤진 셈이다.

무대에서 만나는 「레 미제라블」

이탈리아 출판자에게 보낸 편지에서 말한 것처럼, 위고는 『레 미제라블』이 '모든 사람에게 읽히기'를 바랐다. 그런데 처음 발행된 열 권짜리 프랑스어판이 6프랑에 팔렸다. 서민들이 사서 읽기에는 너무 비쌌다. 어떤 노동자들은 계를 조직해 열두 명이 한 권을 구입한 다음 제비뽑기로 처음 읽을 사람을 정하기도 했다.[13] 그래도 모든 사람이 읽을 수는 없었기 때문에, 매일 밤 카페와 가정에서 조금씩 낭독하기도 했다. 『레 미제라블』에 대한 열광은 거의 일반적이었고, 특히 가난한 사람들 사이에서 반응이 뜨거웠다. 그러나 이런 방식만으로는 이 작품이 모두에게 다가갈 수 없었다. 영국에서 같은 문제에 직면한 디킨스는 기발한 해결책을 찾았다. 우선 가장 사랑받는 소설을 간략한 '낭송용'으로 만들고는 전국을 돌며 마을 회관에서 『위대한 유산』과 『오래된 골동품 상점』, 『올리버 트위스트』의 세 시간짜리 1인극을 공연해 관객들의 넋을 빼앗았다. 재능 있는 아마추어 배우였던 디킨스는 등장인물의 억양을 기가 막히게 흉내 냈다.[14] 그러나 위고는 디킨스의 예를 따를 수 없었다. 우선 그는 프랑스에 발 디디는 것을 스스로 거부한 데다, 무대를 위한 글쓰기 경험은 많아도 훌륭한 발성과 연극에 대한 야심이 없었다. 그래도 진정한 대중 관객에게 다가가는 가장 확실한 방법은 무대를 통한 것임을 알고 있었다.

카르네Marcel Carne가 〈천국의 아이들Les Enfants du Paradis〉(한국에서는 '인생 유전'이라는 제목으로 개봉되었다. ─옮긴이)에서 마법처럼 재창조해 낸 극장의 즐거움은 19세기 프랑스에서 계급이 다른 사람들이 논란의 여지 없이 함께할 수 있는 얼마 되지 않는 기회였다. 관객들은 부유한 이들만이 아니었다. 요즘은 머리가 희끗희끗한 사람들이 브로드웨이 공연을 보는 모습도 종종 눈에 띈다. 칸막이가 있는 특등석에는 부자가, 아래층에는 보통 사람들이, 꼭대기 좌석에는 왁자한 사람들이 앉는다. 극장의 군중은 시끌벅적하고 불손하며 사회적 배경이 다양하다. 『레 미제라블』에서는 가브로슈도 최신 연극을 보러 간다. 프랑스 제2제정의 실제 부랑아들에게 다가가려면 위고의 소설은 연극으로 만들어져야 했다.

그러나 연극은 모든 계급이 접근할 수 있기 때문에 책보다 더 엄격한 검열의 대상이었으며 모든 연극이 초연 전에 공식 허가를 받아야 했다. 나폴레옹 3세의 돌이킬 수 없는 적이라는 위고의 위치와 『레 미제라블』의 정치적 의미에 관한 언론의 소동을 생각하면, 제2제정이 존재하는 한 무대용 『레 미제라블』이 허가받기는 어려워 보였다.

그럼에도 위고는 아들 샤를에게 이 소설을 연극으로 만들어 보라고 권했다. 샤를이 평소 바라던 문학 경력을 쌓기에 좋은 기회였기 때문이다. 샤를은 셰익스피어의 『헨리 4세*Henry IV*』 1부와 2부처럼 극을 두 부분으로 나눠 이틀에 걸쳐 공연하는 방식으로 검열을 피할 수 있겠다고 생각했다. 미리엘과 장 발장과 팡틴을 소개하는 첫 부분은 검열을 통과하기가 상대적으로 쉬워 보였고, 만일 공연이 크게 성공한다면 정치적으로 민감한 바리케이드 장면이 포함된 속편에 대한 승인을 당국이 거부하기 어려울 것이라는 판단이었다.

위고는 2부 구성이 마음에 들지 않았다. 그러나 『레 미제라블』이 완간되고 오래지 않아 샤를이 극본 초안을 제출했다. 그것을 바로 검토한 검열관들은 1부도 탐탁지 않게 여겼다. 따라서 원래 1862년 9월로

정했던 '팡틴'의 파리 초연이 바로 취소되었다. 브뤼셀에 있는 한 극장이 대신 공연하기로 했지만, 총책임자는 1·2부로 나누는 대신 한자리에서 공연하는 것을 고집했다. 아델은 샤를에게 아버지의 뜻을 따르도록 종용했고, 위고는 아들에게 건지로 돌아와 극본 수정에 관한 지도를 받으라고 단호하게 요구했다. 하지만 샤를은 꿈쩍도 안 했다. 그는 여전히 아버지의 위대한 작품을 극화하는 영광스러운 작업이 자기 경력의 진정한 출발점이라고 생각했으며 그것을 두 번에 걸쳐서 하고 싶었다. 그러나 결국 굴복할 수밖에 없었다. 위고의 요청으로 뫼리스는 1862년 11월에 자기 일을 잠시 제쳐 두고 한 달 동안 샤를의 이름으로 발표될 극본의 수정 작업을 도왔다. 〈레 미제라블, 드라마Les Misérables. Drame〉는 1863년 1월 3일 브뤼셀에서 초연할 준비가 되었다.

프롤로그에서는 디뉴의 장 발장과 미리엘을 소개한다. 1부 '팡틴'은 몽페르메유에서 몽트뢰유 쉬르 메르, 아라스 법정 장면으로 이야기를 끌고 갔다가 다시 몽페르메유로 돌아가 장 발장이 코제트를 구하는 장면과 짤막한 파리의 수녀원 장면으로 이어진다. 2부 '장 발장'은 마리우스와 코제트의 사랑과 고르보 공동주택에서 벌어진 기습 공격, 바리케이드 장면을 압축해 담았다. 마지막으로 에필로그는 젊은 연인의 결혼식을 건너뛰고 곧바로 장 발장의 고백과 죽음으로 넘어간다.

소설의 내용이 워낙 많기 때문에 얼마든지 다양한 소재 선택을 상상할 수 있지만, 그 뒤 등장한 연극과 영화 각색자들은 거의 모두 어떤 것을 삭제할지 선택할 때 기본적으로 샤를의 결정을 따랐다. 『레 미제라블』을 극화한 작품들이 전통적으로 생략하는 장면들이 있다. 장 발장을 만나기 전 미리엘의 과거사, 코제트를 테나르디에에게 맡기기 전 팡틴의 이야기, 워털루 전투, 장 발장의 두 번째 수감과 극적인 오리온 호 탈출, 관에서 탈출하는 장 발장을 포함해 프티픽퓌스 이야기의 대부분, 'ABC의 친구들'을 만나기 전 마리우스의 과거사 등 여섯 가지다. 인쇄된 샤를의 극본에 '선택 사항'이라고 표시된 것은 프티제르베 이야기와 수녀원을 배경으로 한 짧은 장면이다. 워털루 부분을 생략한 결과, 테나르디에와 마리우스 사이의 서술적 연결 고리가 사라지고 고르보 공동주택 강도 사건이 훨씬 더 단순해졌다. 물론 세 시간 동안 모든 이야기를 다할 수 없다는 것은 분명한 사실이지만, 그 뒤 연극과 영화 작품들 중에 샤를의 선택에서 크게 벗어나는 경우가 아주 드물었다는 점은 다소 놀랍다. 이는 애초에 샤를이 선택을 잘했다기보다는 각색자들이 소설을 읽고 해석하는 방식에서 『레 미제라블』만큼이나 오래된 전통을 계속 유지하고 반복하고 있다는 뜻이다.

변주

샤를의 극본은 작품 속 바리케이드가 옹호하는 프랑스혁명이 몇 차례의 프랑스혁명 중에 정확히 어떤 혁명인지에 관한 해설자들과 각색자들의 뿌리 깊은 혼돈에 어느 정도 책임이 있다. 시대적 배경에 대한 착오는 고르보 공동주택에서 장 발장이 테나르디에 일당의 손아귀를 벗어나는 장면에서 처음 발생한다. 자베르가 그를 체포하러 갔는데 'ABC의 친구들'에 속하는 부채 공장 직공 푀이가 이끄는 혁명 군중이 방으로 들이닥친다. 그는 죄수를 석방하라고 명령한다.

> 푀이(장 발장에게): 시민이여, 당신은 자유요.
> 가브로슈: 시민 에포닌을 대신해……
> 푀이: 자유는 오늘 누구도 체포하지 않소.
> 가브로슈(머리에서 발끝까지 떨고 있는 자베르에게): 인권 만세!

이것이 1789년인가, 1792년인가, 1848년인가? 정확히 말하기 어렵지만, 1832년은 분명히 아니다. 1832년 혁명에는 프랑스인들을 시민으로 만들거나 새롭게 인권을 선언할 공화국이 등장하지 않았다. 샤를은 바리케이드 장면의 대단원에도 비슷한 변화를 주었다. 소설에서는 마지막까지 버틴 두 남자, 앙졸라와 그랑테르가 "공화국 만세!"를 외친 뒤 코랭트 술집 홀에서 총살당한다.[15] 그런데 (그랑테르라는 인물이 아예 나오지도 않는) 샤를의 극본에서는, 앙졸라가 창문에서 머리를 빼고 "자유 만세!"를 외친 뒤 대포 공격으로 세트를 파괴한다.

소설의 역사적 배경을 그보다 더 오래된 혁명의 전통과 연결하려고 끼워 넣은 이 핵심어들을 통해 샤를이 뿌린 씨앗에서 가브로슈와 1830년 혁명을 기념하는 들라크루아의 그림 속 학생, 3색기가 아니라 붉은 깃발을 휘두르는 자유의 여신이 그려진 책 표지를 뒤죽박죽 섞은 개념들이 자라났다. 위고로서는 1832년 6월 5일 봉기가 일반적인 혁명의 의미를 이야기하기에 가장 적합했다. 혁명의 상징물과 핵심어를 전용해 그것을 다른 혁명과 헷갈리게 한 샤를은 과거를 엄격히 수호하려는 학구적인 이들의 빈축을 사지만, 엄밀히 말해 그것은 역사를 신화로 변신시킨 위고가 한 작업의 연장선상에 있을 뿐이다.

샤를의 브뤼셀 초연은 성공적이지 못했다. 파리 언론에서는 단 한 마디도 언급하지 않았고, 벨기에에서도 거의 언급하지 않았다. 적어도 오트빌 하우스에서는 분명히 실패를 예상했다. 초연일에 위고도, 다른 가족도 보러 가지 않은 것이다.

책으로 발행된 『레 미제라블, 드라마』의 속표지는 이 연극이 리에주와 앤트워프, 함부르크, 베를린, 페슈트, 스톡홀름, 리스본, 마드리드에서 공연 허가를 받았다고 명시하고 있어서 그것이 마치 전 유럽에서 성공한 것처럼 보인다. 그러나 이 허가 중 한 건이라도 써먹었는지는 의문이다. 『레 미제라블』 전편을 처음으로 극화한 이 작품의 영향력은 그것이 라크루아를 통해 책으로 발행되어 그 뒤 수십 년 동안 각색자들이 접근할 수 있는 자료가 되었다는 데서 나온다.

훨씬 더 극적인 무대 생활은 오히려 프랑스어 문화권 밖에서 장 발장과 팡틴, 코제트, 자베르를 기다리고 있었다. 맨 먼저 이탈리아에서는 소설이 완간되기도 전인 1862년 6월에 전반부 장면들을 극화한 연극이 한 여행사와 손을 잡아 순회공연에 들어갔고, 곧 영국에서도 그렇게 되었다. 어쩌면 랙스올의 번역이 끔찍했기 때문일 수도 있고 사람들이 사서 읽기에 너무 비쌌기 때문일 수도 있지만, 이유가 무엇이건 간에 해마다 새로운 각본이 연극 잡지에 실렸다. '위고의 『레 미제라블』을 각색한' 헤이즐우드Colin Henry Hazlewood의 「자선Charity」(1862

년 11월 런던), 시모어~Harry Seymour~의 「장 발장~Jean Valjean~」(1863년 런던), 홀트 ~Clarance Holt~의 「악에서 선으로~Out of Evil Cometh Good~」(1867년 버밍엄)와 「바리케이드~The Barricade~」(1869년 런던), 머스케리~W. Muskerry~의 「속죄~Atonement~」(1872년 런던, 맨체스터) 등이다. 이런 제목들은 1부 '팡틴'의 이야기가 영어권 무대를 위한 소재의 대부분을 제공했으며 '혁명적인' 부분은 항상 거의 무시되었다는 것을 보여 준다. 〈팡틴~Fantine~〉과 〈코제트~Cosette~〉(각각 1869년과 1875년 보스턴), 1868년에 건지섬에서 공연된 뒤로 1874년에 호주 시드니에서 〈황색 통행권~The Yellow Passport~〉으로 공연되었다가 나중에 호주와 캘리포니아에서 각각 〈성자 또는 죄인~Saint or Sinner~〉, 〈죄수 순교자~Convict Martyr~〉로 제목을 바꿔 공연한 작품을 비롯해 영어권의 여러 지역에서 발견되는 다른 많은 제목들도 마찬가지다.

『레 미제라블』은 다른 외국어로도 무대를 통해 관객에게 다가갔다. 〈사슬에 묶인 영웅~Der Giber in Keyten~〉이라는 제목에 이디시어로 각색된 연극은 1911년에 바르샤바에서 공연되었고, 다른 각색본이 빌뉴스에서 무대에 오르거나 극본으로 인쇄되기도 했다.[16] 이 중에는 음악 연주를 곁들인 것도 있는데, 이는 당시에 이미 새로운 방식이 아니었다. 첫 뮤지컬은 미국에서 소설이 번역되고 몇 주 만인 1863년 1월에 필라델피아에서 공연된 작품으로, 캐시디~Albert Cassedy~가 만들고 코피츠~Charles Koppitz~가 음악을 맡은 〈팡틴 또는 여직공의 운명~Fantine or The Fate of a Grisette~〉이다.

영화로 보는 『레 미제라블』

1895년에 뤼미에르 형제Les frères Lumière가 움직이는 영상을 녹화하는 장치인 영사기를 완성했다. 그들은 이 기록 장치로 역에 도착하는 기차와 공장에서 나가는 군중에 이어 전 세계 도시의 거리 모습을 담은 짧은 동영상을 찍었다. 1897년에는 파리 뮤직홀에서 변장술에 능한 배우의 연기를 기록했다. 이 역사적인 60초짜리 동영상에서는 무명의 공연자가 가발과 모자, 스카프, 자세, 표정을 이용해 위고와 장 발장, 테나르디에, 마리우스, 자베르로 빠르게 분장한다.[17] 이것은 『레 미제라블』뿐 아니라 장르를 불문하고 소설이 영화화된 첫 사례다. 이때부터 위고의 소설은 전 세계 거의 모든 나라의 영화 산업에서 단골 소재가 되었고, 『레 미제라블』은 역사상 가장 자주 각색된 소설이 되었다. 이 영화들 중에 어떤 것은 영화사에 기념비적인 작품으로 남았다. 장장 여섯 시간에 걸쳐 상영된 카펠라니Albert Capellani의 1912년판 4부작 무성영화와 그것보다 더 긴 (그리고 최근 복원되어 툴루즈의 한 경축 행사에서 상영된) 페스쿠르Henri Fescourt의 1925년판 무성영화와 베르나르Raymond Bernard의 1934년판 첫 유성영화 등이 그런 경우다. 1909년 이후 할리우드에서도 몇 년에 한 번씩 『레 미제라블』을 각색한 영화가 등장했다. 동아시아에서 『레 미제라블』 영화화의 긴 역사는 일본에서 1923년에 (우시하라 기요히코의 〈아아! 무정ぁぁ無情〉으로) 시작되어, 우치다 도무ぅちだとむ의 〈장 발장ジャンバルジャン〉(1931)과 1950년에 여러 작가들이 공동 각색한 〈레 미제라블レミゼラブル〉, 사쿠라이 히로아키桜井弘明의 2007년 애니메이션 〈소녀 코제트少女コゼット〉, 한

국과 인도에서 만든 영화들을 포함한다. 프랑스어와 영어, 일본어는 물론이고 러시아어와 페르시아어, 터키어, 타밀어, 아라비아어 등을 포함한 다양한 언어로 적어도 65편에 이르는 영화가 나왔다.[18] 이 영화들이 갖가지 오류를 저지르고 종종 원작자의 믿음과 태도를 잘못 표현하기도 하지만, 영화제작자들은 위고의 평소 바람대로 그의 이야기를 전 세계 사람들에게 전하는 데 큰 도움을 주었다.

새로 쓰는 이야기

"친애하는 선생님, 선생님의 위대한 역작이 끝났습니다." 1862년 6월 오트빌 하우스에서 마지막 교정쇄를 받자마자 라크루아가 위고에게 이렇게 썼다.

> 저는 선생님의 정신과 함께하고 직원들에게 날마다 임무를 주는 데 익숙해져서 '끝'이라는 말을 하기가 고통스럽습니다. 왜 그것이 전부여야 할까요? 왜 장 발장은 죽어야 하고, 왜 코제트와 마리우스가 우리를 떠나야 할까요⋯⋯?[19]

그는 위고가 만든 365장을 읽으면서 이야기가 더 남아 있기를 바란 첫 독자로, 이런 독자가 그뿐만은 아니었다. 사실 그때 이야기를 더 만들 수도 있었다. 1861년과 1862년 상반기 동안 위고는 특별히 지속적이고 창조적인 힘을 글쓰기에 쏟아부으며 온갖 세부와 서술·분석·줄

거리 속 연결 고리를 추가했는데, 기존 내용이나 새로운 부분 중에 삭제한 것도 많다. 잡다한 필기며 자료, 초고와 '나머지 내용'을 모아 펴낸 『레 미제라블의 유산Reliquat des Misérables』은 이야기의 다양한 부분에 대한 대안적 내용과 3부 7권 2장 뒤에 실릴 뻔한 일곱 장에 걸쳐 연장된 내용을 담고 있다.

삭제된 암흑세계 이야기에는 수감자와 담 너머 여성의 '결혼'에 대한 설명이 있다. 수감자들의 공동체마다 수감자들을 꽃다발로 그리는 '화가'가 있고, 꽃마다 수감자의 방 번호가 붙는다. 꽃 그림이 생라자르의 여성 구치소로 오면 비밀 우편을 통해 팔미라가 월하향을 선택했다거나 파니가 진달래에 반했다거나 세라핀이 제라늄을 택했다는 것을 알리는 답장이 수신자에게 전달된다.[20] 각 꽃, 그러니까 각 방 번호에 해당되는 수감자는 이제 아내가 생기는 것이다. 대체로 구치소 생활이 길지 않은 여성들은 자신이 전혀 모르고 결코 볼 일도 없을 남자들과 결혼했다고 생각한다. 이 모든 것이 다 꽃 때문이다! "이것이 재미있는가? 그렇다면 잘못 생각한 것이다. 이것은 무서운 일이다."[21] 이 '악의 꽃'에 관한 이야기는 마음의 신비와 파리 심장부의 '검은 구역'에 관한 논평으로 이어지고, 여기서 우리는 『레 미제라블』의 범죄와 관련된 이야기로 돌아간다. 파트롱미네트 조직에 속한 테나르디에의 세 공범자인 클라크수와 괼메르와 바베는 1817년 이전 팡틴이 한 남자의 애인으로 살았을 때 동료였던 달리아와 제핀와 파부리트의 '꽃 남편', 즉 기둥서방들이다. 이 세 아가씨는 우리가 마지막에 본 뒤로 12년 동안 점점 시들어서 여기저기를 전전하다 결국 '지옥의 일곱 번

째 구렁'으로 접어든다.[22]

위고는 1862년 2월에 3부 원고를 정신없이 준비하면서 '꽃과 관련된 장'을 없앴다. 이 부분은 '영혼'에 관한 또 다른 작품의 핵심으로, 그 전해 여름에 써 놓은 철학적 서문에 넣는 편이 더 적당하다고 생각했기 때문이다.[23] (이 작품은 결국 쓰지 못했다.) 그러나 서술상 멀리 떨어진 두 부분을 빈틈없이 연결하는 사라진 부분의 존재는 우리로 하여금 위고가 어쩌면 다른 연결 고리를 고안하지는 않았을지, 또 우리가 다른 내용을 상상해 볼 수 있지 않을지를 생각하게 한다.

물론 모든 소설은 그럴 여지가 있기 마련이며, 아무리 완벽하게 짜인 희곡이나 소설도 그 뒤 작가들이 채워 넣을 수 있는 여백을 제공한다. 스토파드Tom Stoppard의 「로젠크란츠와 길덴스턴은 죽었다Rosencrantz and Guildenstern Are Dead」는 셰익스피어가 『햄릿Hamlet』에서 거의 언급하지 않은 두 단역의 시각으로 헬싱괴르에서 벌어지는 이상한 일들에 대한 새로운 해석을 제공한다. 장Raymond Jean의 『마드모아젤 보바리Mademoiselle Bovary』는 에마와 원작자가 관심을 갖지 않은 딸 베르트의 삶을 상상한다. 다우드Kamel Daoud의 최근작 『뫼르소, 살인 사건Meursault, contre-enquête』은 카뮈Albert Camus가 『이방인L'Étranger』에서 이름조차 짓지 않은 아랍인 희생자의 배경 이야기를 채워 넣는다. 위고의 소설은 일단 규모부터 훨씬 방대해서 커다란 캔버스에 채워 넣을 공간이 워낙 많아 보이며 수많은 등장인물과 사건, 배경과 주제 때문에 독자들이 마음만 먹으면 그들의 연관성을 수도 없이 만들어 낼 수 있다.

위고의 후손들은 저작권 보호 기간이 끝나고 한참 뒤에도 프랑스에서 그의 책을 이용하는 것을 통제할 '저작인격권'을 지키려고 했고, 마리우스와 코제트의 이야기를 연장한 출판물을 용인하지 않았다. 그들이 칼파키안_{Laura Kalpakian}의 『코제트_{Cosette}』(1995)는 미국에서 출판되었기 때문에 무시했지만, 2001년에 『코제트 또는 환상의 시간_{Cosette ou le temps des illusions}』과 『마리우스 또는 도망자_{Marius ou le fugitif}』를 출판한 세레자_{François Cérésa}는 법정에 세웠다. 이 사건은 항소심까지 갔고, 제아무리 신성한 문학작품이라도 작가들이 그 등장인물을 다시 이용하고 그들에 관한 이야기를 새로 쓸 예술적 자유의 손을 들어 주는 판결이 2008년에 나왔다. 그러나 에포닌의 이야기를 연장해서 다시 쓴 플레처_{Susan Fletcher}의 『어 리틀 인 러브_{A Little in Love}』(2014)를 비롯해 노골적으로 상업적인 작품들은 『레 미제라블』의 이야기에서 얼마나 훌륭한 가지가 뻗어 나올 수 있는지를 보여 주기에 좋은 예가 아니다.

'극도로 변형된' 이누키 가나코_{大木加奈子}의 만화 『알로테의 노래_{アロエッテの歌}』는 몽페르메유에서 테나르디에 부부에게 학대당하는 코제트의 이야기와 몽트뢰유 공장에서 쫓겨나는 팡틴의 이야기를 원작과 다른 방식으로 되풀이한다. 작가는 일본의 눈으로 내용을 각색하는 한편 서구적 외모의 사제를 새로운 인물로 등장시킨다. 사제는 코제트에게 고통이 인간의 몫이니 인내하고 복종하라고 조언한다. 이 만화는 그 가엾은 소녀가 오싹한 테나르디에 부인의 손에서 고문에 가까운 학대에 시달리다 말하지도 듣지도 못하게 되는 장면을 보여 준다. 그리고 해설자의 목소리로 19세기 유럽에서는 아이들을 혹독하게 다뤄서 후천성 자폐증이 꽤 흔했다고 설명한다. 이것은 아이들이 당할 수 있는 수

난에 대한 위고의 생각을 독창적인 방식으로 보강한다. 또한 보이는 것 이상을 암시하기도 한다. 현대 일본 전문가들에게는 요즘 일본 아이들이 정신이 이상해질 만큼 과중한 학업에 시달리는 현실에 대한 항의의 암시로 보일 것이다.[24]

그러나 요즘 『레 미제라블』은 속편과 라디오, 영화, 텔레비전, 만화용 각색뿐 아니라 웹상의 아마추어 글쓰기라는 규제되지 않는 세계에서도 확장되고 변형되고 있다. 그중 팬픽은 1862년의 라크루아처럼 자신이 사랑하는 이야기가 확정적인 결말로 끝나는 것을 원치 않는 젊은 독자들이 기존 책을 변형하거나 연장하거나 빈틈을 메우는 식으로 쓴 짧은 글이다. 이런 글쓰기의 주요 '매체'는 『해리 포터Harry Potter』와 『트와일라이트Twilight』, 『반지의 제왕Lord of the Rings』 시리즈 같은 아동·청소년 소설이다. 따라서 『레 미제라블』이 그런 소설들 틈에 끼어 있다는 것은 사뭇 놀랍고도 흐뭇한 일이다. 어떤 팬픽 작가들은 흥미로운 질문에 답하려고 한다. 예를 들어, 자베르가 장 발장을 체포한 1823년과 파리에서 그를 추적하는 1829년 사이에 어떤 범죄를 해결했나? 1796년에 장 발장이 빵을 훔쳐 주려고 한 조카들의 이름은 무엇이며 그 뒤에 그들은 어떻게 되었나? 테나르디에가 어떻게 라포르스 감옥을 빠져나와 루아드시실 가의 폐가 옥상에 갔나? 참고로, 이에 대해 위고는 아무도 설명하거나 이해할 수 없는 일이라고 말했다.(IV.6.iii, 872)

이런 '짧은 소설'들은 대부분 어떤 의미에서 죽은 자들이 계속 살아 있다는, 위고의 작품에 담긴 생각을 추구한다. 이것이 52부로 구성된 일본 TV 애니메이션 〈소녀 코제트〉의 특징이기도 하다. 이 만화에서 가브로슈는 죽지 않고 살아서 코제트의 가장 친한 친구가 된다.[25] 에포닌과 앙졸라, 그랑테르 등이 바리케이드에서 살아남는다거나 다시 살아 돌아오는 것을 상상하는 팬픽 작가들은 보통 소설에서 가장 가까운 세대의 대상을 자신들이 속한 환경에 끼워 넣는다. 뮈쟁 카페는 스타벅스가 되고 거기서 앙졸라와 그랑테르가 자신들이 동성애자임을 알게 되는 식이다. 마리우스는 충실한 아내와 에포닌을 향한 열정 사이에서 갈등하게 되고, 앙졸라는 죽지 않은 에포닌과 사랑에 빠지게 하고, 두 이름을 섞어서 '앙조닌'이라는 커플 이름을 붙이기도 한다. 한편 19세기의 정치적 문제 대신 자신과 관련성이 큰 문제들을 이야기하는 혁명을 부활시키며 '대안적인 세계'를 그리는 글도 많다. 현재 그 중 주를 이루는 것은 '소외된 집단'을 대표하는 것이다. 'ABC의 친구들'은 이제 각양각색의 인종과 성별, 성 정체성이 혼합된 '우리의 기록실An Archive of Our Own' 같은 사이트에서 중요한 부분이다. 이런 하위문화를 즐기는 사람들에게 들은 바로는, 신체적 장애가 없는 젊은 백인 남녀의 로맨스를 표현하는 『레 미제라블』을 팬픽으로 다루는 것을 그 세계 사람들은 반동적인 정치 행위로 여길 것이라고 한다.[26]

위고의 이야기에 있는 정서적 잠재력을 다시 정치적 논쟁거리로 삼으면 그 소설의 두드러진 특성이 드러난다. 런던 빈민에 관한 디킨스의 소설들은 육체적·정신적 장애가 있는 인물들을 다양하게 등장시켜 그들에 대한 존중과 사랑을 호소한다. 에이미 도릿은 왜소증을 겪고, 플라이트 양은 정신이 오락가락하고, 타이니 팀은 다리를 절고, 제니 렌은 휠체어 신세를 지는 식이다. 그런데 『레 미제라블』에는 이런 것이 하나도 없다. 위고의 등장인물은 모두 사지가 멀쩡하고 나름대로 능력도 있다. 이유는 알 수 없다. 파리의 가련한 사람들도 런던의 빈민처럼 분명히 불행의 영향을 받았을 테니 말이다. 위고가 무심코 빠뜨린 소외된 자들이 있다면, 우리는 그들을 다시 데려온 아마추어 작가들에게 고마워해야 할 것이다.

17장

/

『레 미제라블』의 의의

장 발장의 도덕적 자각

　　　　　　줄거리와 등장인물이 복잡하고 주
제의 폭이 넓지만『레 미제라블』은 오직 주인공 장 발장의 행동에서
나오는 중심 메시지를 전달한다. 장 발장은 평생 많은 물리적 장애와
세 번의 도덕적 위기를 극복한다. 도덕적 위기는 본의 아니게 프티제
르베의 동전을 빼앗는 마지막 악행과 몽트뢰유에서 그의 '형제' 샹마
티외가 누명 쓰는 것을 모른 척하려는 마음의 유혹, 파리에서 한 젊은
이가 사랑하는 양녀 코제트를 빼앗으려 할 때 느끼는 질투 어린 분노
다. 엄청난 근력과 감옥에서 습득한 곡예술, 고통을 참는 인내력 덕에
그는 마차에 깔린 포슐르방을 구하고, 수녀원 담을 넘고, 강도의 손아

귀에서 탈출하고, 하수도로 마리우스를 옮길 수 있다. 그럼 그가 자기 앞에 놓인 도덕적 위기를 극복할 수 있게 해 주는 자질은 과연 무엇인가? 위고는 몇 가지 답을 제시하며 독자들에게 선택을 맡긴다.

장 발장이 도덕적인 삶을 추구하게 된 계기는 한 정의로운 사람과 이상하고 우연하게 만난 일이다. 파우스트와 계약한 메피스토펠레스와 정반대로 미리엘 주교는 한 전과자가 청하지도 않았고 상상조차 할 수 없었을 선물을 그의 영혼에 건넨다. 장 발장은 그 대가로 약속한 것이 없지만, 주교는 그에게 한 가지 약속을 지켜야 한다고 말한다. "이 것만은 잊지 마세요. 당신이 이 돈을 정직한 사람이 되는 데 쓰겠다고 약속했다는 것을요."(I.2.xii, 99) 장 발장은 자기 것이 아닌 영혼에 사로잡혀 거의 제정신이 아닌 채로 디뉴를 떠난다. 그 빙의 상태에서 벗어나기 위해 저항하고 있을 때 우연히 프티제르베라는 소년과 마주친다. 그리고 나쁜 행동을 한다. 이것은 순전히 자신의 원래 모습으로 돌아가려는 몸부림으로 보인다. 그러나 그 소년이 놀라 달아난 뒤에 미리엘의 영혼이 다시 그를 덮친다. 다음 날 새벽 3시쯤 그르노블에서 온 마부가 디뉴 주교관을 지날 때 "어둠 속에서 바닥에 무릎을 꿇고 기도하는 듯한 남자를 보았다."(I.2.xiii, 106) 무릎을 꿇는 것은 전 세계 어디에서나 회개 의식으로 받아들여진다. 그래서 장 발장의 도덕성이 각성되는 장면은 이 책의 초반에 희미하게 종교적인 **빙의** 이야기에 등장한다.

길 끝에서 만난 소도시의 성곽 아래쪽에 자리 잡은 작은 마을 '라 마들렌 수 몽트뢰유'에서 '마들렌'¹이라는 새 이름을 갖고 공장을 열어

부자가 된 장 발장은 비앵브뉘 주교의 자애로운 행동을 따라 자선을 베풀고 가난한 사람들의 교육과 건강을 위해 돈을 댄다. 그는 특히 사부아 소년들에게 관심을 갖는데, 프티제르베를 다시 만나 그가 동전을 빼앗은 것에 대해 보상할 기회를 갖고 싶었기 때문이다.[2] 그때부터 줄곧 마들렌 시장은 오직 두 가지를 위해 산다. "이름을 숨기고, 자기 삶을 고결하게 만드는 것."(I.7.iii, 202) 그러나 그가 샹마티외가 쓴 누명을 어떻게 할지 결정해야 할 때, 그때까지 소설이 그에게 부여한 **빙의**나 **모방**에만 의존할 수는 없게 된다. 공동체에 대한 의무와 무고한 남자를 구할 의무 사이의 줄다리기는 그것들을 넘어서는 가치에 의존하지 않고서는 해결할 수 없다. 그가 불을 끄면서 의심의 밤이 시작된다.

> 누군가 자신을 볼 수 있다는 생각이 들었다.
> 누군가? 누가 본다는 말인가?
> …… 그가 외면하려던 것이 그를 노려보고 있었다. 그의 양심이.
> 그의 양심, 다시 말해, 하느님이다.(I.7.iii, 204)

어린 시절에 『레 미제라블』을 읽으면서 문학적 포부를 키운,[3] 러시아에서 태어나 폴란드에서 살다가 프랑스에 정착한 소설가 로맹 가리 Romain Gary도 그의 길을 인도하는 '내면의 증인'에게 핵심적인 구실을 부여한다. 그의 설명에 따르면, 그것은 신이 아니라 심지어 무덤에서도 모든 것을 지켜보는 어머니의 눈이다.[4] 바란다면 우리도 위고가 신에게 호소하는 것을 무시하고 **양심**을 도덕적 자각이라고 이해할 수도 있을 것이다. 지켜보는 눈은 그를 계속 지켜보는 ('죽음으로 오히려 더 존재가 뚜렷해진', 208) 주교의 것이기도 하고, 장 발장 자신의 것이기도 하다. 양심이 그에게 자수할 것을 명령하지만, 이 시점에 장 발장이 내뱉는 말에는 도덕적으로 옳은 것에 대한 또 다른 개념이 등장한다. "그렇게 하자! 우리의 의무를 다하자. 이 남자를 살리자!"

장 발장은 이때부터 한동안 왔다 갔다 하고, 위고는 마들렌이 재판정에서 무엇을 할 것인지 미리 알려 주지 않고 긴장감과 심리적 치밀함을 유지한다. 그가 '내면의 목소리'를 불러들이고 그것을 신의 목소리로 생각할 여지를 주는 것은 사실이지만, 이 치밀하고 복잡한 대목에서 '양심' 뒤에 나오는 핵심어는 바로 **의무**다.

빙의, 모방, 양심, 의무는 장 발장을 한 방향으로 이끈다. 이런 것들은 기본적으로 모두 같은 것에 대한 표현상의 변형일 뿐이라고도 말할 수 있다. 그러나 바로 그것, 옳은 것을 옳게 만들고 그른 것을 그르게 만드는 것을 정확히 뭐라고 불러야 할지 규정하기는 어렵다. 더욱이 위고의 변형들은 다양한 문화로 통하는 문을 여는 손잡이다. 유대교도와 이슬람교도, 개신교도와 가톨릭교도는 이 모든 단어를 바로 위고가 선호하는 도덕적 차별성의 원천(위고가 하느님이라고 부르는 것)과 연결할 수 있겠지만, 노인과 학자를 존경하는 문화권에서는 (미리엘에 대한) 모방이 올바른 길로 가는 데 더 나은 안내자로 보일 수 있으며 위고가 상상한 고대 세계 같은 다른 준거 기준에서는 의무가 궁극적인 결정자일 것이다.

이야기가 끝날 무렵 장 발장이 코제트가 결혼하면 그녀와 자신의 관계를 어떻게 정리해야 할지 결정해야 하는 순간에 이런 대안적 가치 체계들이 총동원된다. 젊은 부부의 행운은 모두 (몽페르메유에서 코제트를, 바리케이드에서 마리우스를 구한) 그가 만들어 주었으니, 그는 노년에 두 사람이 그에게 줄 수 있는 물질적·정서적 안락을 누릴 자격이 있다. 그러나 그렇게 하면 그들의 행복하고 어엿한 가정에 그의 말소되지 않은 범죄를 끌어들이게 되고, 결국 부르주아 가정을 몰락의 위험에 노출하는 것이다.[5] 리어왕과 고리오 영감, 그리고 일정한 나이가 된 온갖 실제 인물들이 겪는 딜레마를 어렴풋이 떠올리게 하는 상황에 놓인 장 발장은 쓸모없는 부모가 자녀의 장래에 어떤 구실을 해야 하는지 결정해야 한다. 편리한 것과 옳은 것 사이에서 겪는 이런 갈등은 아라스 법정에서, 그리고 나중에 코제트가 이제 자신만의 것이 아니라는 사실을 보여 준 '입이 싼 압지'를 발견했을 때 그가 직면한 난제를 되풀이한다. 이 문제는 오늘날 노부모가 자식에 대한 애착 때문에 대가족을 이루고 살 것인가, 아니면 자녀들이 독립해서 자기 삶을 꾸려 갈 권리를 존중할 것인가 사이에서 내려야 하는 결정을 뜻하는 상투적인 단어들로 바꿔 말할 수도 있다. 물론 위고는 장 발장이 처한 과거와 현재의 상황에 따라 극적으로 복잡해진 선택의 갈림길을 분석하는 데 그런 단어들을 쓰지 않는다. 그는 우선 열거법과 점층법으로 질문을 구성한다. 그가 어떻게 할 것인가? 그가 그대로 머무르며…… 지금까지처럼 아버지로 남을 것인가? 계속 아무 말도 안 할 것인가? 행복한 두 사람의 옆에서 불길한 운명의 묵시자가 될 것인가?(V.6.iv, 1239)

위고가 이런 내적 갈등에 부여하는 첫 번째 정의定意는 '우리의 이기심과 의무 사이의 싸움'이다. 그다음에는 장 발장의 고민을 한 인간과 '신성한 그림자', '불변의 존재', (그가 '양심'이라고도 부르는) '보이지 않는 존재' 간 가상의 싸움으로 상정한다. 주인공은 십자가에 매달렸다가 땅에 내려진 사람처럼 팔을 쭉 펴고 열두 시간 동안 엎드려서 딜레마와 싸운다. "정신이 히드라처럼 땅을 기어 다니다가 독수리처럼 하늘로 솟아오른다."(1241) 그가 그렇게 꼼짝 않고 엎드려 있는 모습을 보았다면, 누구든 죽었다고 생각했을 것이다. 그러나 그는 갑자기 경련하듯 몸을 떨었고, 그래서 우리는 그가 살았다는 것을 볼 수 있다.

위고는 모든 독자의 머릿속에 각인될 괴상한 표현을 만들기 위해 문법을 멋대로 변형한다. 프랑스어에서 부정대명사 on은 형식적으로 쓰는 기능어일 뿐인데, 위고는 이것이 마치 '보는' 행위의 주체를 가리키는 것처럼 다룬다. 그가 아이처럼 물은 것이다. "누가? 누구인가?"Qui? On? 그런 뒤 성인이 쓰지 않는 방식으로 대답한다. "그림자 속에 있는 '누군가'가."Le On qui est dans les ténèbres. 대문자 O를 쓴 것으로 보아 의심할 여지 없이 하느님을 가리킨다. 이 경우 쟁점과 그것이 이때까지 분명하게 표현된 방식을 생각하면 위고의 하느님은 도덕적 양심의 외재적 형태이며 의무가 무엇인지를 보여 주는 안내자다. 또한 '그림자 속에서 보는 눈'은 완벽하게 낭만주의적인 유령이며 미리엘 주교의 유령일 가능성도 다분하다. 빙의와 모방, 의무, 양심, 신. 이 모든 것이 위고가 쓰임을 새롭게 발견한, 프랑스어에서 가장 하찮은 기능어에 숨겨져 있다.

자베르의 맹목

할리우드와 브로드웨이는 『레 미제라블』을 다른 방식으로 이해하고 의무와 양심을 같은 방향에 있는 개념이 아니라 상반되는 개념으로 설정해 왔다. 이런 단순화를 간단히 표현하면 이런 식이다. 장 발장이 양심의 소리를 들을 때 자베르는 의무의 소리를 듣는다. 이것은 그를 더 작은 선이 아닌 악으로 인도한다. 그러나 위고에게 그 경찰은 나쁜 사람이 아니라 맹목적인 사람이다.

범죄자의 자식으로 태어나 파리 경찰의 수사관이 되는 자베르는 나폴레옹 1세의 제도적 개혁이 촉진하려고 한 '능력에 따른 승진'의 고무적인 예다. 그의 명예심은 모범적이다. 그는 자신이 마들렌을 부당하게 비난한 것을 (잘못) 깨달았을 때, 자신을 파면해 달라고 고집한다. 그런데 그를 장 발장과 대적하게 만드는 것은 이런 의무에 대한 충실함이 아니다. 장 발장이 가장 심각한 선택을 할 때 판단의 근거로 삼는 것도 바로 **의무**라는 가치다. 그 형사의 비극적 결함은 다른 데 있다.

자베르의 집요한 고집은 우리가 싫어하는 관료주의적 근시안, 생각 없는 직해, 정신적 경직성 같은 것들로 '해석'할 수 있다. 하지만 그가 뜻하는 것은 더 광범하다. 사회적인 면에서 폭이 좁은 자베르의 시야는 그가 지탱하려는 사회의 결과물이자 기둥이다. 그에게는 오직 두 가지 사람만 있다. 잘사는 사람과 잘살지 못하는 사람이다. 자베르는 근본적으로 이 계급들이 양립할 수 없으며 자신의 임무는 이들을 떼어 놓는 것이라고 본다. 바마타부아 같은 부르주아 망나니는 올바른 계급에 속해 있기 때문에 옳을 것이고, 분명 팡틴 같은 매춘부가 옳지 않을 것이다. 자베르의 태도와 행동은 왕정복고 이후 법적 정의가 부추긴 사회적 불의를 이용하는 동시에 증폭한다. 자베르라는 인물은 『레 미제라블』의 철학적·종교적 차원에서는 중요하지 않지만, 사회적·정치적 비평의 중심부에 있다. 사회 계급에 따라 법을 이해하고 적용할 때 평등은 조롱받는다. 불쌍한 사람들이 인류의 동등한 구성원으로 취급될 때만 비로소 정의가 실현된다.

의무에 대한 자베르의 지나치게 단순한 이해는 밀정 노릇을 하다가 잡힌 그를 사살하는 대신 놓아준 장 발장의 고귀한 행동과 상반된다. 하층계급 사람이 베푸는 아량에 자베르의 세계관은 산산조각이 난다. 그는 자신의 세계를 거꾸로 뒤집은 남자의 존재를 어떻게 받아들여야 할지 갈피를 잡지 못해 센강에 몸을 던진다. 『레 미제라블』의 이 후반부 장면에서 심리적 타당성은 행위의 상징적 의미(즉 법과 질서라는 이름으로 계급 간 조화를 거부하는 자들의 참패)에 비해 덜 중요하다. 자베르가 가진 인간성에 대한 이분법적 관점이 계속되는 한, 도덕적 진보는 실현될 수 없다.

따라서 『레 미제라블』의 도덕적 나침반은 이야기의 배경이 되는 세계의 역사와 지리, 정치와 경제를 훌쩍 뛰어넘어 훨씬 멀리까지 뻗어 나간다. 이 소설은 특정 시간과 장소에 대해 정교하고 사실적인 묘사인 동시에 극적인 긴장과 반전을 능수능란하게 다루는 흥미진진한 오락거리요, 객관적 사실과 생각에 대한 백과사전이요, 우리가 삶에 잘 적용하지 못하는 도덕적 관용의 원칙에 대한 이해하기 쉬운 증명이라는 특별한 위업을 달성했다.

에필로그

/

여정의 끝

책의 완성

1862년 6월 14일, 위고가 『레 미제라블』 마지막 권의 마지막 교정쇄를 수정해 브뤼셀로 보냈다. 이제 조금은 덜 버거운 일상으로 돌아갈 수 있었다.

그는 새벽녘에 일어나 날달걀 두 개를 커피와 함께 먹곤 했다. 아침에는 수정궁에서 11시까지 글을 쓴 다음 옥상에서 냉수 목욕을 즐겼다. 방문객들과 함께하는 점심에 이어 집수리와 바다 수영을 비롯한 여러 임무에 투입되는 오후를 보내고, 저녁 식사 뒤에는 긴 대화가 밤까지 이어졌다. 그는 항상 손으로 뭔가를 했다. 그의 취미 중 하나는 『레 미제라블』을 쓰고 수정할 때 이용한 마지막 깃펜을 고치는 것이었다. 빳빳한 종이에 깃펜을 대고 노끈으로 꿰맨 다음 틀을 잡았다.

위고는 아홉 달 동안 오트빌 하우스에 틀어박혀 지냈는데, 이 기간에 그가 한 일은 이루 말할 수 없을 정도다. 우선 아직 완성되지 않은 작품의 원고 낱장들로 당대 최고의 출판 열풍을 일으켰다. 혼자 한 일은 아니다. 드루에를 비롯해 쥘리, 라크루아, 베르보크호븐, 파녜르, 클라예, 프랑수아-빅토르, 샤를이 꼭 필요한 일을 했으며 아델이 이끌고 바크리와 뫼리스와 파르페가 동참한 홍보팀은 작품이 성공으로 가는 길을 닦기 위해 노고를 아끼지 않았다. 그럼에도 『레 미제라블』은 위고의 책이다. 이제 이 책이 완성되었다.

7월 21일, 생빅토르 축일. 즉 위고의 영명축일에 충성스러운 라크루아가 존경심을 나타내고 위고가 계획 중인 다음 책에 관한 사업 이야기도 하려고 건지섬을 방문했다. 1주일 뒤 위고와 드루에는 여행 삼아 라크루아가 브뤼셀로 돌아가는 길에 동행했다. 바다는 잠잠하고 태양은 밝게 빛나 배를 타고 사우샘프턴으로 가는 여행이 더없이 즐거웠다. 위고와 드루에는 시드넘에서 진짜 수정궁을 보기 위해 런던에 들렀다가 브뤼셀에서 라크루아와 시간을 보낸 뒤 기차, 강배, 마차를 갈아타며 아르덴을 비롯해 그들이 사랑하는 여러 저지대로 유랑을 이어 갔다. 그리고 9월 중순에 브뤼셀로 돌아가, 라크루아가 앵파스 뒤 파르크 2번지에 자리한 호화 저택에서 주최한 연회에 참석했다.

9월 16일 오후 6시 30분부터 다음 날 새벽까지 이어진 '『레 미제라블』 축하연'은 역사상 가장 큰 출판 축하연이었다. 벨기에, 프랑스, 스페인, 스웨덴, 영국, 이탈리아에서 참석한 손님이 80명이었다. 출판인, 작가의 가족과 친척, 현지 언론과 외신 기자, 벨기에 의회 대변인과 브뤼셀 시장 그리고 자신들이 장차 유명한 작가 유르스나르Marguerite Yourcenar의 증조부가 되고 '탱탱'이 나오는 인기 만화 출판인의 조부가된다는 사실을 아직 모르는 지인들도 초대되었다. 참석자들은 모두 서명이 포함된 위고의 사진을 기념품으로 받고 연회장으로 들어가기 전에 차례로 사진을 찍었다.[1]

아델은 건강 문제로 초대를 거절했지만 드루에는 연회장으로 기어들어 마치 휘장 뒤에 숨은 폴로니어스(햄릿에 등장하는 오필리아의 아버지로 휘장 뒤에 숨어 있다가 햄릿의 오해 탓에 죽임을 당한다. —옮긴이)처럼 커튼 뒤에 숨어서 자신의 위대한 애인이 영광의 순간을 누리는 모습을 지켜보았다. 말굽 모양 탁자에 엄청난 은식기와 도자기가 차려진 모습이 한 하객에게는 마치 '동화 속 궁전이나 샤를마뉴 대제의 황금의 방' 같은 인상을 주었다. 80인분의 상차림과 좌석 때문에 혼잡하기 이를 데 없는 연회장은 안쪽으로 열리는 창문을 열 수 없는 형편이었다. 뜨거운 열기로 탁해진 실내를 환기하기 위해 라크루아는 에마 보바리가 참석한 보비에사르 무도회를 주최한 귀족처럼 창문 몇 개를 깼다.

연설에 대한 이야기는 생략하겠다. 위장이 예민한 독자들은 다음 내용도 넘어가는 것이 좋겠다. 다음은 위고의 지지자들과 주변인들이 그의 정치적 지위와 도덕성과 예술을 높이 치켜세우는 동안 『레 미제라블』의 저자가 먹었을 수도 있는 모든 요리의 목록이다.

소꼬리 수프

새우 볼로방

즈느브와즈 소스 연어

베어네즈 소스 쇠고기 필레

햄과 콩

버섯 소스로 졸인 닭 가슴살

올리브를 곁들인 오리

송로버섯을 곁들인 크림소스 도요새

마요네즈 랍스터

파인애플 셔벗

*

마늘과 파슬리를 곁들인 버섯

레몬과 식초에 절인 아티초크 속대

송로버섯으로 속을 채운 새끼 자고새

멧새 베이컨 말이

거위 간

지역 특산 가재

복숭아 쌀 케이크

마라스키노 펀치

당절임

과일

후식

『레 미제라블』의 초판은 신기할 만큼 깔끔하다. 모든 페이지를 기차 세 편과 배 두 척을 갈아타며 보내고 받아야 하는 정신없는 상황 속에서도 오자·탈자 몇 개만 있을 뿐, 위고가 1862년 7월에 처음 손에 쥔 책은 독자들이 오늘날 읽는 것과 거의 같다. 한 가지 예외는 역시 이야기의 시작과 관련된 부분이다.

1815년 6월 19일 동이 트기 전에 한 종군 상인 겸 시체털이범이 오앵 골짜기에서 시체로 보이는 군인의 몸에서 시계와 지갑을 훔친다. 이 시체털이범은 테나르디에고, 시체처럼 보이는 군인은 마리우스의 아버지다. 그러나 군인은 죽지 않았다. 그는 기절해 있다가 깨어나서는 자신이 무덤에서 일어나는 것을 도와주는 최소한의 예의를 보였을 뿐인 남자에게 감사 인사를 한다. 원고와 1·2차 교정쇄와 초판에서 퐁메르시 대령은 **테나르디에에게 자기 이름을 알려 준다.**

몇 년 뒤 로피탈 대로에서 종드레트라는 이름으로 위장하고 사는 테나르디에는 이웃인 마리우스 퐁메르시의 이름을 알게 되지만 알아차리지 못한다. 그가 만일 알았다면 당연히 젊은이의 아버지를 '구조'한 것에 대해 보상받으려고 했을 것이다. 위고는 소설이 발표되고 몇 주 만에 이 부분에 허점이 있다는 것을 깨닫고 라크루아에게 3부 8권 20장의 이 핵심 문단을 수정해 달라고 했다. 초판에서는 테나르디에가 "난 워털루에 있었어! 내가 말이야, 거기서 퐁메르시 남작이라는 장군을 구했지." 하고 말하는데, 그 뒤 판본에서는 "뭐시기 남작이랬는데."라고 말하고 바로 뒤에 설명이 들어간다. "그자가 이름을 말해 주긴 했는데, 목소리가 너무 작아서 통 들려야 말이지. '고맙소.'라는 소리는 들리더군."(Ⅲ.8.xx, 717) 위고는 그 사기꾼이 아는 것과 벽에 난 구멍을 통해 염탐하는 젊은이가 아는 것 사이에 비대칭을 만들어 냄으로써 로피탈 대로를 배경으로 펼쳐지는 명장면에서 큰 허점을 메웠다.

그가 놓친 실수가 또 있을까? 몇 가지 있다. 그러나 19세기를 제패한 위대한 소설의 사소한 실수들을 늘어놓는 것으로 이 책을 마치고 싶지는 않다. 혹시 궁금하면 『레 미제라블』을 다시 천천히 읽으며 모든 등장인물의 이름과 그들이 등장하는 날짜와 장소를 기록한 표를 만들어 보기를 바란다. 아마 벽 한 면을 가득 차지할 텐데, 그걸 보면 허점과 실수보다 전에 감지하지 못한 울림과 연관성이 훨씬 더 많이 눈에 띌 것이다.

출판인이자 재정 관리자로서 라크루아의 능력은 흠잡을 데가 없었다. 그는 약속한 대로 1861년 12월 2일에 12만 5000프랑을 지불한 데 이어 1862년 2월 23일에 6만 프랑, 6월 17일에 5만 5000프랑, 별도의 거래로 번역 판권에 대해 6만 프랑을 지불했다. 『레 미제라블』은 몇 주 만에 그 돈을 다 벌어들였고, 라크루아는 시간과 신용 한도를 넘기지 않고 오펜하임은행 대출금을 갚을 수 있었다. 그는 1863년 봄에 위고에 관한 아델의 비망록을 출판한 다음 근거지를 파리로 옮기고 리보르노와 라이프치히에 지사를 열었다. 그는 여전히 눈에 띄게 성공적인 인재 발굴자이며 국제 출판계의 거물이었다. 프랑스 시가 변신하는 데 토대가 되는 작품인 로트레아몽Comte de Lautréamont의 『말도로르의 노래Les Chants de Maldoror』 전편을 처음으로 출판했고, 무명 시절 졸라가 쓴 『테레즈 라캥_Thérèse Raquin_』과 프랑스어로 쓰인 진정한 벨기에 문학의 첫 작품이 된 코스테Charles de Coster의 『틸 오일렌슈피겔_Thyl Ulenspiegel_』도 그가 출판했다. 그러나 그의 행운은 10년을 넘지 못했다. 위고와 사이가 나빠지더니 프랑스 부동산에 현명하지 못하게 투자해 자본의 대부분을 날렸다. 1870년에 그의 회사는 여전히 유명했지만 예전에 비해 허깨비와 같았다.

위고의 딸 아델은 1863년에 환상 속 연인 핀슨을 찾아 종적을 감춘다. 그 뒤 몇 년 동안 신대륙을 헤매 다니며 신경쇠약을 겪었고, 1872년에 바베이도스에서 본국으로 송환되었다. 그리고 남은 생을 정신병원에서 보내다가 1915년에 사망했다. 트뤼포François Truffaut가 그녀의 이야기를 각색한 영화 〈아델 H 이야기_L'Histoire d'Adele H_〉를 만들기도 했다.

샤를은 1864년에 건지섬을 떠나 브뤼셀에 정착하고 결혼해서 가정을 꾸렸다. 프랑수아-빅토르는 1865년 1월에 오트빌 하우스를 영원히 떠났다. 아델은 그를 따라 브뤼셀로 가서 2년 간 머물렀다. 드루에와 건지섬에 머물렀던 위고는 비교적 외롭던 이 시기에 대해 이렇게 말했다. "나는 가족과 일, 행복과 의무 사이에서 선택해야 했다. 나는 의무를 선택했다. 그것이 내 인생의 법칙이다."[2] 나는 그가 농담을 했다거나 진실하지 못했다고 생각하지 않는다. 이것이 『레 미제라블』의 법칙이다.

아델은 1868년 브뤼셀에서 사망했다. 위고는 그녀의 관을 따라 프랑스 국경까지 가지만 국경을 넘지는 않았다. 그는 루이 나폴레옹이 통치하는 한 프랑스로 돌아가지 않겠다던 자신의 말을 지켰다. 드루에는 좀 더 오래 살다가 1883년에 파리에서 죽었다.

1870년에 루이 나폴레옹은 어리석게도 프로이센과 전쟁을 선포했고, 그의 군대는 얼마 뒤 스당 전투에서 패배하고 항복했다. 위고가 그토록 증오하던 제2제정은 불명예스러운 종말을 맞았고 그는 열차 다섯 칸을 채울 규모의 수행단과 짐을 이끌고 브뤼셀을 거쳐 파리로 돌아갔다. 그해 겨울 파리는 포위당했고 식량 부족이 극심했다. 1871년 봄, 좌익 사회주의자들이 권력을 잡아 파리코뮌을 만들었다. 그러나 프랑스 군대가 6주 만에 재구성되어 코뮌을 무너뜨리고 잔인하게 보복했다. 런던 대공습 중의 영국 왕가처럼 위고는 포위 중일 때도, 코뮌일 때도 파리를 꾸준하고 충실하게 지켰다. 그가 1870~1871년의 사건에 대해 쓴 『참혹한 해_L'année Terrible_』는 여전히 귀중한 역사적 자료다.

위고는 오트빌 하우스를 팔지 않았고 1870년대에 건지섬에서 긴 휴가를 보냈다. 『바다의 노동자_Les Travailleurs de la mer_』는 채널 제도에 바치는 멋진 소설이다. 긴 도입부의 모든 부분이 사실과 정확히 일치한다고 볼 수는 없지만 여전히 노르망디 바다에 대한 매혹적 묘사인 것은 분명하다.

1871년에는 위고의 아들 샤를이 마흔네 살 나이에 심장마비로 죽었고, 그의 동생 프랑수아-빅토르는 2년 뒤에 죽었다.

위고는 노년까지 계속 소설과 시를 썼고 국내외 문제들에 대해 의견이 없는 법이 없었다. 제3공화정이 남성의 보통 참정권과 보편 초등교육을 포함해 그가 주장한 핵심 개념 몇 가지를 실행했을 때 그는 수호신이나 다름없는 존재였다. 1883년에는 그가 조각가 바르톨디_Frédéric_

Auguste Bartholdi의 주조소를 찾아가 곧 해체되어 미국으로 수송될 거대한 조각상을 보고 감탄했다. 그것은 **자유의 여신상**이다.

위고의 말년에 인생의 낙은 샤를이 남긴 두 자녀, 잔느와 조르주였다. 그가 가장 아낀 시집 『할아버지 되기』*L'Art d'être Grand-Père*에 실린 시들 중 하나는 이들을 위해 쓴 것이다. 그는 자식들, 아내와 연인, 그 세대에 속하는 대부분의 사람들보다 오래 살다가 1885년에 83세로 세상을 떠났다.

약 200만 명이 참여한 장례 행렬이 그의 유해와 팡테옹까지 갔다. 그 전에도 뒤에도 이런 대규모 군중이 파리에 모인 적은 없다. 도시 전체가 시인이자 극작가이자 개혁가이자 사회운동가로서 그를 존경했는데, 영구차를 따라가는 어마어마한 대중은 바로 『레 미제라블』의 사랑받는 작가에게 경의를 표했다.

19세기 프랑스의 주요 사건

1789   바스티유 함락. 프랑스혁명의 시작.

1791   인권선언.

1792   루이 16세 처형. 제1공화정.

1793~1794 혁명 정권 반대파에 대한 공개 처형(공포정치).

1796   나폴레옹 보나파르트의 몬테노테 전투 승리.

1799   나폴레옹 보나파르트가 제1통령으로 취임.

1802   형법 제도 개혁.

        위고 출생.

1803   화폐제도 개혁.

1804   보나파르트가 나폴레옹 1세로 즉위(제1제정).

1805   오스테를리츠 전투.

1812   나폴레옹 '대육군'의 모스크바 침공.

1813   대육군의 러시아 퇴각.

1814   나폴레옹 1세의 퇴위와 엘바섬 유배.

        루이 18세 즉위.

        1차 왕정복고.

1815   나폴레옹이 엘바섬을 탈출해 군사를 일으킴.

        100일 천하.

        6월 19일 워털루 전투.

        프랑스가 외국 군대에 점령됨. 루이 18세의 복위.

        2차 왕정복고

1823   프랑스의 스페인 침공.

1824   샤를 10세의 왕위 계승.

1825   랭스에서 샤를 10세의 대관식.

1830   프랑스의 알제리 정복.

        7월 혁명(영광의 3일)으로 샤를 10세 축출.

오를레앙 공 루이 필리프가 국왕으로 즉위.

7월 왕정.

1832 6월, 파리에서 일어난 작은 봉기가 하루 만에 진압됨.

1837 프랑스 최초의 철도 부설.

1840 다게르_{Louis Jacques Mandé Daguerres}, 최초의 사진 촬영.

1848 2월 봉기로 루이 필리프 폐위.

제2공화정.

6월 민중 봉기, 폭력으로 진압됨.

11월, 나폴레옹 1세의 조카 루이 나폴레옹 보나파르트가 공화국 대통령
으로 뽑힘.

1851 12월 2일, 루이 나폴레옹의 의회 해산과 전권 장악.

1852 루이 나폴레옹이 나폴레옹 3세로 즉위.

제2제정.

1856 크림전쟁에서 영국과 프랑스가 러시아에 맞서 싸움.

1861 국민투표로 니스와 사부아가 프랑스의 주로 통합됨.

1862 『레 미제라블』 출판.

1864 제네바에 적십자 설립.

1870 프로이센·프랑스전쟁. 루이 나폴레옹의 퇴위. 파리 포위.

1871 파리코뮌.

1875 제3공화정 공식 출범(남성의 참정권을 인정한 의회 민주주의 정부로 1940년까지
유지).

1877 프랑스에 무상 의무 초등교육 도입.

1885 위고 사망.

1895 뤼미에르 형제, 세계 최초의 활동사진 촬영.

인용 작품 목록

위고의 작품

Actes et Paroles. I. – Avant l'Exil, vol. 43 of *Œuvres complètes* (Paris: Hetzel, 1880~1889).

Choses vues. Souvenirs, journaux, cahiers, 1830~1885, ed. Hubert Juin, revised edn (Paris: Gallimard, 2002).

Claude Gueux (1834), ed. P. Savey-Casard (Paris: Presses universitaires de France, 1956).

Les Contemplations (1856), ed. Léon Cellier (Paris: Garnier, 1969).

Correspondance (Paris: Albin Michel, 1950).

Le Dernier Jour d'un condamné (1829), ed. Roger Borderie (Paris: Folio Classique, 1970).

Lettres à Juliette Drouet, ed. Jean Gaudon (Paris: Pauvert, 1964).

Les Misérables, ed. Maurice Allem (Paris: Gallimard, 'Bibliothèque de la Pléïade', 1951).

Les Misérables, ed. Marius-François Guyard (Paris: Garnier, 1963).

Œuvres complètes (Paris: Édition de l'Imprimerie nationale, 1909).

Œuvres complètes, chronological edition, ed. Jean Massin (Paris: Club français du livre, 1967~1970).

Œuvres complètes (Paris: Laffont, Collection Bouquins, 1985).

Toute la lyre (Paris: Hetzel, 1888).

위고 측근들의 작품

Hugo, Adèle, *Victor Hugo raconté par Adèle Hugo*, ed. Evelyne Blewer et al. (Paris: Plon, 1985).

Hugo, Adèle (Adèle II), *Journal*, ed. Frances Vernor Guille (Paris: Minard, 1968, vol. 1· 1971, vol. 2·1984, vol. 3).

Hugo, Charles, *Les Misérables. Drame* (Brussels: Lacroix et Verboekhoven, 1863).

Hugo, Charles, *Les Hommes de l'Exil* (Paris: Lemerre, 1875).

Parfait, Noël, *L'Aurore d'un beau jour: Épisodes des 5 et 6 juin 1832* (Paris: Bousquet, 1833).

Vacquerie, Auguste, *Profils et grimaces* (Paris: Pagnerre, 1854).

다른 작가들의 작품

Anon. *Les Éditeurs belges de Victor Hugo et le Banquet des* Misérables, catalogue of the exhibition 'Lacroix et Verboekhoven', Musée Wellington à Waterloo, 1962 (Brussels: Crédit communal, 1962).

Bach, Max, 'Critique et politique: La Réception des *Misérables* en 1862', *PMLA* 77.5 (1962), pp. 595~608.

Balzac, Honoré de, *La Comédie humaine*, ed. Pierre-Georges Castex (Paris: Gallimard, Bibliothèque de la Pléïade, 1976).

Balzac, Honoré de, *Lettres à Madame Hanska*, ed. Roger Pierrot (Paris: Delta, 1967).

Balzac, Honoré de, *Old Goriot* (1835), trans. Marion Ayton Crawford (London: Penguin, 1972).

Baudelaire, Charles, *Correspondance*, ed. Claude Pichois (Paris: Gallimard, 1973).

Baudelaire, Charles, *Œuvres complètes*, ed. Claude Pichois (Paris: Gallimard, 1975).

Behr, Edward, *Les Misérables. History in the Making* (New York: Arcade, 1989).

Bellos, David, 'An Icon of 1830: Interpreting Delacroix's *Liberty Guiding the People*', in Martina Lauster and Günther Oesterle (eds.), *Vormärzliteratur in europäischer Perspektive* 2 (Bielefeld: Aisthesis Verlag, 1997), pp. 251~263.

Bellos, David, 'Momo et *les Misérables*', in Julien Roumette (ed.), *Les Voix de Romain Gary* (Paris: Champion, 2016).

Bellos, David, 'Sounding Out Les Misérables', *Dix-Neuf Journal* 20.3 (2016).

Blix, Göran, 'Le Livre des passants: l'héroïsm obscur dans *Les Misérables*', *Revue des sciences humaines* 302.2 (2011), pp. 63~75.

Bouchet, Thomas, *Le Roi et les barricades. Une histoire des 5 et 6 juin 1832* (Paris: Seli Arslan, 2000).

Brombert, Victor, *Victor Hugo and the Visionary Novel* (Cambridge, MA: Harvard University Press, 1984).

Brunet, Étienne, *Le Vocabulaire de Victor Hugo*, 3 vols. (Paris: Champion, 1988).

Chevalier, Louis, *Laboring Classes and Dangerous Classes in Paris during the First Half of the Nineteenth Century*, trans. Frank Jellinek (New York: Howard Fertig, 1973).

De Gérando, Joseph-Marie, *Le Visiteur du pauvre* (Paris: L. Colas, 1820).

Descotes, Maurice, *Victor Hugo et Waterloo*, Archives Victor Hugo 10 (Paris: Minard, 1984).

Dickens, Charles, *Letters of Charles Dickens*, vol. V, ed. Graham Storey and K. J. Fielding (Oxford: Oxford University Press, 1981).

Dickens, Charles, *The Public Readings*, ed. Philip Collins (Oxford: Clarendon Press, 1975).

Dickens, Charles, *Dealings with the Firm of Dombey and Son, Wholesale, Retail and for Exportation* (1848) (Oxford: Oxford University Press, 'The Works of Charles Dickens',

1907).

Dickens, Charles, *The Personal History of David Copperfield* (1850) (London: Dutton, 'Everyman's Library', 1907).

Dickens, Charles, *Great Expectations* (1861), ed. Kenneth Hayens (London: Collins, 1953).

Dumas, Alexandre, *Correspondances: deux cent lettres pour un bicentenaire* (Port-Marly: Société des Amis d'Alexandre Dumas, 2002).

Edwards, G. B., *The Book of Ebenezer Le Page* (1981) (New York: New York Review Classics, 2012).

Flaubert, Gustave, *Correspondance*, ed. Jean Bruneau (Paris: Gallimard, 1973).

Galbeau, Patrice, *La Vie entre les lignes*, five-part interview with Romain Gary broadcast by France-Culture between September and December 1973.

Gamel, Mireille, and Michel Serceau, *Le Victor Hugo des cinéastes* (CinémAction, issue 119) (Paris: Corlet, 2005).

Gary, Romain, *La Nuit sera calme* (1974) (Paris: Folio, 1980).

Gaudon, Jean, 'Note sur l'origine de Fantine', *Bulletin de la Faculté des Lettres de Strasbourg* (April 1964).

Gillery, Francis and François Rivière (eds.), *Je me suis raconté des histoires très tôt. Propos inédits de Frédéric Dard* (Paris: Fleuve noir, 2011).

Gogol, Nikolai, *The Overcoat* (1832), in *The Collected Tales and Plays of Nikolai Gogol*, trans. Constance Garnett (revised) (New York: Pantheon, 1964).

Grossman, Kathryn, *Figuring Transcendence in* Les Misérables: *Hugo's Romantic Sublime* (Carbondale: Southern Illinois University Press, 1994).

Grossman, Kathryn and Bradley Stephens (eds.), *Les Misérables and Its Afterlives* (Farnham: Ashgate, 2015).

Gueslin, André, *Gens pauvres, pauvres gens dans la France du XIXe siècle* (Paris: Aubier, 1998).

Hadjinicolaou, Nicos, '*La Liberté guidant le peuple* de Delacroix devant son premier public', *Actes de la recherche en sciences sociales* 28 (1979), pp. 3~26.

Halliday, M. A. K., 'Anti-Languages', *American Anthropologist* 78.3 (1976), pp. 570~584.

Heine, Heinrich, *Französische Zustände* (Leipzig, 1833); French edition, *De la France* (Paris: Renduel, 1833).

Himmelfarb, Gertrude, *Alexis de Tocqueville's Memoir on Pauperism* (London: Civitas, 1997).

Himmelfarb, Gertrude, *The Idea of Poverty. England in the Early Industrial Age* (New York: Knopf, 1984).

Hoffheimer, Michael, 'Copyright, Competition, and the First English- Language Translations of *Les Misérables*', *Marquette Intellectual Property Law Review* 17.2 (2013), pp. 163~190.

Hoffheimer, Michael, 'Jean Valjean's Nightmare: Rehabilitation and Redemption in *Les Misérables*', *McGeorge Law Review* 43 (2012), pp. 169~198.

Hoffmann, Léon-François, 'Victor Hugo, les noirs et l'esclavage', *Francofonia* 16 (1996), pp. 74~90.

Hovasse, Jean-Marc, Victor Hugo, vol. II: *Pendant l'exil I. 1851~1864* (Paris: Fayard, 2008).

Huard, Georges, 'Le Petit-Picpus des Misérables et les informatrices de Hugo', *Revue d'Histoire littéraire de la France* 60.3 (1960), pp. 345~387.

James, A. R. W., 'Waterloo sans Cambronne ou les méfaits de Lascelles Wraxall', in A. R. W. James (ed.), *Victor Hugo et la Grande-Bretagne* (Liverpool: Francis Cairns, 1986), pp. 183~201.

Jean, Raymond, *Mademoiselle Bovary* (Arles: Actes Sud, 1991).

Journet, René and Guy Robert, *Le Manuscrit des* Misérables (Paris: Les Belles Lettres, 1963).

Laforgue, Pierre, *Gavroche*. Études sur *Les Misérables* (Paris: SEDES, 1994).

Langlois, Gauthier, 'Enquête sur une lettre mystérieuse. Contribution à l'histoire d'une célèbre mystification littéraire', https://paratge.wordpress.com/2014/12/16/, accessed 18 July 2016.

László, Pierre, *Copal benjoin colophane* (Paris: Le Pommier, 2007).

Leuilliot, Bernard, 'Présentation de Jean Valjean', in *Hommage à Victor Hugo* (Strasbourg, 1962), pp. 51~67.

Leuilliot, Bernard, *Victor Hugo publie les* Misérables. *Correspondance avec Albert Lacroix, 1861~1862* (Paris: Klincksieck, 1970).

Martin-Dupont, N., *Victor Hugo anecdotique* (Paris: Storck, 1904).

Marx, Karl, *Manifesto of the Communist Party*, authorized English translation edited and annotated by Frederick Engels (London: Reeves, 1888).

Mérimée, Prosper, *Correspondance Générale*, ed. Maurice Parturier (Paris: Le Divan, 1957).

Miete, Graeme Marett, *A History of the Telegraph in Jersey, 1858~1940*, revised edn, 2009, available at http://www.marett.org/telecom/telegraph.pdf, accessed 18 July 2016.

Monod, Sylvère, 'Les Premiers Traducteurs français de Dickens', *Romantisme* 106 (1999), pp. 119~128.

Nabet, Jean-Claude and Guy Rosa, 'L'Argent des Misérables', *Romantisme* 40 (1983), pp. 87~114.

Neri, Antonio, Christopher Merret and Johannes Kunckel, *L'Art de la verrerie* (Paris, 1752).

Olivier, Juste, *Paris en 1830. Journal* (Paris: Mercure de France, 1951).

Paris, Gaston, '*Ti*, signe d'interrogation', in *Mélanges linguistiques* (Paris: Champion, 1909), pp. 276~285.

Parménie, A., with C. Bonnier de la Chapelle, *Histoire d'un éditeur et de ses auteurs. P.-J.*

Hetzel (*Stahl*) (Paris: Albin Michel, 1953).

Pickett, La Salle Corbell, *Pickett and His Men* (Atlanta, GA: Foote and Davies, 1899).

Pierrot, Roger, 'Quelques contrats d'édition de Balzac', *Bulletin d'informations de l'A.B.F.* (1957), pp. 19~21.

Plutarch, *Dialogue on Love*, in *Moralia*, Loeb Classical Library (Cambridge, MA: Harvard University Press, 1961), vol. 9.

Robb, Graham, *Victor Hugo. A Biography* (New York: Norton, 1997).

Robespierre, Maximilien, *Œuvres*, ed. Marc Bouloiseau and Albert Soboul (Paris: Presses Universitaires de France, 1967).

Sainéan, Lazar, *Le Langage parisien au XIXe siècle* (Paris: Boccard, 1920).

Sartorius, Francis, 'L'Éditeur Albert Lacroix', in *Les Éditeurs belges de Victor Hugo* (Brussels: Crédit Communal, 1986).

Sokologorsky, Irène, 'Victor Hugo et le XIXe siècle russe', in *Idéologies hugoliennes*, ed. Anne-Marie Amiot (Nice: Serre, 1985), pp. 191~198.

Solntsev, N., '*Les Misérables* en Russie et en URSS', *Europe* 394 (1962), pp. 197~200.

Stapfer, Paul, *Victor Hugo à Guernesey* (Paris, 1905).

Stevens, Philip, *Victor Hugo in Jersey* (Chichester: Phillimore, 2002).

Stiles, Robert, *Four Years Under Marse Robert* (Washington, DC: Neale, 1903).

Stoppard, Tom, *Rosencrantz and Guildenstern Are Dead* (London: Faber, 1967).

Takako, Inuki, *Aolette na uta* (Tokyo: Bunkasha Comics, 2000).

Thiesse, Anne-Marie, 'Écrivain/Public: Les Mystères de la communication littéraire', *Europe* 643 (1982), pp. 36~46.

Tolstoy, Lev Nikolaevich, 'Episkop Miriel', in *Polnoe Sobranie Sochinenii* (Moscow, 1928~1958), vol. 42, pp. 278~284.

Tomalin, Claire, *Charles Dickens. A Life* (London: Penguin, 2011).

Vachon, Stéphane, *Les Travaux et les jours d'Honoré de Balzac* (Paris: Presses du CNRS, 1992).

Vargas Llosa, Mario, *The Temptation of the Impossible, Victor Hugo and* Les Misérables, trans. John King (Princeton: Princeton University Press, 2007).

Vaux, James Hardy, 'A Vocabulary of the Flash Language' (1812), in Noel McLachlan(ed.), *The Memoirs of James Hardy Vaux* (London: Heinemann, 1964), pp. 219~280.

Vidocq, Eugène-François, *Mémoires* (Paris: Tenon, 1828).

Woollen, Geoff, 'Brand *Loyauté* in Balzac Criticism', *French Studies Bulletin* 59 (1996), pp. 11~13.

주

『레 미제라블』 읽기에 관해

1. Leuilliot, "Présentation", p. 57에 인용된 *William Shakespeare*.

프롤로그: 『레 미제라블』의 여정

1. Stevens, *Victor Hugo in Jersey*, pp. 123~125.

2. Langlois의 "Enquête sur une lettre mystérieuse"에 따르면, 위고는 'Delphine de Saint-Aignan'라는 이름으로도 편지를 쓴 'Ludovic Picard'로부터 구걸 편지를 받은 사람들 중 한 명이다.

1부 죄와 벌

1장 위고, 현실에 눈뜨다

1. *Choses vues*, pp. 114~116; Gaudon, *Bulletin*, and Adèle Hugo, *Victor Hugo raconté par Adèle Hugo*, p. 840.

2. I.5.xii, 175. 인용문 표기 방식에 대한 설명은 앞에 있는 '번역서와 인용문'을 참고하라.

3. *Choses vues*, pp. 198~199.

4. 프랑과 수의 환산법은 107~111쪽을 참고하라.

5. *Choses vues*, p. 413.

6. Gueslin, *Gens pauvres*, p. 148에 인용되었다.

7. I.1.ii, 9, 11.

8. III.8.ix, 681.

9. Himmelfarb, *Tocqueville*.

10. Himmelfarb, *Idea of Poverty*, p. 187.

11. Monod, "Les Premiers Traducteurs".

12. Behr, *Les Misérables*, p. 50에 인용되었다.

13. Tomalin, *Charles Dickens*, p. 190.

14. Thiesse, "Ecrivain/Public".

15. Balzac, *La Comédie humaine*, vol. 1, p. 12.

16. Balzac, *Lettres à Mme Hanska*, vol. 3, p. 216.

2장 팡틴의 불행

1. *Contemplations*, p. 567, 출판되지 않은 아델 2세의 일기 원고.

2. I.3.viii, 131.

3. *Contemplations*, p. 567.

4. Olivier, *Paris en 1830*, pp. 65, 123.

5. Hugo, *Le Dernier Jour*, p. 301.

6. V.3.viii, 813~820.

7. *Claude Gueux*, p. 123.

8. I.2.vii, 86~88.

3장 초고에 담긴 역사

1. Journet and Robert, *Le Manuscrit des Misérables*, p. 19.

2. II.3.iv, 350.

3. V.1.xiv, 1088.

4. *Choses vues*, p. 247; Huard, "Le Petit-Picpus", p. 356; II.5.v, 415.

5. Adèle Hugo, *Victor Hugo raconté par Adèle Hugo*, 283~284. 1863년에 출판된 아델의 비망록은 26장에 졸리 일화를 축약해서 담고 있다.

6. *Œuvres complètes*, ed. Massin, vol. 11, p. 1016.

7. 발자크 독자는 이미 아는 주소, 『고리오 영감』의 주요 배경인 보케르 하숙집이 바로 옆집에 있다.

8. *Choses vues*, p. 516.

9. 앞의 책, p. 517.

10. 앞의 책, pp. 522~523.

11. Hoffmann은 이것을 인종에 대한 아이러니한 관찰이 아닌 위고의 견해를 반영하는 것으로 본다.

12. *Choses vues*, p. 551(May 1848).

13. Robb, *Victor Hugo*, p. 267에서 인용한 투표 집계다.

14. *Choses vues*, p. 566.

15. 앞의 책, p. 566.

16. 앞의 책, p. 603.

17. 위고의 발언 전문은 *Actes et Paroles*, p. 204를 참고하라.

18. 앞의 책, 17 July 1851.

숨은 이야기 찾기: 보이지 않는 역사

1. I.2.iii, 73.

2. Heine, *Französische Zustände*, chapter 12, dated 8 June 1832; *De la France*에는 이 부분을 비롯해 몇 대목이 빠져 있다.

3. IV.12.v, 993.

4. IV.14.ii, 1017, 1019.

5. *Choses vues*, p. 536.

6. III.8.iv, 670에서 에포닌이 이용한 익숙한 단어나 비속어가 여기에는 포함되지 않는다.

7. I.2.xiii, 101.

8. III.8.xix, 71. 많은 번역서가 이것을 3000프랑으로 잘못 옮긴다.

9. 어떤 번역자들은 20쪽 전에 너무 빨리 액수를 프랑으로 표현해 버리면서 이 문제를 건너뛴다.

10. 위고의 설명은 III.4.vi, 612를 참고하라.

11. 루이 18세는 II.3.vi, 357, 결혼식 마차는 V.6.i, 1221을 참고하라.

12. III.3.vii, 577.

13. I.1.iii, 14.

2부 보물섬

4장 돈 이야기

1. I.4.i, 141.

2. 테나르디에의 부채는 I.4.i, 142; II.3.ii, 347; IV.6.i, 845에 나와 있다.

3. László, *Copal benjoin colophane*.

4. Neri et al., *L'Art de la verrerie*, p. 378.

5. I.5.i, 148.

6. V.9.v.

7. I.5.ii, 148; II.2.iii, 335.

8. 포슐르방의 기념품은 II.8.ix, 512에서 확인할 수 있다. 그랑테르의 아시냐는 IV.1.vi, 770을 참고하라.

9. Balzac, *Old Goriot*, p. 136.

10. Hovasse, *Victor Hugo*, vol. 2, p. 611.

11. *Toute la lyre*, vol. 5, p. 16.

12. *Œuvres complètes*, ed. Massin, vol. 9, p. 1217.

13. Séance of 15 September 1853. Hovasse, *Victor Hugo*, vol. 2, p. 244에 인용되었다.

5장 오트빌 하우스

1. 1855년 12월 2일 자 위고의 일기를 인용한 Hovasse, *Victor Hugo*, vol. 2, p. 387.

2. 1860년 4월 25일에 드루에가 위고에게 보낸 편지. 앞의 책, vol. 2, p. 614에 인용되었다.

6장 위고의 신념

1. 위고가 마드리드에서 학교에 다닐 때 그의 어머니는 아들이 개신교도라는 거짓 이유를 대 종교의식에 참석시키지 않았다. Adèle Hugo, *Victor Hugo raconté par Adèle Hugo*, p. 228.

2. Martin-Dupont, *Victor Hugo anecdotique*, p. 22.

3. Adèle II, *Journal*, vol. 3, pp. 283~284의 내용을 각색했다.

4. Martin-Dupont, 앞의 책, p. 162.

5. II.3.ii, 345.

6. Martin-Dupont, 앞의 책, p. 85.

7. Baron Francis de Miollis, *L'Union*, 28 April 1862, Leuilliot, "Présentation", p. 53에 인용되었다.

8. Dickens, *Dombey*, p. 949.

9. V.6.ii, 1227.

10. Robespierre, *Œuvres*, vol. 10, p. 196.

11. *Contemplations*, VI.8. 날짜가 1846년 12월로 기록되었지만 1854년 12월에 쓰였다.

12. 의학에서는 탄저병이라고 불리고, 프랑스어로는 '석탄'을 뜻하는 '쿨coal'이라고 불리기도 한다. 세균은 1875년에 Robert Koch가 처음 발견했다.

13. III.5.iv, 623.

7장 위고, 다시 쓰기 시작하다

1. 주인공의 이름 변경에 대해서는 182~189쪽에 설명되어 있다.

2. 이 손글씨는 여러 가지로 읽힐 수 있는데, 내게는 이것이 가장 말이 되는 것 같다.

3. *Les Misérables*, ed. Guyard, vol. 2, pp. 837~838.

4. 앞의 책, p. 468.

5. 앞의 책, p. 534.

6. Hovasse, *Victor Hugo*, p. 635.

7. IV.15.iii, 1043.

8. Vargas Llosa, *Temptation of the Impossible*, p. 11: "주요 등장인물은······ 그의 창작물과 독자 사이에 끊임없이 끼어드는 이 무례한 화자다."

9. II.1.i, IV.1.iii.

숨은 이야기 찾기: 이름 짓기

1. 어스름한 새벽녘에 보이는 바리케이드 내부가 "마치 부서진 배의 갑판 같다."(V.1.ii, 1059)는 표현은 예외가 될 수 있다.

2. III.1.i, 519.

3. '마리'는 최근까지 여성과 남성의 이름에 다 쓰였는데, 이 경우 붙임표로 연결되는 경우가 많다. 프랑스어에는 여전히 성별에 관계없이 쓰이는 이름이 많다.

4. Plutarch, *Dialogue on Love*, p. 435.

3부 전망 좋은 방

8장 워털루에서 거둔 승리

1. III.6.viii, 645; 『레 미제라블』에 인용된, 위고가 아델에게 보내는 1822년 3월 4일 자 편지.

2. '옛날 응접실', III.3.i, 549~552를 참고하라.

3. Stapfer, *Victor Hugo à Guernesey*, p. 44.

4. "Ultima Verba"의 마지막 행, *Les Châtiments*, Book VII.

5. Hovasse, *Victor Hugo*, p. 636에 인용된 1861년 1월 24일 자 기록.

6. 하수구와 콜레라의 연관성은 1850년대 영국에서 John Snow가 처음 밝혔다. 콜레라균은 1883년 독일에서 코흐가 처음 발견했고, 첫 백신은 1892년 러시아에서 Waldemar Haffkine이 발

명했다.

7. Hovasse, 앞의 책, p. 643.

8. *Œuvres complètes*, Édition de l'Imprimerie nationale, vol. 6, p. 409, 사본.

9. *Correspondance*, vol. 2, p. 375.

9장 세기의 계약

1. *Correspondance*, vol. 2, p. 375.

2. III.5.iv, 623.

3. Vachon, *Les Travaux*, p. 152, n. 20; Pierrot, "Quelques contrats d'édition de Balzac", p. 20.

4. Leuilliot, *Victor Hugo publie les Misérables*, p. 28(1860년 6월 21일 자 편지).

5. 앞의 책, p. 98(1861년 9월 2일 자 편지).

6. 『파리의 노트르담』은 1831년 3월 16일에 출판되었다. 위고는 수적인 일치와 기념일을 좋아해서 일부러 만들어 내기까지 했다.

7. Leuilliot, 앞의 책, p. 100(1861년 9월 9일, 스파에서 샤를이 라크루아에게 보낸 편지).

8. Hoffheimer, "Copyright", pp. 170~171.

9. Leuilliot, 앞의 책, p. 104(1861년 9월 20일, 위고가 라크루아에게 보낸 편지).

10. Charles Hugo, *Les Hommes de l'Exil*의 묘사. Sartorius, "L'Éditeur Albert Lacroix", p. 18에 인용되었다.

11. Hovasse, *Victor Hugo*, p. 669에 인용되었다.

10장 5부작 『레 미제라블』

1. Leuilliot, *Victor Hugo publie les Misérables*, p. 350(라크루아가 위고에게 보낸 1862년 6월 5일 자 편지).

2. 위고가 뫼리스에게 보낸 1861년 12월 19일 자 편지. Hovasse, *Victor Hugo*, pp. 675~676에 인용되었다.

3. 드루에가 위고에게 보낸 1861년 12월 5일 자 편지. Hovasse, 앞의 책, p. 676에 인용되었다.

4. *Correspondance*, vol. 2, p. 379.

5. 웨이머스에서 올더니와 건지를 경유해 저지의 세인트헬리어까지 연결된 세계 최초의 해저 전신 케이블은 1858년 9월 7일에 개통되었다. 이것은 첨단 기술이었고 고장이 잦았다. 1862년 2월 24일에 건지와 저지 사이의 케이블이 또다시 고장 났고, 5월에는 건지의 전신국이 영원히 문을 닫았다. 전신국에서 안정된 서비스를 제공할 수 있었던 몇 달 동안 채널 제도 전신 회사는 위고마저 깜짝 놀랄 만큼 높은 값을 부과했다. Miete, *A History of the Telegraph in Jersey*를 참고하라.

6. 몇 년 뒤 위고가 교정쇄를 손으로 만든 상자에 넣어 드루에게 주었고, 이것이 지금 비에브르의 위고 기념관에 있다.

7. Leuilliot, 앞의 책, pp. 123~124(위고가 라크루아에게 보낸 1862년 1월 12일 자 편지).

8. 앞의 책, p. 156(위고가 라크루아에게 보낸 1862년 2월 7일 자 편지).

9. 앞의 책, p. 144(1862년 1월 31일), p. 155(1862년 2월 7일).

10. 앞의 책, p. 139.

11. 앞의 책, p. 159.

12. 앞의 책, p. 208.

13. 앞의 책, p. 147(라크루아가 위고에게 보낸 1862년 2월 2일 자 편지).

14. 앞의 책, p. 308(라크루아가 위고에게 보낸 1862년 5월 11일 자 편지).

15. 앞의 책, p. 149.

16. 앞의 책, p. 165(위고가 라크루아에게 보낸 1862년 2월 12일 자 편지).

17. 프랑스어판 책들은 꿰매어지기만 하고 절단과 제본이 안 된 상태로 팔렸다. 이는 『레 미제라블』이 인쇄를 마치자마자 팔렸다는 뜻이다.

숨은 이야기 찾기: 장 발장의 마음

1. Dickens, *Great Expectations*, pp. 16, 373.

2. 『레 미제라블』의 말씨 처리에 대해 자세한 내용은 Bellos, "Sounding Out"을 참조.

3. Leuilliot, "Présentation", p. 57에 인용된 *William Shakespeare*.

4. 나는 이런 관점을 Michael Hoffheimer, "Jean Valjean's Nightmare"에서 빌렸다.

5. Gogol, *The Overcoat*, p. 565.

6. 영웅, 특히 기념탑과 기념비의 주인공인 전쟁 영웅을 가리킬 때 종종 쓰는 나그네라는 단어는 성경 「애가」 1장 12절의 '지나가는 모든 사람'을 상기시킨다.

4부 전쟁과 평화, 그리고 진보

11장 모든 것의 시작

1. 미리엘은 나폴레옹이 디뉴를 지날 때 영접을 거부했다. 위고가 이 성자 같은 주교에 대해 비판적인 몇 안 되는 행동 중 하나다.(I.1.xi, 46)

2. Leuilliot, "Présentation", pp. 55~56.

3. 위고의 자료 이용(그리고 남용)에 대해서는 Descotes, *Victor Hugo et Waterloo*를 참고하라.

4. "Réponse à un acte d'accusation" in *Contemplations* I.7, lines 65~66: 나는 혁명의 바람을 일으켰네 / 낡은 사전에 붉은 모자를 씌웠네]Je fis souffler un vent révolutionnaire / Je mis un bonnet rouge au vieuxdictionnaire.

12장 『레 미제라블』의 파리

1. Huard, "Le Petit-Picpus des *Misérables*", p. 374.
2. "la forme d'une ville / Change plus vite, hélas! que le coeur d'un mortel" from "Le Cygne" in *Les Fleurs du mal*, 1857.
3. Leuilliot, *Victor Hugo publie les Misérables*, p. 161(라크루아가 위고에게 보낸 1862년 2월 9일 자 편지).
4. 앞의 책, pp. 161, 162(라크루아가 위고에게 보낸 1862년 2월 9일 자 편지).
5. 앞의 책, p. 177(위고가 라크루아에게 보낸 1862년 2월 18일 자 편지).

13장 『레 미제라블』의 정치

1. Sokologorsky, "Victor Hugo et le XIXe siècle russe", p. 197.
2. Leuilliot, *Victor Hugo publie les Misérables*, p. 155(위고가 라크루아에게 보낸 1862년 2월 7일 자 편지).
3. Marx, *Manifesto of the Communist Party*, 1부 제목에 대한 각주.
4. Bouchet, *Le Roi et les barricades*, p. 69.
5. Heine, *De la France*, p. 149.
6. IV.11.iv, 969.
7. Heine, 앞의 책, p. 243.
8. Blix, "Le Livre des passants"; Brombert, *Victor Hugo and the Visionary Novel*, pp. 90~94.
9. Serguei Oushakine가 준 정보다.
10. Sokologorsky, 앞의 글, p. 197.

14장 걸림돌

1. II.5.x, 425; II.3.x, 386; III.8.xx, 724; III.8.xx, 721; V.3.viii, 1168.

숨은 이야기 찾기: 상류층 언어 · 하류층 언어 · 라틴어 · 비속어

1. 『레 미제라블』의 어휘에 대한 권위 있는 연구는 없다. 내가 쓴 수치는 위고의 작품 전체에 대한 Étienne Brunet의 폭넓은 연구에서 나왔다. 그런데 동음이의어를 구분하지 않기 때문에, 이런 계산은 항상 에누리해서 들어야 한다.

2. 『미국문화유산사전*The American Heritage Dictionary*』은 셰익스피어의 완성작에 2만 9066가지 단어 형식이 있다고 주장하지만, 이는 고유명사까지 포함한 수치다. 다른 추정치에서 셰익스피어의 어휘는 1만 8000개에서 2만 5000개 정도다.

3. II.8.iii, 487; II.7.iii, 464; V.1.i, 1051; I.1.viii, 31.

4. 모기장으로 IV.6.ii, 866.

5. V.6.ii, 1231.

6. 위고가 쓴 풍부한 어휘에 대한 철저한 연구와 그의 작품에서 단 한 번만 기록된 단어들의 목록은 Brunet, *Le Vocabulaire de Victor Hugo*를 참고하라. '데'로 라임을 맞춰야 했기 때문에(프랑스어로는 J'ai rime à 'dait') 위고는 제리마데Jérimadeth라는 허구의 장소로 서아시아의 지리를 풍부하게 하기도 했다. *Booz endormi*, l. 81.

7. I.1.iv, 15; 다른 남부 방언의 예는 I.1.i, 6과 I.2.i, 64; IV.15.i, 1031(노르망디)에서 찾을 수 있다.

8. I.3.vii, 127.

9. 자베르가 '어서 가자!'를 뜻하는 '알롱 비트Allons vite'를 '알로누아트allonouaite'로 말하는 것(I.8.iv, 266)은 사회적이거나 지역적인 말씨라기보다는 위압적이고 가혹하며 경멸적인 말씨에 가깝다.

10. Sainéan, *Le Langage parisien*, p. 95.

11. Paris, "Ti, signe d'interrogation".

12. Vaux, "A Vocabulary of the Flash Language".

13. 앞의 글.

14. Vidocq, *Mémoires*.

15. Huard, "Le Petit-Picpus des *Misérables*", p. 384. 위고가 1840년대에 이용했을 수도 있는 '거친 언어'에 관해 더 오래된 지침서가 두 권 있었다. Leroux, *Dictionnaire comique*(1718) 그리고 『파리의 노트르담』의 주요 자료 중 하나인 Henri Sauval, *Histoire et recherches des antiquités de la ville de Paris*(1724).

16. Gillery and Rivière, *Je me suis raconté*, p. 18.

17. 도둑들의 은어와 비슷한 언어 현상에 관한 비교 연구는 Halliday, "Anti-Languages"를 참고하라.

18. Leuilliot, *Victor Hugo publie les Misérables*, p. 358(라크루아가 위고에게 보낸 1862년 6월 8일 자 편지).

19. I.7.ix, 245; III.8.vi, 673.

20. "m'allant coucher je trouvis······ je m'y couchis". I.6.v, 445, 번역서에는 반영되지 않음;

IV.1.iii, 748.

21. I.1.viii, 31; I.3.vii, 125; I.3.vii, 128; III.1.iv, 522; IV.12.i, 976; III.4.v, 608.

22. I.3.vii, 126, 130.

23. III.8.xxii, 735.

5부 위대한 유산

15장 출판일: 1862년 4월 4일

1. Parfait, *L'Aurore d'un beau jour*.

2. Robb, *Victor Hugo*, p. 407.

3. Edwards, *Ebenezer Le Page*, pp. 89~90.

4. Hovasse, *Victor Hugo*, p. 693.

5. A. Nefftzer, *Le Temps*(1862년 4월 2일); Bach, "Critique et politique", p. 595에 인용된 Adolphe Gaiffe, *La Presse*(1862년 4월 2일).

6. 아델이 위고에게 보낸 1862년 4월 6일 자 편지. Hovasse, 앞의 책, vol. 2, p. 700에 인용되었다.

7. Leuilliot, *Victor Hugo publie les Misérables*, p. 256(라크루아가 위고에게 보낸 1862년 4월 13일 자 편지).

8. 앞의 책, p. 315(1862년 5월 15일)의 자료를 각색했다.

9. 앞의 책, p. 74에 이 문제에 대한 위고의 견해가 잘 요약되었다.

10. 앞의 책, pp. 361~362(위고가 라크루아에게 보낸 1862년 6월 11일 자 편지).

11. Hovasse, 앞의 책, pp. 706~707.

12. '퀴cul'가 '엉덩이'를 뜻하기 때문에 편지에서 위고가 캉브론의 '똥'보다 상스럽게 들리지 않게 하려고 비평가의 이름을 말할 때 '퀴'를 빼고 '빌리에-플뢰리'라고 불렀다는 이야기가 있다.

13. Leuilliot, 앞의 책, p. 312(1862년 5월 12일).

14. 위고가 자넹에게 보낸 1862년 5월 18일 자 편지. Hovasse, 앞의 책, p. 712에 인용되었다.

15. 클라예가 위고에게 보낸 1862년 5월 15일 자 편지. 앞의 책, p. 710에 인용되었다.

16. 아델이 위고에게 보낸 1862년 4월 28일 자 편지에서 이런 일을 알렸다. 편지는 앞의 책, p. 702에 인용되었으며 여기서 말하는 연극은 코메디 프랑세즈에서 공연된 뢰리스의 〈장 보드리Jean Baudry〉다.

17. Leuilliot, 앞의 책, p. 323, 9번 주석.

18. 앞의 책, p. 331(라크루아가 위고에게 보낸 1862년 5월 25일 자 편지).

19. 앞의 책, p. 286(1862년 4월 27일) 그리고 p. 335(1862년 5월 28일).

20. *Le Boulevard*, 20 April 1862, in Baudelaire, *Œuvres complètes*, vol. 2, p. 224.

21. Baudelaire, *Correspondance*, vol. 2, p. 254.

22. Flaubert to Mme Roger des Genettes, in *Correspondance*, vol. 3, p. 235.

23. Mérimée, *Correspondance Générale*, vol. 11, p. 177.

24. Dumas, *Correspondances*, p. 288.

16장 끝나지 않는 이야기

1. 이 라틴어 문구는 322쪽에도 있다.

2. 위고가 1862년 10월 18일에 Gino Daëlli에게 보낸 편지로, 위고 생전에 출판된 『레 미제라블』 마지막 판본의 후기에 실렸다.

3. 이 표현은 Romain Gary가 Patrice Galbeau와 한 인터뷰 4탄에서 리투아니아 출신 어머니가 빌뉴스와 카우나스 주민 수천 명과 프랑스 이민을 생각한 이유를 설명하며 썼다.

4. Hovasse, *Victor Hugo*, p. 720; 정부 추산이 실제보다 훨씬 낮다고 보고하는 p. 1156 n. 236도 참고하라.

5. Hoffheimer, "Copyright", p. 174, n. 47에 인용된 *Publishers' Weekly*(1916년 9월 2일).

6. 'A. F. Richmond, May, 1863'이라는 서명이 있는 서문이다.

7. 리치먼드 판을 찾는 데 도움을 준 Jessica Christy에게 고마움을 전한다.

8. Pickett, *Pickett and His Men*, pp. 357~359.

9. Stiles, *Four Years Under Marse Robert*, p. 252.

10. Solntsev, "*Les Misérables* en Russie et en URSS".

11. 이 정보를 준 Tuo Liu에게 고마움을 전한다.

12. A. R. W. James, "Waterloo sans Cambronne".

13. 아델이 위고에게 보낸 1862년 5월 11일 자 편지. Hovasse, 앞의 책, p. 704에 인용되었다.

14. Dickens, *The Public Readings*에 그 기록들이 실려 있다.

15. V.1.xxiii, 1123.

16. *Der Giber in Keyten*, Warsaw, 1911; 같은 제목하에 H. Dashevsky가 각색한, a 'life drama in six tableaux', Vilna, 연대 미상; *Gavrosh*, 'baarbt in Idish fun Yekhezekl Dobrishin', Moscow, 연대 미상.

17. catalogue.lumière.com의 영화 〈Lumières〉 공식 안내문 중 970번 항목.

18. Gamel and Serceau, *Le Victor Hugo des cinéastes*, pp. 255~261에는 2005년까지 『레 미제라블』을 각색한 영화의 목록이 있다. 더 최근 각색에 관해서는 Grossman and Stephens, *Les Misérables and Its Afterlives*를 참고하라.

19. Leuilliot, *Victor Hugo publie les Misérables*, p. 366.

20. Laffont edition, vol. 12, p. 536.

21. 앞의 책, p. 537.

22. 앞의 책, p. 559.

23. 그래서 몇몇 판은 이 부분에 '영혼'이라는 이름을 붙인다.

24. 만화를 보내 준 Michael Ferrier와 내용을 번역하고 설명해 준 Patrick Schwemmer에게 고마움을 전한다.

25. レ・ミゼラブル 少女コゼット Re Mizeraburu Shōjo Kozetto, Nippon Animation, 2007.

26. 이 정보의 상당 부분을 Jessica Christy에게 얻었다.

17장 『레 미제라블』의 의의

1. '마들렌'은 성서에서 회개하는 죄인의 이름이기도 하다. 이 점에서 새롭게 거듭난 장 발장과 상당히 비슷하다.

2. I.5.iv, 155.

3. Bellos, "Momo et Les Misérables".

4. Gary, *La Nuit sera calme*, p. 25.

5. 그는 결코 탈옥수 신세를 면할 수 없으며 공식적으로 '가장 위험한' 부류에 속한다.

에필로그: 여정의 끝

1. Sartorius, "L'Éditeur Albert Lacroix". 하객과 메뉴의 사진도 있다.

2. *Correspondance*, vol. 3, p. 144.

찾아보기

세기의 소설, 레 미제라블

가난, 역사, 혁명에 관한 끝없는 물음

초판 1쇄 발행 2017년 11월 27일

지은이 | 데이비드 벨로스
옮긴이 | 정해영
교정 | 김정민
디자인 | 여상우

펴낸이 | 박숙희
펴낸곳 | 메멘토
신고 | 2012년 2월 8일 제25100-2012-32호
주소 | 서울시 은평구 연서로182-1(대조동) 502호
전화 | 070-8256-1543 팩스 | 0505-330-1543
이메일 | mementopub@gmail.com
블로그 | mementopub.tistory.com
페이스북 | www.facebook.com/mementopub
ISBN 978-89-98614-47-8 (03860)

이 도서의 국립중앙도서관 출판예정도서목록(CIP)은 서지정보유통지원시스템 홈페이지
(http://seoji.nl.go.kr)와 국가자료공동목록시스템(http://www.nl.go.kr/kolisnet)에서
이용하실 수 있습니다. (CIP제어번호: CIP2017030485)

잘못된 책은 바꾸어 드립니다.
책값은 뒤표지에 있습니다.